SHINJU

SHINJU
EL AMOR PROHIBIDO

LAURA JOH ROWLAND

ViaMagna
EDICIONES

Título original: Shinju
Traducción: Raquel Solà García

Primera edición: Mayo, 2006

ISBN: 84-934679-9-5
Depósito Legal: B-16968-06

Impreso en España / Printed in Spain

Impresión: Novoprint

Fotocomposición: gama, sl

Editorial ViaMagna
Avenida Diagonal 640, 6ª Planta
Barcelona 08017
www.editorialviamagna.com
email: editorial@editorialviamagna.com

A mis padres Lena y Raymond Joh

AGRADECIMIENTOS

Quisiera dar las gracias a todas las personas que me han ayudado a hacer realidad este libro: George Alec Effinger, amigo, mentor y escritor especializado en ciencia ficción. Mi agente, Pamela Gray Ahearn; mi editor David Rosenthal; mi marido Marty Rowland. Y también a los miembros de mi taller de escritura: Larry Barbe, Cary Bruton, Kim Campbell, O'Neil DeNoux, Debbie Hodgkinson, Jack Jeringan, Michael Keane, Mark McCandless, Marian Moore, John Webre y Fritz Ziegler.

Edo
Período Genroku, año 1, Mes 12
(Tokio, enero de 1689)

PRÓLOGO

El jinete detuvo su caballo en un estrecho sendero que conducía al río Sumida para escuchar los ruidos de la noche. ¿Había oído pasos en alguna parte del oscuro bosque que le rodeaba? ¿Había alguien por allí observándolo? El miedo aceleró su corazón.

Sin embargo, y a causa del invierno, lo único que escuchó fue el rumor del viento helado que agitaba ruidosamente las ramas desnudas, y el ligero resoplar de su yegua que se removía inquieta bajo él. En lo alto del firmamento, en el horizonte, la última luna llena del año viejo brillaba intensamente, bañando con su plateada luz el sendero y el bosque con un frío resplandor. Intentó atisbar algo entre las sombras, pero no vio a nadie.

Luego, sonrió tristemente. La culpabilidad y la imaginación le habían traicionado. Aquel sendero, en las remotas afueras del norte de Edo, apenas era transitado de día y, ahora, poco después de medianoche, estaba desierto. Tal como había previsto.

Espoleó a la yegua para que continuase a través de un matorral en cuyas ramas se enredaron y quedaron atrapados su capa encapuchada y el largo y voluminoso bulto que llevaba echado sobre la grupa del caballo. La yegua se tambaleó, relinchando suavemente, poco acostumbrada al peso extra que llevaba aquella noche. El jinete intentó calmarla, pero el animal no quiso avanzar. Al cocear el suelo, el bulto se tambaleó peligrosamente. El hombre se apresuró a alargar una mano para sujetarlo. En aquel momento, una fría oleada de miedo le invadió. ¿Y si caía el bulto? Aunque era fuerte, si éste caía no podría subirlo nuevamente a la yegua, al menos no allí. Y no podría llevarlo él solo todo el camino hasta el río. Por lo menos le llevaría una hora a pie; imposible con una carga casi tan larga y más pesada que él mismo. Además, al arrastrarla se desgarraría la delgada paja de arroz de las esteras de tatami con las que lo había envuelto y se dañaría el contenido.

El caballo, después de dar otra coz, de pronto siguió bajando por el sendero. El bulto recuperó la estabilidad y el miedo quedó atrás. Se le humedecían los ojos y tenía el rostro cada vez más entumecido por el frío, sus manos enguantadas parecían congeladas a las riendas. Lo que le hacía seguir adelante era el convencimiento de que cada paso cargado de amargura y sufrimiento le acercaba un poco más al término de su misión.

Finalmente, los árboles empezaron a clarear y el sendero descendió abruptamente por una pronunciada ladera hacia el río. Podía oler el agua y escuchar cómo sus olas chocaban contra la ribera. Desmontó, ató el caballo a un árbol y empezó a andar por el camino.

El bote estaba allí delante, donde lo había dejado el día anterior, escondido entre las ramas más bajas de un gran pino. Con las manos entumecidas por el frío, agarró la proa. Cuidadosamente, de manera que el suelo rocoso no dañase su fondo de madera plano, lo arrastró por el camino para llevarlo junto al caballo. A continuación, desató las cuerdas que sujetaban el bulto a la grupa del caballo. Cuando se soltó el último nudo, el bulto cayó dentro del bote con un fuerte golpe.

Empujó la embarcación pendiente abajo, hasta el agua. Aunque la pendiente no medía más de unos cuarenta pasos no facilitaba la botadura. Enseguida empezó a jadear por el esfuerzo que alternativamente hacía de empujar, levantar y arrastrar el bote hacia el río. Al fin alcanzó la ribera y el bote se deslizó dentro del agua con el ruido de un chapoteo apagado. Vadeó por el agua helada, empujando el bote hasta que éste no tocó fondo y flotó libre de juncos. Luego, subió a la embarcación. Al hacerlo, el bote se balanceó peligrosamente y el agua se introdujo por los lados. Durante un terrible instante temió que éste se hundiese, pero la embarcación se estabilizó abruptamente con sus bordas apenas a ras del agua. Dejando escapar un suspiro de alivio, el hombre levantó el remo, se puso en pie a popa y empezó a remar en dirección sur, hacia la ciudad.

El río se abría ante él como una inmensa extensión de untuosa seda negra salpicada con los destellos de la luz de la luna. El chapoteo de su remo marcaba un rítmico contrapunto al aullido del viento. En la ribera cercana, a su derecha, los puntitos de unas luces titilaban en la oscura franja de tierra que se alzaba gradualmente hacia las colinas: faroles que iluminaban el barrio del placer de Yoshiwara; antorchas flameando en los jardines del templo Asakusa. En la alejada orilla oriental solamente pudo vislumbrar el pantanoso Honjo. A diferencia del verano, ninguna embarcación de recreo decoraba la escena. Aquella noche tenía el río para él solo. Podría decirse que casi disfrutaba de la soledad y la fantasmagórica belleza de la noche. Sin embargo, pronto sus brazos se cansaron; su respiración se convirtió en dolorosos jadeos; el sudor empapó sus vestimentas, dejando que el aire helado penetrase por sus tejidos. Simplemente, anhelaba dejarse llevar por la corriente que fluía hacia la bahía de Edo y hacia el mar. Sólo su desesperada necesidad de apresurarse le empujaba a seguir adelante. No quedaban más que unas pocas horas para el amanecer y él necesitaba la protección que le prestaba el manto de la noche. ¡Ojalá hubiese podido hacer el viaje por tierra a caballo! Pero las numerosas puertas guardadas de Edo se cerraban antes de medianoche, sellando cada sector para prohibir la entrada o salida. El río era la única vía.

Sintió un inmenso alivio cuando las familiares vistas de la ciudad empezaron a aparecer. Primero, las grandes mansiones de los daimio, poderosos señores feudales provinciales, propietarios de la mayor parte del territorio que se extendía por los tramos más elevados del río, así como de la mayor parte de Japón. Más adelante, los muros pintados de blanco de los almacenes de arroz de la ciudad. Los embarcaderos y muelles abarrotados de embarcaciones sobresalían por el río, ahora convertido en una zona infecta y hedionda, que apestaba a causa de los desperdicios que cada día se vertían en él. Al fin, el puente Ryogoky se arqueó sobre él, con sus pilares entrelazados y los puntales de su estructura de madera que formaban un intrincado diseño que destacaba en el firmamento.

Exhausto, se detuvo al final de un embarcadero un poco más allá del puente, río abajo, pero desde el que éste aún quedaba a la vista. Colocó a un lado el remo y ató el bote a uno de los pilares. De nuevo, el miedo se apoderó de él, y esta vez con más intensidad. Toda la gran ciudad de Edo se extendía a lo lejos tras las blancas fachadas de los almacenes. Podía sentir el millón de almas que vivían en aquel lugar: no dormidas, sino observándolo. Intentando alejar el pánico, se arrodilló delante del bulto. Con precaución para no volcar el bote, desató las rígidas ataduras de paja. Un vistazo al firmamento le advirtió que la luna se había puesto hacía bastante; las primeras luces rosadas del amanecer teñían el horizonte por el este. Ya podía distinguir los muelles de los almacenes de maderas de Fukagawa en la orilla opuesta.

Controló el impulso de tirar de la última estera, en lugar de doblarla cuidadosamente para descubrir su contenido.

Los dos cuerpos unidos por la muerte y por las cuerdas atadas a tobillos y muñecas, estaban tumbados uno frente al otro, con las mejillas tocándose. El hombre vestía el quimono corto y los pantalones de algodón de un plebeyo. Su cabello corto enmarcaba un rostro franco y ordinario. Los ojos hinchados y una boca sensual denotaban una vida de disipación, carnalidad y avaricia. Merecía morir. ¡Qué fácil había sido atraerlo hacia su muerte con la promesa de riquezas! Pero la mujer...

Su cara joven e inocente, cubierta con maquillaje de polvo de arroz, brillaba con un blanco translúcido. En lo alto de su frente, las finas líneas oscuras dibujadas sobre sus cejas rasuradas alzaban el vuelo sobre las medias lunas que formaban las largas pestañas de sus ojos cerrados. Los labios ligeramente separados dejaban ver dos dientes perfectos que, oscurecidos con tinta, según la moda de las damas de alta cuna, brillaban como perlas negras. Su largo cabello negro se derramaba casi hasta sus pies, sobre un quimono de seda que se enroscaba alrededor de su esbelto cuerpo.

Suspirando, se recordó a sí mismo que su muerte era tan necesaria como la del hombre. Sin embargo, no podía contemplar su belleza sin dejar de sentir un espasmo de profunda pena.

Un fuerte ruido parecido a unos pasos le sobresaltó. ¿Acaso había alguien andando por el embarcadero? Luego, el sonido se repitió: dos golpes largos seguidos por tres cortos. Enseguida se relajó. Se trataba solamente de un vigilante nocturno, en alguna parte tierra adentro, golpeando sus badajos de madera para señalar la hora. El agua había transportado el sonido.

De su capa, sacó un pequeño estuche plano lacado que introdujo en el fajín de la mujer. Después pasó sus brazos bajo los cuerpos y los alzó para echarlos por la borda del bote. Se escuchó un chapoteo apagado cuando golpearon las oscuras aguas. Antes de que pudieran hundirse, atrapó el extremo de la cuerda que ataba sus muñecas y la sujetó alrededor del pilar, calzándola firmemente en una grieta de la resbaladiza madera. Lanzó una última mirada a los cadáveres que ahora flotaban justo debajo de la superficie del agua rodeados por la ondulada maraña que formaba el pelo de la mujer. Luego miró de nuevo hacia el puente.

Asintió con la cabeza satisfecho. Cuando los encontrasen, algo que sucedería muy pronto, todo el mundo daría por sentado que habían saltado del puente juntos y la corriente los había arrastrado río abajo hasta que el pilar les detuvo. La carta sellada que contenía el estuche hermético confirmaría esta impresión. Volvió a mirar, para asegurarse que la cuerda era segura. Luego desató su bote y empezó el largo y frío viaje río arriba.

UNO

El *yoriki* Sano Ichirō, recién nombrado comandante de policía, avanzaba lentamente a lomos de su caballo por el puente Nihonbashi. A primeras horas de aquella soleada y clara mañana de invierno, se cruzó con multitud de personas que se afanaban a su alrededor: porteadores que iban y venían del mercado transportando cestas de vegetales, vendedores de agua que llevaban a sus espaldas palos de los que suspendían cubos; tenderos y comerciantes se inclinaban bajo los paquetes que llevaban sobre las espaldas. Los tablones resonaban con los pasos de los pies calzados con suelas de madera; el aire bullía de gritos, risas y conversaciones. Ni siquiera el sello distintivo de la posición social de samurái de Sano hacía que éste pudiese acelerar su paso. Su montura, una yegua de color castaño, apenas lo elevaba por encima de las oscilantes cabezas. Las dos espadas que portaba, un largo y curvado sable y una daga más corta, sólo provocaban que alguien murmurase algún que otro: «Mil perdones, honorable amo».

Sin embargo, Sano disfrutaba de su avance pausado, y de su libertad. Había escapado del tedio que había marcado su primer mes como *yoriki*. El ex tutor y erudito en historia enseguida había descubierto que la administración de esta pequeña sección del departamento de policía era una tarea muchísimo menos satisfactoria que la de enseñar a jóvenes muchachos y la de estudiar textos antiguos. Echaba de menos su anterior profesión; el pensamiento de no volver a descubrir nunca más algún hecho perdido u oscuro le dejaba un dolor triste y vacío en el interior de su alma. Sin embargo, aunque las circunstancias familiares y los contactos —más que una elección o un talento determinado—, le habían abocado al mundo desconocido de las fuerzas de seguridad, juró arreglárselas lo mejor posible con la situación. Aquel día había decidido explorar sus nuevos dominios de forma más completa que permanecer sentado en su oficina sellando los informes de su personal. Tonificado, miró por la reja del puente hacia el panorama que le ofrecía Edo.

El ancho canal, alineado por los almacenes pintados de blanco, estaba abarrotado de barcazas y botes de pesca. El humo de los innumerables braseros de carbón y las cocinas formaba una neblina que se alzaba por encima de los tejados bajos cubiertos de juncos que se extendían por la llanura en todas direcciones. A través de él, pudo ver el castillo de Edo, colgado en su colina al extremo del canal. Allí, Ieyasu, el primer sogún Tokugawa, había establecido el emplazamiento de su dictadura militar hacía setenta y cuatro años, quince años después de derrotar a sus caudillos rivales en la batalla de Sekigahara. Los aleros de los múltiples tejados de la torre, que se curvaban hacia el cielo, hacían que ésta pareciese una pirámide de pájaros blancos a punto de alzar el vuelo: un símbolo adecuado de la paz que siguió a aquella batalla, la paz más duradera que Japón había experimentado en cinco siglos. Más allá del castillo, las colinas occidentales dibujaban una suave sombra, sólo un tono ligeramente menos azul que el cielo. El distante monte Fuji con su cono coronado de nieve se alzaba sobre ellas. Las campanas del templo tañían débilmente, sumándose a la variedad de sonidos.

A los pies del puente, Sano atravesó el ruidoso y maloliente mercado del pescado. Guió a su caballo por las estrechas y sinuosas calles de Nihonbashi, el barrio de los agricultores y mercaderes que recibía su nombre del puente. En una calle, en las fachadas abiertas de madera, los vendedores de sake hacían trueques con sus clientes. Al doblar la siguiente esquina, vio a unos hombres trabajar sobre humeantes cubas en una hilera de tiendas dedicadas al tinte. El barro y la basura se hundían bajo los cascos de los caballos y el calzado de los viandantes.

Sano dio la vuelta a otra esquina y fue a dar a un vasto espacio abierto donde el incendio de la noche anterior había arrasado tres manzanas enteras. Los restos carbonizados de tal vez unas cincuenta casas: la ceniza, las vigas ennegrecidas, los soportes, los escombros remojados y las tejas caídas de los tejados, sembraban el suelo. El olor amargo de la madera quemada de los cipreses flotaba en el aire. Los desesperados habitantes avanzaban escarbando entre el revoltijo intentando encontrar algunos objetos recuperables.

—*Aiiya* —se lamentaba una anciana—. ¡Mi hogar, mis cosas, lo he perdido todo! ¿Qué voy a hacer?

Los demás se unieron a su llanto.

Sano suspiró y sacudió la cabeza. Hacía treinta años, dos años antes de su nacimiento, el Gran Incendio había destruido la mayor parte de la ciudad y se había cobrado cien mil vidas. Y aún, las «flores de Edo», como eran conocidos los incendios, florecían casi cada semana entre los edificios de madera donde un fuerte viento podía rápidamente avivar una minúscula chispa y convertirla en una feroz llamarada. Desde sus desvencijadas torres de madera que se alzaban por encima de los tejados, los guardianes de incendios hacían sonar las campanas en cuanto veían una llama. Los ciudadanos de Edo dormían intranquilos, prestos a escuchar la alarma. La mayoría de los incendios eran causados por accidentes, por errores inocentes, como una lámpara colocada demasiado cerca de una pantalla de papel, pero también eran frecuentes los incendios provocados.

Él se había desplazado hasta allí para comprobar si aquel incendio había sido provocado o no. Pero no podía esperar encontrar pruebas sólo contemplando las ruinas. Tendría que fiarse de los relatos de los testigos. Desmontó y se acercó a un hombre que estaba arrastrando un arcón de hierro entre los escombros.

—¿Has visto cómo empezó el incendio? —le preguntó gritando.

No llegó a escuchar la respuesta, ya que, en aquel preciso instante, el ruido de los pasos de alguien corriendo y que gritaba: «¡Alto, alto!», sonaron tras él. Sano se dio la vuelta. Un hombre delgado vestido con harapos, pasó como una exhalación jadeando y sollozando. Una pandilla de rufianes blandiendo garrotes corrían en estampida tras él. Los pies desnudos del hombre resbalaron en el barro y fue a parar despatarrado a diez pasos de Sano. Inmediatamente, los perseguidores alzaron los garrotes agitándolos sobre su presa.

—¡Morirás por esto, miserable animal! —exclamó uno de ellos.

Los sollozos del harapiento se convirtieron en chillidos de dolor y terror mientras alzaba los brazos para protegerse la cabeza de los golpes.

Sano corrió hacia allí y sujetó el brazo de uno de los atacantes.

—¡Alto, le vas a matar! ¿Qué crees que estás haciendo?

—¿Y quién lo pregunta?

Sano se dio la vuelta al escuchar tras él el sonido de una voz áspera. Un hombre corpulento de ojos pequeños y malvados estaba ante él con los brazos en jarras. Vestía un quimono corto sobre unas calzas de algodón; su cabello, también corto, y la única espada corta atada a la cintura de su capa gris, le señalaban como un samurái de bajo rango. Luego Sano vio el objeto que sostenía el hombre en la mano derecha, una fuerte vara de acero con dos puntas curvadas sobre la empuñadura para atrapar la hoja de la espada de un atacante. Era un *jitte*, un arma de defensa, que formaba parte del equipo usual de un *doshin*, los agentes de policía que patrullaban la ciudad y mantenían el orden.

Sano sintió un destello de comprensión. Aquel hombre era uno de sus cien desconocidos subordinados, uno entre la larga lista de cabezas inclinadas ante las que se paseó durante la ceremonia de presentación formal de su personal. Los rufianes armados, que por un momento dejaron de torturar a su víctima para mirarlo, eran los ayudantes civiles de los *doshin*. Empleados privadamente por su superior, y responsables sólo ante él, realizaban el trabajo sucio del mantenimiento del orden, como capturar criminales bajo su dirección. Ahora tres de ellos se movían amenazadores hacia donde estaba Sano.

—¿Quién eres? —le preguntó una vez más el *doshin*.

—Soy el *yoriki* Sano Ichirō. Ahora explícame por qué tus hombres están dando una paliza a este ciudadano —respondió Sano.

Aunque procuró mantener su voz tranquila y severa, su corazón latía aceleradamente. Hasta el momento sólo había podido ejercer su nueva autoridad en contadas ocasiones.

La boca del *doshin* dejó escapar una exclamación. Se frotó su prominente mandíbula con una mano, evidentemente confundido. Enseguida, se inclinó obsequioso.

—*Yoriki* Sano-*san* —farfulló—. No os había reconocido.

Hizo un gesto con la cabeza a sus ayudantes, que precipitadamente formaron una línea e hicieron una reverencia con las manos apoyadas en las rodillas.

—Mis más sinceras disculpas.

Su tono hosco contradecía las respetuosas palabras. Sano podía sentir el velado desdén del *doshin*. Los pequeños y mezquinos ojos aún se estrecharon más mientras recorrían la coronilla recién rasurada y su pelo untado con esencias peinado pulcramente hacia atrás con un moño en forma de lazo. Delataban repugnancia ante la vista de las mejores vestimentas de Sano, el *horari* a rayas negras y marrones y su nuevo *hakama* negro, los pantalones anchos que llevaba debajo. Sano se irritó ante tan descarada grosería, pero podía entender aquel desdén. La reputación de la vanidad del *yoriki* era bien conocida. A él le importaba muy poco la moda, pero su superior, el magistrado Ogyu, había insistido en la importancia de aparentar y vestir con toda corrección.

—Tus disculpas son aceptadas —dijo Sano, tomando la decisión de tratar el asunto que tenían entre manos en lugar de tomar cartas acerca de los modales y malas maneras de su subordinado.

—Ahora responde a mi pregunta: ¿qué ha hecho este hombre para que tengas que castigarlo?

Sano vio perplejidad en el rostro del *doshin.* Los *yoriki* apenas se aventuraban a salir a las calles y preferían mantenerse a distancia del turbulento trabajo cotidiano de la policía. Solamente aparecían en los incidentes muy graves, y entonces lo hacían como comandantes de campo vestidos con toda su armadura con casco y lanza. Sano supuso que él era el primero de ellos que salía a investigar un incendio común.

—Él ha hecho esto —repuso el *doshin,* señalando las ruinas—. Provocó el incendio y ha matado a quince personas. Escupió al hombre que aún estaba echado bocabajo en el lodo, con los hombros temblando a causa de los apagados sollozos.

—¿Cómo lo sabes?

La prominente mandíbula del *doshin* aún sobresalió más si cabe, por la furia y el resentimiento.

—Los ciudadanos vieron a un hombre huyendo por la calle después de que empezase el incendio, *yoriki* Sano-*san.* Y él ha confesado.

Sano pasó junto a los ayudantes y se dirigió al hombre caído.

—Está bien —dijo amablemente—. Ahora levántate.

Torpemente, el hombre se encorvó hasta la cintura, luego se puso de rodillas y se limpió el barro de la cara. A continuación, ante la sorpresa de Sano, su boca se abrió en una amplia y desdentada sonrisa.

—Sí, amo —su cabeza no se estaba quieta y sus ojos bizqueaban. A pesar de las arrugas que surcaban sus mejillas y su frente, parecía tan inocente como un niño.

—¿Cómo te llamas? —preguntó Sano.

—Sí, amo.

Sano repitió la pregunta. Al obtener la misma respuesta intentó otra:

—¿Dónde vives?

—Sí, amo.

—¿Provocaste el incendio? —preguntó Sano, empezando a comprender.

—¡Sí, amo, sí amo!

Entonces al ver el ceño fruncido de Sano, el hombre perdió su sonrisa. Se puso en pie, pero cayó hacia atrás cuando los ayudantes del *doshin* lo rodearon de nuevo.

—¡No daño, amo! —suplicó.

—Nadie te hará daño.

Furioso, Sano se dio la vuelta y se encaró al *doshin.*

—Este hombre es un simplón. No comprende ni lo que tú le dices, ni lo que dice él. No puedes aceptar su confesión.

El rostro del *doshin* enrojeció y se cuadró de hombros. El *jitte* temblaba en su puño cerrado.

—Le pregunté si había empezado el fuego y dijo que sí. ¿Cómo iba yo a saber que era un idiota?

Una voz que provenía de la creciente multitud de espectadores exclamó:

—¡Si te hubieses tomado la molestia de hablar con él, lo habrías averiguado!

Alguien más gritó:

—¡Sólo es un viejo vagabundo inofensivo!

Murmullos de aprobación siguieron a las exclamaciones.

—¡Silencio! —el *doshin* se dirigió a la multitud y los murmullos callaron. Luego se enfrentó a Sano.

—Provocar un incendio es un crimen grave —dijo con exagerada paciencia y con un pretencioso tono que dejaba entrever no poca superioridad—. Alguien debe pagar por ello.

Por un momento, Sano estaba demasiado horrorizado para hablar. Ese oficial inferior, y muchos otros, si los rumores que había escuchado estaban en lo cierto, se preocupaban más por encontrar a un chivo expiatorio que por descubrir la verdad. Quería reprender a aquel hombre por eludir su tarea. Luego vio la mano libre del *doshin* moverse hacia la espada corta. Sabía que sólo su rango evitaba que el hombre le desafiase allí mismo. Había vencido al *doshin* delante de sus ayudantes y de los vecinos del lugar. Era su primer día sobre el terreno y ya había hecho un enemigo.

Para tranquilizar la situación, se contentó con decir:

—Entonces buscaremos al verdadero pirómano. Tú y tus hombres, conmigo, interrogaremos a los testigos.

Sano observó cómo el *doshin* y sus hombres marchaban y se mezclaban entre la multitud. Le invadió un curioso sentimiento de euforia. Había corregido una injusticia y, probablemente, salvado la vida de un hombre. Por primera vez, se dio cuenta de que el hecho de ser un *yoriki* le ofrecía muchas oportunidades de buscar la verdad y recibir iguales recompensas por descubrirla. Además, quizá, más que las que le brindaba su trabajo como erudito, estudiando minuciosamente antiguos documentos. Sin embargo, se preguntó con inquietud cuántos enemigos más había hecho.

* * *

A primera hora de la tarde Sano regresó al distrito administrativo, situado en Hibiya, al sudeste del castillo de Edo. Allí los funcionarios de alto rango de la ciudad tenían sus mansiones, en las que también estaban sus despachos, donde vivían y trabajaban. Mensajeros portando documentos enrollados se cruzaron con Sano mientras éste atravesaba cabalgando las estrechas avenidas entre los muros de adobe que protegían las casas de tejados recubiertos de tejas y entramados de madera. Dignatarios vestidos con prendas largas y holgadas de seda brillante, paseaban en pares o grupos; fragmentos de conversación que trataban asuntos de Estado así como los últimos chismes políticos llegaban a los oídos de Sano. Los sirvientes se apresuraban entrando y saliendo por las puertas, llevando bandejas repletas de recipientes lacados que contenían comida. Pensar en aquellos manjares hizo que Sano recordase los grasientos fideos que había comido en un tenderete en el camino de regreso. Pero la investigación del incendio le había ocupado más tiempo del que inicialmente había previsto y la rápida aunque desagradable comida que había tomado le permitió reemprender sus otras actividades sin más demora. Dobló la esquina y se dirigió hacia la jefatura de policía.

—¡*Yoriki* Sano-*san*! —un mensajero llegó corriendo, sin resuello, hasta él y se inclinó con una apresurada reverencia—. Por favor, señor, el magistrado Ogyu quiere veros inmediatamente. En el Tribunal de Justicia, señor. Alzó los ojos interrogativamente en espera de la respuesta de Sano.

—Muy bien. Puedes retirarte.

Una citación del magistrado no podía ser pasada por alto. Sano cambió de rumbo.

La mansión del magistrado Ogyu era una de las más grandes del distrito. En los portales cubiertos de la puerta exterior, Sano se identificó ante una pareja de guardias vestidos con casco y armaduras de cuero. Les dejó el caballo, luego entró en los terrenos de la mansión y se abrió paso entre los ciudadanos congregados en el patio. Algunos esperaban para presentar sus disputas ante el magistrado; otros, acompañados por el *doshin* y con las manos atadas eran, obviamente, prisioneros que esperaban juicio.

Sano se detuvo un instante en la entrada principal del largo y bajo edificio. Unos postigos de madera con barrotes cubrían las ventanas. Los aleros del tejado que sobresalían proyectaban una profunda sombra sobre el porche. Al ver la mansión por primera vez, pensó que su oscuro e inquietante aspecto simbolizaba las a menudo severas sentencias que se dictaban en su interior. El jardín que lo rodeaba, con sus linternas de piedra apagadas y los esqueléticos árboles desnudos por el invierno, le recordaron un cementerio. Dejó a un lado sus fantasías y subió los escalones de madera. A un movimiento de cabeza de los dos guardias situados allí, abrió la inmensa puerta tallada.

—Herrero Goro —la aflautada voz del magistrado Ogyu resonó por el gran salón cuando Sano se detuvo en la entrada—. He considerado todas las pruebas que han traído ante mí, concernientes al crimen del que se te acusa.

Sano se dirigió al fondo del salón para esperar junto a los ayudantes samuráis de la sala del Tribunal. En el otro extremo, el magistrado Ogyu estaba arrodillado sobre el estrado. Era un viejo delgado y encorvado, que parecía perdido dentro de sus voluminosos vestidos de seda roja y negra. Unas lámparas a cada lado de su escritorio lacado en negro le iluminaban como a un actor en un escenario. El resto de la habitación estaba en penumbras. La luz que se filtraba por los postigos de papel de arroz proporcionaba la única iluminación de la estancia. Directamente delante del estrado había el *shirasu,* una zona del suelo cubierta con arena blanca, símbolo de la verdad. Allí los acusados, atados de pies y manos, se arrodillaban sobre una estera al igual que dos *doshin* a cada lado del *shirasu.* El escaso público, formado por los testigos, la familia del acusado y el cacique de su vecindario, formaba una hilera al fondo del salón.

—Estas pruebas indican, sin ninguna duda, que eres culpable del asesinato de tu suegro —continuó Ogyu.

—¡No! —estalló el grito del acusado. Se retorció sobre la estera, tirando de sus ataduras.

Varios espectadores gritaron y una mujer se desplomó en el suelo, sollozando.

Ogyu levantó la voz sobre el alboroto que se había producido y dijo:

—Te sentencio a muerte. Y para que pueda compartir tu desgracia, tu familia queda desterrada de la provincia.

Hizo una seña con la cabeza al *doshin*, que se levantó de un salto y se llevó al prisionero que gritaba y forcejeaba por la puerta del fondo. Los ayudantes corrieron hacia allí y escoltaron a los espectadores fuera de la habitación, uno de ellos arrastrando por las axilas a la mujer que sollozaba. Luego Ogyu exclamó:

—Sano Ichirō, acércate.

Sano avanzó hasta la parte delantera de la habitación y se arrodilló ante el *shirasu* un tanto alterado. Ogyu acababa de sentenciar a un hombre a muerte y a su familia al exilio y, sin embargo, estaba tan tranquilo como siempre. Sano se recordó a sí mismo que Ogyu hacía unos treinta años que servía como uno de los dos magistrados de Edo. Había llevado a cabo tantos juicios, que se había habituado a la vista de los hechos que podrían alterar a los demás. Sano hizo una profunda reverencia a Ogyu y dijo:

—¿En qué puedo serviros, honorable magistrado?

Las manos pálidas y delgadas de Ogyu jugueteaban con su sello de magistrado, un trozo oblongo de alabastro que llevaba grabados los caracteres de su nombre y su rango. Su rostro macilento, de párpados caídos, brillaba cetrino y enfermizo bajo la luz titilante de la lámpara; su calva manchada por la edad parecía un melón enfermo.

—Un incendio es un crimen serio —murmuró Ogyu, estudiando el sello con minucioso detenimiento. Hizo una pausa y luego añadió—. Aunque no infrecuente.

—Sí, honorable magistrado —respondió Sano, preguntándose por qué Ogyu le había citado. Seguramente, no era para intercambiar trivialidades. Pero Ogyu, como muchos otros miembros de las clases altas refinadas, nunca iban directamente al asunto. Arrodillado en el Tribunal de Justicia, Sano sentía como si él, o mejor dicho, su capacidad de comprensión fuese puesta en tela de juicio.

—Estos importantes, aunque desagradables asuntos, es mejor dejarlos en manos de las clases bajas. Y las acciones de uno tienen una forma más desafortunada de reflejarse desfavorablemente en los demás —Ogyu giró la cabeza para mirar hacia las ventanas del norte, en dirección al castillo.

Entonces Sano comprendió. Los espías e informadores abundaban en Edo; formaban parte de una red de inteligencia que ayudaba al sogún a mantener el control indiscutible de los Tokugawa sobre la nación. Seguramente, alguien había empezado a informar a Ogyu sobre las actividades diarias de Sano desde el mismo día que asumió su cargo como *yoriki.* Y este alguien debía de estar entre la multitud en el lugar del incendio. El magistrado le acababa de decir que, para un hombre de su rango, hacer el trabajo de un *doshin* avergonzaba a todo el gobierno y, en consecuencia, directamente al sogún. Aunque no quería contradecir a su superior, Sano se sintió obligado a defenderse.

—Honorable magistrado, el *doshin* y sus hombres habrían arrestado a un inocente, si no les hubiese detenido —dijo—. Interrogando a los testigos obtuvimos una descripción del verdadero pirómano y...

Ogyu levantó un dedo para hacer callar a Sano. El gesto era lo más parecido a una reprimenda que Sano nunca le había visto hacer. Sin embargo, en lugar de hablar de la investigación, Ogyu cambió de tema.

—Ayer tuve el privilegio de tomar el té con Katsuragawa Shundai.

Las sílabas de aquel nombre cayeron sobre Sano como un manto de hierro. El resto de las palabras de protesta que iba a pronunciar murieron en sus labios. Katsuragawa Shundai era su patrón, el hombre que le había conseguido el cargo.

Durante las guerras civiles del pasado siglo, el bisabuelo de Sano, vasallo al servicio del caballero Kii, había salvado la vida de un compañero soldado, jefe de la familia Katsuragawa. La fortuna de Katsuragawa había aumentado, mientras que la de los Sano menguó, pero aquel acto había vinculado a las dos familias inextricablemente. Sano recordó el día que su padre reclamó aquella vieja deuda...

Su padre le llevó consigo para ir a visitar a Katsuragawa Shundai al tesoro de la ciudad. Arrodillados en el lujoso despacho de Katsuragawa, habían aceptado cuencos de té.

—No me queda mucho tiempo de vida Katsuragawa-*san* —expresó su padre—. Por esta razón, solicito vuestra asistencia por lo que respecta a mi hijo. Yo no tengo fortuna para dejarle, y él es un simple tutor sin posibilidades y sin talentos especiales. Pero seguramente con vuestra influencia...

Katsuragawa no respondió inmediatamente a la pregunta no formulada. Encendió su pipa, luego lanzó una mirada inquisitiva a Sano. Finalmente dijo:

—Veré lo que puedo hacer.

Éste no alzó la vista de su cuenco. Esperaba que Katsuragawa no hiciese nada, porque sabía que su obligación para con su padre requeriría que aceptase cualquier cosa que se le ofreciese. No obstante, podía vivir con la idea de beneficiarse de la influencia de Katsuragawa. En tiempos de paz, los samuráis ya no conseguían sus fortunas con la espada. Sus esperanzas de éxito residían en obtener un cargo en la burocracia del gobierno, mediante la combinación de habilidad y contactos. Pero él odiaba la idea de dejar su estimada profesión por otra que le conviniese tan poco como ella a él.

La voz de Ogyu transportó a Sano de nuevo al presente.

—¿Confío en que nos entendamos?

—Sí, honorable magistrado —dijo Sano enérgicamente.

Ogyu acababa de recordarle su obligación para con su padre y Katsuragawa. Para cumplir aquella obligación, accedió a servir como comandante de policía cuando Ogyu, a petición de Katsuragawa le había ofrecido el cargo. No cabía ningún argumento en contra, ninguna acción independiente o comportamiento poco convencional. El deber, la lealtad y la devoción filial eran los principios cardinales del Bushido: el Camino del Guerrero, el estricto código que gobernaba la conducta del samurái. Su honor, la más alta y más importante de todas las virtudes, dependía de su observancia del código. Y el gobierno militar al cual servía Sano valoraba la conformidad y la obediencia mucho más de lo que en un momento dado pudiese hacer la búsqueda de la verdad y la justicia, que era, en comparación, fluida y negociable. Sano tenía que anteponer los deseos de su superior a expensas de los suyos propios. También se sintió profundamente desgraciado por la crítica implícita de Ogyu. Nunca más se aventuraría a salir del distrito administrativo para investigar de primera mano los casos que se cruzasen por la mesa de su despacho. A partir de ahora, aquellos casos seguirían siendo palabras en un papel. Se inclinó de nuevo, esperando que Ogyu le despidiese.

Pero Ogyu no había terminado.

—Me han informado de un pequeño asunto que debe ser tratado con la máxima discreción. Y harás exactamente lo que yo diga —dijo Ogyu.

Su desacostumbrada franqueza despertó la curiosidad de Sano.

—Un pescador ha sacado dos cuerpos del río, un hombre y una mujer —continuó Ogyu. Su pequeña boca se frunció en un gesto de repugnancia—. Un *shinju.*

La curiosidad de Sano aumentó. Los suicidios dobles por amor eran casi tan comunes y seguramente incluso más desagradables que los incendios que Ogyu le había ordenado dejar a manos de los *doshin.* A menudo, los amantes que no podían casarse, debido a la oposición familiar, elegían morir juntos con la esperanza de que podrían pasar la eternidad en el paraíso budista. ¿Por qué Ogyu quería implicarle en un insignificante *shinju*?

Ogyu dio respuesta a la pregunta que se había formulado mentalmente.

—Esto fue encontrado en el cuerpo de la mujer —dijo él, sacando una carta doblada de su escritorio y se la ofreció a Sano.

Sano se levantó, cruzó el *shirasu* y aceptó la carta. El delicado papel de arroz crujió en su mano cuando lo abrió y leyó los caracteres escritos con tinta por una elegante mano femenina.

> Adiós a este mundo y a la noche también adiós,
> Nosotros que andamos por el camino que conduce
> [a la muerte
> ¿A qué se podría comparar?
> A la escarcha del camino que conduce a la tumba
> Que se desvanece a cada paso que damos:
> ¡Qué triste es este sueño de un sueño!
>
> NORIYOSHI (artista)
> NIU YUKIKO

Sano reconoció el fragmento de una obra popular *Kabuki* sobre una pareja de amantes condenados. Ésta era su canción final antes de morir. Ahora sabía por qué Ogyu quería que el asunto fuese tratado con discreción. El hombre, Noriyoshi, era un campesino como la falta de un apellido y el añadido de su profesión dejaban claro. Un don nadie. Pero Yukiko era la hija del caballero Niu Masamune, gran señor de las provincias de Satsuma y de Osumi y uno de los más ricos y más poderosos daimio.

—Veo que apreciáis lo delicado de esta situación —dijo Ogyu—. Puesto que la causa de la muerte es obvia, despacharéis el asunto lo más rápida y discretamente posible. Os ocuparéis de que el cuerpo de Niu Yukiko sea devuelto a su familia e informaréis a vuestro personal que cualquiera que haga público su nombre o las circunstancias de su muerte recibirá el más severo de los castigos.

—Sin embargo, el hombre Noriyoshi... —Ogyu cogió un pincel y lo introdujo en su tintero—. Sobre Noriyoshi recaerá todo el castigo que dictan las leyes del país. Eso es todo, *yoriki* Sano.

Varias emociones entraron en conflicto y lucharon en el interior de Sano. Ogyu quería que cerrase el caso sin investigación. Para mantener la confidencialidad de la identidad de Yukiko y para la desgracia de la familia Noriyoshi porque se expondría su cadáver en público, según ordenaba la tradición para los amantes suicidas. Sin embargo, el insistente énfasis en la discreción de Ogyu había levantado sus sospechas. Su instinto le decía que probase la verdad acerca del *shinju.* No obstante había hecho la promesa solemne de comportarse correctamente y acatar las reglas.

—Sí, honorable magistrado —dijo inclinándose—. Obedeceré.

* * *

El edificio de la jefatura de policía ocupaba un emplazamiento en un rincón del extremo sur del distrito administrativo, alejado de las mansiones-oficinas y lo más lejos posible del castillo. Según los principios de la religión sintoísta, cualquier contacto con la muerte le confería una impureza ritual, una contaminación espiritual. Incluso la administración de las ejecuciones indirectas de la policía hacía que otros funcionarios les evitasen. La apariencia de sus cuarteles reflejaba su aislamiento: completamente rodeados por un alto muro, que no dejaba ver ni sus tejados desde la calle.

Los guardias de la entrada dejaron pasar a Sano y éste entregó su caballo a un mozo de cuadra. Cruzó un patio en el que se alineaban los barracones de los *doshin* y entró en el laberíntico edificio principal de madera. Atravesó la habitación que formaba la recepción, un espacio amplio y abierto interrumpido por pilares cuadrados. Allí reinaba el caos. Cuatro funcionarios estaban sentados en sus mesas sobre una plataforma elevada en el centro de la habitación: despachaban a los mensajeros y trataban con la multitud de visitantes que hacían cola ante ellos. Los *doshin* esperaban para firmar el registro al llegar o partir o para entregar sus informes. Los sirvientes iban y venían sin cesar por las entradas laterales, portando bandejas de té a las estancias interiores donde los *yoriki* tenían sus oficinas privadas. La mortecina luz diurna entraba por las ventanas, atravesando con sus rayos el humo del tabaco de las numerosas pipas. El nivel de sonido se mantenía en un civilizado murmullo en el que alguna voz se alzaba de vez en cuando. No obstante, esta vez Sano encontró el interior de la recepción silencioso, vacío excepto por dos hombres. Ambos vestían un traje formal, completo, de pantalones de seda largos y holgados y túnicas de anchos hombros atadas a la cintura con amplios fajines, del más moderno corte y diseño. El aroma de esencia de gaulteria emanaba de sus cabellos meticulosamente peinados. Ellos eran el arquetipo del *yoriki* orgulloso, pendiente del estilo y la apariencia.

—Yamaga-*san*. Hayashi-*san*. —Sano se inclinó—. Buenos días.

Yamaga, el de más edad y más alto, inclinó la cabeza ligeramente en señal de reconocimiento. Con el rostro radiando hostilidad no contestó al saludo de Sano. Hayashi, un hombre de la edad de Sano, torció sus delgados labios en una sarcástica sonrisa.

—Buenos días, recién llegado —dijo él—. Confío en que vuestro trabajo os vaya bien. O al menos todo lo bien que se podría esperar de uno que no nació para esta responsabilidad.

Su aire burlón convertía las solícitas palabras en un insulto.

Entristecido, Sano les observó mientras se iban. No tardó en constatar que no haría fácilmente amigos entre sus cuarenta y siete colegas. A diferencia de él, ellos eran verdaderos *yoriki* que habían heredado el cargo de sus padres. El hecho que un intruso no cualificado se introdujese con tanta facilidad en su cargo era una afrenta para sus familias y para su orgullo profesional. Ahora, la fría desaprobación le siguió mientras descendía por el largo pasadizo y entraba en las estancias de sus propias oficinas, moviendo la cabeza y saludando a los funcionarios que estaban bajo su supervisión.

Cuando el policía abrió la puerta corrediza de su oficina privada, se encontró con otra fuente de descontento esperándole. Hamada Tsunehiko, su secretario personal de dieciséis años, estaba holgazaneando sobre las esteras que estaban cerca del brasero de carbón que calentaba la habitación, leyendo un libro de cuentos ilustrado. Los informes que Sano le había dado para archivar estaban por allí olvidados, aún sobre su escritorio. Su cuerpo regordete forzaba las costuras de un quimono de algodón negro con dibujos de remolinos blancos y bordado a cuadrados rojos. La parte superior afeitada de la cabeza le hacía parecer menos un samurái adulto que un niño enorme. Cuando vio a Sano, su rostro redondo y rechoncho reflejó una expresión de horror casi cómica.

—¡*Yoriki* Sano-*san*! —exclamó—. ¡Habéis vuelto! —Rápidamente se puso como pudo de rodillas e hizo una reverencia, no sin antes esconder el libro fuera de la vista, debajo de sus nalgas—. ¡Espero vuestras órdenes!

Sano miró a Tsunehiko con exasperado afecto. El padre del secretario, un poderoso burócrata, que quería que su hijo perezoso y poco brillante tuviese una ocupación, había convencido a Ogyu para que encontrase un trabajo a Tsunehiko. Ogyu le había asignado a la oficina de Sano. Hasta el momento se había mostrado gandul e incapaz de llevar a cabo ni siquiera las tareas más simples al primer intento. Además, hacía ruido, al respirar con fuerza por la nariz, crónicamente tapada, una irritación más que añadir. Aun así, a Sano se le hacía imposible odiar a Tsunehiko. El muchacho era alegre, de naturaleza bondadosa e igualmente tan fuera de lugar como se sentía el propio Sano.

—Está bien, Tsunehiko —dijo Sano—. Por favor redacta este informe —se arrodilló ante su mesa mientras Tsunehiko cogía del armario papel y todo lo preciso para escribir. Después de que el joven depositase la tinta y se colocase en su mesa más pequeña, Sano empezó:

—El decimosexto día del doceavo mes, del año uno Genroku —dictó—. Concerniente al asunto de los suicidios del artista Noriyoshi y la dama Niu Yukiko...

Hizo una pausa cuando Tsunehiko dejó escapar una exclamación de consternación ante los dos caracteres que había escrito y luego arrugó el papel. Un error, ya: la habilidad caligráfica y de escribir al dictado del secretario eran mínimas. Sano hubiese preferido escribir los informes él mismo, pero tenía que acatar las reglas, incluso en algo tan nimio como utilizar al incompetente secretario que le habían asignado. Igual que él tenía que emitir un informe según las órdenes del magistrado Ogyu, aunque fuera contrario a lo que le decía su instinto. Además, no quería herir los sentimientos del muchacho. Esperó a que Tsunehiko cogiera una hoja de papel en blanco del armario. Después, juntos, lenta y tediosamente completaron el informe con el acompañamiento de la laboriosa respiración de Tsunehiko. Sano releyó el cuarto y definitivo borrador, vio con alivio que no contenía errores y lo selló con su sello.

—Lleva esto al funcionario jefe y le dices que transmita las órdenes a los departamentos implicados —le ordenó a Tsunehiko.

—¡Sí, *Yoriki* Sano-*san*! —Tsunehiko cogió el informe, lo enrolló y lo ató con una cinta de seda. Aún respirando fuertemente, se alzó y abrió la puerta corrediza.

Unas risas sonaron por el pasadizo. Yamaga y Hayashi pasaron dejando tras de sí el sonido del roce de sus ropajes.

—Esta noche causaremos sensación en Yoshiwara —oyó decir Sano a Yamaga—. Las mujeres satisfarán todos nuestros deseos.

—¡Entonces no nos demoremos! —replicó Hayashi.

Sus risas resonaron nuevamente mientras desaparecían.

Frases sueltas de una conversación lasciva llegaron hasta Sano:

—... trasero voluptuoso... entrepierna fragante...

De repente una imagen del futuro pasó ante él. Vio lo que sucedería si seguía el camino que Ogyu había preparado para él. Sus principios perderían su significado. Acabaría como Yamaga y Hayashi, que se preocupaban más por la moda y por la tradición que por su trabajo. Dejaría que sus subalternos se ocupasen de su departamento mientras él dejaba su puesto presto a retozar con las prostitutas en el barrio del placer. Sacrificaría la verdad por la seguridad, la justicia en beneficio de la comodidad.

—¡Espera! —ordenó a Tsunehiko.

Arrebató de un manotazo el informe que su sorprendido secretario llevaba en la mano y lo rompió en dos pedazos. Rápidamente, escribió otro informe requiriendo una investigación más detallada de las muertes de Noriyoshi y Yukiko al clasificarlas como sospechosas. Entregó este último a Tsunehiko. A continuación, salió de la habitación dando grandes zancadas. No quería progresar en su cargo sin ningún esfuerzo, cosechando las seguras recompensas que le reportaría la obediencia sin cuestionamiento alguno. Por el contrario, él quería sentir la emoción de perseguir la verdad, igual que lo había hecho cuando era erudito o durante la investigación del incendio, y experimentar así la euforia de saber que descubriéndola, había hecho algún bien. De alguna manera, tenía que reconciliar los deseos personales con el Camino del Guerrero y sus obligaciones para con su familia y su señor.

Debía descubrir la verdad sobre el *shinju.*

DOS

La cárcel de Edo era un lugar de muerte y de corrupción al que nadie iba jamás voluntariamente. Sano nunca la había visto antes y tampoco lo hubiese hecho ahora, excepto porque sabía que los cuerpos de Noriyoshi y Yukiko habían sido llevados a la morgue que se encontraba en aquel lugar. Ahora inspeccionaba la cárcel con una mezcla de curiosidad e inquietud.

La prisión de Tokugawa se extendía a lo largo del estrecho canal que formaba un foso delante de su entrada. Las torres de guardia se erguían colgadas en cada esquina de las altas murallas de piedra que se alzaban directamente del agua estancada. Un oscuro líquido de naturaleza inidentificable y, probablemente, incalificable, se escurría poco a poco por los agujeros que había en la base de la muralla que bajaba hacia el canal. Por encima de ésta, sobresalían los tejados de dos aguas. Los signos de negligencia y abandono ofrecían un mudo testimonio de la repugnancia que sentía la ciudad hacia la cárcel y sus ocupantes: la maleza y el musgo crecían entre las piedras, a los tejados les faltaban tejas y el yeso estaba desconchado. Un puente de madera destartalado cruzaba el canal e iba a parar al puesto de guardia y a los portales de un inmenso portalón de madera reforzada con barras de hierro. Alrededor de la cárcel se encontraban las serpenteantes calles de Kodemma-cho con sus grises chozas. Ubicada cerca del río en el sector noreste de Nihonbashi, Kodemma-cho procuraba un lugar ideal para la cárcel: tan lejos del castillo y del distrito administrativo como lo permitía la conveniencia.

Sano agradeció los gritos estridentes de los niños harapientos jugando por las calles y el aroma grasiento de la comida frita que provenía de las cocinas de los patios traseros. Enmascaraban los sonidos y los olores que emanaban de la cárcel. El temor recorrió su espina dorsal al recordar las historias que había escuchado sobre los que estaban allí. Inspirando profundamente, espoleó su caballo para que atravesase el puente.

Se produjo una gran conmoción en el puesto de guardia a la llegada de Sano. Al desmontar y atar su caballo a un poste, los tres guardias casi cayeron uno sobre otro al intentar salir por la puerta. Vio que intercambiaban miradas de confusión y después hacían una profunda reverencia.

—Estamos a vuestro servicio, amo —dijeron los guardias a coro.

Sano se fijó en su aspecto descuidado y el pelo corto, en la armadura de piel y en los calzones, todo demasiadas veces remendado, y en la única espada larga que llevaban. Eran plebeyos —probablemente antiguos criminales de poca monta—, a los que se permitía llevar armas para que los samuráis no tuviesen que prestar sus servicios en tal degradante trabajo.

—Soy el *yoriki* Sano Ichirō —dijo—. Quiero interrogar al hombre que ha traído esta mañana los cuerpos de las víctimas del doble suicidio.

Los guardias dejaron escapar una exclamación. Lo más probable es que nunca hubiesen recibido la visita de un *yoriki*, pensó Sano, y, menos aún, que escuchasen una petición tan poco usual de uno de ellos; estaba seguro de que ninguno de sus colegas había puesto un pie en aquel lugar. Uno de los guardias soltó una nerviosa risita apagada. El hombre corpulento que estaba a su lado, presumiblemente el jefe, le dio un fuerte revés con la mano.

—¿A qué estás esperando? —gruñó—. ¡Llévale ante el guardián inmediatamente!

El guardia descorrió las gruesas vigas de madera que cerraban la puerta. Sano entró en el complejo de la cárcel, preparado para lo peor.

La primera impresión que tuvo del complejo fue tranquilizadora. En un sencillo patio de tierra compacta, patrullaban cinco guardias más. El hedor a orina flotaba en el aire, pero no era peor que el que desprendían los retretes de los barrios pobres de Edo. Unos treinta pasos más allá, se alzaba un lúgubre edificio de madera con gruesos barrotes en sus ventanas. Al traspasar la puerta maciza, vio la entrada de una habitación que podría ser la de una oficina del distrito administrativo, excepto por la raída apariencia de los muebles y los trabajadores. El guardia le condujo por el corredor externo y llamó a una puerta.

—¡Entra!

Inclinándose ante alguien que estaba dentro, el guardia dijo: «Honorable guardián, os traigo a un distinguido visitante». Se hizo a un lado y dejó pasar a Sano al interior.

El guardián, un hombre robusto, con la mesa de su escritorio llena de papeles, recibió la petición de Sano con una mirada de asombro. Luego se encogió de hombros y dijo al guardia:

—Trae al *eta.*

Se dirigió a Sano con un tono de disculpa.

—Tengo que pediros que lo veamos fuera, *yoriki.* No les está permitida la entrada en este edificio.

—Por supuesto.

Sano siguió nuevamente al guardia hacia el patio, reflexionando acerca de esa pequeña parcela de protocolo carcelario. Los *eta* eran los parias de la sociedad. Su vínculo hereditario con las ocupaciones relacionadas con la muerte, tales como el matadero o el curtido de pieles, les convertía en impuros espiritualmente. En consecuencia, las otras clases sociales los marginaban. Vivían alejados del resto de la población en los barrios bajos, en el extrarradio de la ciudad. No podían casarse con personas que no fuesen de su clase ni escapar de ello. Realizaban las tareas más sucias y de menor importancia: vaciaban pozos negros, recogían la basura, retiraban los cuerpos después de las inundaciones, de los incendios y de los terremotos y formaban el personal de la cárcel y de la morgue. Sano era consciente de que los *eta* eran los que manipulaban los cadáveres en aquel lugar; pero no había reparado en que, incluso dentro de la cárcel, había ciertas áreas que les estaban restringidas.

—Por favor, esperad aquí, caballero —el guardia desapareció tras la esquina del edificio. Enseguida regresó con tres hombres, todos vistiendo idénticos quimonos cortos de muselina de color crudo.

Dos de ellos aún no habían llegado a los veinte años, el otro hombre debía de tener unos cuarenta. Con los ojos cautelosos como los de los animales atrapados, inmediatamente cayeron de rodillas ante él, con las frentes tocando el suelo y los brazos extendidos. Los dos más jóvenes estaban temblando, y Sano sabía por qué: un samurái podía matarles si se le antojaba, para probar una espada nueva, si así lo deseaba, sin temor de represalias. Pero también él había escuchado terroríficas historias sobre el sufrimiento infligido a los prisioneros por los *eta* carceleros, torturadores y verdugos. Ahora él se dirigió a ellos con una mezcla de piedad y repugnancia.

—Habéis recogido los cuerpos del *shinju* esta mañana, ¿no es así? —preguntó Sano.

Silencio. Luego el hombre de más edad dijo:

—Sí, mi amo. —Los otros le secundaron, débilmente.

—¿Visteis algún signo de que no eran suicidios? ¿Alguna herida? ¿Moretones?

—No, mi amo —dijo el mayor. Los demás temblando violentamente no respondieron.

—No temáis. Pensad. Contadme qué aspecto tenían los cuerpos.

—Lo siento, mi amo, no lo sé.

Después de varios intentos más, Sano se dio cuenta de que no obtendría ninguna información útil de aquellos hombres asustados e incapaces de expresarse.

—Podéis iros ya —dijo, decepcionado.

Los dos jóvenes se alejaron a toda prisa, aún de rodillas, luego se levantaron y echaron a correr. Pero el mayor no se movió.

—Honorable amo, suplico vuestro permiso para intentar ayudaros —dijo.

La esperanza de Sano renació.

—¡En pie! —ordenó, porque quería ver mejor a ese *eta* que tenía el valor de hacerse valer—. ¿Qué es lo que quieres contarme?

El *eta* se puso de pie. Tenía el pelo gris y unos ojos inteligentes hundidos en un rostro cuadrado y serio, y un porte digno.

—Yo no puedo deciros nada, mi amo —afirmó, mirando a Sano directamente a los ojos—. Pero puedo llevaros hasta alguien que sabe todo lo que hay que saber.

Intrigado, Sano dijo:

—Muy bien.

Siguió al *eta* por el mismo camino que el guardia había tomado, alrededor del edificio y luego a través de otro patio. Allí vio un inmenso edificio de yeso sin pintar, alzado sobre unos altos cimientos de piedra: la cárcel propiamente dicha. Unas minúsculas ventanas a mucha distancia del suelo le daban el aspecto de una fortaleza. Cinco guardias más les dejaron pasar por una puerta incluso más gruesa y más fuertemente reforzada que la puerta principal.

El ruido y el hedor atacaron simultáneamente los sentidos de Sano. Lamentos y sollozos salían de detrás de las sólidas puertas que se alineaban por el pasadizo. Un par de carceleros pasaron empujando a Sano. Uno golpeaba ruidosamente cada puerta, añadiendo más ruido al estruendo reinante.

—¡Os estamos vigilando, apestosos hijos de puta! —gritó—. ¡Comportaos!

El otro introducía bandejas en cada celda a través de unas ranuras en la parte inferior de las puertas. Bajo la escasa luz diurna que brillaba a través de las ventanas al final de cada pasadizo, Sano vio que las raciones eran vegetales podridos y arroz mohoso. Una gran cantidad de moscas zumbaba por el lugar, posándose en su rostro y sus manos. Las espantó furiosamente. Un intensísimo hedor a orina, heces y vómito inundó su nariz: intentó no respirar; riachuelos de agua asquerosa salían de las celdas y recorrían el suelo de piedra. Sano soltó un grito ahogado cuando una rata enorme cruzó ante él a toda prisa. Rápidamente, el *eta* lo condujo por una esquina hacia otro pasadizo. Allí el ruido menguó, aunque no el hedor. Sano empezaba a relajarse cuando de pronto una puerta se abrió. Dos carceleros corrían hacia él, arrastrando entre ellos a un hombre desnudo e inconsciente. La sangre manaba de la nariz del hombre y cortes recientes cubrían su torso. Los carceleros abrieron una celda y echaron al hombre dentro. Cuando Sano pasó, vio de reojo a cinco hombres escuálidos echados en un charco de mugre en aquel espacio apretado. Apartó la vista horrorizado. ¿Cómo era posible que alguien mereciese aquel trato? ¿Acaso el gobierno no podía controlar a sus súbditos de alguna otra manera que no fuese torturando y matando de hambre a los que incumplían la ley? El hecho de que la mayoría de las sentencias fuesen cortas parecía una dudosa bendición: muchos prisioneros eran ejecutados después de sus juicios. Que el gobierno al que servía hiciese tales cosas le asustaba e intentó no pensar en ello.

Entonces, por suerte, el *eta* lo llevó al exterior donde pudo respirar aire frío y fresco. Se encontraban en otro patio rodeado por una valla de bambú. Sano inspiró grandes bocanadas de aire agradecido.

—La morgue, amo —el *eta* abrió la puerta de un edificio con el techo cubierto de tejas y le hizo un gesto para que entrase.

Sano dudó. Temía que fuera lo que fuese lo que le esperaba en la morgue podría ser peor que cualquier cosa que hubiese visto hasta el momento. Pero cuando pasó al interior, se encontró solamente con un suelo de madera con armarios empotrados y nichos de piedra cubriendo las paredes; en el centro, dos mesas altas hasta la cintura y de lados elevados. Un hombre estaba allí de pie ante la ventana abierta, de perfil a Sano, leyendo un libro a la luz del atardecer que ya se retiraba. Vestía una larga bata azul marino, el uniforme tradicional de los médicos, con una manta gris por encima de los hombros para guardarse de la húmeda frialdad de la habitación. Se dio la vuelta. Con sólo una mirada Sano tuvo la impresión de que le reconocía.

El hombre debía rondar los setenta años, con una frente alta y huesuda y pómulos prominentes. Un profundo surco recorría ambos lados de su larga y ascética nariz hacia la estrecha línea de su boca. Llevaba sus cabellos blancos cortos, que retrocedían en las sienes pero crecían abundantemente en el resto de su cuero cabelludo. Sus ojos sagaces observaron a Sano con disgusto y miró hacia el libro como si le molestase la interrupción. Sano, siguiendo su mirada, también se fijó en el libro. Al acercarse vio un dibujo del cuerpo humano cubierto de palabras extranjeras.

El libro extranjero, los rasgos distintivos del hombre y el uniforme le identificaron inmediatamente ante Sano. Hacía unos diez años había visto a ese hombre desfilando por las calles de Edo caído en desgracia. Él había visto aquel rostro en los tablones de anuncios de la ciudad y en los boletines distribuidos por los vendedores de noticias.

—¡Doctor Ito Genboku! —exclamó Sano—. Pero yo

pensaba... —Se detuvo para no ofender al doctor con observaciones personales.

Hacía cincuenta años el gobierno había instituido una política de estricto aislamiento del mundo exterior. Iemitsu, el tercer sogún Tokugawa, había querido estabilizar el país después de tantos años de guerra civil. Temiendo que las armas extranjeras y la ayuda militar permitiría a algunos daimio derrocar su régimen, había expulsado a los mercaderes portugueses, a los misioneros y a otros extranjeros de Japón purgando el país de cualquier influencia extraña. Sólo los holandeses tenían privilegios comerciales. Confinados en la isla de Deshima en la bahía de Nagasaki, los mercaderes eran vigilados día y noche; su contacto con los japoneses se limitaba a los vasallos de más confianza del sogún. Hasta el momento, los libros extranjeros estaban prohibidos; cualquiera que fuera descubierto practicando ciencia extranjera se enfrentaba a un duro castigo.

Sin embargo, había surgido un movimiento clandestino entre los intelectuales. Los *rangakusha* japoneses, eruditos del aprendizaje del holandés, procuraban libros extranjeros de medicina, astronomía, matemáticas, física, botánica, geografía y ciencia militar por los canales ilegales. Continuaban su aprendizaje prohibido en secreto. Ahora Sano se maravillaba al descubrirse en presencia del más famoso de los *rangakusha.* Un hombre al que admiraba secretamente y nunca había olvidado. El doctor Ito Genboku, médico de la familia imperial, había sido exiliado a Enoshima por practicar medicina holandesa y llevar a cabo experimentos científicos. ¿Qué estaba haciendo allí?

—Sí, soy Ito Genboku, y no, nunca fui a Enoshima —dijo Ito, haciéndose eco de los pensamientos de Sano. Tenía una voz seca pero agradable. El humor y la ironía teñían sus palabras cuando añadió:

—Alguien consideró que mi cargo como custodio de la morgue de Edo era mucho peor que el exilio. Sin duda los Tokugawas así lo creyeron cuando cambiaron los términos de mi sentencia. No obstante, tiene sus compensaciones —alzó el libro—. Aquí puedo continuar mis estudios en paz. A nadie le importa, con tal de que la morgue funcione como la seda —y luego añadió abruptamente—: ¿Quién sois y qué queréis?

Cuando Sano se presentó y explicó por qué había ido hasta allí, se dio cuenta de que no había presentado los pertinentes saludos al doctor Ito. Algo en Ito hacía que las formalidades pareciesen innecesarias. Tal vez era la desacostumbrada forma directa o el hecho de que su situación de médico le colocaba fuera del rígido sistema de clases que definía las relaciones entre los demás hombres.

—Los *eta* no pudieron decirme nada y, por consiguiente, éste me ha llevado hasta vos. ¿Visteis algo que indicase que las muertes eran algo más que un suicidio?

—Ni siquiera he visto los cuerpos. Por desgracia he estado ocupado con los que perecieron en el incendio de esta noche. —El doctor Ito le lanzó una mirada retadora a Sano—. Tal vez la mejor manera de que obtengáis conocimientos de las muertes sería ejercitando vuestros propios poderes de observación en lugar de fiaros de los míos. Sin embargo, Niu Yukiko ya ha sido devuelta a su familia para el entierro.

Así que el magistrado Ogyu no se había fiado completamente de él después de todo —pensó Sano—. Había emitido la orden de devolución él mismo para que no quedase ningún resquicio para los errores o la negligencia.

—Pero aún tenemos el cuerpo de Noriyoshi —continuó Ito—. ¿Queréis examinarlo conmigo?

Sano se sintió atrapado. La tradición sintoísta en la que se había educado enseñaba que cualquier contacto con los muertos confería una contaminación espiritual. Pero admitir su miedo o envilecimiento ante ese hombre sería una vergüenza. Su pequeña búsqueda independiente de la verdad y el conocimiento parecía insignificante ante el sacrificio de Ito.

—Sí, Ito-*san* —respondió.

El doctor Ito se dirigió al *eta*.

—Mura-*san* —dijo, usando la forma respetuosa de tratamiento que le daría a cualquier otro hombre—. Ve y trae el cuerpo de Noriyoshi.

Mura abandonó la habitación. Cuando regresó, los otros dos *eta* que habían sido llevados ante Sano le acompañaban. Mura sostenía un bulto de ropa, que entregó al doctor Ito. Los otros dos transportaban una larga forma envuelta en algodón blanco, la colocaron en una de las mesas y empezaron a desenvolverla.

—Son los efectos personales de Noriyoshi —dijo Ito, ofreciendo el bulto de ropa a Sano.

Sano esparció el contenido en la otra mesa, posponiendo su primera mirada al cuerpo que emergía de la mortaja. Envuelta en los pantalones azules y el quimono encontró una sandalia de paja.

—Un hombre pobre —observó Sano, pasando los dedos por el material barato y ordinario de las ropas. La sandalia, muy desgastada por el talón interior, podría haber pertenecido a cualquier plebeyo. Suspiró.

Los Niu se habrían opuesto a la boda entre él y Yukiko simplemente por esta razón. ¿Se había arriesgado a la cólera de Ogyu y afrontado los horrores de la cárcel para nada? Tal vez, después de todo, era un suicidio por amor.

—Quizá el mismo Noriyoshi nos lo dirá —el doctor Ito dejó a un lado su libro y se dirigió al cuerpo ahora ya expuesto. Aunque su postura era erguida y autoritaria, se movía con cautela. Un espasmo de dolor cruzó su rostro.

—Podéis iros —dijo a los *eta* que habían transportado el cuerpo—. Mura-*san*, me gustaría que te quedases.

Incapaz de posponer más la vista del cuerpo, Sano miró hacia la mesa.

Su primera sensación fue de alivio. La rigidez que mantenía tiesas las extremidades de Noriyoshi, con los dedos de los pies apuntando directamente al techo, y su boca abierta le hacían parecer más una especie de muñeco grotesco que un hombre que una vez había vivido y respirado. No guardaba ningún parecido con los cadáveres mutilados que Sano había visto en las zonas de ejecución pública o los cuerpos hinchados que sacaban de los canales después de una inundación. Barro y tiras de algas acuáticas colgaban de su piel desnuda y de su taparrabos, pero no había sangre ni ningún signo de descomposición. Ahora con curiosidad, Sano se acercó a la mesa para verlo de cerca. Las magulladuras de color rojo oscuro que rodeaban las muñecas y los tobillos de Noriyoshi captaron su atención.

—Rozaduras de las cuerdas que le ataban a Yukiko —explicó el doctor Ito.

Aparte de esto, Noriyoshi no tenía ninguna otra señal. Su estómago era prominente y su rostro regordete, pero sus brazos y piernas eran enjutos y nervudos y conservaba casi todos sus dientes. Antes de su muerte, aparentemente, al menos disfrutó de buena salud por tratarse de un hombre de cuarenta y tantos años. Si es que había muerto por otras causas que no fuese ahogado, no lo mostraba.

—Ya he visto suficiente —dijo Sano—. Gracias por...

Pero el doctor Ito parecía no escucharle. Frunció el ceño ante Noriyoshi y dijo:

—Mura-*san,* dale la vuelta.

El *eta,* amablemente, hizo rodar el cuerpo hacia un costado. El doctor Ito se inclinó sobre él, escrutando la cabeza y el cuello.

Sano también se acercó más. Entonces captó el olor del cuerpo: un hedor dulzón y asqueroso a matadero, mezclado con la suciedad podrida del río. Se echó hacia atrás hacia la ventana abierta. Ito hizo un gesto al *eta* para que pusiese a Noriyoshi boca abajo.

—¿Qué ha causado esto? —preguntó Sano, señalando lo que parecía una gran contusión rojiza que manchaba la espalda, las nalgas, los brazos y las piernas de Noriyoshi.

—La sangre que se amontona después de la muerte —cogiendo una tela que llevaba en su bata, Ito se cubrió la mano con ella. Luego empezó a mover la cabeza de Noriyoshi. A pesar de ser un doctor de actitudes progresistas, aparentemente no había superado su propia aversión a la muerte.

—Mura-*san*, un cuchillo y una cuchilla —ordenó Ito. Y luego dijo a Sano—: hay un trozo aplastado aquí, en la base del cráneo. Ahora lo veremos mejor.

Sano miró pero no vio nada. No quería tocar la cabeza. Esperó que Mura cortase un trozo de pelo y rasurase el cráneo en el lugar que Ito señaló. Luego vio la hendidura de un color púrpura lívido. Cambió su mirada al rostro de Ito y la mantuvo allí.

—¿Qué lo ha causado? —¿Un golpe lo mató antes de que lo lanzasen al río?

—O tal vez una roca o un pilar lo golpeó cuando saltó al río —el doctor Ito enfatizó las últimas palabras—. O durante la primera hora después de la muerte, cuando una contusión aún puede producir un morado. Me es imposible decirlo. Pero hay una forma de averiguar si se ahogó.

El pulso de Sano se aceleró. El instinto le decía que un asesino había infligido la herida de Noriyoshi. Y tenía que saberlo con seguridad.

—¿Cómo? —preguntó ansiosamente.

—Si se ahogó, tendrá agua en su interior —respondió Ito—. Pero para saberlo, tenemos que abrirle.

Sano se quedó mirando fijamente a Ito, horrorizado. La disección de un cuerpo humano, así como cualquier otro procedimiento incluso remotamente asociado con la ciencia extranjera, era igualmente ilegal como lo era en el momento del arresto de Ito. Quizá las autoridades ya no se preocupaban de si Ito incumplía la ley, pero ¿qué sucedería con él? Si las personas equivocadas llegasen a enterarse, no sólo perdería su cargo, sino que sería desterrado y nunca más vería su hogar o a su familia. Empezó a protestar, pero la mirada del doctor Ito le hizo enmudecer y sus palabras quedaron suspendidas en el silencio. *Lo arriesgué todo para buscar las verdades prohibidas* —parecían decir sus inteligentes ojos—. *¿Hasta dónde estás dispuesto a llegar?* La mente de Sano retrocedió ante el silencioso desafío. Intentó imaginar las figuras de su padre, del magistrado Ogyu. Se recordó sus obligaciones para con ellos. Pero, en lugar de eso, vio a los ayudantes del *doshin* apaleando a un indefenso vagabundo. Nuevamente sintió el impulso del momento en que había corregido una injusticia y llevado la investigación de nuevo al camino de la verdad.

—Está bien —dijo.

Tan pronto como las palabras salieron de su boca, se dio cuenta de que ya se había comprometido cuando aceptó ver el cuerpo. Él había dado el primer paso y ahora ya no tenía ninguna elección para dar el segundo.

A un movimiento de cabeza de Ito, Mura fue al armario. Sacó una bandeja de madera con herramientas: sierras de metal, cuchillas largas y una colección de cuchillos e instrumentos que Sano no había visto nunca. Debían ser de origen holandés. Mura colocó la bandeja sobre la mesa junto al cuerpo, luego fue de nuevo al armario y sacó un trapo blanco y se lo ató, cubriendo la mitad inferior de su rostro.

Estos movimientos precisos, así como la tubería de bambú que salía de un agujero practicado en la mesa y que iba a parar a un desagüe en el suelo, delataron a Sano que ésa no era la primera disección que se realizaba en aquel lugar. La habitación había sido preparada para los experimentos de Ito.

Mura puso el cuerpo de Noriyoshi de espaldas. Escogió un largo y afilado cuchillo y lo alzó sobre el pecho de Noriyoshi. Aparentemente él y no Ito, realizaría realmente el corte. A pesar de sus puntos de vista poco convencionales, Ito seguía la tradición de dejar que el *eta* manejase al muerto.

Sano observó con horrorizada fascinación cómo la hoja cortaba limpiamente la piel de Noriyoshi y bajaba del centro de la base de la clavícula hasta el ombligo.

—¿No sangra? —preguntó, aliviado de que le ahorrasen la vista de la sangre. Los filos en carne viva de color rosado del corte ya eran lo suficientemente desagradables. El corazón le latía con fuerza; tenía las manos frías y húmedas.

—Los muertos no sangran —repuso el doctor Ito.

Ahora Mura hizo varios cortes perpendiculares al primero. Insertó un instrumento con una hoja plana en uno de ellos.

Sano miró el tejido rojo brillante que apareció cuando Mura dobló la piel hacia atrás de la caja torácica de Noriyoshi, y las resbaladizas manos de Mura blandiendo el instrumento para intentar sacarlo. Tragó con dificultad. Las náuseas lo invadían y el sudor bajaba por su rostro a pesar del aire frío que entraba por la ventana. Su piel se erizó. Luchó contra el mareo intentando concentrarse en alguna otra cosa. No podría hacer que mostrasen el cadáver de Noriyoshi y lo expusieran al público, las marcas de la disección quedarían a la vista. Cuando regresase a su oficina tendría que redactar una orden de cremación. Pero la distracción falló. Sin querer mirar, y sin embargo incapaz de apartar la vista, miró las tripas de Noriyoshi que quedaban al descubierto. Las brillantes y pálidas costillas con un par de lóbulos esponjosos de un color gris rosado y un objeto rojo y carnoso entre ellas. Los retorcidos tubos de las vísceras sobresalían por el filo inferior del corte. Como un animal desollado, pensó con una sensación de mareo. Y el hedor que emanaba de la cavidad abierta era el mismo, también: dulzón, fuerte y podrido.

Como los demás hombres de su edad, nunca había ido a la guerra. Conocía sus atrocidades, por supuesto: hombres decapitados con un simple corte de espada o un disparo de armas traídas de tierras bárbaras. Extremidades seccionadas. Cuerpos hechos pedazos. Había leído informes de ello en los libros de historia y escuchado los relatos que se transmitían de generación en generación. De alguna forma, él siempre había imaginado las carnicerías de las batallas como algo noble, necesario y parte del deber de un samurái. Aquella..., aquella fría y deliberada mutilación de un cuerpo humano, le parecía obscena. Era una profanación en su peor forma. Pudo sentir la contaminación manchando su piel, filtrándose por sus orificios nasales, nublando sus ojos. Se le revolvió el estómago. Incluso su sudor parecía contaminado. No se atrevía ni a tocarse. Apretó los labios para que no entrase en su boca.

—Mura-*san*, las dos costillas inferiores de la derecha —dijo Ito.

Sano vio que Mura sujetaba una costilla entre las fauces de un par de pesadas pinzas. Cerró los ojos cuando escuchó el nauseabundo crujido de un hueso roto, una vez, dos. Cuando los volvió a abrir vio por qué Mura se había cubierto el rostro. Trozos de tejido rojo salpicaron la tela blanca justo por encima de la boca del *eta*.

—Bien —asintió Ito—. Ahora corta..., aquí—. Dibujó una línea en el aire por encima del lugar donde habían estado las costillas, sobre la sección del lóbulo esponjoso ahora expuesto. Y dijo a Sano:

—Si hay agua, estará en las bolsas respiratorias.

Sano asintió rápidamente, temiendo que si abría la boca para decir algo acabaría vomitando. Observó cómo el fino cuchillo cortaba la bolsa respiratoria y se preparó para el chorro de fluido.

No salió nada. En lugar de eso, la bolsa simplemente se encogió un poco, como la vejiga natatoria de un pez.

—No hay agua —una adusta satisfacción invadió el rostro del doctor Ito—. Este hombre no se ahogó. Murió antes de entrar en el agua. Fue asesinado y después echaron su cadáver al río.

La visión de Sano se oscureció y sus piernas se doblaron bajo su peso, luego empezó a tener arcadas.

—*Yoriki* Sano-*san*. ¿Os encontráis mal?

Sano intentó responder, pero la bilis abrasaba su garganta. Sin despedirse correctamente, salió a toda prisa de la habitación. Tenía que salir. Rápidamente.

Los pasadizos de la cárcel parecían interminables; los gritos de los prisioneros eran los sonidos de los demonios en el infierno. Por fin, Sano consiguió llegar a la puerta. Subió como pudo al caballo y cruzó el puente hasta la mitad ya que tuvo que detenerse porque una vez más se le revolvió el estómago. Desmontó y vomitó en el canal. Pero cuando se le pasó el mareo no se sintió demasiado aliviado. Se sentía horriblemente mancillado por su experiencia. Consciente solamente de su deseo de poner el máximo de distancia de por medio entre la cárcel de Edo y él mismo, cabalgó a ciegas furiosamente, a todo galope bajo las sombras del ocaso.

Después, alzándose ante él como una bendición de los dioses, apareció un edificio con una cortina de color azul marino colgando en su fachada. La cortina mostraba el carácter *yu*: agua caliente; una casa de baños. Sano tensó las riendas y saltó de su caballo. Entró a toda prisa y lanzó algunas monedas en el mostrador.

—¡Señor, el precio son sólo ocho *zeni*! —exclamó el encargado, alargando la mano para devolverle el cambio.

Sano le ignoró. Cogió una bolsa de jabón de salvado de arroz del mostrador y entregó con un empujón sus espadas al ayudante para que se las guardase. A toda prisa, se metió en el área de baños. En la penumbra de la humeante habitación, hombres en taparrabos y mujeres con finas prendas interiores que usaban bajo los quimonos se frotaban y lavaban o permanecían en remojo en la tina más honda. Haciendo caso omiso de las miradas curiosas, se quitó la ropa, lanzándolas en un montón de cualquier manera. Se restregó la piel con el jabón hasta hacerse daño y se echó un cubo de agua sobre la cabeza. Luego entró en la bañera y se sumergió completamente una y otra vez. El agua estaba hirviendo y era espumosa por los residuos de jabón, pero se obligó a sí mismo a dejar los ojos y la boca abierta para que se pudiese limpiar tanto por dentro como por fuera.

Finalmente, empezó a sentir una sensación de paz. Ya no se sentía contaminado. Dejando escapar un suspiro salió de la bañera y se fue a sentar en un banco, en la habitación de vapor. Allí cerró los ojos y gimió cuando de golpe lo comprendió todo.

Noriyoshi había sido asesinado y la lógica le decía que Yukiko también lo había sido. Pero, puesto que no podía contar a nadie lo de la disección ilegal, tendría que buscar otra vía para demostrar lo que se suponía que nadie debía saber.

TRES

Sano se despertó con el sonido de los pasos que resonaban en el exterior de su dormitorio en los barracones de los *yoriki*. Removiéndose bajo los gruesos edredones, levantó la cabeza de su reposacuello de madera. La rendija de claridad se amplió cuando la puerta corrediza se abrió hacia un lado y la doncella entró de rodillas, llevando un cubo con carbones encendidos.

—Buenos días, *yoriki-san* —dijo alegremente, inclinándose para vaciar algunos trozos de carbón en el brasero que estaba junto a su futón.

A través de las delgadas paredes llegaban otros sonidos matutinos por los barracones. El suelo de la galería que recorría las puertas de su apartamento y de otros diez más, crujía y vibraba bajo apresurados pies. Los colegas de Sano se saludaban en voz alta. Le costó bastante acostumbrarse al ruido, tan diferente de la tranquilidad del hogar donde había vivido solo con sus padres y una doncella de servicio. Haciendo una mueca al escuchar un fuerte golpe al otro lado de la pared, se levantó con precaución.

Por fortuna, ya se le habían pasado las náuseas que habían continuado durante toda la tarde del día anterior después de la disección. Se sentía renovado, hambriento, e incluso estaba seguro de que descubriría quién había matado a Noriyoshi y Yukiko. Sólo el persistente temor de haber desobedecido al magistrado Ogyu y la preocupación por su reputación nublaban sus pensamientos.

Sano se vistió apresuradamente con sus ropajes de invierno y fue a la entrada a por sus zapatos. Temblando bajo la fría y gris mañana, recorrió la galería hacia los retretes que estaban junto al edificio. No vio a ninguno de sus colegas, algo que le alegró: la camaradería que compartían no le incluía a él.

Cuando Sano regresó a sus dependencias, su sirviente le ayudó a lavarse y luego a vestirse con un *hakama* negro limpio, una túnica blanca debajo, un quimono azul marino estampado de cuadros negros y un fajín también negro. La doncella había guardado sus ropas de cama en el armario, retirado las ropas que llevaba el día de antes para lavarlas y ya había barrido las esteras. Mientras el sirviente untaba con esencias su pelo y lo peinaba, Sano reconoció que su cargo tenía sus ventajas. Ese apartamento situado en el complejo policial era mayor y mejor de lo que nunca había imaginado tener. Toda una familia podría dormir en aquel dormitorio. El salón, igualmente grande, tenía un pequeño estudio con un escritorio y estanterías empotradas, como los de las casas de los hombres ricos. Sus ingresos eran de doscientos *koku* al año, el efectivo equivalente al arroz suficiente para alimentar a doscientos hombres durante ese tiempo. Incluso después de las deducciones por la habitación, comida, gastos por los establos y honorarios de los sirvientes, cobraba muchísimo más de lo que conseguía trabajando de tutor.

Sano suspiró para sus adentros cuando despidió a su sirviente y se dirigió hacia los barracones del comedor. No podía disfrutar realmente de aquellos placeres porque sus colegas eran cualquier cosa menos cordiales.

Aunque ya era tarde, aún había seis hombres arrodillados en el comedor, terminando su comida matutina: Yamaga, Hayashi y cuatro más, todos inmaculadamente acicalados y vestidos, con sus cuidadas manos sosteniendo sus cuencos de té. Sus cabezas se giraron hacia Sano cuando se detuvo un momento en la entrada. La conversación cesó.

Seguidamente, Hachiya Akira, veterano *yoriki*, un hombre corpulento de unos cincuenta años con blanda papada en el rostro, habló:

—Pensábamos que ya no ibais a venir —bebió otro sorbo de té de su cuenco—. Muchas gracias por concedernos el honor de vuestra compañía. —Los murmullos de los demás corearon la leve desaprobación de su tono.

—Mis disculpas —dijo Sano y ocupó su lugar junto a Hayashi. Por muy poco que les gustase su presencia, los otros *yoriki* aún esperaban que asistiese con ellos a las comidas y fuese a sus habitaciones cuando se reunían por la noche para beber y hablar. Si no hubiese sido por eso, habría comido en su apartamento y pasaría su tiempo libre leyendo o con sus viejos amigos. Esta resistencia a los desaires, al acoso y la soledad era un deber que no podía eludir.

—Muy bien —dejándole en paz, Hachiya se dirigió a los demás y resumió su conversación, que, como de costumbre, trataba de política.

—Sea lo que sea lo que uno piense del gobierno —dijo—, en realidad mantiene el orden en toda nuestra nación. No ha habido un disturbio significativo desde que la rebelión del campesino Shimabara fue sofocada hace más de cincuenta años. Puesto que la fuerza militar de los Tokugawa supera con creces la de cualquier clan daimio que pudiera desafiar al régimen, estamos libres de una amenaza de guerra.

—Pero a través de la historia, los hombres ambiciosos se han enfrentado con éxito a grandes desafíos para conseguir el poder para sí mismos —recordó Sano—. Hace cien años, Minamoto Yoritomo, un ancestro Tokugawa, derrotó a las fuerzas imperiales para convertirse en sogún. El clan Ashikaga sustituyó al de Minamoto. Más recientemente, los grandes caciques han hecho la guerra durante casi cien años de guerra civil en su lucha por la dominación. A pesar de la aparente permanencia de la supremacía de los Tokugawa, ningún régimen dura para siempre. El hecho de que el gobierno se apresure en detectar y aplastar las insurrecciones en ciernes demuestra que reconoce esta realidad. Aun así, una gran mayoría de samuráis considera que los Tokugawa son invencibles y que tales precauciones son superfluas.

—No obstante, debo admitir que las cosas cambiaron desde el asesinato de aquel magnífico estadista, el Gran Anciano Hotta Masatoshi —continuó Hachiya—. Sin su guía, el sogún Tokugawa Tsunayoshi parece haber perdido su afición por los asuntos de gobierno. Por supuesto, recuerdo que dirigió todas las medidas que se tomaron contra la corrupción en Takata sólo hace unos ocho años. El daimio fue arrancado de su feudo, a su segundo al mando le ordenaron cometer *seppuku,* y al resto de partidarios se les desterró. Sin embargo, ahora, Tsunayoshi se ocupa de otras persecuciones: sermoneando a sus oficiales sobre filosofía y clásicos chinos; reviviendo los antiguos festivales sintoístas; actúa como patrocinador del teatro y dota de fondos a las academias confucianas.

El tono neutral de Hachiya no implicaba de ninguna forma disgusto. Con espías por todas partes, nadie se atrevía a criticar al sogún abiertamente. Pero Sano captó el mensaje y sabía que los otros también. Tokugawa Tsunayoshi tenía sus detractores, tanto allí, en aquella habitación, como en todos los niveles de la sociedad.

Las delgadas aletas de la nariz de Yamaga se ensancharon con desagrado cuando dijo:

—Su Excelencia el chambelán principal, el inteligente y encantador Yanagisawa, ostenta mucho poder ahora. —Dejó su cuenco. Luego, de una manera casual, como si cambiara de tema añadió—: La incidencia de ciertas prácticas físicas parecen estar en auge. Uno puede observar las consecuencias. Su Excelencia..., algunos individuos..., el tesoro... —dejó que las palabras flotasen en el aire.

—¡Ah! —los demás exclamaron unos sonidos evasivos que no comprometían a nada mientras asentían con la cabeza y bajaban la vista.

Sano escondió una sonrisa cuando aceptó el *ozen* que le trajo la doncella: una comida individual servida en una bandeja que contenía arroz, pescado, rábanos en vinagre y té. Las dotes de Yamaga para la comunicación circunspecta casi igualaban a las de Ogyu. Les acababa de contar, aunque con palabras parcas, que los que se dedicaban a difundir rumores decían que el chambelán Yanagisawa prefería a los hombres a las mujeres y que tenía una relación con el sogún, cuyo protegido lo había sido desde su juventud. De esta relación se extendía su influencia sobre toda la nación. Y que el propio apetito del sogún por los hombres no era satisfecho por Yanagisawa. Evidentemente, usaba los fondos del gobierno para hacer generosos regalos a los numerosos amantes, incluyendo un harén de muchachos. Eso había provocado resentimiento entre las filas de los vasallos del sogún, así como entre los grandes daimio, aunque no porque desaprobasen su preferencia sexual. Muchos samuráis practicaban el amor masculino; lo consideraban una expresión del Camino del Guerrero. El resentimiento era por su objeción al favoritismo ostensible del sogún.

La conversación giró hacia cuestiones generales. Hablar durante las comidas se consideraba de mala educación, pero los otros hombres habían terminado de comer y, aparentemente, no veían nada malo en chismorrear mientras Sano comía. Excluido de la conversación, como lo era cada mañana, Sano se distanció mentalmente para observarse a sí mismo y a sus compañeros. ¡Qué diferentes eran ellos de los guerreros de antaño! En lugar de reunirse en el exterior por la mañana para discutir la estrategia antes de una batalla, comían cómodamente mientras hablaban de política. Hachiya, que ahora estaba soltando una perorata acerca de sus problemas con cierto funcionario del tesoro, apenas recordaba al general Hojo Masamura, que había defendido el país con éxito contra los invasores mongoles hacía cuatrocientos años. Aunque Sano estaba agradecido por la paz que había traído prosperidad y estabilidad al país, echaba de menos la pérdida de sencillez de aquellos días pasados.

El Camino del Guerrero había sufrido una sutil alteración en respuesta a los tiempos cambiantes. Los samuráis aún mantenían el honor, la valentía y la lealtad como sus mayores virtudes. Aún llevaban espadas y eran responsables de mantener sus habilidades para la lucha a un gran nivel de exigencia por si estallaba la guerra. Pero además de jurar lealtad a su señor, debían lealtades, algunas veces conflictivas, a toda una completa red de superiores, aliados y patronos, además de al sogún y al emperador. Y mientras algunos samuráis practicaban las artes marciales en las academias como la que dirigía la familia de Sano, muchos ya no lo hacían: como Yamaga y Hayashi, se habían ablandado. En realidad, las ordenanzas de las Casas Militares de Tokugawa requerían al samurái que practicase el aprendizaje de las reglas de cortesía así como el entrenamiento militar. En tiempos de paz, su energía tenía que dirigirse a los canales civiles; tanto su educación como el valor reducido de sus estipendios les hacía candidatos ideales para el servicio en la burocracia del gobierno. Pero Sano no podía evitar pensar que el alma del samurái había perdido gran parte de su temple.

Y junto a eso, la certeza nacida del conocimiento de que pasarían la vida preparándose para la batalla hasta la muerte al servicio de su señor. Nada en la vida de Sano le había preparado para la tarea de investigar un asesinato y encontrar a un asesino. ¿Cómo debía enfrentarse a ello?

Cavilando sobre su dilema, Sano se dio cuenta tardíamente de que Hayashi le estaba haciendo una pregunta en un tono impaciente que indicaba que ya la había repetido una vez.

—Lo siento, Hayashi-*san.* No estaba prestando atención. ¿Qué decíais?

Mirando directamente a los ojos de Sano, Hayashi habló lanzándole una indirecta:

—Es una opinión comúnmente compartida que hay quienes se dedican a la enseñanza porque no tienen otras capacidades. Por lo tanto va muy bien que el gobierno esté tan bien organizado que virtualmente se dirige solo. De esta forma, poco importa cuántos cargos sean ocupados y tampoco las calificaciones de los hombres que los ocupan. ¿No estáis de acuerdo?

Las palabras quedaron flotando inquietantemente en el aire. Se hizo el silencio mientras los demás esperaban su reacción. Sano sintió que enrojecía mientras vio que ellos intercambiaban miradas conteniendo las sonrisas. Había estado soportando lo indecible los constantes acosos e insultos velados. Sin embargo, tal vez porque compartía la baja opinión que tenía Hayashi sobre su preparación, una furia repentina ardió en su interior. La frustración del pasado mes lo inundó. Una amarga réplica brotó hacia sus labios. Sólo el conocimiento de que una lucha abierta con Hayashi le significaría una reprimenda de Ogyu le hizo contenerse. Ogyu esperaba que el departamento de policía funcionase sin problemas y discretamente.

—Algunos puede que lo piensen —se obligó Sano a contestar tranquilamente—. Otros tal vez no.

La sonrisita de suficiencia de Hayashi le enfureció aún más si cabe. Cuando la rabia desapareció llegó la inspiración. ¡No importaba lo que aquellos hombres pensasen, un tutor y erudito en historia tenía muchos y útiles conocimientos! Unas habilidades que, además, podía aplicar a cualquier tarea, incluso a la investigación de un asesinato. Cuando quería aprender algo sobre un acontecimiento o un personaje histórico, preguntaba a la gente que había sido testigo del suceso o conocido a la persona. Sin embargo, él no tenía testigos de los asesinatos. Pero podía hablar con aquellos que habían estado cerca de Yukiko y Noriyoshi.

Tal vez de aquella manera descubriría los motivos del asesino y su identidad. Dejó a un lado sus palillos, se levantó y se inclinó despidiéndose de los demás.

Hachiya frunció el ceño.

—¿Te vas tan pronto?

Sano bajó la vista hacia los seis rostros vueltos hacia arriba. La hostilidad que vio en ellos lo entristeció y preocupó. Su incapacidad de hacer camaradas entre sus iguales no auguraba buenos presagios para el futuro. Pero intentó convencerse a sí mismo de que la enemistad no importaba. Sin embargo, descubrir la verdad y llevar al asesino ante la justicia sí.

—Debo ir a mi despacho y dejar órdenes a mi personal. Luego, presentaré mis respetos a las familias de los muertos.

* * *

Las *yashiki*, enormes fincas fortificadas de los daimio, ocupaban grandes extensiones de terreno al sur y al este del castillo de Edo. Cada una de ellas estaba rodeada por una línea continua de barracones, donde vivían al menos unos dos mil vasallos de los señores. Decoradas con tejas negras dispuestas en dibujos geométricos, las paredes de yeso blancas estaban salpicadas por puertas fuertemente guardadas. Unas calles, lisas y rectas, lo suficientemente amplias para acomodar inmensos desfiles militares dividían las fincas. Por ellas, multitud de samuráis transitaban a pie o a caballo.

Sano caminó rápidamente por las avenidas, comprobando el emblema de cada puerta para identificar la de la *yashiki* de los Niu. El tiempo se había vuelto más frío; un cielo nublado cubría sombrío la ciudad, amenazando nieve. Su respiración se congelaba en el aire y metió sus manos enguantadas bajo las mangas de su capa para buscar un poco más de calor. Bajo el brazo llevaba el obsequio de funeral obligatorio: un paquete de caras galletas, envueltas en papel blanco y atadas con un cordel blanco y negro. El castillo se alzaba ante él, un imponente conglomerado de muros de piedra y tejados se alzaba en lo alto de una boscosa colina.

Se detuvo un momento para mirar a su alrededor. La vista del castillo de Edo, la fortaleza que lo rodeaba y todos los hombres armados le recordaron contundentemente que aquella ciudad era la primera y más importante base militar. Los miles de ciudadanos, abarrotados en la exigua tierra que quedaba entre ese lugar y el río existían solo para servirlo. Edo pertenecía al sogún y a los daimio.

Niu Masamune, tal como correspondía a su riqueza y poder, tendría una de las residencias más cercanas al castillo, pensó Sano mientras continuaba su camino. Ah, allí estaba: el símbolo del clan Niu, una libélula dentro de un círculo pintado de rojo sobre un estandarte blanco; un colgante de tela de duelo colgaba formando lazadas sobre la puerta. Sano reflexionó acerca de que la libélula, símbolo de victoria, parecía inapropiada como emblema para los Niu. Ellos y sus aliados al fin y al cabo habían sido derrotados en Sekigahara por una facción de los Tokugawa. Después de la batalla, los Niu habían sido expulsados de su feudo ancestral. Pero Ieyasu, el primer sogún Tokugawa, se dio cuenta de que a menos que pacificase de alguna forma a sus enemigos conquistados, no permanecerían conquistados por demasiado tiempo. Les había concedido otros feudos, los Niu en la distante Satsuma, lejos de su base de poder tradicional. Él y sus descendientes habían exigido una fortuna en tributos a estos clanes daimio, aunque les permitía conservar gran parte de su riqueza y gobernar sus provincias de forma autónoma. De este modo Niu Masamune mantenía su estatus como uno de los grandes señores de las provincias de más alto rango, cuyos clanes habían jurado lealtad a Tokugawa Ieyasu después de Sekigahara. La trabajada puerta, con sus vigas rojas, puestos de guardia gemelos, puertas inmensas dobles y resistente tejado, proclamaban su supremacía sobre las puertas más sencillas de los daimio de menos importancia.

Sano se detuvo a unos pocos pasos de la puerta de los Niu. Nunca había imaginado llamar a la puerta de un daimio por ningún motivo. Ahora se preguntaba si tendría la audacia suficiente para obtener detalles de la vida de Yukiko mientras, aparentemente, realizaba una visita oficial para dar el pésame. Sólo su creciente e imperiosa necesidad de buscar la verdad y encontrar al asesino de Yukiko le confirió el valor necesario para acercarse al puesto de guardia.

Se identificó ante uno de los guardias y explicó:

—Quiero presentar mis respetos a la familia Niu —y a continuación no queriendo decir una completa mentira sobre la razón de su visita añadió—: ¡Ah! Y comentar algunos detalles concernientes a la muerte de la dama Yukiko.

—Esperad por favor —dijo el guardia.

A diferencia de los guardias de la cárcel de Edo, éste no actuaba como si estuviese sorprendido y tampoco era servil. Como vasallo de un gran señor, sin lugar a dudas recibía a muchos visitantes de un rango muchísimo más alto que un *yoriki.* Dejó su puesto y cruzó hacia el otro, habló con alguien que había en su interior y lo cerró de nuevo.

—Esperad —repitió a Sano.

Sano esperó. El húmedo frío se filtraba por sus prendas, y se acercó a las casetas para mantenerse en calor. Finalmente, cuando estaba empezando a pensar que nunca le permitirían entrar en la *yashiki,* la puerta se abrió de nuevo.

Esta vez apareció otro guardia. Inclinándose dijo:

—Caballero, el caballero Niu no está en la ciudad actualmente. Pero si sois tan amable de acompañarme, la dama Niu os recibirá.

Sano no se sorprendió de que el caballero Niu estuviese ausente o que la dama Niu estuviese en su hogar en Edo. Según la ley de asistencia alternada, los daimio pasaban cuatro meses al año en la capital y el resto en sus residencias provinciales. Cuando regresaban a sus residencias, el sogún hacía que dejasen a sus esposas y familias en Edo como rehenes. Los daimio estaban divididos en dos grupos, uno de los cuales estaba en Edo mientras los demás estaban en el campo. Estas restricciones, que humillaban en gran manera a los daimio orgullosos, les alejaban efectivamente de cualquier intento de complot o de organizar alguna rebelión. También tenían que mantener dos residencias, con lo cual gastaban gran parte de su riqueza en gastos no militares. La paz se obtenía a un alto precio y los daimio la habían pagado con su dinero, su orgullo y su libertad. Aun así, Sano no esperaba que la dama Niu lo recibiese. La mayoría de las damas pasaban los días confinadas en los aposentos de sus mansiones mientras los vasallos de los daimio se ocupaban de los asuntos oficiales de la casa. Ellas apenas recibían a extraños del sexo opuesto. Ahora sentía mucha más curiosidad y aumentó la inseguridad de cómo debía actuar una vez dentro. Sano siguió al guardia a través de la puerta.

Vio inmediatamente que la *yashiki* estaba organizada como un campo militar, donde las tiendas de los soldados estaban dispuestas alrededor de la del general. Allí los barracones bordeaban un vasto patio donde decenas de soldados patrullaban, protegiendo el centro de la finca donde la familia de Niu vivía. Otros samuráis revisaban sus armas en las dependencias de los guardias o permanecían sentados holgazaneando. Más barracones, residencias más grandes y complejas para los oficiales de rango superior, formaban una pared interior. Un sendero pavimentado condujo a Sano y su escolta a través de ellas y por un jardín formal. Más allá, se alzaba la mansión del daimio, una estructura grande pero con un aspecto aparentemente sencillo con tejados y muros con entramados de madera, situada sobre el suelo en un podio de granito. Sano sabía que esas mansiones eran intrincados complejos de muchos edificios, conectados por largos pasadizos o techos que se cruzaban y albergaban a cientos de personas. Se sentía intimidado y ello, combinado con el sentido de su propia inferioridad, minó la resolución de Sano. ¿Acaso se había vuelto loco, atreviéndose a enfrentarse a una familia tan rica y poderosa?

Justo delante de la casa había un cobertizo abierto que contenía varios palanquines decorados con una fina talla bellamente lacada. Sano siguió al guardia por el porche cubierto y por la espaciosa entrada, donde se quitó los zapatos y se puso unas zapatillas de invitados. Depositó sus espadas sobre una estantería que guardaba una gran colección de arcos, espadas y lanzas; la etiqueta dictaba que un samurái siempre debía entrar en una residencia privada desarmado. Luego siguió a su guía en lo que era propiamente la casa.

El paso rápido del guardia solamente le permitió echar un vistazo al amplio salón de recepción vacío con un techo artesonado, murales de verdes islas en un ondulante mar azul y un amplio estrado en el otro extremo donde el daimio se sentaba durante las ceremonias formales. Una doncella estaba abriendo las ventanas para airear la habitación; a través de ellas vio el escenario exterior donde las obras de teatro *No* se llevaban a cabo en verano. Todo era elegante y lujoso, pero sin llegar a ser ostentoso. Las leyes suntuarias de Tokugawa prohibían la decoración fastuosa en una casa, y ningún daimio quería arriesgarse a que le confiscaran su propiedad.

Un pasillo les condujo a otra sala de recepción. De ella surgía un murmullo de voces. Cuando ellos entraron, el guardia se arrodilló y se inclinó.

—*Yoriki* Sano Ichirō, de la Oficina del Magistrado del Norte—anunció, alzándose y colocándose al lado de la puerta.

Sano también se arrodilló e inclinó. Cuando alzó su cabeza, sus ojos se dirigieron inmediatamente a la dama que estaba arrodillada sobre el estrado, dominando la habitación y a todos los que se encontraban en ella.

Contra el telón de fondo pintado con unas montañas de un gris neblinoso, la dama Niu formaba una silueta impactante en su quimono de color aguamarina estampado con alegres paisajes. Su cuerpo era ancho y estaba erguido, como el de un hombre; el blanco cuello que surgía del profundo escote del quimono formaba una fuerte y gruesa columna. Del cuello hacia arriba poseía una fascinante belleza clásica. Su rostro era un óvalo alargado de piel tersa y joven, una nariz elegante, unos ojos largos y estrechos y una delicada y pequeña boca resaltada con pintura escarlata. Su pelo negro cepillado hacia atrás desde su frente formaba un laborioso moño sujetado con peinetas lacadas y no mostraba ningún rastro de gris. Sin embargo, su postura erguida y su aire de seguridad sugerían madurez. Una colcha de seda, estampada con diamantes aguamarina y negro cubría su regazo y se extendía sobre el marco cuadrado de un brasero de carbón. Apoyadas en él, sus manos permanecían juntas; su pequeñez y delicadeza contradecían el aura de poder que emanaba de ella. La dama Niu era un fascinante estudio de contrastes: una dama cuya apariencia combinaba belleza y fuerza, que irradiaba feminidad pero no dejaba que la convención la alejase del mundo. Sano quería saber más de ella.

Inclinándose ante ella, recitó las palabras apropiadas para la ocasión.

—Os ofrezco este humilde presente como muestra de mis respetos.

Con ambas manos extendió la caja de galletas. La costumbre del funeral le prohibía mencionar directamente la muerte durante la visita de condolencia. Tendría que introducir el tema después de que se hubiesen desarrollado todas las formalidades.

—Apreciamos mucho vuestro tributo —la voz de la dama Niu era ronca pero melodiosa. Si sentía alguna pena por la muerte de Yukiko, la escondía detrás de su comportamiento adecuadamente tranquilo. Inclinó la cabeza. Luego se giró hacia la pared de su izquierda.

—¿Eii-*chan*?

Ahora Sano se dio cuenta de que había otras personas en la habitación. La silueta que venía hacia él no era un niño, como el diminutivo *chan* implicaba, sino un hombre alto y corpulento con la cara grabada y marcada por la viruela. Su expresión vacía, al principio, le hizo pensar a Sano que se trataba de algún criado deficiente a quien conservaban por alguna razón sentimental o por tener alguna obligación. Sin embargo, los vestidos de ricas telas negras y dos primorosas espadas identificaban a Eii-*chan* como un vasallo de alto rango al servicio del daimio. Y Sano vio un inconfundible destello de inteligencia, extraño, calculador, en los minúsculos ojos con los que tropezó durante un instante. Sin pronunciar palabra, Eii-*chan* alargó una bandeja para recibir la ofrenda de Sano y ofrecer en contrapartida la ofrenda tradicional de agradecimiento, una caja decorada de cerillas. Luego llevó la bandeja a una mesa que estaba junto a la puerta para dejar el regalo junto a los otros, y regresó a su lugar cerca de la dama Niu.

—Las hijas del caballero Niu —dijo ésta, haciendo un movimiento con la cabeza hacia un biombo que estaba a un lado de la habitación, a medio camino entre ella y Sano.

A través de su entramado estrechamente tejido, Sano discernió la sombra de dos siluetas. Aunque no pudo ver nada más de las damas que no fuese un quimono de seda roja sobre el suelo junto al biombo. Cuando miró hacia allí, una mano se escondió de su vista. Se fijó en que la dama Niu había dicho «las hijas del caballero Niu» y no «mis» hijas. Debían de ser las hijas de una concubina, puestas a cargo de la dama Niu.

—Creo que habéis venido en misión oficial concerniente a Yukiko —dijo la distinguida mujer.

—Sí, honorable dama —Sano estaba contento de que fuese ella quien abordase el tema primero—. Muy a mi pesar debo molestaros con unas pocas preguntas.

La dama Niu bajó la vista, dando a entender una resignada aceptación. Su expresión era serena, como las de una belleza real en una pintura antigua.

Sano había planeado sus preguntas con sumo cuidado. Tenía que evitar mostrar señal alguna de que estaba investigando un asesinato para no ofender a los Niu. Y era consciente de la presencia de las hijas que estaban al otro lado del biombo escuchando, sin duda ávidas de conocimiento prohibido. Por lo tanto, en lugar de preguntar a la dama Niu si pensaba que las muertes eran un suicidio, dijo:

—¿Os sorprendió cómo falleció la joven dama Yukiko?

—Sí, por supuesto —replicó la dama Niu. Luego hizo una pausa—. Pero ahora, en retrospectiva, estoy obligada a admitir que era tristemente difícil tratar con el carácter de Yukiko.

Una ligera exclamación escapó de detrás del biombo, tan imperceptible que Sano apenas la oyó.

Evidentemente la dama Niu no la hizo.

—Muchas jovencitas están demasiado influenciadas por el teatro, *Yoriki* Sano —dijo ella—. Como debéis de haber visto en la nota que el magistrado Ogyu le mostró. ¿Sois nuevo en el servicio policial, verdad?

—Sí, mi señora —su observación pilló desprevenido a Sano. Había dado por supuesto que aquellos que se preocupaban de esos asuntos sabían quién era él y que había sido asignado para llevar el *shinju*, pero no se había dado cuenta de que ellos incluían a la dama Niu. La mayoría de las mujeres no tenían ningún interés en los asuntos de gobierno. Una vez más se preguntó qué hacía que ella fuese diferente.

En aquel preciso instante una puerta en un lateral de la habitación se abrió hacia un lado. Una doncella entró arrodillada, llevando una bandeja dispuesta con utensilios para tomar el té y una bandeja de galletas de arroz. Se levantó y cruzó la habitación. Al colocar la bandeja ante Sano y servir el té verde sus manos temblaron derramándolo sobre la bandeja. Sano vio su rostro pálido y tenso y sus ojos rojos e hinchados.

—¡O-hisa! ¡Llévate esta bandeja y trae otra inmediatamente! —La voz de la dama Niu sonó severa por la impaciencia.

La doncella se echó a llorar. Sus sollozos rasgaron el silencio. Levantó la bandeja pero sus torpes manos dejaron caer las galletas al suelo. Sano se inclinó para ayudarla, extrañado por la exagerada reacción de la dama Niu al regañarla. Allí había algo más, ¿tal vez la pena por Yukiko lo causaba?

—Eii-*chan,* ve a verla —ordenó la dama Niu.

Para tratarse de un hombre tan corpulento Eii-*chan* se movió rápidamente, casi al instante, después de que la dama Niu hablase, como si se anticipase a su orden. En un santiamén, cruzó la habitación; puso las galletas en la bandeja, la alzó y sujetó el brazo de la doncella que sollozaba con un único movimiento. Depositó a la doncella y la bandeja al otro lado de la puerta y regresó a su posición casi antes de que Sano pudiese parpadear, con un rostro tan impasible como una máscara *No* tallada. A pesar de su apariencia de imbécil, era un criado eficiente y, probablemente, más perceptivo y con capacidad para pensar de forma más independiente de lo que sus amos sospechaban.

—Siento la molestia que os ha causado mi torpe doncella —dijo la dama Niu. Luego inclinó la cabeza y frunció el ceño como si hubiese escuchado algo que la hubiese desagradado.

Sano también escuchó los apagados sollozos. Provenían de las hijas que estaban detrás del entramado del biombo. También lloraban a Yukiko. Sano pensó que se sentía una extraña corriente emocional en aquella casa, que comprendía ¿qué? ¿Miedo? ¿Desesperación? ¿O tal vez era que el conocimiento de que Yukiko había sido asesinada condicionaba su juicio?

—Midori. Keiko. Dejadnos —a la suave orden de la dama Niu los sollozos cesaron. Enseguida se escucharon pasos apresurados, corriendo, una puerta oculta por el biombo se abrió y luego cerró. Las hijas se habían ido, sin que Sano llegase a verlas.

—Es mejor que no hablemos más de este asunto en presencia de inocentes jovencitas —dijo la dama Niu—. Ahora ¿qué más queréis saber?

Justo entonces la puerta por la que había entrado O-hisa se abrió hacia un lado de nuevo. Sano, contento por la oportunidad que le brindaba de poner en orden sus pensamientos, se giró para mirar al joven que estaba allí de pie.

—Perdona la interrupción, madre —dijo el hombre—. Pero el sacerdote está aquí, ha venido a verte para organizar el funeral de Yukiko.

Por primera vez, la dama Niu parecía incómoda. Sus manos se alzaron como si deseasen empujar al hombre fuera de la habitación. Luego las recogió de nuevo sobre su regazo y dijo inexpresivamente:

—*Yoriki* Sano, permitidme que os presente a mi hijo, Niu Masahito, el hijo menor del caballero Niu.

Sano se inclinó, agradeciendo la presentación. Estaba impresionado por el parecido entre la dama y el joven caballero Niu. Compartían la misma belleza facial y físico fuerte. La parte superior del cuerpo del caballero Niu mostraba los signos de un entrenamiento físico riguroso: espaldas anchas, músculos claramente definidos en su cuello y en las partes de sus brazos y pecho que no estaban cubiertos por su sombrío quimono de color gris y negro. Pero los brillantes y febriles ojos del caballero Niu le conferían a su rostro una intensidad de la que su madre carecía. Mientras que la dama Niu parecía alta incluso cuando estaba arrodillada, su hijo era bajo. Aunque el porte y el timbre de su voz le situaban alrededor de los veinte años, no era más alto que un muchacho bastante más joven. Sano había oído alguna vez que llamaban al caballero

Niu Masamune el «Pequeño Daimio» por su talla, tan opuesta a su posición social. Su hijo se le parecía.

—Masahito, tal vez quieras hablar tú mismo con el sacerdote —la voz de la dama Niu contenía una imperceptible insinuación de advertencia.

Pero el caballero Niu no se dio cuenta de la indirecta y cruzó la habitación para arrodillarse a un lado del estrado frente a Sano. Tenía un modo de andar ligeramente rígido, y cuando se arrodilló usó ambas manos para colocar su pierna derecha junto a la otra.

—*Yoriki* Sano está aquí para hablar de algunos asuntos administrativos relativos a la muerte de Yukiko —explicó la dama Niu a su hijo—. Éstos no te conciernen.

—Al contrario, madre. No sé qué otra cosa pudiera interesarme más—. El caballero Niu movió una mano haciendo un gesto imperioso hacia Sano.

—Continuad, por favor.

La presencia del caballero Niu preocupó a Sano. Era una distracción que haría que tal vez la dama Niu cooperase menos y también que él mismo cometiese algún error. Aun así, estaba contento por la oportunidad de conocer a otro miembro de la familia de Yukiko.

—¿Cómo era la joven dama Yukiko? —dijo, deseando preguntar si tenía enemigos, pero obligado a disfrazar su intento con una pregunta cortés—. ¿Cómo se llevaba con los demás?

La dama Niu habló rápidamente, como si quisiera evitar que su hijo respondiese.

—Yukiko era reservada. Se guardaba lo que pensaba para sí. Aun así era una muchacha muy gentil y con talento. Todos la admiraban.

—¿Todos, madre? —intervino el caballero Niu, enfatizando la primera palabra.

Parecía disfrutar acosándola, pero a excepción de una mirada suplicante, ella no reaccionó. Evidentemente era permisiva con su hijo y le toleraba un comportamiento que a una hija le comportaría un duro castigo. Sano decidió que, después de todo, la presencia del caballero Niu sería una ventaja. Su observación claramente contradecía el retrato que hacía su madre de Yukiko.

—¿Quién no? —preguntó Sano directamente al caballero Niu.

La dama Niu interceptó la pregunta.

—Masahito sólo está bromeando. No había nadie que no tuviese a Yukiko en la más alta consideración.

Esta vez el caballero Niu no intervino. Mantuvo la vista sobre Sano, con una sonrisa jugueteando en las comisuras de sus labios.

Sano intentó cambiar de tema, porque deseaba saber cómo el asesino de Yukiko había tenido la oportunidad de matarla y dijo:

—¿Era difícil que la dama Yukiko saliera de casa sola? —quería que pensasen que él preguntaba simplemente cómo era posible que una joven dama protegida hubiese conseguido encontrarse con su amante.

—Es una casa muy grande, *Yoriki* Sano —repuso la dama Niu—. Aquí vive mucha gente y es difícil seguirle la pista a todo el mundo. Y hemos sabido que Yukiko había sobornado a uno de los guardias para que la dejase salir por la puerta de la calle después de oscurecer en más de una ocasión —apretó los labios—. Por supuesto ha sido despedido.

El interés de Sano aumentó.

—¿Alguien la vio salir la noche en que murió o sabían adónde se dirigía?

—No —suspiró la dama Niu—. Por desgracia todos estábamos en el espectáculo musical que nos ofreció el caballero Kuroda. —Inclinó la cabeza en la dirección de la *yashaki* vecina—. Nadie la echó de menos —añadió—. Y la velada no terminó hasta bastante tarde.

El caballero Niu emitió una sonora e irónica risa.

—¿Bastante tarde? Esto es por decirlo de alguna manera suave, madre. —Y luego dirigiéndose a Sano dijo:

—Estuvimos despiertos hasta casi el amanecer. No era extraño que nadie se molestase en comprobar quién estaba dónde cuando regresamos a casa. ¿Estáis de acuerdo?

—Sí —Sano cada vez estaba más desanimado. Los Niu no le habían dicho nada que él pudiese presentar ante el magistrado Ogyu como una prueba de asesinato. Y ya se le estaban acabando las preguntas.

El caballero Niu se inclinó hacia él, con un brillo especulativo en sus febriles ojos.

—Por sus preguntas, uno casi podría pensar que Yukiko ha sido asesinada. Porque parece que intentéis averiguar si alguien quería o podría haberla asesinado y si nosotros sabemos quién —alzó una ceja—. ¿Sí o no?

Sano estaba consternado porque el caballero Niu había visto a través de él con tanta facilidad y no dijo nada. Se obligó a sostener la penetrante mirada del joven, pero por el rabillo del ojo, vio a la dama Niu moverse nerviosamente, aunque no intervino.

—Sin embargo, Yukiko se suicidó —continuó el caballero Niu, con su amplia sonrisa convirtiéndose en una mueca que mostraba unos dientes perfectos—. Por lo tanto, no son necesarias más preguntas, ¿verdad? —su tono transmitía una invitación a retirarse.

A Sano no le quedó más alternativa que despedirse y seguir al guardia de regreso por el pasillo y la sala de recepción principal. La decepción pesaba duramente sobre él mientras reclamaba sus zapatos y sus espadas en la entrada. No se había enterado de nada valioso durante esa visita, excepto que la dama Niu y su hijo aparentemente aceptaban que la muerte de Yukiko era un suicidio. ¿Tal vez demasiado rápidamente? ¿Acaso no deberían explorar la posibilidad de un asesinato que perjudicaba a toda la familia? Sano dio rienda suelta a su imaginación. Aunque los celos y la rivalidad podían provocar el asesinato entre las mejores familias, no tenía ninguna razón para creer que uno de los familiares de Yukiko estuviese implicado en su muerte. Las tensiones que había observado en el hogar del daimio probablemente provenían de otra fuente. La doncella llorando, la exclamación de una hija y la insinuación del caballero Niu de que Yukiko había tenido un enemigo en el pasado, no indicaba necesariamente lo contrario.

Afuera, el guardia se detuvo para consultar algo con otro que encontró en el sendero del jardín. Sano esperó, preguntándose si tendría más suerte cuando interrogase a la familia Noriyoshi. Entonces un suave silbido le hizo girar la cabeza. No era ningún pájaro sino un fragmento de una melodía clásica.

Sano miró a su alrededor. Excepto él mismo y los dos guardias, el jardín estaba desierto. Las ventanas cerradas de los barracones de los alrededores le miraban por detrás como ojos ciegos.

—¡Señor! —susurró urgentemente una voz—. ¡Señor!

Luego vio un rostro que se asomaba por una puerta de la mansión, no lejos de la entrada principal; era el rostro de una joven, con el pelo largo y liso que caía desde el centro enmarcándolo y se agitaba con el viento.

—Tengo que deciros algo —susurró—. Venid conmigo, rápido —alargó una mano para apremiarle y Sano vio su quimono. Era rojo como el pliegue que había visto sobresaliendo por detrás del entramado del biombo. Luego desapareció tras la puerta.

Sano dudó. ¿Qué le sucedería si la seguía? Algunos hombres habían sufrido degradación, mutilaciones o exilio como castigo por la menor insinuación de comportamiento inadecuado hacia la hija de un noble. Miró a los dos guardias. Conversando animadamente, bajaban por el sendero dándole la espalda. Su deseo de atrapar al asesino le daba atrevimiento. La llamada inevitable del destino le hacía señas y aceptó el riesgo.

Cuando atravesó la puerta se encontró en un pasadizo largo y estrecho que se extendía entre una alta valla de bambú y las otras alas de la mansión. Avanzó por él, aunque no vio ni a la chica ni a nadie más pero pudo escuchar voces que provenían del interior de la casa. Aceleró el paso, mirando por encima del hombro y esperando que alguien le abordase de un momento a otro.

El pasillo se doblaba en ángulo hacia la izquierda y llegó abruptamente al final ante una puerta abierta. Sano sacó la cabeza con precaución a través de ella. Todo despejado. Pasó de puntillas el umbral y entró en un jardín. Allí las retorcidas ramas de un alto pino bloqueaban el cielo y hacían que el apagado día invernal pareciese aún más lúgubre. Un puente, formado por un único bloque de piedra, cruzaba un estanque cuya superficie estaba sembrada de agujas de pino y hojas muertas. Varias rocas grandes, con los costados oscurecidos por el liquen y el musgo bordeaban la orilla del estanque.

Ella salió de la roca más grande tan repentinamente que él dejó escapar un grito de sorpresa.

—¡Shhh! —la muchacha puso un dedo sobre sus labios, mirando furtivamente hacia la galería que estaba a un lado del jardín.

Ahora que estaba frente a ella, Sano vio que no debía tener más de doce o trece años. Tenía las mejillas regordetas, los labios carnosos y una barbilla redonda. Los ojos que tendrían que brillar normalmente de alegría ahora le miraban solemnemente.

—¿Puedo confiar en vos?

Sorprendido por su audacia tan poco infantil, Sano le respondió como habría hecho a uno de sus pupilos.

—No puedo decirte en quién puedes confiar o no puedes confiar —dijo—. Dama..., ¿Midori?

Aparentemente su honestidad la satisfizo y había acertado con el nombre. Ella asintió, lanzó otra mirada a la galería y susurró:

—¡Yukiko no se suicidó!

—Pero tu madre piensa que sí lo hizo —Sano sofocó una oleada de excitación, esforzándose para ser objetivo—. Y también lo cree tu hermano y el magistrado y todos, excepto el doctor Ito y yo.

Midori dio una patada al suelo, con los pequeños puños pegados a sus costados:

—¡Ella no es mi madre! —exclamó—. No volváis a decirlo nunca más—. Alzó la voz y se tapó con fuerza la boca. Luego en un susurro casi igual de fuerte, se apresuró:

—Ella es la segunda esposa de mi padre. Mi madre, la madre de Yukiko, era su concubina. Ella murió. Y no me importa lo que todos piensen. Yukiko nunca se suicidaría. Especialmente no de aquella manera, con un hombre. Ella no había conocido hombre alguno. Al menos no... —sonrojándose, bajó la cabeza de forma que su sedoso cabello cubrió como una cortina su rostro.

«No como amante» —pensó Sano, completando la frase que Midori por vergüenza había dejado por terminar.

—¿Cómo lo sabes? —preguntó. Se recordó que era una niña, con toda la mala disposición a escuchar de una niña que no quería creer lo peor sobre su querida hermana mayor.

Algo de su escepticismo debía haberse transmitido en su voz, porque ella alzó rápidamente la cabeza con los ojos brillantes.

—¡Lo sé! —dijo abruptamente—. Puedo probarlo.

Tiró de su manga con tanta fuerza que pensó que la tela se iba a romper.

—¡Alguien mató a Yukiko! Por favor creedme. Tenéis que...

—¡Midori! ¿Qué crees que estás haciendo?

Sano dio un respingo sobresaltado por la dura voz. Se dio la vuelta y vio a la dama Niu de pie en la galería con la puerta abierta enmarcándola. La furia distorsionaba su bello rostro. Junto a Sano, Midori soltó un lamento. Los tres quedaron paralizados entre un silencio gélido durante un momento.

Luego, la dama Niu dijo:

—Ve inmediatamente a tu habitación, Midori.

Una calma mortal reemplazó la furia de su voz, pero su expresión no se alteró.

Sin mirar a Sano, Midori se escabulló rápidamente con la cabeza baja por el sendero que conducía fuera del jardín.

—Por lo que a vos se refiere, *Yoriki* Sano —la dama Niu prosiguió—. Os aconsejo que os vayáis inmediatamente. Y no regreséis nunca más.

Sano oyó pasos tras él. Se volvió y vio a su guardia, mirándole enojado y resentido.

—Llévatelo —dijo la dama Niu al guardia.

Sano dejó que el guardia lo escoltase hasta la puerta, sintiéndose aliviado y muy estúpido. ¡Qué ironía si, después de todos los riesgos que había corrido, arruinase su carrera por hacer caso a una niña imaginativa!

Una vez de regreso a la seguridad de la calle, sintió no haber escuchado la historia de Midori. Le habría proporcionado la prueba para convencer a Ogyu de que era necesario investigar más. Tal vez se arriesgase a interrogar a Midori de nuevo, más tarde, después de haber visitado a la familia de Noriyoshi.

CUATRO

Midori atravesó corriendo la puerta interior y el jardín y subió las escaleras hacia la puerta de la sección de los aposentos de las damas que albergaban su dormitorio. Pero en lugar de entrar, se detuvo un momento, temblando por el frío viento. Luego, siguiendo una decisión impulsiva, se quitó los zapatos de suela de madera. Sujetándolos con la mano por las correas, recorrió ligeramente la galería con sus calcetines divididos por los dedos, pasó por la hilera de puertas bajo los aleros sobresalientes del tejado.

Una ventana abierta la detuvo en seco. A través de ella escuchó a las doncellas charlando mientras barrían el pasillo interior. Midori se agachó bajo la ventana, de manera que no pudiesen verla. Cuando dio la vuelta a la esquina, más voces femeninas se filtraron por las delgadas ventanas de papel: las concubinas de su padre chismorreando con sus asistentes mientras se acicalaban o cosían. Un bebé se echó a llorar. Alguien empezó a tocar una melodía en un samisén, luego de pronto se detuvo.

—¡No, no! —escuchó cómo la profesora de música reñía a una de sus hermanas menores—. ¡Demasiado rápido!

La melodía empezó de nuevo, esta vez más lenta. Midori se deslizó por la sala de música, agradecida por que los niños estuviesen ocupados y no pudiesen seguirla.

Finalmente llegó a su destino, una puerta en el extremo

norte de los aposentos de las damas. La deslizó hacia un lado para abrirla y miró en su interior con precaución. El pasillo estaba vacío. Lo cruzó como una flecha y atravesó otra puerta que estaba en el lado opuesto para entrar en la habitación de Yukiko, donde la dama Niu había prohibido a todos entrar.

Midori cerró la puerta tras ella y miró alrededor de la habitación. Todas las ventanas estaban cerradas, y sólo una tenue luz del pasillo se filtraba en ella. Apenas podía distinguir el dibujo de hojas plateadas sobre el papel blanco que cubría los espacios entre las puertas sólidas de madera que conducían a las habitaciones adyacentes. Los braseros apagados del suelo de la habitación no desprendían calor. El frío se apoderó de Midori, aunque sólo en parte a causa de su frío físico. Se abrazó a sí misma para darse algo de calor y consuelo.

Todas las cosas de Yukiko, las ropas de la cama, sus vestidos, los cojines del suelo, su escritorio, complementos de escritura y artículos de aseo habían sido retirados. Las esteras se habían barrido y los armarios empotrados que cubrían una pared estaban cerrados. La desnuda habitación no presentaba ninguna señal de que Yukiko hubiese vivido alguna vez allí, o ni siquiera que había existido.

Un sollozo quedó atrapado en la garganta de Midori. El vacío impersonal de la habitación finalmente le hizo comprender el hecho de que Yukiko realmente se había ido. Ni siquiera la visión del cuerpo amortajado de Yukiko, tendido en la capilla de la familia entre los quemadores de incienso humeantes y los cánticos de los sacerdotes, lo había conseguido. Las lágrimas resbalaron por su rostro cuando se dio cuenta de que la muerte de Yukiko no era, después de todo, una pesadilla de la que pudiese despertar.

Dejó caer sus zapatos para limpiarse las lágrimas con la manga. Tenía que esperar a llorar a su hermana. Ahora tenía algo más que hacer, algo que tenía intención de hacer desde hacía meses. Con la muerte de Yukiko ahora parecía más importante que nunca. Se apresuró hacia los armarios y abrió las puertas de par en par. Después, frenéticamente por la necesidad de acabar y escapar antes de que alguien la encontrase, empezó una búsqueda salvaje por las estanterías llenas de ropa pulcramente doblada.

Su valiente resolución casi se vino abajo. Al tocar los quimonos de Yukiko, pudo sentir la presencia de su hermana. Podía oler la fugaz esencia floral de su bálsamo de baño. Los ojos de Midori se empañaron de nuevo y una lágrima cayó sobre la ropa. Pero se obligó a continuar en un gran arcón que estaba en el suelo bajo las estanterías. Allí, bajo un montón de quimonos de verano, encontró lo que había estado buscando: un montón de páginas recogidas en volúmenes, cada uno era un grueso fajo de papel de morera de color crema atado con un cordel de seda negro.

Los diarios de Yukiko.

Midori cogió el volumen que estaba encima. Lo llevó hacia la ventana donde había más luz y lo abrió, con el corazón latiéndole con fuerza. Ahora sabría, o al menos eso esperaba, por qué había muerto Yukiko. A pesar de su directa declaración al guapo *yoriki* aún no estaba segura del todo de que Yukiko no se había suicidado. Últimamente, su alegre y tranquila hermana le había parecido taciturna y retraída. Todo lo que Midori sabía era que Yukiko siempre escribía sus pensamientos, así como sus actividades cotidianas en su diario. Ahora el diario le contaría a Midori si Yukiko realmente tenía un amante y estaba lo suficientemente desesperada para quitarse la vida; o si había algo más que la hubiese empujado a la muerte. Midori buscó impacientemente por las suaves páginas, buscando la última entrada. Pero, sin embargo, a medio camino, un fragmento le llamó la atención. Con la punta de la lengua atrapada entre sus dientes delanteros, empezó a leer.

> Ayer fuimos a cazar luciérnagas en la casa de campo del caballero Kuroda en Ueno. Vestidas con nuestros quimonos de verano de gasa, revoloteamos como fantasmas por los oscuros campos atrapando las misteriosas luces brillantes que emitían las minúsculas criaturas. Los dulces aromas de la tierra y de las hierbas recién cortadas se alzaban del suelo. Los grillos cantaban un constante acompañamiento a los gritos y las risas de los niños. Encerramos las luciérnagas que capturamos en pequeñas jaulas de mimbre donde siguieron brillando y titilando suavemente, ¡cómo linternas vivas!

Midori sonrió a pesar de su pena. Las palabras de Yukiko la transportaron a la magia de aquella noche. A medida que leía sentía como si su hermana aún estuviese con ella.

> De regreso a casa, Midori y Keiko, en un exceso de buen humor, empezaron a correr y reír y a empujarse mutuamente. Cayeron y pisotearon una de las jaulas de luciérnagas de los Kuroda. Por más que no me gustase ver sus rostros acongojados, les di instrucciones para que confesasen lo que habían hecho y se disculpasen ante la dama Kuroda. Pero ellas vieron que era lo correcto, creo, porque después de todo no estaban enfadadas conmigo.

«Nadie podía enfadarse jamás con Yukiko», pensó Midori, mientras la pena se apoderaba de ella otra vez. Como hermana mayor, ella había disciplinado a Midori y a las siete otras niñas con firmeza, pero siempre con tanto amor y gentileza que estaban dispuestas a obedecer, sólo para complacerla...

Por el pasillo se escucharon pasos suaves: unos pies calzados con calcetines hacían que el delgado suelo de madera crujiese. La cabeza de Midori se alzó rápidamente. Con un sentimiento de culpabilidad, cerró de golpe el diario y buscó un lugar para esconderse. No debían encontrarla allí; su madrastra la castigaría. Los pasos se alejaron. Midori abrió el diario en una página distinta, cerca del final. Empezó a leer de nuevo, esta vez resistiendo la tentación de revivir tiempos felices, buscando pistas seriamente.

El siguiente párrafo que seguía la decepcionó. Era una descripción de un acontecimiento que había ocurrido hacía seis años y no estaría relacionado con la muerte de Yukiko. Aquí el tono de Yukiko estaba alterado, con su prosa entrecortada como si lo hubiese escrito a disgusto, sin su placer usual.

> El séptimo día del onceavo mes. Un día sombrío y lluvioso. En un día como éste mi hermano Masahito celebró su ceremonia de madurez. Se llevó a cabo en el salón de recepción principal. Nuestro padre le dio su nuevo nombre de adulto y un tocado especial. Después se celebró la ceremonia fundoshi iwai. Toda la familia estaba presente. Los invitados también, con ropas elegantes. Los vasallos de padre estaban firmes formando filas al fondo del salón principal. Las linternas ardían. Yo estaba tan orgullosa y feliz de ver a Masahito recibir su nuevo taparrabos, las primeras ropas de hombre. Ahora miro hacia atrás hacia aquel día y lloro. ¡Ojalá pudiese sentir la misma alegría y orgullo por el hombre de veintiún años como sentí por el muchacho de quince!

Midori quedó desconcertada con este fragmento. Yukiko y Masahito habían tenido muy buena relación aun por tratarse de una hermanastra y un hermanastro pero, últimamente, había notado cierta frialdad entre ellos. Dio la vuelta a la página, esperando enterarse de la causa de su alejamiento. En lugar de ello encontró una lista de la compra: hilo para bordar, pinzas para el pelo, polvo facial. Recordando que no tenía tiempo que perder, pasó a toda prisa las páginas que quedaban, buscando el nombre de Noriyoshi. Casi dejó escapar una carcajada en voz alta cuando no lo encontró. Justo como había pensado: Yukiko no había conocido a aquel hombre. Pasó por alto la persistente sospecha de que tal vez Yukiko no había escrito nada acerca de su amante porque temía que alguien leyese su diario. Midori fue a la última entrada, escrita el día antes de la muerte de Yukiko.

> La hora de tomar una decisión ha llegado. Excepto que no sé qué hacer. Actuar significaría destruir vidas. Pero no hacer nada sería infinitamente peor. Hablar es traicionar. Permanecer en silencio un pecado.

Mordisqueándose una uña, Midori leyó el fragmento otra vez. Pasó un dedo sobre los caracteres, temblorosos e irregulares, distintos a la bella caligrafía de las entradas anteriores. La agitación de Yukiko se había expresado en su escritura. *Destruir..., traicionar..., pecado.* Tal lenguaje extremo convenció a Midori de que allí estaba la prueba de que alguien había matado a Yukiko, porque sabía algo. Pero ¿qué? ¿Qué decisión le había causado a ella tal angustia el último día de su vida? Midori dio la vuelta a la página anterior. Empezó a leer con creciente consternación y fascinación. Estaba tan absorta, que no se dio cuenta de que la puerta se deslizaba hacia un lado y se abría hasta que chasqueó al detenerse.

Midori gritó y dejó caer el diario. Se dio la vuelta sobresaltada. La sorpresa se convirtió en horror cuando vio la silueta de su madrastra recortada contra la puerta. La luz del pasillo dejaba el rostro de la dama Niu en la sombra. Tras ella se alzaba la inconfundible masa de Eii-*chan,* cuyo silencio y fealdad siempre había asustado a Midori. Ahora lanzó una frenética mirada alrededor de la habitación buscando desesperadamente un lugar para esconderse. ¿El armario?, ¿el arcón? Pero era demasiado tarde. La dama Niu avanzaba hacia ella. Lloriqueando, Midori esperaba el estallido de su madrastra y las inevitables y dolorosas bofetadas.

Pero la dama Niu se detuvo a unos pasos de ella. Con su mirada serena alternativamente cambiando de Midori al diario que estaba en el suelo y luego a los armarios desordenados.

—Has entrado en esta habitación en contra de mis órdenes —aunque no gritó como lo hizo en el jardín, su tono ronco aún era de alguna forma más amenazador—. Has hablado con un oficial de policía sin mi permiso y sin duda le habrás contado mentiras inventadas sobre nuestra familia. Y ahora has deshonrado la memoria de tu hermana abusando de sus posesiones.

Midori empezó a temblar. Sus labios se movieron dibujando una muda súplica:

—Por favor..., no... —Sabía que lo que le pasaría a continuación sería mucho peor que una paliza. Retrocedió y sintió que su codo rasgaba el panel de papel de la ventana.

—Por todo ello tienes que ser castigada —la dama Niu continuó en el mismo tono. Hizo una pausa y sus encantadores ojos se estrecharon aún más. Midori casi podía escucharla considerando todas las posibilidades: ¿sin juegos, sin compañía, sin su comida preferida o sus posesiones preferidas durante varios días? Ya las había utilizado todas antes. Luego la dama Niu asintió con la cabeza, aparentemente tomando una decisión.

—Ve a tu habitación hasta que todo esté dispuesto —ordenó.

Y luego, dirigiéndose a Eii-*chan*, que se había colocado junto a ella dijo:

—Asegúrate de que la dama Midori vaya a su habitación y se quede allí.

Midori, impotente, precedió a Eii-*chan* hacia la puerta. El temor por lo que pudiese sucederle apartó de su mente cualquier pensamiento sobre lo que había leído en el diario de Yukiko. Luego el ruido de algo rasgándose le hizo mirar por encima del hombro a su madrastra. Y soltó un grito, abatida.

La dama Niu había recogido el diario de Yukiko. Estaba rompiendo las páginas en pequeños pedazos y echándolos al brasero de carbón.

CINCO

Al regresar a su oficina, Sano encontró a un Tsunehiko desacostumbradamente cabizbajo esperándole. El joven secretario murmuró una respuesta a su saludo y apenas alzó la vista de su mesa para inclinarse.

—¿Qué sucede, Tsunehiko? —preguntó Sano.

—Nada —repuso Tsunehiko, con los ojos sombríos y empujando su labio inferior hacia fuera.

Suspirando, Sano se arrodilló junto a su secretario. Era evidente que algo preocupaba a Tsunehiko; tenía la experiencia suficiente con jóvenes muchachos para leer los signos. Resignado, se preparó para escuchar y comprender.

Tsunehiko jugueteaba con su fajín de color azul intenso que hacía juego con el dibujo de olas azules de su quimono, abriéndose por el cuello y mostrando un trozo de su pecho regordete, que se levantaba con cada respiración ruidosa. Justo cuando Sano pensaba que no querría hablar, masculló:

—Los otros *yoriki* se llevan a sus secretarios con ellos cuando salen a resolver asuntos. Vos nunca dejáis que os acompañe a ninguna parte.

Ahora que se le había aflojado la lengua, habló a toda prisa, sin darle oportunidad a Sano de contestar:

—Ayer me disteis un montón de órdenes y luego os fuisteis. Hoy habéis hecho lo mismo. Mi padre dice que estoy aquí para aprender una profesión. Pero ¿cómo puedo aprender si vos no me enseñáis nada?

Levantó su franco y sonrosado rostro para mirar a Sano. Su humor serio provocó que se le cruzasen los ojos bizqueando, confiriéndole una expresión cómicamente aturdida. Sano contuvo las ganas de sonreír, mientras Tsunehiko continuaba tristemente:

—Además, aquí me siento solo. No tengo amigos, y aquí no le gusto a nadie.

La sonrisa contenida de Sano casi se convirtió en una carcajada ante esa mezcla de preocupaciones adultas e infantiles. Pero se dio cuenta de que estaba claro que no había sido un buen mentor para su secretario, ofreciéndole poca formación y tolerando su pereza y sus errores. El maestro que aún había en él se sentía responsable de alimentar la joven mente dejada a su cargo. Se sintió avergonzado de haber pasado por alto aquella responsabilidad.

—A partir de ahora, Tsunehiko, trabajaremos mucho más juntos —afirmó—. «Cualquier cosa que pueda enseñarte, te la enseñaré.» Aunque fuese una carga, se lo prometió en silencio.

Tsunehiko movió la cabeza ofreciéndole una vacilante sonrisa.

Sano se la devolvió, entre divertido e irritado ante el aspecto que presentaban los dos: el *yoriki* inadaptado y el melodramático joven llorón, unidos en una asociación ridícula. Luego cambió de tema hacia el asunto que le había estado preocupando y rondaba por su mente cuando entró en su oficina.

—¿Has conseguido la dirección que te pedí? —dijo.

Antes de marchar a la residencia de los Niu aquella mañana, le había pedido a Tsunehiko que buscase los lugares donde residían los Noriyoshi e investigase en los archivos del Templo del Registro y el Gremio de Artistas. Ahora que no había conseguido averiguar nada sobre el asesinato a partir de los Niu, interrogar a los asociados de Noriyoshi se había convertido en algo de capital importancia. Esperó fervientemente que Tsunehiko hubiese conseguido realizar aquella tarea tan sencilla.

—¡Sí, *Yoriki* Sano-*san*! —Tsunehiko sonrió abiertamente, completamente recuperado su alegre carácter habitual. Cogió rápidamente un papel del escritorio y se lo presentó a Sano con una floritura.

Sano leyó los caracteres escritos con la caligrafía grande y torpe de Tsunehiko:

Noriyoshi, artista
Okubata Compañía de Bellas Artes
Calle de la Galería
Yoshiwara, Edo

—Yoshiwara —Sano pronunció lentamente el nombre del distrito—. Yoshiwara, el barrio del placer amurallado cerca del río en las afueras al norte de Edo, donde la prostitución de todo tipo era legal. Donde la comida, la bebida y una miríada de entretenimientos (teatro, música, juego, compras y otros menos inocuos), estaban disponibles en abundancia para aquellos que tuviesen dinero suficiente para pagarlos. El distrito originalmente se había llamado «la llanura de los juncos» por la tierra que ocupaba. Luego algún promotor avispado modificó los caracteres del nombre para que dijese «la llanura de la fortuna», un eufemismo que había perdurado. Aún existía otro nombre para él: la Ciudad Sin Noche; Yoshiwara nunca dormía.

—Vivía y trabajaba en el mismo lugar —añadió Tsunehiko—. En ambos archivos constaba la misma dirección. Okubata era su patrón.

—Ya veo —siguiendo las reglas que gobernaban las relaciones maestro pupilo, Sano no felicitó a Tsunehiko por el trabajo bien hecho. Pero podía ofrecerle una recompensa. Y no había como el presente para mantener las promesas. La participación de Tsunehiko sería un estorbo, pero al menos sería uno que podría controlar...

—¿Quieres venir conmigo a Yoshiwara y ayudarme a investigar a Noriyoshi?

—¡Sí, oh, sí! ¡Gracias *Yoriki* Sano-*san*! —entusiasmado, Tsunehiko se puso en pie de un salto. Con el gesto volcó el escritorio, esparciendo los documentos, los pinceles, la tinta, todo por el suelo.

* * *

Poco después, estaban en un transbordador, lento y oscilante que se dirigía río arriba hacia Yoshiwara. El bote abierto, que podía albergar una hilera de cinco hombres sentados a cada lado, habría estado lleno de gente en verano. Pero aquel día Sano y Tsunehiko eran los únicos pasajeros. Vestidos con sus gruesas capas y anchos sombreros de mimbre, estaban acurrucados bajo el dosel que se agitaba y que proporcionaba una escasa protección contra el frío y la humedad de la brisa del río. Tras ellos, dos barqueros musculosos cantaban marcando el ritmo de sus remos que se movían dentro del agua, interrumpiendo de vez en cuando su canción para saludar a los hombres de los botes de pesca y los navíos de carga que se cruzaban con ellos. Las turbias aguas de color marrón se arremolinaban alrededor de ellos, repugnantes y sucias, sin reflejar la luz del cielo gris.

Tsunehiko estaba abriendo la caja de comida que se había llevado para reponer fuerzas para el viaje de dos horas.

—En realidad deberíamos cabalgar hacia Yoshiwara montados en caballos blancos —dijo—. Ésta es la manera moderna. Y disfrazados para que nadie supiera que somos samuráis.

Empezó a comer bolas de arroz, pepinillos en vinagre y pescado en salazón con gran brío y velocidad.

Sano sonrió. Las leyes prohibían que los samuráis visitasen el barrio del placer, pero puesto que estas leyes raras veces eran contempladas, los miembros de su clase frecuentaban Yoshiwara abiertamente, en tropel. El disfraz no era necesario, excepto para añadir un toque de intriga a la diversión.

—Nosotros vamos en misión oficial, Tsunehiko —dijo.

—Misión oficial —estuvo de acuerdo Tsunehiko e hizo una mueca mostrando un bocado de comida medio masticada.

Sano comió su propio almuerzo más lentamente. Había escogido viajar en bote, sacrificando la velocidad para tener la oportunidad de estudiar el río que había reclamado los cuerpos de Noriyoshi y Yukiko. Ahora observó la línea de almacenes a su izquierda. La pareja podía haber sido lanzada al río desde cualquier parte: desde uno de los embarcaderos o muelles o cobertizos donde se guardaban los botes a los pies del muro de contención de piedra; desde el puente Ryogoku, bajo cuyos grandes arcos el bote los transportaba ahora a ellos; o incluso desde los pantanos de la orilla opuesta. Si no averiguaba nada en Yoshiwara, tendría que buscar río arriba y río abajo en busca de testigos, una tarea que le llevaría días antes no la terminase.

Al fin, el transbordador se colocó junto al muelle y pagó al barquero. Luego Tsunehiko y él bajaron, estirando sus agarrotados músculos mientras subían los escalones que les llevaban al terraplén en la parte superior del muro de contención; siguieron la carretera que les conducía al interior y atravesaron tiendas y restaurantes que servían al comercio del río. Unas criadas sonrieron invitándoles desde las entradas con cortinas, que luego se convirtieron en gestos hoscos cuando no se detuvieron. Al pasar por los campos de arroz y los pantanos en las afueras de Asakusa, vieron la cubierta de tejas del Templo Senso que se alzaba en la distancia por encima de las casas pequeñas y los templos que había a su alrededor. Sonó un gong; el viento transportó hacia ellos el suave aroma del incienso. Algunos sacerdotes, con las cabezas rapadas, pedían desde el borde de la carretera, extendiendo sus cuencos de limosna en busca de ofrendas.

Una breve caminata les condujo hasta la vista del foso y los altos muros de adobe que rodeaban Yoshiwara. Dos samuráis vestidos con cascos y chalecos de armadura guardaban la puerta: eran el turno de día de la continua vigilancia mantenida sobre la gente que traspasaba los portales cubiertos y ornamentados de la puerta.

Al interrogar a los guardias, Sano experimentó de nuevo la dificultad de llevar a cabo una investigación extraoficial de asesinato.

—Sí, conocíamos a Noriyoshi —dijo uno de ellos. Pero cuando Sano les preguntó si habían visto a Noriyoshi el día de su muerte, el guardia repuso:

—Él entraba y salía continuamente. ¿Cómo voy a saber exactamente cuándo? De todas maneras, está muerto, entonces, ¿qué importa?

Al no tener una respuesta preparada para esto, Sano preguntó:

—¿Alguien salió llevando una caja o un paquete grande hace un par de noches? —uno lo suficientemente grande para ocultar un cuerpo muerto, le hubiese gustado añadir. Era consciente de que Tsunehiko estaba resollando tras él, pendiente de cada palabra. El secretario probablemente pensaba que estaba aprendiendo cómo un *yoriki* llevaba a cabo una misión. Por fortuna no comprendía lo que sucedía o al menos no lo suficiente para comprometerle si le explicaba a alguien su viaje.

El otro guardia resopló. A diferencia de los guardias de la cárcel de Edo, él y su compañero, que vestían la triple hoja de malva real del emblema Tokugawa en sus mangas, evidentemente no veían la necesidad de actuar servilmente ante un funcionario de la ciudad.

—Probablemente —añadió con voz condescendiente—. Pero tenemos muchísimo que hacer además de seguir la pista de todos los porteadores, *yoriki.*

«Como asegurarse de que no escapaba ninguna mujer», pensó Sano. Virtualmente, todas las *yūjo* (cortesanas) habían sido vendidas para la prostitución por familias empobrecidas o sentenciadas a Yoshiwara como castigo por algún crimen. Mientras algunas reinaban en el barrio como princesas, disfrutando de sus ambientes lujosos, tolerando las atenciones de los hombres, otras, maltratadas por amos crueles, llevaban una vida miserable. Éstas, a menudo, intentaban escapar por las puertas disfrazadas de criados o muchachos. Los guardias naturalmente prestarían menos atención a las idas y venidas de los porteadores o de los hombres que conocían.

—No es mi intención faltaros al respeto —el guardia continuó en un tono que implicaba lo contrario—, pero estáis bloqueando la puerta. ¿Vais a entrar o no?

—Gracias por vuestra ayuda —dijo Sano—. Cuando él y Tsunehiko entraron en Nakanocho, la calle principal, lo observó todo con interés. Había visto Yoshiwara en muchas ocasiones: durante los veranos de su infancia, cuando él y sus padres se habían reunido con otras familias para ver los bellos desfiles de las *yūjo.* Más adelante, como estudiante, paseando por las calles con sus amigos, mirando embobados a las mujeres. Pero ya hacía años desde su última visita. El precio de la comida, la bebida y la compañía femenina era demasiado alto para él, y la necesidad de ganarse la vida no le dejaba tiempo para el viaje de ida y vuelta, o las horas de juerga y bebida que pasaría. Ahora vio que algunas cosas estaban tal como las recordaba pero otras no.

Las hileras de edificios de madera le eran familiares, así como los gruesos letreros que indicaban las casas de té —que no vendían té, sino sake—, tiendas, restaurantes y burdeles o casas de placer. Un olor familiar de vino rancio y orina flotaba por el aire. Pero el barrio había crecido. Aunque los muros limitaban una expansión hacia el exterior, nuevos negocios habían llenado los espacios entre los más antiguos que reconoció Sano. Su última visita tuvo lugar al atardecer, cuando los brillantes faroles de papel colgaban de los aleros y las bellas cortesanas solicitaban clientes desde el interior de las ventanas con barrotes, parecidas a jaulas, que estaban en la parte frontal de las casas de placer. Ahora por la tarde, los faroles estaban apagados y las jaulas vacías, con pantallas de bambú colocadas detrás de las barras para ocultar los interiores de los edificios, que mostraban los inevitables signos de la edad: yeso amarillento, escalones de piedra desgastados, pilares de madera oscurecida. La época del año también marcaba una diferencia. Las ramas de los cerezos en flor de las macetas a lo largo de la calle, con las flores rosadas de la primavera o de un verde exuberante en verano, ahora estaban desnudas. Los samuráis y plebeyos en busca de diversión, aunque numerosos, caminaban rápidamente en lugar de pasear tranquilamente, envueltos con sus gruesas prendas para protegerse del frío. Incluso las risas parecían apagadas. El glamour que Sano recordaba había desaparecido.

El aburrimiento invernal de Yoshiwara no perturbó a Tsunchiko.

—¿Verdad que es fantástico? —exclamó entusiasmado, mirando los carteles con los ojos desorbitados—. No entiendo por qué Yoshiwara tiene que estar aquí en mitad de ninguna parte. ¡Si no estuviera tan lejos de la ciudad, podríamos venir cada día!

—El gobierno quiere que esté alejado de la ciudad para proteger la moral pública —respondió Sano, aprovechando la oportunidad para instruir a su protegido—. Y es más fácil para la policía controlar qué sucede en un barrio centralizado que en un montón de zonas alejadas entre sí. Ello reduce el número de niñas secuestradas y vendidas a los burdeles por los alcahuetes.

Habría añadido que los *metsuke* —los espías del gobierno— tenían en Yoshiwara un lugar conveniente para mantener vigilados a los ciudadanos de carácter dudoso. Pero Tsunehiko no estaba escuchando. Se había agachado bajo una cortina que cubría la entrada de una casa de té. El letrero que había encima proclamaba «¡MUJERES DE SUMO AQUÍ! ¡Vean competir a las famosas luchadoras Rompe Pelotas, Tetas Grandes, Grieta Profunda y Donde Mora la Almeja!». Y en un cartel más pequeño: «¡Especial de esta noche: Búsqueda ciega de un lugar oscuro! ¡Mujeres luchadoras versus un samurái ciego!». Gritos guturales y vítores ruidosos surgían del interior de la casa de té, indicando que los encuentros, ilegales en cualquier otra parte de la ciudad, ya habían empezado.

Sano movió negativamente la cabeza. Llevar consigo a Tsunehiko había sido un error. Ahora tendría que malgastar tiempo siguiéndole la pista al muchacho. Una preocupación más, que se añadía a un desconcertante caso de asesinato y a los peligros asociados a llevar a cabo una investigación prohibida.

—Venga, Tsunehiko —dijo—. Vamos a buscar la Calle de la Galería.

Luego encontró una razón para alegrarse de la compañía del muchacho. Alejándose de la casa de té, éste dijo:

—Oh, yo sé dónde está. Seguidme, conozco un atajo.

Salió brincando de Nakanocho, conduciendo a Sano alrededor de una esquina y por una calle donde los altos muros escondían de la vista los jardines traseros de los burdeles. Fueron a dar a un laberinto de estrechos callejones recubiertos por puertas cerradas, ventanas con barrotes y contenedores de madera rebosantes de basura. Unos perros callejeros hurgaban entre los malolientes escombros. Sano se sintió aliviado cuando salieron a la limpia claridad de una calle ancha.

—Aquí está —anunció Tsunehiko orgullosamente—. ¿Veis?

Por toda la Calle de la Galería las fachadas de las tiendas mostraban estanterías y paredes cubiertas de coloridos grabados de madera. Los curiosos paseaban delante de ellas, muchos de ellos samuráis desafiando las leyes que les prohibía la posesión de aquellas supuestas obras de arte inmorales. Los vendedores ambulantes estaban delante de las galerías, cantando precios y ensalzando la calidad de su mercancía. En el interior, los propietarios regateaban con sus clientes con voces estridentes. Sano estudió los carteles que estaban sobre las galerías. La Compañía de Bellas Artes Okubata estaba a medio camino bajando por la calle. Ahora tendría que librarse de Tsunehiko de manera que pudiese llevar a cabo la entrevista en privado...

Por fortuna, la frivolidad del joven vino en su ayuda. El secretario inmediatamente se desvió hacia una de las tiendas y empezó a manosear un montón de pinturas. Sonriendo, Sano bajó por la calle solo.

Tan pronto como llegó a la tienda el vendedor ambulante le acosó gritando:

—¡Buenos días, caballero! ¿Buscáis los mejores grabados al mejor precio? ¡Bien, entonces habéis venido al lugar adecuado!

Era un hombre de una fealdad bastante sorprendente. Su rasgo más prominente era una gran marca de nacimiento de un rojo púrpura, que se extendía por su labio superior por encima de su boca y bajaba por su barbilla. De los agujeros de su nariz asomaban un montón de pelos. Las cicatrices de la viruela picaban su piel. Sus protuberantes ojos le conferían la apariencia de un insecto, tal vez una mantis. El parecido estaba reforzado por sus espaldas encorvadas y por la forma en que se frotaba sus huesudas manos mientras se acercaba a Sano.

—Entrad, entrad —urgió, tirando de la manga de éste.

El *yoriki* entró por el elevado suelo de madera de la tienda y pasó bajo la cortina que la escondía parcialmente de la calle. La tienda era pequeña, constaba de una sola habitación con grabados de madera amontonados por el suelo y las paredes, que quedaban ocultas por aún más grabados. También estaba desierta.

—Ahora, ¿qué puedo mostraros? —preguntó el feo hombre. Por lo visto era vendedor ambulante y propietario al mismo tiempo—. ¿Algunas escenas de paisajes?

Señaló un conjunto de pinturas colgadas de la pared: el Monte Fuji en cada una de las cuatro estaciones. Sano vio que en la tienda no había clientes. Los grabados estaban torpemente dibujados con colores chillones fuera de gama, de forma que cada pintura era una imagen borrosa múltiple. Se preguntó cómo era posible que la tienda permaneciese abierta.

—¿Tú eres Okubata? —preguntó al hombre.

—Sí, sí, soy yo. Pero todos me llaman Come Cerezas. Con una risa de autodesprecio, se tocó la marca de nacimiento.

Sano pensó que el nombre tenía un segundo significado más lascivo, tal como la mirada astuta del hombre parecía sugerir.

Come Cerezas sacó un grabado del estante más cercano.

—¿Tal vez el caballero prefiera arte clásico?

Sano hizo un gesto de asco cuando vio el grabado, una burda copia de la antigua pintura *He-gassen,* «Batalla de pedos». En él, dos samuráis a caballo se tiraban pedos el uno al otro con los traseros desnudos. El artista había plasmado los pedos como inmensas y coloreadas nubes de humo.

—Un bonito tributo a vuestros heroicos ancestros —sugirió Come Cerezas.

—No gracias —Sano, irritado ante el insulto implícito, miró al propietario buscando signos de ironía o deliberada maldad, pero sólo encontró una mirada cortés e insulsa—. En realidad he venido para hablarte de tu empleado, Noriyoshi.

Antes de que pudiese presentarse, Come Cerezas exclamó:

—¡Ahhh! ¿Por qué no lo habéis dicho antes? —hizo un gesto de complicidad con la cabeza y llevó a Sano hasta una estantería de muestras al fondo de la tienda.

—Tristemente, el gran artista Noriyoshi ha partido de este mundo. Pero aquí tengo su obra más reciente. Su mejor obra, debo añadir. ¿Os gusta? ¿Sí?

Mirando los grabados, Sano comprendió inmediatamente cómo conseguía dinero la Compañía de Bellas Artes Okubata: vendiendo *shunga*, arte erótico, a clientela selecta. Los otros grabados no eran más que una pantalla. La obra de Noriyoshi mostraba a parejas de amantes en todas las posiciones y posturas posibles: en una habitación, con un hombre encima de una mujer; en un jardín, con las piernas abiertas de la mujer apoyadas en la horqueta de un árbol y un hombre de pie penetrándola. Algunas de las pinturas incluían a terceros, como doncellas asistiendo a las parejas o mirones espiándoles por las ventanas. Noriyoshi había retratado los vestidos, los entornos y los genitales con gran detalle. Una pintura más grande mostraba a un samurái reclinado, con las espadas junto a él en el suelo, con las ropas separadas para mostrar una enorme erección. Con una mano acariciaba la entrepierna de una doncella desnuda acostada a su lado; con la otra conducía la mano de la mujer hacia su órgano. La leyenda rezaba:

> Veamos, veamos
>
> Con sus corazones compartiendo el lecho del amor: acariciando su Puerta Enjoyada y cogiendo la mano de la chica, para que ella sujete su Saeta de Jade: ¿por qué el rostro de la chica no se sonroja y su respiración no se acelera?

Todas las pinturas eran técnicamente superiores a las obras que había en la parte delantera de la tienda. Los colores eran claros y armoniosos y el dibujo lleno de maestría. Además, tenía una gracia sensual que no era frecuente encontrar en un *shunga* común. Sano se sintió excitado contra su voluntad.

—Tal vez las pinturas de Noriyoshi puedan ayudaros en vuestros empeños románticos —dijo Come Cerezas servicialmente.

Aquella indirecta a su capacidad sexual, tanto si era intencionada como si no, sacó bruscamente a Sano de su ensueño. El propietario también era un bromista muy sutil o demasiado insensato para darse cuenta de cómo sus comentarios podían afectar a sus clientes. Alejándose de los grabados, Sano dijo secamente:

—Esto no es asunto tuyo y no estoy aquí para comprar.

Cuando se presentó observó con satisfacción que la cara de Come Cerezas palidecía tanto que su marca de nacimiento resaltó como un fiero sarpullido. Los ojos del propietario volaron hacia las pinturas. La ausencia de los sellos rojos de los censores las identificaban claramente como contrabando y su venta o posesión era ilegal.

—Tampoco me importa tu mercancía —se apresuró a añadir Sano—. Me gustaría que respondieses algunas preguntas sobre Noriyoshi.

El color regresó al rostro de Come Cerezas.

—Desde luego caballero, responderé a todas vuestras preguntas —sonrió con una mueca, más comunicativo al relajarse.

Para que el hombre se sintiera más tranquilo y evitar levantar sospechas, Sano empezó con una pregunta inocente:

—¿Cuánto hacía que Noriyoshi trabajaba para ti?

—Oh, pues, no mucho.

A pesar de la inocente sonrisa de Come Cerezas, Sano empezó a comprender que las indirectas y bromas del propietario eran del todo intencionadas, y las soltaba con una aparente franqueza que seguramente confundía a la mayoría de la gente. Enojado, frunció el ceño como advertencia.

La picardía iluminó los ojos de Come Cerezas mientras contaba con los dedos.

—Noriyoshi estuvo conmigo durante seis..., siete años.

«Lo suficiente para que se conociesen bien mutuamente», pensó Sano.

—¿Y qué tipo de hombre era?

—Pues muy parecido a los demás. Tenía dos ojos, una nariz...

El enfado de Sano aumentó. Miró fijamente a Come Cerezas, tocando su espada para subrayar su amenaza.

Los insectívoros ojos de Come Cerezas se abrieron como platos y su sonrisa se desvaneció. Obviamente, se dio cuenta de que había ido demasiado lejos y corrigió rápidamente:

—Oh, Noriyoshi era un artista muy competente. Muy prolífico y su obra se vendía bien. Le echaré de menos.

Sano dijo pacientemente:

—No, me refiero a cómo era como persona. ¿Simpático? ¿Popular?

Come Cerezas sonrió con una mueca.

—Oh, no era demasiado popular. Pero de hecho sí que tenía muchos amigos, o al menos eso creo —hizo un gesto hacia la calle—. Todos en el barrio.

—Dime sus nombres —excepto por tener que soportar el carácter irritante del propietario, aquello iba mejor de lo que Sano esperaba.

Come Cerezas mencionó a varias personas, todos hombres que trabajaban como artistas o en las casas de té o restaurantes de Yoshiwara.

Sano memorizó cada uno de los nombres.

—¿Ninguna mujer? —preguntó.

—No, caballero, ninguna que yo sepa. Excepto la joven que murió con él.

Un movimiento llamó la atención del comandante. Bajó la vista. Aunque la expresión de Come Cerezas no había cambiado, estaba cambiando el peso de su cuerpo de un pie a otro. Este hecho junto con la inesperada respuesta directa, le indicó a Sano que el marchante de arte estaba mintiendo. Su cuerpo y actitud le estaban delatando.

Para que Come Cerezas bajase la guardia, Sano cambió de tema.

—¿Noriyoshi tenía familia en la ciudad?

Los pies pararon de bailar.

—No, caballero, en la ciudad no, pero sí mucha en el mundo espiritual. Me contó que todos perecieron en el Gran Incendio.

—¿Quiénes eran los enemigos de Noriyoshi?

—Él no tenía enemigos, *yoriki* —repuso Come Cerezas de manera anodina—. Era un hombre muy querido.

Sano esperó una broma que nunca llegó. Observó que el marchante de arte volvía a cambiar el peso de un pie a otro.

—Será mejor que me lo digas —dijo—. Si no lo haces lo averiguaré por otros. ¿Estás seguro de que puedes confiar en que tus amigos... no hablarán? —recitó la lista de nombres que Come Cerezas le había dado.

—Siento muchísimo deciros que no sé de lo que estáis hablando, caballero —una y otra vez los pies se movían y las tablas del suelo crujían bajo el peso de Come Cerezas.

—¿Quién es la amiga de Noriyoshi?

Come Cerezas cruzó los brazos contra su pecho cóncavo.

—Con el debido respeto, *yoriki*, no me gusta la manera cómo me estáis tratando. Me estáis llamando mentiroso.

Evidentemente su decisión de marcarse un farol le había calmado; sus pies esta vez se mantenían quietos.

—¡O me arrestáis y me lleváis ante el magistrado o, por favor, abandonad mi tienda!

Sano cerró los ojos un instante. Estaba indignado consigo mismo. A causa de su inexperiencia había llevado mal el interrogatorio. Ahora Come Cerezas ya no le diría nada más. A duras penas podía arrestar al hombre por negarse a contestar preguntas sobre lo que oficialmente era un suicidio y tampoco se atrevía a arrestarle por vender obras de arte de contrabando o insultar a un oficial de policía. El magistrado Ogyu ya le había dejado claro que no quería que sus *yoriki* hiciesen el trabajo de los *doshin.* Además, no podía permitir que Ogyu se enterase de que estaba investigando las muertes de Noriyoshi y Yukiko hasta que pudiese probar que habían sido asesinados.

—Mi intención no era ofenderte —dijo, detestando tener que presentar disculpas a cambio de los insultos y las tomaduras de pelo, pero con la esperanza de aplacar a Come Cerezas lo suficiente para que le dejase ver dónde había vivido Noriyoshi. Quería formarse alguna opinión de cómo era aquel hombre y hacerse alguna idea sobre qué era lo que podía haber llevado a alguien a asesinarle.

—No he venido para arrestarte o para menospreciar tu carácter. Sólo quiero información para mis archivos y tú te has mostrado muy dispuesto a colaborar. Ahora quiero que me concedas una pequeña petición. ¿Puedo ver las habitaciones de Noriyoshi?

—Por supuesto, caballero —Come Cerezas parecía contento por la excusa que le permitía dejar de hablar de las mujeres y los enemigos de Noriyoshi. Apartó hacia un lado una sección de la pared para dejar al descubierto un pasadizo poco iluminado—. Por aquí.

Sano le siguió por el pasadizo y fue a dar a un patio estrecho y sucio. Un lateral estaba limitado por la pared de la tienda de la puerta de al lado. Por el otro se extendía un edificio endeble, parecido a una cabaña con un estrecho porche. Al fondo un retrete, un montón de leña y una hilera de urnas de almacenaje de cerámica estaban apoyadas en una verja de bambú. El olor amargo y agrio de la tinta prevalecía sobre los hedores familiares de las aguas negras y del serrín. Come Cerezas le condujo más allá del cobertizo. A través de las puertas abiertas, Sano vio tres cubículos idénticos. En cada uno, un artista estaba arrodillado en un escritorio inclinado. Uno cortaba líneas en una placa de madera con una gubia de metal. Un segundo entintaba una placa terminada y la presionaba contra una hoja de papel blanco. El otro añadía color a un grabado acabado.

Come Cerezas se detuvo delante de una puerta cerrada de un cuarto cubículo.

—El de Noriyoshi —dijo, abriendo la puerta a un lado.

Sano entró, rodeando los dos pares de sandalias de madera que estaban en el porche. Su cabeza rozaba el techo. Como las otras, la habitación era muy pequeña; el escritorio que estaba contra una de las paredes ocupaba mucho espacio en el suelo y apenas dejaba sitio suficiente para que un hombre pudiese dormir allí. Unas esteras deshilachadas y llenas de serrín cubrían el suelo. Junto al escritorio, una caja de herramientas de madera permanecía abierta, mostrando una colección de cuchillos, punzones y gubias. Una placa de madera sin pintar estaba sobre el escritorio. A su lado había un esbozo de tinta y un tarro de pasta crujiente de trigo húmedo ya seca con un pincel pegado a ella. Al parecer Noriyoshi se había preparado para transferir el dibujo a la plancha de madera para tallarla. Sano tuvo que mirar dos veces el boceto cuando se fijó en él. Era una pieza *shunga*, del mismo estilo que las que había en la tienda pero representaba a dos hombres.

—Una edición especial para un cliente especial, je, je.

Come Cerezas dio un codazo a Sano sonriendo y frotándose las manos.

—Los samuráis a menudo tienen intereses en estas cosas, ¿verdad?

Sano pasó por alto la indirecta. Aunque él nunca había practicado el amor con hombres, ni quería hacerlo, compartía la opinión generalizada sobre esta y otras cuestiones sexuales: la gente tenía derecho a hacer lo que quisiera en privado mientras no perjudicase a nadie más. Además, estaba cansado de las insinuaciones y no le importaba en absoluto lo que Come Cerezas pensase de él o de los de su clase. Se dirigió a un maltrecho armario de madera, en el lado opuesto a la mesa. Las prendas remendadas, la ropa de cama ajada, la vajilla desconchada y una colección de tintas, cepillos, carboncillos y bocetos que encontró en su interior no le dijeron nada que no supiese ya: que Noriyoshi había sido un artista con algún talento e ingresos limitados. Sano estaba terminando la inspección superficial de unos quimonos de algodón cuando su mano tocó algo duro. Sacó una pequeña bolsa atada con un cordón fruncido. Su peso le sorprendió, hasta que la abrió y vio los *koban* de oro dentro. Debía de haber al menos treinta monedas ovales brillantes, lo suficiente para mantener a una familia numerosa cómodamente durante un año. Ciertamente, era demasiado para que estuviese en poder de un artista pobre o para ganarlo por medios legítimos.

—¿Sabes de dónde ha salido esto? —preguntó Sano a Come Cerezas.

Con una rapidez sorprendente, la mano del marchante voló y agarró la bolsa. La metió en su abrigo diciendo:

—Es mío. Noriyoshi algunas veces recaudaba pagos para mí.

La mirada del samurái pasó de fijarse de la cara inocente del propietario a sus pies. La frustración aumentó cuando vio que empezaban a moverse: estaba mintiendo otra vez. Sano resistió el impulso de golpear al hombre hasta que le dijese la verdad. Sus mejores instintos le decían que tuviese paciencia y buscase otra vía de conocimiento. Si no la encontraba, siempre podía regresar a la tienda.

—Gracias por tu amable cooperación —dijo—. ¿Te importa que hable ahora con tus empleados?, tal vez ellos podrían contarme algo más acerca de las actividades de Noriyoshi.

Poco tiempo después, Sano regresó por el pasadizo hacia la parte frontal de la tienda aún más frustrado. Los tres artistas, todos al menos veinte años más jóvenes que Noriyoshi, no conocían bien a su colega. Sólo hacía un año que trabajaban allí y llegaron a Edo procedentes de las provincias, le habían dicho. No habían pasado demasiado tiempo con él y no sabían dónde iba o con quién se asociaba en las horas libres. Sano interrogó a cada hombre por separado y pensó que le decían la verdad. Si los amigos de Noriyoshi resultaban ser tan herméticos como Come Cerezas, tendría que sondear todo el barrio en busca de alguien que pudiese y quisiera darle más información. Tal vez Tsunehiko podría ser de ayuda, pensó sin demasiada esperanza. Se preguntó dónde debía estar el muchacho.

Cuando llegó a la tienda, encontró a Come Cerezas hablando con un hombre calvo y endeble que permanecía en el exterior, en la calle. Llevaba un largo cayado en una mano y una flauta de madera en la otra. Hablaban en voz baja, con un tono apremiante.

Al ver a Sano, Come Cerezas se calló abruptamente y dijo al hombre:

—Vete ya. Hablaremos después.

Pero éste alargó una mano a Sano.

—¡Amo samurái! ¡Soy Manos Sanadoras, el mejor masajista ciego de Edo!¿Tenéis dolores o problemas nerviosos? ¡Dejad que yo os los alivie! Mis habilidades son legendarias y mi precio bajo —dirigió sus ojos ciegos a Sano, que turbios y pálidos parecían los de un pescado muerto.

A Sano le hubiese gustado saber cómo sabía el ciego que era un samurái. Come Cerezas se lo debía de haber dicho o tal vez Manos Sanadoras había olido su esencia para el pelo. Los ciegos tenían un buen olfato.

—Puedo entreteneros con historias mientras trabajo, amo —continuó el masajista—. ¿Queréis oír un ejemplo?

Sin dar tiempo a réplica, soltó su narrativa.

—El perro Sogún —su voz rasposa adquirió una tonalidad cantarina—. Tokugawa Tsunayoshi, aunque era un buen gobernante y un gran hombre, no consiguió tener un heredero. Su madre, la dama Keisho-in, buscó el consejo del sacerdote budista Ryuko. Éste le dijo que para que Tsunayoshi engendrase un hijo, primero tenía que expiar los pecados de sus ancestros. Juntos, la dama Keisho-in y Ryuko convencieron a Tsunayoshi que puesto que él había nacido en el Año del Perro, debería expiar los pecados emitiendo un edicto que protegiese a esos animales.

»Ahora los perros callejeros deben ser alimentados y cuidados. Los perros de peleas se separarán no con golpes, sino echándoles agua fría encima. Los que hagan daño a los perros serán encarcelados, y cualquiera que mate a un perro será ejecutado. Y todos tenemos que tratar a los perros con respeto. ¡Así!

Manos Sanadoras corrió hacia un perro que deambulaba por la calle delante de la tienda. Debía de haber olido al animal o escuchado el repiqueteo de sus uñas contra el duro suelo. Inclinándose profundamente, exclamó: «¡Saludos, O *Inu-sama*, honorable perro!». Luego se giró hacia Sano:

—Sé muchos otros cuentos, amo. ¿Queréis escucharlos mientras gozáis del más beneficioso de los masajes?

Sano sonrió, preguntándose si los masajes de Manos Sanadoras eran algo mejor que sus historias. La del Perro Sogún era vieja y conocida; todos la habían escuchado cuando Tokugawa Tsunayoshi había emitido su primer Edicto para la Protección de los Perros hacía dos años. La sorpresa y el asombro de la nación habían dado paso a un sordo resentimiento por el dinero malgastado en el bienestar de los perros, y las escandalosas multas que se imponían a la gente que los maltrataba.

—Hoy no —dijo. Y luego siguiendo un impulso preguntó—: ¿Conocías a Noriyoshi?

Come Cerezas interrumpió antes que Manos Sanadoras pudiese responder.

—*Yoriki*, mi amigo tiene una cita urgente muy pronto. —Y a Manos Sanadoras le dijo—: ¿No sería mejor que te apresurases? —Sus pies empezaron a bailar y la agitación de sus manos le decían a Sano lo ansioso que estaba de que su amigo marchase.

Manos Sanadoras ignoró la indirecta y se apoyó cómodamente en su cayado.

—Oh sí, amo —dijo—. Noriyoshi era un hombre amable. Me enviaba a mucha gente. Conocía a todo el mundo, sabéis: grandes señores, acaudalados mercaderes.

—¿Quién era su amiga? —preguntó Sano. Gracias a la verborrea del masajista tal vez aún averiguaría algo.

—Oh, ¿os referís a Glicina? Trabaja en el Palacio del Jardín Celestial, en Nakanocho. Ella...

—¡Calla, loco! ¡Cómo digas algo equivocado te echará encima a los *doshin* para que te encierren en la cárcel!

Ante el brusco arranque de Come Cerezas, el masajista calló. Esbozando un gesto de disculpa a Sano, dijo nerviosamente:

—Tengo que irme ya, amo. —Se dio la vuelta y bajó por la calle arrastrando los pies, silbando su flauta de madera para atraer clientes.

Sano se despidió de Come Cerezas y corrió tras Manos Sanadoras. Le preguntó si Noriyoshi tenía enemigos y si algunos rumores sobre su muerte habían llegado a oídos del masajista.

Pero Manos Sanadoras había tomado la advertencia de Come Cerezas al pie de la letra.

—Id a ver a Glicina —fue todo lo que le dijo.

Sano observó la espalda del masajista que se alejaba. Su viaje, aunque decepcionante, no había sido una pérdida de tiempo total. Había averiguado los nombres de las personas que se relacionaban con Noriyoshi y el de su amiga; que el artista por supuesto tenía enemigos y que, de alguna manera, había llegado a su poder una gran suma de dinero. Cualquiera de estos hechos podía llevarle al asesino de Noriyoshi. Sano y Tsunehiko tendrían que permanecer en Yoshiwara hasta el anochecer, cuando el palacio del Jardín Celestial y las otras casas de placer abriesen. Podrían coger el último transbordador para regresar a Edo.

Luego Sano se acordó. Aquella noche iba a ser su primera visita desde que dejó su hogar. Al instante, la carga de la obligación lo aplastó con su presión sofocante. No podía soportar posponer su investigación justo cuando parecía encontrarse en su punto más prometedor. Y tampoco le hacía ninguna gracia la idea de enfrentarse a sus padres sabiendo que estaba desafiando las órdenes de su amo y arriesgando el seguro futuro que deseaban para él. Decepcionar a sus padres, especialmente a su padre, era fracasar en su deber como hijo.

Suspirando, se encaminó calle abajo para encontrar a Tsunehiko y decirle que era hora de regresar a la ciudad.

SEIS

Un poco antes de la hora de cenar, Sano llegó al distrito donde vivían sus padres en el extremo de Nihonbashi, cerca del castillo, entre otras familias samuráis que se habían hecho comerciantes y se mezclaban con los demás ciudadanos.

Atravesó cabalgando la puerta que le llevaba a la calle, saludando con un movimiento de cabeza a los dos guardias que estaban allí vigilantes. Cruzó por un pequeño puente por el canal ribeteado de sauces. En el lado opuesto, la calle se extendía a través de una franja de terreno sembrado de escombros donde un reciente incendio había destruido dos casas a cada lado de la calle. Sano observó la escena con tristeza. Su padre, en su última carta, le había contado lo del incendio que había matado a los miembros de cuatro familias y destruido sus negocios. Mientras continuaba bajando por la calle, se preguntó qué otros cambios se habrían producido desde que se trasladó. Pasó por delante de la tienda de comestibles, de la papelería y de varios tenderetes de comida y se detuvo en la esquina, delante de la Academia de Artes Marciales Sano.

La academia ocupaba un edificio largo y bajo de madera que se alzaba alineado con la calle. Unas sombrías tejas marrones, del mismo color que las paredes, cubrían el tejado. Unos listones lisos de madera ocultaban las ventanas y un letrero desgastado anunciaba el nombre de la academia. El lugar parecía más viejo y más pequeño que cuando lo había visto hacía un mes. Desmontó en la creciente penumbra, ató las riendas de su caballo a los barrotes de la verja que bordeaba la estrecha galería y luego entró. Una ola de nostalgia lo inundó.

En la sala de prácticas, las lámparas de aceite colgadas de la pared iluminaban la oscuridad invernal. Dos hileras de jóvenes vestidos con chaquetas y pantalones de algodón holgados estaban unos frente a otros en un combate simulado. Una hilera empuñaba varas de madera que sustituían las espadas de acero reales, mientras que los otros esquivaban las estocadas con una variedad de armas: palos, lanzas, cadenas, abanicos de acero. Sus gritos y patadas en el suelo resonaban con un rugido ensordecedor. Sano inspiró la familiar combinación de olores: sudor, aceites para el pelo, yeso húmedo y madera vieja, sintiéndose a la vez reconfortado y triste. No pudo recordar ni una sola vez en la que aquel lugar no hubiese sido un hogar para él. Cuando era un muchacho, aprendió sus conocimientos de lucha bajo la estricta tutela de su padre; había empezado tan pronto como fue lo suficientemente mayor para empuñar una espada de medida infantil. Posteriormente, de joven, había instruido a sus propios pupilos. Planeaba gestionar él mismo la escuela algún día, de la misma forma en que cualquier hijo mayor o hijo único se hacía cargo del negocio familiar después de que el padre se retirase.

Pero la escuela no prosperó. Esto sucedió en parte porque muchos samuráis ya no deseaban perfeccionar más sus conocimientos militares ni que sus hijos fuesen preparados. No obstante, la causa principal residía en la propia academia. Al no estar afiliada a un clan más importante no recibía estipendios y el padre de Sano tenía que pagar a las autoridades el permiso para operar. A falta de mecenas ricos y al no estar ubicada en un lugar prestigioso, además de usar técnicas de enseñanza aprendidas de un oscuro maestro con pocos seguidores, la academia atraía cada año a menos pupilos. Pronto no hubo suficientes para ocupar a Sano y a su padre, por lo que Sano había empezado a hacer de tutor para ganar su manutención y contribuir al sustento de su familia. Aquel año, el padre de Sano anunció que, después de su muerte, la escuela pasaría a su aprendiz, Aoki Koemon, el *sensei* que conducía aquella clase. Poco después, había llevado a Sano a ver a Katsuragawa Shundai para hablarle de un cargo en el gobierno.

—¡Sano-*san*! —Koemon se dirigió hacia él, sonriendo. Haciendo una profunda reverencia lo saludó—: Buenas tardes.

Sano saludó a su viejo amigo. Habían crecido juntos, pero cuando se hicieron adultos Koemon siempre trataba a Sano con el respeto que le debía como hijo de su maestro. Ahora, al ver a Koemon con un aspecto relajado y seguro de sí mismo en el mundo que él mismo había dejado atrás, Sano experimentó un ramalazo de envidia. Su pasado estaba cerrado para él, no podía volver atrás. El presente con sus mayores recompensas financieras y difíciles conflictos era todo lo que tenía.

—¿Qué opinas? —preguntó Koemon, haciendo un gesto hacia la clase.

Al contemplar a los estudiantes, cuyos rostros le eran familiares y la gama de armas que no le eran familiares precisamente, Sano asintió.

—Los tiempos han cambiado —dijo.

Él y su padre, junto con Koemon, habían debatido durante varios años si debían incluir armas no tradicionales en el currículo de la escuela. Su padre, devoto estricto de *kenjutsu,* había querido limitar la instrucción al arte del manejo de la espada.

—Hoy en día un samurái tiene que estar preparado para enfrentarse a oponentes armados con una variedad de armas, y además, la escuela debe ofrecer algo nuevo para atraer alumnos.

Sano repitió los argumentos que él y Koemon habían utilizado para contrarrestar la oposición del anciano. Pero al ver que el cambio se había hecho en su ausencia le dio un inexplicable toque de incomodidad que olvidó cuando reparó en el arma que sostenía Koemon.

—¿Enseñas el arte del *jitte*? —preguntó.

Koemon se encogió de hombros.

—Lo básico. No soy un experto en ello.

Más por curiosidad que por necesidad, Sano había experimentado con el *jitte* en el salón de prácticas del cuartel.

—¡Vamos a probarlo ahora! —dijo, quitándose la capa y el sombrero y subiéndose las mangas.

Con Koemon utilizando una espada de madera deliberadamente muy despacio, Sano le demostró cómo desviar su hoja, y cómo propinar contragolpes con el *jitte*.

—Rechaza el golpe así —dijo alzando el *jitte* para bloquear un corte en su hombro—. Contraataca antes de que tu contrario se recupere, rápidamente, porque su alcance es más largo que el tuyo.

Balanceó el arma a su alrededor para golpear con su esbelta vara contra el brazo de Koemon. Después de bloquear otro corte, dio una estocada con el extremo romo al cuello de su amigo.

—Y cuando sea el momento adecuado... —detuvo la siguiente estocada de Koemon atrapando la hoja entre los ganchos del *jitte*. Un giro brusco, y arrancó el arma de las manos de su amigo—, con la fuerza suficiente puedes romper la espada de tu contrario en dos.

Luego intercambiaron armas para poder demostrar cómo poder mantener la hoja propia libre de los ganchos del *jitte* y el juego de piernas necesario para evitar ser derribado o golpeado cuando la hoja estaba atrapada. Pronto entró en calor y empezó a sudar, con la energía fluyendo por el bienvenido ejercicio. Se sentía bien de regreso a la sala de prácticas familiar. Casi podía creer que aún pertenecía a aquel lugar.

Al terminar, Koemon se dirigió a la clase, alzando su voz sobre el barullo:

—¡Eso es todo por hoy!

A su orden, los pupilos quedaron inmóviles. El silencio cayó sobre la habitación. Se inclinaron ante sus oponentes, ante Sano y su *sensei*, y después desfilaron hacia la puerta del vestidor.

—¿Dónde está mi padre? —preguntó Sano cuando él y Koemon se quedaron solos—. ¿Ha salido por negocios?

Koemon dudó:

—Hoy no ha venido.

Sano se sintió intranquilo de nuevo. Su padre nunca faltaba a un día de trabajo.

—¿Qué sucede, algo va mal? —preguntó.

—No lo sé —Koemon evitó la mirada de Sano, indicando que en realidad sí sabía qué era lo que sucedía, pero tampoco quería decírselo o le habían ordenado que no lo hiciese.

Sano se despidió rápidamente de su amigo. Ahora, el cambio en el currículo de la escuela tomó un significado que no presagiaba nada bueno. ¿Por qué su padre finalmente había consentido a ello? Con un nudo de preocupación atenazándole el estómago, Sano abandonó la sala de prácticas. Guió su caballo, le hizo dar la vuelta a la esquina y bajó por la estrecha calle lateral. Allí, una altas vallas ocultaban los solares traseros de los negocios, en los que estaban ubicadas las dependencias donde vivían los propietarios. A través de las grietas que había en las verjas, pudo ver el amarillo titileo de las lámparas que ardían en los jardines y escuchar los habituales sonidos vespertinos: la charla de los sirvientes, los cubos de madera golpeando las paredes de los pozos al subirlos por ellos, los caballos relinchando en los establos que había tras las casas. Los intensos aromas de la sopa de miso y ajo flotaban por el aire desde las cocinas. Sin embargo, la comida era en lo último que pensaba cuando empujó la puerta del hogar de sus padres.

Hizo retroceder a su caballo hasta su cubículo en el establo que estaba en el jardín. Al ver el otro compartimento del establo vacío aumentó su ansiedad. Su padre había predicho su propia muerte ya hacía varios años. Pero la negativa del anciano a reemplazar su caballo cuando éste murió unos meses antes era la evidencia más elocuente y aleccionadora de que su vida estaba llegando a su fin.

Sano se dirigió a la casa y dejó sus zapatos y espadas en la entrada. En la amplia cocina con el suelo de tierra a su derecha, Hana, la anciana doncella, estaba arrodillada ante el hogar, removiendo la sopa. A su lado, un recipiente con arroz hervía a fuego lento. Junto a la jofaina de piedra, sobre una mesa de madera, había vegetales; también dos *ozen* lacados en negro junto a la pared, ya dispuestos con cuencos, palillos y platillos. Sano inclinó la cabeza en respuesta a la inclinación sonriente de Hana. Trabajaba para la familia desde que él nació; normalmente se hubiese detenido a hablar con ella, pero se escuchó una tos profunda y rasposa desde el interior de la habitación principal. Sano descorrió la puerta.

Su padre estaba sentado, acurrucado bajo una voluminosa colcha. Doblado hacia delante, tosía convulsivamente en el trozo de ropa que la madre de Sano le llevaba a la boca. Luego inspiró profundamente jadeando y empezó a toser de nuevo. La madre de Sano hacía sonidos tranquilizadores. Con su mano libre, tiró del extremo de la colcha para colocarlo sobre el brasero, para que su calor pudiese alcanzar a su marido. A su lado un quinqué en el suelo proyectaba sombras contra las paredes de la pequeña habitación y resaltaba las arrugas de sufrimiento del consumido rostro del anciano.

—¡*Otōsan*! —exclamó Sano consternado.

Ya hacía mucho tiempo que la salud de su padre era precaria sin que pareciese que iba a empeorar. Ahora Sano estaba impresionado al ver cuánto se había deteriorado su padre en tan sólo un mes.

Sus padres se dieron la vuelta simultáneamente para mirarle, y la tos de su padre se calmó.

—*Otōsan*, ¿por qué no me dijiste que estabas enfermo? —preguntó Sano, arrodillándose ante su padre.

Exhausto, con los ojos cerrados, el anciano movió la cabeza. Una delgada mano salió de debajo de la colcha y la movió débilmente ante la pregunta de su hijo.

La madre de Sano respondió por su marido.

—No quería preocuparte, Ichirō-*chan* —dijo ella—. Y, de todas maneras, está mucho mejor hoy. Se encontrará mejor pronto —su voz y su sonrisa eran alegres pero su rostro cargado de preocupaciones le contaba la verdad. Ella bajó la vista a la ropa que sostenía. Al ver las manchas de sangre, rápidamente lo escondió en su regazo.

—¿Ha visto al doctor? —le preguntó Sano, intentando no mostrar impaciencia ante su autoengaño. Ella siempre había negado la existencia de problemas, tanto porque esperaba que al hacerlo se alejasen como porque su educación le había enseñado que siempre presentase una fachada apacible ante el mundo. Él no podía obligarla a enfrentarse a la gravedad de la enfermedad de su padre: el tiempo y la naturaleza lo harían. La piedad que sintió por ella casi eclipsó su propia pena.

—No quiero a ningún doctor —profirió el padre de Sano con voz ronca. Tosió de nuevo, un compasivamente breve acceso de tos esta vez, y luego dijo:

—Se hace tarde. Comamos ya. *Omae,* trae la comida. Nuestro hijo no debe marcharse hambriento.

La madre de Sano se alzó obedientemente y abandonó la habitación.

Con el corazón en un puño, Sano percibió otro cambio que no presagiaba nada nuevo en su padre. Al anciano nunca le había gustado hablar de sus síntomas: la tos, los dolores, la fiebre, la dificultad de respirar. Sin embargo, por voluntad propia había consultado a doctores e intentado algunos remedios; había visitado a adivinos para averiguar cuánto viviría; también había acudido a los sacerdotes sintoístas y budistas en busca de plegarias para convencer a los dioses de que le alargasen la vida. Sin embargo, ahora aceptaba su enfermedad y su inevitable resultado con una resignación estoica. Los ojos de Sano ardían llenos de lágrimas no derramadas. No quiso que sus padres las vieran e inclinó la cabeza sobre la toallita húmeda que su madre le trajo. No pudo mirarla a los ojos cuando le acarició brevemente la mano.

Hana colocó un *ozen* lleno de comida ante Sano y su padre. Comieron en silencio, observando como siempre la estricta costumbre de no conversar durante las comidas. Sin nada que le distrajese, Sano no pudo evitar reparar en lo poco que su padre comía y lo lento que lo hacía. Unas pocas cucharadas de sopa de miso, un fragmento de rábano blanco adobado y una fina rodaja de pescado, con minúsculos sorbos de té entre bocado y bocado. Su madre, que normalmente le servía repetidamente más comida de la que podía comer, dedicaba toda su atención a volver a llenar constantemente los platos de su marido en un inútil esfuerzo de hacer que comiese más. Sano decidió volver a tratar el tema de los doctores cuando finalizase la comida.

Pero cuando retiraron los *ozen* y trajeron la bandeja de fumar, su padre habló primero.

—He encontrado una posible esposa para ti, Ichirō —dijo—. Se llama Ikeda Akiko, de diecinueve años, con una dote de cuatrocientos *ryo.*

Sano mantuvo su rostro inalterable. Su padre insistía en hacer proposiciones en su nombre sólo a las hijas de samuráis ricos. Por esa razón, Sano permanecía desgraciadamente soltero a la avanzada edad de treinta años. No quería contradecir a su padre, pero odiaba verle sufrir otra humillación cuando, seguramente, la propuesta fuese rechazada.

—Los Ikeda tienen un rango muy superior al nuestro, *Otōsan*. No creo que deseen aceptarme como yerno —dijo a su padre.

—¡Tonterías! —la exclamación de su padre le arrastró a otro acceso de tos—. Nuestro mediador le enviará regalos y contactará con ellos para concertar un *miai*. Estoy seguro de que consentirán. Especialmente ahora que eres *yoriki.*

Yoriki o no, los Ikedas nunca estarían de acuerdo con el *miai,* un encuentro formal entre él y Akiko y las dos familias, Sano lo sabía. Lo más probable era que devolvieran los regalos con un mensajero.

—Sí, *Otōsan* —dijo, temiendo que su padre tuviese otro acceso de tos si le contrariaba. Seguramente, su frágil cuerpo no podría soportar mucha más presión.

Satisfecho, su padre cambió de tema.

—¿Te va bien tu trabajo, hijo mío? —preguntó encendiendo su pipa con las ascuas que estaban en la cesta de metal que había en la bandeja. Dio una calada, tosió, escupió en una servilleta, y volvió a dejar la pipa.

Sano decidió no decirle nada acerca de la reprimenda del magistrado Ogyu o la investigación ilícita de asesinato. En lugar de eso, describió su oficina, sus tareas y sus aposentos, presentando cada detalle bajo el prisma más favorable posible sin vanagloriarse de ello. No mencionó la frialdad de sus colegas ni su propia infelicidad.

El brillo de orgullo en los ojos de su padre fue su recompensa. El anciano se irguió un poco más, sentado como estaba, y Sano pudo ver al guerrero que antaño se enfrentó a clases enteras de samuráis en las prácticas de lucha con espada.

—Continúa sirviendo bien y fielmente en tu cargo —amonestó—, y nunca te faltará un amo. Nunca tienes que convertirte en un *ronin.*

Su padre se había convertido en un *ronin,* un samurái sin amo, cuando el tercer sogún Tokugawa, Iemitsu, había confiscado las tierras del caballero Kii cuarenta años antes, dejando a la familia de Sano y al resto de los vasallos del señor que se valiesen por sí mismos. Su orgullo nunca se había recuperado del golpe de perder a su amo, su medio de vida y la posición hereditaria que había pasado a él después de muchas generaciones. Pero a diferencia de otros *ronin*, no se había convertido en un proscrito o rebelde. En lugar de ello, había fundado la academia y vivido tranquilamente, guardando su vergüenza y tristeza. Cuando era un niño, Sano oyó por primera vez la Gran Conspiración de cuatrocientos *ronin* que habían intentado derrocar al gobierno, no creyó la historia. Ya de adulto, fue consciente de la insatisfacción subyacente que fluía bajo la superficie pacífica del país y de los continuos esfuerzos de los Tokugawas por descubrir y contener las rebeliones que se alzaban entre los samuráis ociosos y desempleados. Sin embargo, al ser un muchacho, había asumido erróneamente que todos los *ronin* eran hombres estrictos, que respetaban la ley, como su padre, que dirigían sus energías y ambiciones a hacer que sus hijos triunfasen donde ellos habían fallado. Ahora sintió un arrebato de culpabilidad y se cuestionó qué pensaría su padre si supiese que se había arriesgado a caer en desgracia y a una posible destitución al desobedecer las órdenes de su nuevo amo.

Al mismo tiempo, un destello de furia irracional prendió en él. ¿Acaso no había sido su padre, aunque no de forma intencionada, quien había fomentado en él la naturaleza inquisitiva y curiosa que ahora ponía en riesgo su futuro? ¿No había sido su padre quien le había enviado a la escuela del templo a estudiar literatura, composición, matemáticas, leyes, historia, teoría política y los clásicos chinos para complementar su formación militar que aprendía en casa? Los monjes le habían educado mucho más allá del alcance normal del soldado de a pie común, ahora virtualmente obsoleto en un país que no estaba en guerra. Le habían enseñado a pensar en lugar de seguir simplemente órdenes a ciegas, como debería hacerlo en los altos cargos de gobierno que su padre había deseado para él.

—Ahora que estás en el sendero hacia la gloria, puedo abandonar de buen grado este mundo con la mente en paz —añadió su padre en voz baja, casi para sí.

La ira de Sano se extinguió; pero el sentimiento de culpa persistió. Se dio cuenta de que su padre había luchado contra la enfermedad y se había mantenido con vida justo lo suficiente para verlo establecido. Ahora el hombre se rendía. ¿Cómo podía Sano arriesgar el cargo que se suponía que garantizaba el futuro que su padre quería para él? ¿Cómo podía seguir un rumbo que lo obligaba a enfrentarse con aquellos que ahora controlaban aquel futuro? La respuesta era bastante simple: no podía. El espíritu de su padre nunca le perdonaría. La investigación de asesinato no valía aquello; la verdad y la justicia no podrían devolverles la vida a Noriyoshi y Yukiko. No sería capaz de vivir en paz consigo mismo si fracasaba en la obligación que su propio nombre le había impuesto.

Ichirō. *Primer hijo.*

Y puesto que era hijo único, la carga del deber filial descansaba únicamente sobre él.

SIETE

—El decimoctavo día del doceavo mes, año uno Genroku —dictaba Sano—. Informe de las actividades policíacas del día —procedía a resumir los informes que le habían entregado los *doshin*.

»Total arrestos: cuarenta y siete. Diecisiete por conducta desordenada, doce por robo, ocho por maltratar o matar perros, seis por asalto, tres por adulterio, uno por prostitución fuera del barrio autorizado.

»Dos samuráis: uno por conducta desordenada y otro por asalto están en arresto domiciliario. Los plebeyos están en prisión preventiva en la cárcel de Edo. Las cabezas de las tres adúlteras han sido afeitadas y a sus maridos se les ha concedido el divorcio.

Cuando Tsunehiko le entregó el informe terminado, imprimió su sello en él.

—Lleva esto a la oficina del magistrado Ogyu y luego puedes irte a casa. Esto es todo por hoy.

Reprimió un bostezo y se frotó los ojos. Los sentía como si los tuviese llenos de arena y le dolían por la falta de sueño. La noche anterior no había regresado al cuartel. En lugar de eso había permanecido en la casa de sus padres, sentado al lado del anciano, refrescando su rostro y administrándole té de hierbas para mitigar el dolor, y de vez en cuando echado despierto escuchando los accesos de tos que sacudían la casa.

Tsunehiko se quedó en la puerta y le preguntó:

—*Yoriki* Sano-*san* hoy no hemos investigado nada. ¿Y mañana?

—Lo siento Tsunehiko pero no haremos más investigaciones. —Esta vez el bostezo sí escapó y Sano se cubrió la boca—. Ni mañana ni nunca.

La cara de Tsunehiko reflejó la propia infelicidad de Sano.

—¿Por qué no? ¡Era muy divertido!

Después de pasar toda la noche convenciéndose de que obraba bien acerca de la conveniencia de abandonar la investigación, Sano no quería ni pensar ni hablar de ello. Por lo tanto sólo dijo: «Porque el deber y la obligación dictan obrar de otro modo», sabiendo que la propia educación de samurái de Tsunehiko aceptaría esta explicación sin replicar.

Cuando se fue Tsunehiko, Sano arregló su escritorio y después cruzó el patio hacia los barracones. El tiempo se había vuelto más cálido, trayendo consigo la promesa de la primavera. El último sol de la tarde brillaba dorado desde un cielo surcado de hinchadas nubes blancas. En Yoshiwara, los festejos que duraban toda la noche ya habrían empezado. Las *yūjo,* aquellas exquisitas y caras meretrices, atraerían a los clientes desde las ventanas de las casas de placer. Él sabía que una de ellas, Glicina, en el Palacio del Jardín Celestial, era la llave que le conduciría a los asesinos de Noriyoshi y Yukiko...

Sano se obligó a apartar aquel pensamiento de su mente con resolución. Quería ir directamente a la cama, sin siquiera cenar. Cuando entró en su habitación, sin embargo, dudó delante del armario que guardaba su ropa de cama. Cansado como estaba, sabía que el sueño se le escaparía mientras le rondase por la cabeza el enigma de Glicina. Lentamente, abrió el armario y sacó el futón y las colchas, pero se detuvo de golpe cuando iba a extenderlos sobre el suelo. Se recordó a sí mismo todas las razones por las cuales no debía ir a Yoshiwara: su padre, su futuro, el deber, el honor... Sin embargo, su deseo de saber no hacía más que aumentar con más fuerza, hasta que no pudo negarse a satisfacerlo. Con un súbito impulso de temeridad, dejó caer las ropas de cama y fue al armario empotrado donde guardaba su ropa. Se puso una larga capa gris y un ancho sombrero de paja que le ocultaba la cara. Reunió todo el dinero en efectivo, no sólo porque pasar el tiempo en Yoshiwara pudiese ser caro, sino porque tal vez tendría que sobornar a alguien para obtener la información que quería. Luego, se dirigió a los establos para recoger el caballo. Esta vez tomaría la ruta terrestre más rápida en lugar del lento transbordador.

Cuando montó en su caballo se dio cuenta de que a pesar de sus firmes resoluciones, durante todo el tiempo ya había tenido intención de hacerlo. Aquel día había llevado a cabo sus deberes administrativos sin desviarse del procedimiento o de la costumbre. Y, sin embargo, lo único que no había hecho era completar el informe que cerraría la investigación relativa a las muertes de Noriyoshi y Yukiko.

—Una última entrevista no puede hacer daño —racionalizó en voz alta, sorprendiendo a los mozos de la cuadra—. Después, lo dejaré.

Aun así, apenas pudo sacudirse de encima la culpabilidad o la premonición de un desastre inminente.

* * *

La noche de Yoshiwara superó las expectativas de los recuerdos que Sano tenía de ella. Bajo un apagado atardecer carmesí, Nakanocho relucía de vida y excitación. Los faroles ardían brillantes colgados de los aleros. Los restaurantes, con las puertas abiertas de par en par, dejaban escapar los deliciosos aromas de todas las comidas posibles: fideos fritos, pescado y langostinos asados, y pasteles dulces para tentar a la multitud que deambulaba por sus calles. Risas estentóreas se escapaban de las casas de té; cada ventana enmarcaba un retablo de hombres bromeando, haciendo poses mientras tomaban copas de sake. Bellas *yūjo* vestidas con quimonos de colores chillones llenaban las jaulas de las casas de placer como si se tratasen de una bandada de mariposas exóticas, con grupos de hombres de ojos hambrientos merodeando delante de ellas. Las mujeres flirteaban con los hombres con voces estridentes. Desde las habitaciones iluminadas que había detrás de las mujeres se escuchaba música samisén: unos pocos hombres afortunados ya habían escogido compañía y las fiestas habían empezado.

Sano encontró el Palacio del Jardín Celestial sin ninguna dificultad: era la casa más grande de la calle. Con sus vigas talladas y sus columnas pintadas de rojo, resaltadas con amarillo y verde, parecía un templo chino. Sobre la entrada, dos dragones resplandecientes sostenían entre ellos un cartel rojo que anunciaba el nombre de la casa con caracteres dorados. Sano se abrió paso a empujones entre la multitud que permanecía allí plantada delante de las ventanas y vio que las mujeres que había en su interior eran aún más bellas que las demás.

—Honorable dama, dónde puedo encontrar a Glicina —preguntó a la que estaba más cerca, una muchacha muy joven vestida con un quimono rojo estampado con caracteres de la fortuna blancos. Según la costumbre, las *yūjo* eran tratadas con el máximo respeto, igual que se les daba normalmente a las nobles.

Quimono rojo hizo un mohín delicadamente.

—¿La dama Glicina, mi señor? ¿Qué puede ofreceros ella que yo no pueda? —Su afectada forma de hablar con un registro formal era el mismo que utilizaban todas las prostitutas de Yoshiwara con sus clientes—. ¿Seguramente un guerrero tan masculino y educado como vos preferiría una doncella delicada que acaba de alcanzar la flor de su condición de mujer?

Agitó su abanico, ocultando tímidamente su rostro con él, de una forma tan estereotipada como su forma de hablar. Las otras mujeres se echaron a reír, esperando la respuesta de Sano.

Reuniendo toda su paciencia, éste repuso:

—No quisiera insultaros, mi señora. —No importaba que las adulaciones de las cortesanas no tuviesen sentido alguno ni lo descarado de sus invitaciones, uno siempre respondía con cortesía. Hacerlo de otra forma era contrario a la tradición de Yoshiwara e invitaba a la ira de sus propietarios, que prohibían la entrada de los clientes rudos a las casas de placer—. Pero es que debo hablar con Glicina.

—¿Hablar? ¿Venís a hablar?

Más risas.

Sano decidió que lo mejor que podía hacer era identificarse y decir lo que estaba haciendo allí.

—Soy el *yoriki* Sano Ichirō, del departamento de policía. Tengo que hablar con Glicina sobre un asunto oficial. ¿Podéis decirle que estoy aquí?

Quimono rojo no estaba impresionada pero sí obviamente molesta por haber malgastado sus esfuerzos en alguien que no era un cliente. Dejando a un lado su actitud seductora, dijo:

—En tu propia esfera otros tienen que hacer lo que les ordenas *yoriki.* Pero yo no soy tu criada —las otras mujeres rieron otra vez—. A menos... —Su mirada desdeñosa recorrió todo su cuerpo, y le quitó la sencilla capa y el sombrero. Una sonrisa altanera curvó hacia arriba los bordes de sus labios. A menos que tengas dinero para pagar, implicaba— y ya veo que no lo tienes.

—Por favor —dijo Sano—. Es muy importante. Tengo que hablarle de Noriyoshi.

Al mencionar el nombre de Noriyoshi, la sonrisa de Quimono rojo se desvaneció y asintió de manera cortante. Volviéndose a la habitación que había tras ella, hizo señas. Susurró algo a una doncella que apareció por allí. Un momento después, ésta abrió la puerta inclinándose ante Sano.

—Id con ella —dijo Quimono rojo.

Sano entró en el vestíbulo del Palacio del Jardín Celestial, donde se quitó los zapatos. Mientras dejaba sus espadas en el armero, recordó que la seguridad, al igual que la etiqueta, dictaba que no debían introducirse en la casa. Alguna *yūjo* desgraciada podría intentar escapar de su obligada servidumbre suicidándose con un arma inesperada.

En el amplio salón, las mujeres y sus clientes estaban reclinados en brillantes almohadones de seda esparcidos por el suelo, hablando y riendo. Un músico tocaba en el samisén una canción de amor popular. Las doncellas circulaban con bandejas de delicias y escanciaban sake. Las monedas resonaban cuando las generosas propinas pasaban de los clientes, ricos mercaderes, por el aspecto de sus ropajes opulentos, a las doncellas. Sano siguió a su escolta por aquella habitación y salió por una puerta corrediza a una galería cubierta.

La galería estaba frente a un jardín que debía de ser el lugar de celebración de muchas fiestas en primavera, cuando sus cerezos dejaban caer sus flores sobre el césped, sobre las linternas de piedra y en el estaque ornamental con un pequeño templo que había sobre una isla, en el centro. Ahora, con el invierno aún sin querer marchar, estaba desierto. Pero los faroles ardían y colgaban de los porches de los edificios que lo rodeaban: uno sobre cada puerta. Las luces brillaban a través de las ventanas. De algunas habitaciones se escapaban débilmente algunas risas, donde algunas *yūjo* habían empezado ya a entretener a sus clientes en privado.

La doncella señaló una puerta que estaba en la esquina izquierda al fondo.

—Allí, mi señor.

Sano caminó por el porche hacia la puerta y llamó. Esperó. De aquella habitación no salían risas, sólo un silencio de escucha. Y luego:

—Entrad —era la voz de una mujer, simulando una evidente alegría incluso en la breve palabra.

Sano entró, inclinándose ante una mujer que estaba arrodillada ante un tocador.

—Buenas noches, dama Glicina.

Ella le había devuelto una sonrisa de bienvenida, pero cuando le miró, la sonrisa desapareció.

—Esperaba a otra persona —dijo ella—. ¿Quién eres tú?

A diferencia de Quimono rojo, su forma de hablar era la sencilla y sin entonación de Edo, tal vez porque la había sorprendido.

Sano se inclinó de nuevo y se presentó mientras estudiaba a Glicina de forma encubierta. No encajaba con la imagen preconcebida que tenía de la amante de Noriyoshi. Había imaginado a una mujer madura, que desempeñaba el papel de madre con sus clientes. Pero Glicina no debía de tener más de veinte años y era claramente una *yūjo* de primera categoría. Vestía un fastuoso quimono de seda brocado a cuadros blancos y negros, con dibujos en relieve en forma de flores de glicina color lavanda y hojas verde pálido que se extendían en diagonal desde su hombro izquierdo hasta el dobladillo. Era obviamente caro. Sus ojos, inusualmente redondos, prestaban exotismo a su rostro de rasgos pronunciados, provocativa. La habitación grande y espaciosa reflejaba su posición y resaltaba su belleza. Estaba llena de mobiliario lujoso; una colcha y un futón de seda, arcones y armarios tallados y lacados, lámparas pintadas. La alcoba contenía una rama de acebo seca en una vasija de celadón de color cremoso que, seguramente, era la obra de algún maestro ceramista, y un rollo que contenía un verso chino clásico escrito con la inconfundible mano de un famoso calígrafo de Kyoto.

—Estoy aquí por tu amigo, Noriyoshi —dijo Sano, dejando de examinar la habitación y mirando de nuevo su rostro.

Sus ojos, líquidos y luminosos, parecieron oscurecer. Dándose la vuelta abruptamente hacia el espejo redondo que estaba sobre su tocador, cogió un peine y empezó a arreglarse el pelo, alzando la masa larga de negro brillante hacia los lados con un complicado tirabuzón en la parte de atrás. Sus movimientos tenían un carácter lánguido y sensual que Sano encontró extremadamente erótico y excitante, a pesar de su preocupación por el caso de asesinato.

—Me niego a hablar de Noriyoshi. Y espero a un invitado —su voz tembló—. Así que vete. Ya.

La tristeza y la ausencia de animosidad en su voz le hizo comprender a Sano que la pena y no la furia había provocado su brusca despedida. Él dudó, porque no deseaba causarle dolor. Pero no quería marchar sin averiguar qué era lo que ella sabía.

Glicina tiró el peine al suelo y se enfrentó a él.

—¿Y bien? ¿A qué esperas?

Las lágrimas brillaban en sus ojos.

—Si has venido a decirme que Noriyoshi se ha suicidado por el amor de alguna estúpida palomita de clase alta y que su cuerpo será expuesto en la ribera del río para que la gente lo mire embobada..., pues bien, ya lo sé. Todo el barrio ya sabe la historia, así que vete y déjame en paz.

Sano decidió contarle el máximo de verdad que le fuese posible.

—Noriyoshi no se suicidó. Fue asesinado.

Ella se le quedó mirando fijamente. Los sonidos de la habitación contigua llenaron el silencio: música de samisén, con una voz masculina y una femenina cantando suavemente. Su rostro, primero reflejó incredulidad y luego, una naciente esperanza.

—¿Asesinado? —su voz se convirtió en un susurro—. ¿Es cierto eso? ¿Cómo lo sabes?

—No puedo decírtelo —dijo Sano. Él no sabía si podía confiar en ella y no quería que la historia de la disección circulara por todo Yoshiwara—. Pero es cierto. —Se arrodilló delante de ella.

—Quiero averiguar por qué fue asesinado y por quién. ¿Me ayudarás?

—¿Cómo?

—Dime todo lo que sepas de Noriyoshi: de qué familia procedía, qué tipo de hombre era, quiénes eran sus enemigos, y por qué uno de ellos habría querido matarle.

Los ojos de Glicina adquirieron una mirada perdida. Empezó a pasar sus dedos por su pelo. Tal vez aquella acción fuese un hábito nervioso, pero todo en ella sugería sexo, su habitación lujosa con la cama preparada, su suave perfume floral, su boca sonrosada. Sano al mirar sus esbeltas y suaves manos, no pudo evitar pensar en ellas acariciando su cuerpo. Se movió nerviosamente. Parecía que hiciese mucho calor en la habitación.

—Todos piensan que Noriyoshi era un estafador que sólo se preocupaba de sí mismo y de sus asuntos —dijo ella—. Menciona su nombre y todos harán esto.

Mirando por encima del hombro como para asegurarse de que nadie observaba, sonrió astutamente e hizo ver que contaba dinero de una mano imaginaria a la suya. Aquella pose vulgar resultaba incongruente en alguien tan elegante, pero le mostraba a Sano una imagen muy real de lo que debía parecer Noriyoshi cuando estaba vivo.

—Pero él era distinto conmigo —hizo una pausa y luego continuó en voz más baja—. Yo llegué a Edo de la provincia de Dewa cuando tenía diez años. Mi padre me vendió a un alcahuete de un burdel porque sus cosechas fallaron aquel año y no alcanzaba a alimentarme a mí, a mi madre y a mis cuatro hermanos. Empecé aquí de doncella en el Jardín Celestial. ¿Sabes lo que es esto?

Sano asintió. Las niñas, a menos que mostrasen ser una extraordinaria promesa, eran virtualmente esclavas en las casas de placer. Trabajaban durante largas y duras horas limpiando las habitaciones, ayudando en las cocinas y haciendo recados. Todo por una comida inadecuada y cobijo. Muchas morían antes de alcanzar la madurez; la mayoría del resto podía esperar a prosperar a una posición no más alta que una doncella o una prostituta de segunda clase. Muy pocas llegaban a ser las celebradas *yūjo* de primera categoría e incluso menos obtenían la independencia de los hombres que las poseían.

—Conocí a Noriyoshi un año después, cuando vino a la casa a entregar algunos *shunga* a las damas para que los mostrasen a sus clientes. Se detuvo en las cocinas para tomar té y yo estaba allí pelando vegetales —una sonrisa de reminiscencia tocó los labios de Glicina—. Me preguntó cómo me llamaba y de dónde era. Debió suponer que yo estaba hambrienta, entonces estaba tan delgada que me salían los huesos... —Tocó la suave y fina carne de su cuello—. Y se me empezaba a caer el pelo.

»Después de aquel día me llevaba comida cuando nadie miraba. Yo tenía miedo de que dejase de hacerlo, pero no fue así. Me puse bien de nuevo y el pelo volvió a crecerme. Y Noriyoshi empezó a pasear conmigo cuando dejaba la casa para hacer recados. Me hacía reír con sus chistes. Y me empezó a enseñar cómo moverme, cómo sonreír, cómo hablar a los hombres. Debí aprender mis lecciones bien, porque un día mi propietario me dijo que ya no tenía que trabajar más en las cocinas. Hizo que las doncellas me vistiesen con ropas elegantes. Y desde entonces...

Hizo un gesto con su mano señalando hacia la habitación y ella misma.

—Tú conoces el resto de la historia.

—Sí.

Sano sospechó que Noriyoshi, con su ojo de artista se había dado cuenta del potencial de Glicina. Él la había salvado de un destino cruel. Pero no desinteresadamente: sin duda ella quedó en deuda con él para que le dispensase sus favores. Los ojos de Sano fueron al escote de su quimono, donde empezaba la turgencia de sus pechos. La sangre inundó sus partes bajas. Por un momento casi envidió al muerto.

La severa mirada de Glicina le reprendió.

—Sé lo que estás pensando —soltó bruscamente—. Pero no fue así. Noriyoshi nunca fue mi amante. Él prefería a los hombres, sabes.

Aquello explicaría el dibujo que había en el escritorio del artista, pensó Sano.

—Cuando me enteré de cómo había muerto, me enfurecí —dijo Glicina tristemente—. No porque se hubiese enamorado de aquella chica o porque ella consiguiese que le quisiese de la manera que él nunca me había querido. Sino porque él nunca me lo dijo, nunca confió en mí de la forma que lo hizo con todo lo demás. Y ahora que me dices que fue asesinado... —tragó saliva— me siento tan avergonzada de mi enfado.

Sano apartó la mirada con tacto mientras ella luchaba por controlar sus lágrimas. Iba a preguntarle de nuevo quiénes eran los enemigos de Noriyoshi, cuando alguien golpeó la puerta.

Glicina se puso en pie de un salto.

—¡Rápido, rápido! —abrió la puerta del armario e hizo un gesto para que Sano entrase en él—. Es mi cliente. No debe encontrarte aquí.

Desde el interior del oscuro armario, Sano escuchó que abría la puerta, deslizándola a un lado. Escuchó una voz masculina grave y a Glicina excusándose: «...indispuesta... lo siento. Tal vez mañana por la noche..., muchas gracias». El roce de la seda mientras ellos se abrazaban. «¿Qué se sentiría al abrazarla?» Se alegró cuando la puerta se deslizó para volverse a cerrar, interrumpiendo su fantasía. Salió del armario y vio que Glicina sin ninguna ceremonia tiraba el regalo de su cliente, un abanico de seda, sobre el tocador.

—¿Los enemigos de Noriyoshi? —dijo en respuesta a la pregunta de Sano después de que se acomodasen de nuevo—. ¿Sobre cuáles quieres saber? ¿Sobre todos ellos o sólo sobre los peores?

—Empieza con el peor.

Glicina frunció el ceño, como si intentase decidir quién debía encabezar la lista.

—Kikunojo —dijo finalmente.

—¿Kikunojo? —repitió Sano sorprendido—. ¿No es ése el actor de Kabuki? ¿Por qué querría matar a Noriyoshi?

Ella asintió y luego se encogió de hombros.

—Noriyoshi algunas veces..., aceptaba dinero de la gente a cambio de guardar sus secretos.

Chantaje. La fea y no pronunciada palabra flotó entre ellos. Sano vio que Glicina se ruborizaba y sintió piedad por ella al tener que exponer los defectos de su amigo. Sin embargo, el rubor le recordó el aspecto que tenía una mujer cuando se excitaba sexualmente, como lo hizo cuando su respiración se aceleró. Su propia excitación aumentó. Y, por si fuera poca su incomodidad, la pareja de la puerta contigua había abandonado su dueto. Un golpeteo rítmico sacudía las delgadas paredes. Sano apartó la mirada cuando Glicina le sonrió brevemente. Ella probablemente le dispensó la sonrisa como disculpa por el ruido pero para Sano significaba: ¿quieres hacer lo que están haciendo ellos?

Para disimular la vergüenza que sentía, Sano preguntó rápidamente:

—Entonces, ¿a Noriyoshi le pagaban por su silencio? ¿Y quién más además de Kikunojo?

—Conozco a otro, un luchador de sumo, pero no sé su nombre.

Tal vez lo supiera otro de los amigos.

—¿Sabes si Noriyoshi recibió un pago importante poco antes de su muerte? —preguntó Sano, pensando en el oro que había encontrado en la habitación del artista.

Los ojos de Glicina se empañaron.

—Tal vez. Dijo que iba a conseguir suficiente dinero para pagar mi deuda al Jardín Celestial y abrir su propia galería. Íbamos a llevarla juntos. Incluso había encontrado un edificio. Uno con habitaciones tras él donde podríamos vivir, pero no sé si llegó a conseguir el dinero.

Sano decidió no contarle lo del oro que se había quedado Come Cerezas. No haría más que herirla. Además, la suma que él había visto, aunque era considerable, no era suficiente para una empresa como la que acababa de mencionar. Seguramente Noriyoshi esperaba mucho más. Tal vez Kikunojo le había matado para no tener que pagarle.

—Kikunojo podría haberle matado fácilmente —dijo Glicina con amargura, haciéndose eco de los pensamientos de Sano—. Amenazó con hacerlo. Y también los otros enemigos de Noriyoshi... —Recitó de un tirón una larga lista de gente, tanto samuráis como plebeyos a los que Noriyoshi debía dinero, ofendido o estafado. Pero no creo que se preocupasen por ello tanto como para matarle.

Por fin conseguía algo de información que poder llevar al magistrado Ogyu.

—Muchas gracias, dama Glicina. Haré todo lo que esté en mi mano para llevar al asesino de Noriyoshi ante la justicia —dijo Sano haciendo una reverencia.

* * *

Se puso en pie dispuesto a marcharse..., y se descubrió incapaz de alejarse de Glicina. Los ojos de la dama le arrastraron hacia sus oscuras profundidades; su cuerpo se inclinó hacia él, sin apenas moverse. Él la miró impotente, con ansia.

—Espera —Glicina cogió la manga del vestido de Sano—. No me dejes sola —intentó tirar de él para que volviera a sentarse en el suelo— quédate conmigo esta noche.

Sano se apartó, con su hombría ya erecta y ahora completamente levantada, pidiendo entrar en acción ante la idea de acostarse con ella. Se dio cuenta entonces de que durante todo el tiempo que había pasado con ella, le había estado seduciendo sutilmente de forma deliberada. Todo su cuerpo suspiraba por ella, pero no había forma de que pudiese conseguir el dinero que ella valía.

—Lo siento, mi señora —consiguió decir, apartando la manga que ella aún sujetaba.

—Por favor. Por favor..., no hagas que me humille admitiendo que soy demasiado pobre para tenerte.

Ella se alzó y le acarició con una mano recorriendo con sus dedos todo el brazo de Sano.

—No, no lo entiendes. Yo no te pido nada —con su otra mano le tocó el pecho con unos golpecitos—. Nada excepto..., a ti.

—¿Por qué? —Sano no podía creer que una *yūjo,* que podía contar con la compañía de los hombres más ricos y poderosos de Edo quisiera estar con él. «Y a quién le importa», preguntó su cuerpo cuando su piel se estremeció bajo su caricia.

—Porque contigo no tengo que esconder mi tristeza.

Glicina se apartó unos pasos de él. Con un grácil gesto, deshizo el nudo de su fajín. Su quimono se abrió y luego cayó deslizándose por su cuerpo. Permaneció ante él desnuda. Sus pechos eran pequeños y redondos; sus brazos y piernas eran esbeltos y su piel era un manto perfecto de marfil dorado. En su pubis rasurado, característica de todas las *yūjo*, la delicada hendidura de su feminidad quedaba al descubierto. Bajo su perfume, Sano podía oler su aroma natural, intenso e intoxicante. Ella cogió sus manos y las alzó hacia sus pechos.

Sano dejó escapar un gemido cuando sus dedos tocaron sus pezones. Sin embargo, retrocedió cuando ella acercó su boca hacia la suya. Igual que otros samuráis, había experimentado los placeres del sexo con bastante frecuencia, con las doncellas de sus vecinos o con las chicas que encontraba en los distritos de ocio de Nihonbashi. Pero nunca había probado el *seppun,* la práctica exótica de juntar las bocas que había sido introducida en Japón por los prohibidos bárbaros extranjeros.

—No te va a doler —murmuró ella, con su cálido aliento contra sus labios. Su voz tenía un matiz divertido.

Al principio, la resbaladiza humedad de sus labios le repelió, pero, luego, su deseo se enardeció y abrió su boca para admitir el empuje de la lengua de Glicina. ¿Quién habría pensado que este vergonzoso intercambio de respiración y saliva podía ser tan excitante? Se separó lo justo para quitarse sus vestimentas, detestando alejar su boca de la de ella y sus manos de la exploración de sus pechos y sus nalgas.

Se echaron sobre el futón juntos, y ella presionó su cuerpo al de él con un ardor que sorprendió a Sano. Él había escuchado muchas historias sobre las *yūjo*: su experiencia, los juegos elaborados que hacían con disfraces, juguetes, conversaciones íntimas y afrodisíacos, sus falsos pero halagadores gritos de éxtasis. No obstante, a menos que estuviese completamente equivocado, los suspiros de Glicina y su espalda arqueada no eran simple pantomima. Él no reparó en ninguna fría técnica mecánica en la forma en que ella acariciaba su pecho, sus partes y sujetaba su erección, de la misma forma que lo haría una mujer por el simple y antiguo deseo hacia un hombre. Y ella no podía haber disimulado el ardor que sus manos leían en sus pezones endurecidos, en la humedad que sentía entre sus piernas. Por un momento se preguntó por qué ella era distinta de las demás *yujo*. «¿Era éste su talento especial, su habilidad para desear a los hombres con los que se acostaba?» Tal vez estaba intentando enterrar su pena por la muerte de Noriyoshi con el placer físico con alguien a quien ella no tenía la obligación de entretener. La razón no importaba. Su aparente deseo real hacia él transportaba a Sano al borde del clímax. Casi desvaneciéndose de placer, la penetró. Y entonces dejó de pensar totalmente.

* * *

Sano se deslizó con tanta facilidad de la vigilia al sueño que apenas se había dado cuenta de la transición. Se despertó con un sobresalto por el sonido de un apagado sollozo. Se sentó erguido, apartando las colchas. Miró hacia el rincón, donde la llama de una vela formaba un halo de luz.

Envuelta en una prenda blanca, Glicina estaba arrodillada, con su perfil hacia él, ante una mesa baja. En ella, entre los frutos, las flores y velas parpadeantes estaban dispuestos una serie de pequeños objetos. Ella inclinaba la cabeza sobre ellos, moviendo los labios mientras las lágrimas bañaban su rostro. Sano salió del futón arrastrándose y se puso a su lado. En la mesa, vio una cinta para el pelo de algodón, con una pipa de tabaco y un puñado de naipes. Las cartas, cada una con un *shunga* en miniatura en el reverso, parecían muy poco adecuadas para un altar budista. Luego lo comprendió. Noriyoshi había pintado las cartas, y la cinta para el pelo y la pipa eran suyas. Glicina, vestida con sus ropas blancas de duelo, estaba orando por el espíritu de Noriyoshi.

A la vez conmovido y apurado, Sano intentó pensar en algo que pudiese decirle. No estaba acostumbrado a ver tal muestra de duelo tan abiertamente; la mayoría de la gente ocultaba sus sentimientos, incluso en los funerales. Tal vez debería dejar que ella le llorase en privado. Pero no podía marcharse sin agradecerle de alguna manera lo que había sucedido entre ellos. Posó tímidamente una mano sobre su hombro.

—Ve a tu nuevo hogar en paz, Noriyoshi —murmuró Glicina—. Algún día nos volveremos a encontrar.

Se giró hacia Sano. Sus ojos redondos eran pozos de sufrimiento, su nariz y boca estaban hinchados de tanto llorar.

Sano sintió el eco de su dolor en su propio pecho.

—Lo siento —dijo torpemente e intentó atraerla hacia sus brazos, pero ella rehuyó su contacto.

—¡Mi único amigo de verdad está muerto! —exclamó, con una furia repentina brillando a través de sus lágrimas—.

¿Y cómo le he honrado? ¡Acostándome con un *yoriki*! —Un sollozo reprimido estalló desde lo más profundo de su ser.

»¡Contigo, que no te importa en absoluto el dolor de la otra gente! Has venido aquí a hacer preguntas y actuando como si estuvieses preocupado. Pero no hay justicia para los humildes campesinos, que no pueden pagar o influenciar a nuestros gobernantes para que se la dispensen. Regresarás a tu escritorio y escribirás una breve versión oficial de lo que sucedió a Noriyoshi. *Shinju.* Bonito, limpio y fácil. No más preguntas que podrían suponer más trabajo para ti o tus superiores o molestar a la familia de aquella chica, quien quiera que fuese. Pondrás tu sello y con él tu silencio sobre la desgracia de Noriyoshi, mientras el que lo ha matado continúa libre.

Aunque sabía que el dolor y la indignación hacia sí misma la había impulsado a atacarle a él, las palabras le hicieron daño. Él sabía lo cerca que había estado, lo cerca que aún estaba, de hacer exactamente lo que ella predecía.

—Yo me preocupo de ello —afirmó—. Y no permitiré que el asesino de Noriyoshi quede libre. —Mientras hablaba, el pensamiento del magistrado Ogyu, Katsuragawa Shundai y su padre le hizo estremecer interiormente.

Glicina se cubrió la cara con ambas manos.

—Déjame sola —susurró.

Sano se vistió en silencio y se dirigió hacia la puerta. En el salón del Palacio del Jardín Celestial se encontró con que la fiesta todavía continuaba; en el exterior, Nakanocho aún latía de vida, la multitud y la alegría no habían disminuido bajo el cielo nocturno. Pero la puerta principal estaba cerrada. Sano, de camino a los establos públicos donde había dejado su caballo, la miró abatido. Había estado con Glicina mucho más tiempo de lo que había planeado y ahora él, junto con todos los que estaban en Yoshiwara permanecerían encerrados durante toda la noche.

Caminó cansado hacia la parte más pobre del barrio, hasta una modesta posada que recordaba de sus tiempos de estudiante. Allí, por un precio exorbitante que se elevaría a todo el dinero que había llevado consigo, podría conseguir unas pocas horas de descanso mientras esperaba que abrieran las puertas al amanecer.

Poco después, mientras estaba echado en un camastro de paja, escuchando los ronquidos borrachines de los otros nueve hombres que compartían la habitación con él, experimentó un nuevo sentimiento de incomodidad. Un sentimiento que reconoció como la culpabilidad por haber obtenido su placer de una mujer sola y afligida. El recuerdo de su pena le hizo desear haber tenido la fuerza suficiente para rechazarla. El hecho de acostarse con ella no le había proporcionado a ella consuelo. Ahora se sentía como si le debiese alguna compensación por el dolor añadido que le había causado.

Esta compensación, no obstante, podría costarle el honor de su familia. Pero ¿qué tenía él por ofrecer excepto sus máximos esfuerzos para llevar al asesino de Noriyoshi ante la justicia?

OCHO

Esa vez, la entrevista de Sano con el magistrado Ogyu tuvo lugar no en el Tribunal de Justicia, sino en el despacho privado de Ogyu. El sol matutino derramaba sus rayos a través de las ventanas translúcidas, disipando cualquier parecido con la tenue penumbra que reinaba en la sala del Tribunal. No estaban presentes ni *doshin,* ni acusados o testigos, sólo el sirviente más anciano de Ogyu, que caminaba por la estancia arrastrando los pies y sirviendo té. Sano no tuvo que enfrentarse a Ogyu a través de la blanca arena de la verdad como un hombre condenado esperando su sentencia, sino que estaban arrodillados sobre almohadones de seda, como cualquier funcionario celebrando una reunión civilizada. Pero Sano se sentía como si estuviese en un juicio.

—Honorable magistrado, con todos mis respetos, desearía pediros permiso para continuar la investigación acerca de las muertes de Niu Yukiko y Noriyoshi —dijo.

Había estado ponderando si encontrarse con Ogyu aquel día o esperar a tener más hechos que apoyasen su caso. La culpabilidad le había llevado a hablar con él en ese momento: la franqueza era lo mínimo que le debía a su superior.

Ogyu no dijo nada. En lugar de ello, sostuvo su cuenco de té con sus mustias manos, oliendo el vapor que se alzaba de él. Vestía sus ropajes de ceremonia: un *haori* negro, con unos anchos hombros acolchados, sobre un quimono negro estampado con emblemas familiares formados por círculos de oro. Las austeras vestimentas hacían que su piel pareciese especialmente pálida y disecada. Contra el colorido paisaje mural pintado en la pared, el magistrado parecía un retrato de algún ancestro hecho a pluma y tinta.

—Me alegro de que hayáis venido a verme —dijo finalmente—. Al parecer, tenemos mucho de que hablar.

Sano intentó captar algo de esperanza en aquella frase neutral.

—¿Sí, honorable magistrado?

—Se trata del pequeño asunto de un informe que has escrito —Ogyu bajó la vista hacia un rollo desplegado que estaba sobre la mesa que había ante él.

Con aprensión, Sano reconoció su propia escritura y su sello. Era el informe clasificando las muertes de sospechosas.

—Lo siento, pero este documento no refleja que comprendieses lo que decidimos en nuestra última reunión —continuó el magistrado.

A Sano se le cayó el alma a los pies. El desagrado de Ogyu ante el informe le haría poco receptivo a cualquier sugerencia.

—También habéis emitido una orden de cremación para Noriyoshi, desafiando la ley que ordena que los participantes de *shinju* deben sufrir exposición pública como castigo por su crimen. ¿Qué tenéis que decir en vuestro descargo, *Yoriki* Sano?

—Por favor, dejad que me explique —dijo Sano. Casi podía sentir que el suelo se hundía bajo sus pies—. Cuando me enteré de cómo habían sido las muertes, pensé que requerían una investigación adicional. Por esta razón escribí el informe.

Al ver que Ogyu fruncía el ceño, se apresuró. No mencionó la orden de cremación y esperó fervientemente que Ogyu dejase a un lado el tema.

—Perdonad mi impertinencia; no debería haber desobedecido vuestras órdenes. Pero ahora que he llevado a cabo algunos interrogatorios, creo que Yukiko y Noriyoshi fueron asesinados. Suplico vuestro permiso para terminar mi investigación, para encontrar a su asesino y llevarlo ante la justicia.

No pensó que fuera necesario recordarle al magistrado que, aunque el asesinato de un campesino no justificaba demasiada preocupación oficial, el de la hija de un daimio no podía pasarse por alto.

Las arrugas de la frente de Ogyu se hicieron más profundas, ya sea por la sorpresa o la irritación, Sano no supo discernir.

—¿Y cómo lo sabéis? —preguntó.

El samurái bebió un poco de té para calmarse un poco.

—He sabido que a Noriyoshi no le gustaban las mujeres, lo que significa que, probablemente, no se habría suicidado por el amor de una de ellas. Y, por otra parte, que tenía enemigos. Al menos uno de ellos le odiaba lo suficiente para matarle.

—¿Y quién es éste? —Ogyu sorbió de su propio cuenco, luego hizo una seña al sirviente para que escanciase más té en él y en el de Sano.

—Kikunojo, el actor Kabuki.

—¿Cómo os habéis enterado de la existencia de este..., enemigo? —la pausa ante la palabra transmitía escepticismo.

—Hablé con la mejor amiga de Noriyoshi, una mujer llamada Glicina —respondió Sano. Dar el nombre de Glicina le prestaba credibilidad a su historia; sin embargo, esperaba no tener que explicar lo que hacía para ganarse la vida.

Pero aparentemente Ogyu lo sabía. Los rumores decían que, a pesar de su edad, aún frecuentaba las casas de placer de Yoshiwara. El hombre suspiró y citó un viejo proverbio:

—Dos cosas raras: los huevos cuadrados y la sinceridad de una *yūjo*.

—Creo que ella decía la verdad —afirmó Sano. Sin querer se acordó de la noche anterior. La pena de Glicina; su súplica de que arrestase a Kikunojo por el asesinato de su amigo; su pasión... La sangre de Sano se removió. Se obligó a regresar al presente.

Ogyu negó con la cabeza.

—*Yoriki* Sano —«¿Cómo podéis ser tan crédulo?» Implicaba su tono—, ¿cómo os atrevéis a hacerme malgastar mi tiempo con tales tonterías?

—Magistrado, cuando fui a la morgue, vi un gran golpe en la cabeza de Noriyoshi, como si alguien le hubiese golpeado —dijo Sano con creciente desesperación—. Y... no tenía el aspecto de haberse ahogado... —Estaba entrando en terreno pantanoso. ¿Qué sucedería si Ogyu deseaba saber más sobre su visita a la morgue?

Por fortuna las sensibilidades refinadas de Ogyu le impidieron abordar el tema. Hizo un mohín de asco y dijo:

—Aquí no hablamos de tales cosas.

Después de haber presentado sus mejores argumentos, Sano no acertaba a pensar en nada más que decir. Si Ogyu rechazaba los dos y se negaba a hablar de los otros, ¿qué esperanza le quedaba de tener éxito?

En ese instante Ogyu se aclaró la garganta e hizo una señal para otra ronda de té. Sano se preparó para una reprimenda circunspecta, tal vez una alusión a su patrón, Katsuragawa Shundai. Sin embargo, pronto se encontró siguiendo el enrevesado pensamiento del magistrado que le arrastraba por un sendero completamente distinto.

—Hay muchas lecciones que se deben aprender del reino animal —dijo Ogyu—. Cuando el tigre va al arroyo, los ciervos esperan a que haya bebido hasta hartarse y se haya marchado antes de ir a beber ellos. Cuando el halcón alza el vuelo, las pequeñas criaturas se esconden hasta que él ha pasado.

Sano asintió con la cabeza, esperando que le llevase ya al asunto en cuestión.

—Cuando la libélula extiende sus espléndidas alas, los otros insectos no se atreven a acercarse, para no levantar su cólera —terminó Ogyu. Hizo una pausa para que entendiese su significado.

El escenario de su última metáfora no le remitía a ningún parecido con la naturaleza, pero Sano de todas maneras captó el mensaje.

—Así que os habéis enterado de mi visita a los Niu —dijo. Los Niu con su emblema familiar en forma de libélula y su poder eclipsante.

Ogyu crispó el rostro ante tal brusquedad.

—*Yoriki* Sano, ¿realmente necesitáis que os recuerde los peligros de ofender a una gran familia daimio? La dama Niu me hizo llamar personalmente para quejarse de vuestra intrusión. —Su voz se alzó hasta su tonalidad más alta y más quejumbrosa—. ¿Qué estupidez, qué insensatez puede haberos llevado a inferir en los asuntos de los Niu de forma tan impertinente, en un momento tan desafortunado?

Una mancha lívida apareció en cada una de sus hundidas mejillas y sus ojos se estrecharon.

Sano aceptó los insultos estoicamente, aunque cada uno de ellos desgarraba su espíritu samurái. Su rostro ardía por la vergüenza de haber enfurecido a su superior hasta el punto de mostrar abiertamente su ira. A través de su tristeza sintió el frío e igualmente vergonzoso ramalazo de miedo. ¿Qué haría Ogyu para castigarle? Pero la parte inquisitiva e independiente de su mente se preguntaba por qué Ogyu estaba tan ansioso por detener la investigación y aplacar a los Niu.

—Los Niu me recibieron con toda la amabilidad posible —dijo valientemente. A pesar del desagrado de Ogyu, aún pensaba que había hecho bien en interrogarles. Lo único que sentía era haber averiguado tan poco—. La dama Niu no parecía en absoluto ofendida. Y, además, ¿por qué debería estarlo? Lo único que hice fue hacerle unas pocas preguntas, que ella y el caballero Niu parecieron contentos de responder. Además, si la joven dama Yukiko fue asesinada, ¿Por qué los Niu se iban a oponer a una investigación? ¿Acaso no estarían deseosos de cooperar para que se encontrase al culpable? ¿No querrían justicia, venganza para el honor familiar?

—*Si* Yukiko fue asesinada, *Yoriki* Sano.

La resistencia de Ogyu le recordó a Sano algo que le había dicho Glicina la noche anterior: «No más preguntas..., que podrían molestar a la familia de aquella chica, quien quiera que fuese». Ahora se preguntaba si los Niu tenían algún motivo para no querer que la muerte de Yukiko se investigase. ¿Podría ser que no quisieran que el asesinato fuese descubierto o el asesino capturado? ¿Estaba Ogyu ayudándoles a ocultar la verdad? Y si así era, ¿por qué? Sano intentó cerrar la mente a tales pensamientos. Quería creer que sus superiores actuaban solamente bajo los más elevados principios morales. Los Niu y el magistrado Ogyu solamente querían evitar el escándalo que significaría si la participación de Yukiko en el *shinju* fuese de dominio público. Eso era todo. Pero la sospecha persistía en él, una sensación de náusea en su alma.

—Yukiko y Noriyoshi murieron por sus propias manos —decía Ogyu. Su voz era tranquila ahora y su rostro había recuperado su palidez habitual. Sin embargo, continuó hablando con su inusual estilo directo, como si no quisiera darle la oportunidad a Sano a que le malinterpretase—. La forma de sus muertes lo hace evidente, así como la nota de suicidio. Y no se hablará más del asunto. Y ahora tengo que pediros que me prometáis que no molestaréis otra vez a los Niu o que malgastaréis vuestro tiempo persiguiendo fantasías.

Sano reunió todo su valor en un último intento. Inspirando profundamente, dijo:

—Magistrado Ogyu, yo estoy seguro de que Yukiko y Noriyoshi fueron asesinados, e incluso tengo un sospechoso —sabía que estaba hablando de forma demasiado agresiva y con demasiada emoción, pero no podía contenerse—. Os suplico que me permitáis continuar la investigación y permitidme explicar a los Niu por qué es necesario. El asesino está por ahí, libre, y representa un peligro para la sociedad. Como *yoriki*, siento que es mi obligación apresarle antes de que haga daño a alguien más. Y vuestro deber como magistrado —añadió imprudentemente.

Esperó en un agónico suspense la respuesta de Ogyu. Seguramente, Ogyu, también samurái, no resistiría la llamada del deber.

En lugar de contestar a la apasionada disertación de Sano, Ogyu cambió de tema:

—Siento haberme enterado de que vuestro padre no se encuentra bien —dijo.

La cortés observación golpeó a Sano como un puñetazo en el estómago. La sangre llena de ira latió en sus orejas y oscureció su visión. ¡La confianza de Ogyu al invocar el recuerdo de la obligación de tal forma fue deliberadamente perversa! Mudo de rabia, el oficial luchó para controlarse.

A través de sus caóticos pensamientos, la voz de Ogyu continuó, seca, despiadadamente.

—Un hombre de su edad merece un retiro pacífico y el respeto de aquellos que le son más próximos. Sería una lástima si una desgracia familiar empeorase su enfermedad.

Una oleada de pánico apagó la ira de Sano como un cubo de agua helada. ¡Ogyu lo estaba amenazando con despedirle! Por la salud de su padre no podía permitir que eso sucediese. Pero tampoco podía renunciar a la investigación sin una última súplica.

—Magistrado Ogyu... —empezó.

Éste aceptó más té del sirviente. Pero no le ofreció a Sano: la entrevista había terminado. A su pesar, Sano se alzó y se inclinó. Cruzó la habitación con pasos inseguros.

—¿*Yoriki* Sano?

Con la mano ya en la puerta, Sano se dio la vuelta.

—¿Sería posible ver vuestro informe final sobre el *shinju* esta mañana? —preguntó Ogyu gentilmente—. Cuando vea a la honorable dama Niu en el funeral de la dama Yukiko esta tarde, me gustaría decirle que el asunto ya ha sido resuelto.

Sano se inclinó de nuevo, abrió la puerta y salió, dejando que Ogyu interpretase su silencio como quisiera.

NUEVE

Procurando mantener la vista al frente, sin desviarla en absoluto, Sano recorrió apresuradamente la calle hacia la jefatura de policía, para buscar refugio en sus aposentos. Cuando se cruzó con varios hombres que pasaron por su lado, evitó mirarles a los ojos. No podía soportar la idea de hablar con nadie y tampoco de ir a su oficina donde tendría que ver a Tsunehiko y al resto de su personal. No con el cuerpo aún temblando de rabia, impotente. Necesitaba estar un tiempo solo para controlar sus emociones.

—Buenos días, *Yoriki* Sano-*san* —le saludó alguien.

Sano pasó a toda velocidad por su lado sin responder. Por fin alcanzó la jefatura de policía. Pero cuando llegó a los barracones, vio las esteras del suelo y la ropa de cama colgada en las rejas de la galería para airearse y escuchó voces femeninas en el interior. Todas las puertas estaban abiertas; en su habitación, una doncella barría el suelo. Había olvidado que los barracones se limpiaban a fondo una vez por semana en esa época del año. La frustración se añadió a la ira que bullía en su interior y corrió hacia el jardín trasero. Por suerte para él estaba desierto. Sin embargo, la soledad no le brindó la paz que buscaba. Intentó liberar la furia que no pudo expresar ante el magistrado Ogyu; Sano miró a su alrededor y vio una roca del tamaño de un puño a sus pies. La recogió y la lanzó al estanque con todas sus fuerzas. La piedra golpeó el agua con un fuerte chapoteo. Al instante, se sintió mejor y se rió entre dientes irónicamente. ¡Vaya gesto infantil acababa de hacer! Como si fuese uno de sus jóvenes pupilos presos de una pataleta de mal humor. Se sentó en cuclillas, al lado del estanque, observando las agujas de pino que flotaban en su superficie mientras reflexionaba acerca de cuál sería su próximo movimiento.

Ahora que ya se había apaciguado su ira, podía comprender mejor la posición de Ogyu. Las muertes de Yukiko y Noriyoshi parecían un suicidio. El magistrado a duras penas podría justificar una investigación de asesinato basándose en los hechos de una herida cuestionable en la cabeza de Noriyoshi; o bien en el hecho de que a Noriyoshi no le gustaban las mujeres o que se había ganado muchos enemigos. Sano admitió que se había equivocado al acercarse al magistrado con unas pruebas tan poco sólidas. No podía culpar a Ogyu por recurrir a tácticas extremas para advertirle de lo que él consideraba potencialmente un desastre. Lo que necesitaba era encontrar pruebas indiscutibles de los asesinatos. Unas pruebas que ni Ogyu ni los Niu pudiesen pasar por alto y que, finalmente, agradecerían tener en su poder.

Sano se levantó acompañando el gesto con un suspiro. Para encontrar pruebas debería desobedecer otra vez las órdenes de Ogyu. Y, quizá, mientras las buscaba, encontraría pruebas de que los Niu estaban implicados en el crimen y de la connivencia de Ogyu al ocultarlo. La perspectiva le dejó abatido, puesto que implicaba la amenaza evidente para él y su familia. Sin embargo, de alguna manera, casi sin que él se diese cuenta, su sentido del deber personal respecto al descubrimiento de la verdad había florecido de tal manera que llegaba a rivalizar con el sentido del deber que le debía a su padre, a su patrón y a Ogyu. Por otra parte, se añadía a ello un vago pero fuerte sentimiento de deuda hacia Glicina y el doctor Ito. El testimonio de la mujer, las posteriores relaciones sexuales mantenidas con ella y, con anterioridad, la disección practicada por el doctor Ito les habían costado a cada uno de ellos algo; no podía permitir que sus acciones no sirviesen para nada. Con sorpresa, se dio cuenta de que él mismo iba a arriesgarlo casi todo por cumplir con su deber personal. El ansia que sentía de alcanzar la verdad alimentaba una reserva interior de fuerza y audacia que no sabía que poseía. Ello le asustó aún más que la amenaza de perder su cargo. El hecho de apartarse del Camino del Guerrero, de su código de inquebrantable lealtad y obediencia, iba a tener unas consecuencias que ni siquiera había empezado a imaginar.

Se encaminó hacia los establos, procurando tranquilizarse y convenciéndose de que su investigación privada no le comportaría ninguna consecuencia perjudicial. Interrogar a Kikunojo no debería ponerle en peligro. Con un poco de suerte, el magistrado Ogyu y la dama Niu no se enterarían de sus acciones hasta que él obtuviese algunos resultados.

Intentó no pensar en la sospecha que tenía de que ellos se opondrían a una investigación, cualesquiera que fuesen las pruebas que les aportase.

* * *

El humor de Sano se animó considerablemente cuando alcanzó el barrio del teatro Saru-waka-cho, cerca del distrito Ginza de la ciudad, llamado así por la fábrica de moneda que los Tokugawa habían construido allí. La temperatura agradable del día anterior aún se mantenía y la placentera cabalgada que estaba disfrutando le recordó unas vacaciones pasadas en su infancia cuando toda la familia, junto con varios amigos y parientes, pasaron un día en el teatro. Llegaron al amanecer, cuando las representaciones empezaban, y permanecieron allí hasta que la última finalizó con la puesta de sol. Su padre, quien como muchos otros viejos samuráis prefería los dramas clásicos *No*, se quejaba de las obras melodramáticas Kabuki, aunque las disfrutaba. Sano también recordó excursiones más recientes, cuando el teatro les brindaba la oportunidad, tanto a él como a otros jóvenes, de flirtear con las jóvenes que también asistían a las representaciones. Sin embargo, durante los últimos cinco años, el trabajo le había dejado poco tiempo para tales diversiones. Ahora estudiaba el distrito con nostalgia.

Saru-waka-cho relucía con su familiar colorido y bullía de actividad. Los brillantes carteles pintados en las paredes de los cuatro teatros principales anunciaban los programas de las obras que se representaban en esa época. Algún fragmento de canción o las salvas de aplausos que se escapaban por las ventanas abiertas de los pisos superiores indicaban que se celebraba una obra. En unas torres cuadradas colgadas en lo alto de los tejados, los tambores golpeaban sus instrumentos con un ritmo grave y constante para congregar a los espectadores de las obras de teatro que asistían a las representaciones desde lejanas partes de la ciudad. Gente de todas las clases y edades poblaban las anchas calles; hacían cola en las taquillas; buscaban refrigerios en las numerosas casas de té y restaurantes que ocupaban los espacios entre los teatros o hacían una pausa para intercambiar saludos. Sano sabía que algunos de ellos habían esperado toda la noche para conseguir un buen asiento para ver a sus actores favoritos.

—¿Dónde actúa Kikunojo? —preguntó al encargado del establo público donde dejó su caballo.

El encargado señaló en la dirección del teatro más grande.

—En el Nakamura-za —dijo.

Sano se abrió paso entre la multitud que se empujaban entre sí. Cuando llegó al Nakamura-za, vio carteles colgados por la fachada del edificio: ¡*Narukami,* protagonizada por el gran Kikunojo!

Se desanimó al ver que no había cola delante del teatro. La obra ya había empezado.

—¿Puedo entrar? —preguntó al taquillero, sin demasiadas esperanzas. *Narukami*, la historia de una princesa que salva a Japón de un monje loco que usa la magia para evitar que caigan las lluvias, era una atracción popular. Aunque Kikunojo llenaría igualmente el teatro, fuera cual fuese la obra.

No obstante, el taquillero asintió con la cabeza, cogió el dinero de Sano y le entregó una entrada diciendo:

—Quedan asientos libres, señor. La obra se ha representado durante un mes y casi todo el mundo ya la ha visto.

Al entrar en el teatro, Sano se detuvo un momento para orientarse. La vasta sala, iluminada sólo por la luz que entraba por las ventanas que había en el techo y a lo largo de la galería superior, estaba en penumbras porque las leyes contra incendios prohibían el uso de iluminación interior. Cuando sus ojos se acostumbraron a la oscuridad, pudo distinguir los faroles apagados que colgaban de las vigas, cada uno mostraba el emblema de un actor que había actuado en el Nakamura-za. Las mujeres y los plebeyos ocupaban los peores asientos a lo largo de las paredes. Unas pasarelas elevadas separaban el espacio que había delante del escenario en cuatro compartimentos, donde las coronillas rasuradas y las empuñaduras de las espadas alzadas de los samuráis predominaban. Los vendedores de refrigerios recorrían arriba y abajo los pasillos llevando bandejas de comida y bebida. La charla incesante y el movimiento continuo del público casi sofocaban el sonido de los badajos de madera de los músicos. Sano subió hasta el pasillo más cercano y caminó por él hasta que divisó un compartimento cerca de la parte delantera en el que había un espacio vacío. Desde allí, arrodillado en la estera con otros cinco samuráis, fijó su atención en el escenario.

La obra estaba a punto de acabar. Contra un telón de fondo pintado con montañas y nubes, el actor que interpretaba al monje loco Narukami, cantaba sobre los estragos que causaría sobre el país al retener las lluvias. Unas cejas negras exageradas y unos bigotes le conferían una apariencia demoníaca. El manto brillante rojo y dorado de clérigo que vestía sobre su vestido marrón de monje reflejaba brillante la tenue luz. Bramaba cada palabra con una voz resonante diseñada para transportarse sobre el ruido del público, daba patadas al suelo, paseaba y gesticulaba para mantener su atención. Los músicos que estaban sentados a un lado del escenario tocaban un acompañamiento cacofónico con sus badajos, flautas y samisenes.

La canción terminó y la música con ella. Se escuchó un susurro por todo el teatro. Las cabezas se volvieron hacia el fondo de la habitación.

—Ya viene —susurró alguien.

Los badajos sonaron otra vez, rápidos, frenéticos. Sano apreció cómo una oleada de expectación se extendía por todo el público. Una mujer caminaba lenta y majestuosamente por la pasarela que se extendía desde el fondo del teatro hasta el escenario. La princesa Taema, vestida con un espléndido quimono de satén púrpura, estampado con crisantemos blancos, llegaba para liberar las lluvias y salvar a su pueblo. Su rostro era sorprendentemente bello con su marcado maquillaje blanco y su boca escarlata. El pelo largo y negro, peinado hacia atrás en los lados, colgaba hasta su cintura.

—Kikunojo —el nombre expresado con un suspiro colectivo, resonó por la habitación—. Kikunojo —y a continuación el público estalló en salvajes vítores.

La princesa Taema llegó al escenario. El público guardó silencio cuando ella empezó a cantar. Sano estaba allí sentado, transpuesto. Aunque sabía que Kikunojo era el *onnagata* más importante de Edo, el más grande especialista en papeles femeninos, no podía creer que la figura que estaba en escena no fuese realmente una mujer. La voz, la postura, la expresión y los movimientos eran completamente femeninos. Ni siquiera el pañuelo de tela púrpura que cubría parte de la cabeza afeitada del actor desmerecía la ilusión. Sano observaba fascinado cómo la princesa Taema empezaba a seducir a Narukami. Cualquier hombre afeminado podría disfrazarse para parecerse a una mujer hermosa, pero el genio de Kikunojo residía en su capacidad de proyectar emociones. Sano podía sentir la corriente sexual que brotaba de la princesa Taema hacia Narukami y sabía que el resto de la audiencia también podía apreciarlo. ¿Cómo podría Narukami resistirse a su ardid? No pudo. Después de muchas canciones y gestos, se rindió. La princesa Taema cortó la cuerda mágica que retenía la lluvia. Los músicos imitaron el sonido del agua al caer. Japón había sido salvado entre los vítores, los silbidos y los aplausos del público.

Sano permaneció en su asiento hasta que casi toda la multitud abandonó el teatro. Luego bajó por el pasillo y fue al escenario, donde Kikunojo estaba rodeado por un grupo de admiradoras.

El *onnagata* era más corpulento de lo que parecía a distancia. Era más alto que Sano y pasaba la cabeza y los hombros a todas las mujeres que se amontonaban a su alrededor. El actor que interpretaba a Narukami debía de haber calzado sandalias de plataformas altas para superarle en altura. Cuando Sano se acercó, se fijó en más detalles que revelaban el verdadero sexo de Kikunojo. Las largas y elegantes manos, blancas a causa del mismo polvo que cubría el rostro del *onnagata*, tenían grandes nudillos y sus muñecas eran huesudas. Sus rasgos, aunque delicados, no tenían la suavidad de los de una mujer. Los trucos que usaba para disfrazar su masculinidad eran obvios: los largos extremos que se arrastraban por el suelo del fajín especial le hacían parecer más bajo, la forma en que mantenía su barbilla baja para esconder su nuez de Adán.

Pero nada de eso importaba a las admiradoras de Kikunojo. De hecho, el espectáculo de una sexualidad masculina escondida bajo un peinado y ropas femeninas les excitaba hasta un extremo enfermizo. Se sonrojaban y reían mientras, tímidamente, avanzaban una a una hacia él para ofrecerle sus tributos: un paquete hermosamente envuelto, un halago tartamudeado. Kikunojo los aceptaba todos con una sonrisa etérea y una grácil inclinación. Colocaba los regalos en una pequeña mesa, puesta allí evidentemente para aquel propósito.

—¡Vamos! ¡A que no eres capaz! —La mujer que estaba junto a Sano le dio un codazo a su compañera, una matrona entrada en años.

La abuela avanzó decidida y se puso de puntillas para tocar el pañuelo púrpura de Kikunojo. Su cara arrugada se llenó de júbilo por su propia audacia y regresó a toda prisa a su lugar. Las otras mujeres gritaban de tanto reír.

Sano sonrió. El gobierno había intentado reducir el atractivo sexual de los *onnagata* ordenándoles que se afeitasen la coronilla, pero muchas mujeres encontraban sus pañuelos tan eróticos como una cabeza llena de pelo.

Esperó hasta que la última admiradora hubiese marchado y luego se presentó.

—¿Kikunojo-*san* puedo hablar contigo en privado?

Kikunojo sacó un abanico de seda de los pliegues de su quimono. Ocultando la parte inferior de su rostro con él, el actor murmuró:

—Honorable señor..., mis obligaciones..., asuntos..., otra actuación pronto..., lo siento muchísimo, pero no tengo tiempo ahora..., ¿tal vez otro día...? —El gesto, la voz aguda y dulce y la forma vaga de hablar arrastrando las palabras, imitaba perfectamente la forma de expresarse de una noble dama.

—Se trata de Noriyoshi —dijo Sano—. Podemos hablar de ello aquí, en público, o donde quieras. Es tu elección. —Aunque la actuación que le dedicó el actor había sido digna de admiración no tenía ninguna intención de dejar escapar a Kikunojo.

La conciencia de lo que le acababa de decir hizo que Kikunojo abriese de golpe los ojos antes de que sus párpados cayesen de nuevo. Asintió con la cabeza recatadamente y dijo desde detrás del abanico:

—Venid conmigo.

Sano siguió a la majestuosa figura de Kikunojo a través de una puerta que estaba cerca del escenario y bajó por un pasadizo mal iluminado hasta el vestuario del *onnagata.* Éste dejó sus zapatos en el exterior de la puerta acortinada y Sano se fijó divertido en que los de Kikunojo eran más grandes que los suyos. En el minúsculo cubículo, brillantes quimonos colgaban de unos percheros. Cinco pelucas apoyadas sobre sendas cabezas de madera ocupaban una estantería mientras en las otras estanterías guardaba abanicos, adornos para el pelo, zapatos y ropa interior doblada. Cepillos, borlas para polvos y tarros de maquillaje estaban esparcidos por el tocador; unas bufandas de seda estaban envueltas en el gran espejo. Una mesa contenía paquetes similares a los que Sano acababa de ver recibir a Kikunojo, probablemente regalos de otras admiradoras. ¿Había sido Niu Yukiko una de ellas? La nota de suicidio sugería una conexión entre ella y el teatro Kabuki, incluso si ella no la había escrito. Y la dama Niu había comentado la mala influencia del teatro en las jovencitas.

Kikunojo se arrodilló delante del tocador. Sano también se arrodilló, sintiéndose extraño. Los verdaderos *onnagata* como Kikunojo nunca salían de su personaje femenino ni siquiera fuera de escena. Ellos insistían en que aquello les permitía interpretar a sus personajes de forma más convincente. ¿Se suponía que él debía sumarse a la pantomima de tratar a Kikunojo como una mujer? No podía olvidar que Kikunojo era un hombre. El hedor a sudor evidentemente masculino del actor, fácilmente discernible en aquel aposento tan cerrado, servía de útil recordatorio.

Por suerte, Kikunojo dejó a un lado su actuación; o bien porque se daba cuenta de la incomodidad de Sano o porque no veía ninguna necesidad de malgastar sus esfuerzos en un *yoriki.*

—Sea lo que sea lo que tengáis que decirme, por favor hacedlo rápido —dijo—. Apartó a un lado su abanico, le-

vantó la cabeza e irguió su postura encorvada. Pero su voz continuaba siendo aguda y afeminada como si interpretar a mujeres en escena le hubiese feminizado de algún modo.
—Tengo otra representación esta tarde y asuntos muy importantes a los que atender antes de que empiece.

—¿Tales como pagar a alguien como Noriyoshi para mantener guardados tus secretos? —preguntó Sano, esperando pillar al actor desprevenido.

Kikunojo simplemente se encogió de hombros.

—Así que os habéis enterado de que me estaba haciendo chantaje —dijo—. Espero que no os importe que me desvista. Tengo un poco de prisa.

—En absoluto —Sano observó intrigado cómo Kikunojo se quitaba su pañuelo púrpura y mostraba la coronilla desnuda. El actor deshizo un complicado sistema de agujas y nudos que sujetaban la larga peluca negra a su propio pelo, lacio y brillante, peinado hacia atrás y atado con un tirante moño en la nuca. Luego cogió un trapo, lo introdujo en un tarro de aceite y frotó el maquillaje limpiándose la cara. En una sorprendente transformación, la bella y joven princesa Taema se convirtió en un hombre de rasgos regulares, pero comunes y corrientes, que ya había pasado hacía mucho la treintena.

—Ahora Noriyoshi dejará de molestarme, a mí o a cualquier otro —continuó Kikunojo—. Está muerto y debo decir que no lo siento. ¡Aquella insignificante rata!

«No expresarías con tanta franqueza tus sentimientos si supieras que eres sospechoso de asesinato», pensó Sano. Kikunojo acababa de dejar sus motivos bien claros.

—¿Con qué te estaba chantajeando? —preguntó.

Kikunojo se puso en pie y deshizo su fajín. Se quitó el quimono exterior y luego el interior. Bajo ellos vestía almohadillas de algodón sobre su pecho, caderas y nalgas. Cuando se los hubo quitado dejó al descubierto un cuerpo delgado pero musculoso. Sano decidió que Kikunojo, definitivamente, tendría la fuerza suficiente para matar a Noriyoshi y Yukiko y después lanzar sus cuerpos al río.

—Circula una extraña historia por ahí —dijo Kikunojo—. La gente dice que Noriyoshi no se suicidó realmente, que fue asesinado. ¿Vos lo habéis oído?

—Puede ser —incluso mientras Sano pensaba que seguramente Glicina debía de haber difundido el rumor, pudo apreciar la treta de Kikunojo. El actor había evitado limpiamente responder a la pregunta aportando un hecho interesante. Esta forma ágil de pensar denotaba un hombre lo suficientemente inteligente como para planear y ejecutar un asesinato complicado.

—-¿Con qué te estaba chantajeando? —repitió, negándose a caer en la treta.

Kikunojo escogió del perchero un quimono masculino de seda negra decorado con ruedas doradas y olas azules. Se lo puso sobre un quimono interior azul, atándolo con un sencillo fajín negro.

—Me parece que esto no es asunto vuestro —dijo.

Miró con fingido interés hacia la puerta. A través de un espacio que dejaba la cortina, parte del escenario quedaba a la vista. El entretenimiento del intermedio había empezado para aquellos miembros del público que no habían abandonado el teatro. Un actor vestido de samurái interpretaba el *yariodori*, una danza cómica que se burlaba de los vasallos de los daimio. Hacía oscilar y sacudía su bastón de guerra emplumado de la misma forma que una mujer movería su escoba haciendo la limpieza primaveral de la casa. Los vítores probablemente eran de los plebeyos que estaban entre el público, los siseos y abucheos de los samuráis.

—Eso si es que Noriyoshi fue asesinado —dijo Sano.

Kikunojo dejó escapar un suspiro de exasperación mientras se colocaba una capa negra sobre su quimono.

—Yo no le maté, si es eso lo que habéis venido a averiguar.

Al ver que Sano no respondía, añadió:

—Oh, está bien, Noriyoshi averiguó que me estaba viendo con una dama casada. Su marido nos mataría a ambos si lo descubriese. Vos ya sabéis cómo es esto.

Sano lo sabía. El teatro Kabuki había sido fundado unos cien años antes por una sacerdotisa sintoísta del Santuario Izumo. Pero el Kabuki pronto perdió sus vínculos religiosos. Las cortesanas tomaron el teatro, y sus lascivas representaciones sobrepasaron los límites del decoro. Los admiradores masculinos suspiraban por sus favores y, a menudo, provocaban altercados públicos. El gobierno respondió con la prohibición de que las actrices actuasen en el teatro. Desde entonces, todos los papeles femeninos eran interpretados por hombres; no obstante, los problemas no finalizaron con ello. Los *onnagata* demostraron que podían tener la misma atracción que las cortesanas en lo relativo a formar escándalos. Atraían tanto a las mujeres, que encontraban su mascarada excitante, como a los hombres a los que simplemente les gustaban los hombres. Kikunojo, con su relación clandestina, formaba parte de una tradición.

—Sin embargo, el sogún puede hacer lo que le plazca con las esposas y las hijas de sus ministros —continuó Kikunojo—, pero los adúlteros ordinarios son castigados, no basta con los airados esposos, sino que también lo son por las autoridades. ¿Qué pensáis de todo esto, *yoriki*?

Sano pensó que Kikunojo, una vez más, había intentado desviar la conversación.

—La jerarquía comporta privilegios, Kikunojo-*san.* Y bien, ¿qué me dices de Noriyoshi?

Kikunojo le lanzó una mirada de respeto a regañadientes.

—Noriyoshi siempre pedía más y más dinero —explicó—. Me estaba chupando la sangre. Finalmente, hace un mes, caí en la cuenta de que si él hablaba, ¿quién iba a creerle? Sería su palabra contra la mía ¿Y, de todos modos, quién era él? Entonces aproveché la ocasión. Le dije que no iba a pagarle más dinero y le dije por qué —Kikunojo cogió un quimono blanco nupcial y un quimono interior rojo del perchero y los dispuso sobre un cuadrado de tela, con unos calcetines limpios y un pañuelo púrpura, la peluca que se había quitado y una selección de maquillaje—. Debería haberlo hecho hace mucho tiempo, porque él nunca habló y nunca más me pidió dinero.

«Si realmente Kikunojo había dejado de pagarle, de dónde provenía el dinero que estaba en la habitación de Noriyoshi», se preguntó Sano. Entonces vio una forma de aprovecharse de la oportunidad que Kikunojo le había brindado.

—Supongamos que Noriyoshi fue asesinado —dijo—. ¿Podrías demostrar que estabas en otro lugar cuando sucedieron los hechos?

Kikunojo se echó a reír mientras ataba los extremos del trozo de tela alrededor de sus posesiones.

—Pero buen hombre, incluso si yo hubiese querido matar a Noriyoshi, no habría tenido tiempo. La noche que murió tuve ensayos hasta bien entrada la medianoche. Mañana estrenamos una nueva obra. Y después... —su misteriosa sonrisa evocó a la encantadora princesa Taema—. Después de los ensayos, estuve con mi señora.

—¿Lo corroboraría ella?

El *onnagata* miró piadosamente a Sano.

—Por supuesto que no. ¿Acaso no os he dicho que está casada? Y no os molestéis en preguntarme su nombre, porque no os lo diré.

Sano apretó los dientes, irritado. Obtener datos de la gente durante una investigación de asesinato no oficial estaba resultando extremadamente difícil. No contaba con ningún medio legal para forzarle a decirle nada y cualquier método ilegal que usase, sin lugar a dudas, atraería la atención del magistrado Ogyu.

—¿Alguna pregunta más? —preguntó Kikunojo.

—Una más. ¿Conoces a la hija del caballero Niu, Yukiko?

Aunque Sano observaba el rostro de Kikunojo atentamente no vio en él ni un atisbo de preocupación, sólo una ligera sorpresa ante una pregunta aparentemente irrelevante.

—Yukiko —dijo el actor, estrechando los ojos pensativamente—. Sí, creo que la he visto alguna vez. Toda la familia Niu asiste al teatro con frecuencia.

Si Kikunojo había matado a Noriyoshi y Yukiko, su admisión sería una forma inteligente de implicar que él no tenía nada que esconder. Además, Sano podría fácilmente enterarse de que los Niu eran entusiastas del teatro Kabuki y mentir habría levantado sus sospechas. Sano intentó imaginar cómo y por qué habían ocurrido los asesinatos. Tal vez Kikunojo había matado a Yukiko porque, de alguna manera, había sido testigo del asesinato de Noriyoshi.

—Si me disculpáis, ahora tengo que irme —dijo Kikunojo—. Ya llego tarde. —Y luego de forma muy casual, como si se le acabase de ocurrir la idea en aquel momento, añadió—: Si creéis que Noriyoshi fue asesinado por alguien a quien chantajeaba, entonces tal vez deberíais hablar con un luchador de sumo llamado Raiden.

De nuevo, Sano admiró la ágil inteligencia de Kikunojo. ¿Qué mejor manera de desviar las sospechas que dirigirlas directamente hacia otra persona?

—¿Qué sabía Noriyoshi de él? —preguntó.

Kikunojo se encogió de hombros.

—Tendréis que preguntárselo a Raiden —abrió la puerta del vestuario que daba al exterior, deslizándola hacia un lado, permitiendo que entrase una ráfaga de viento frío de la calle.

La perspectiva de ver a un *onnagata* caminando tranquilamente por la calle con atuendos masculinos distrajo momentáneamente el interés de Sano por la investigación.

—Pensaba que siempre aparecías en público vestido de mujer —le dijo.

—A veces tengo que sacrificar mi arte por el bien de la

privacidad —explicó Kikunojo—. Si me aventurase a salir a la calle vestido así —hizo un gesto hacia sus quimonos y sus pelucas—, la gente me reconocería. Algunos de los admiradores más persistentes y aduladores podrían seguirme y eso no siempre puede ser. Y menos hoy, tengo un asunto muy personal al que atender. Una lástima, sin embargo, porque me tendré que vestir de nuevo cuando regrese.

Se colgó el bulto al hombro.

Sano se dio cuenta tardíamente de que Kikunojo iba a ver a su dama. Sin embargo, el hecho de por qué el actor necesitaba llevarse con él el quimono nupcial era algo más sobre lo que tendría que pensar.

Bajando la vista recatadamente, el *onnagata* sonrió.

—*Sayōnara, yoriki* —murmuró, inclinándose profundamente. Aún sin maquillaje y disfraces, se convirtió en una mujer ante los ojos de Sano. Luego el gran Kikunojo se dio la vuelta y se apresuró por la calle, un hombre anodino que se perdía rápidamente entre la multitud.

Impulsivamente, Sano le siguió. Kikunojo tenía un motivo para asesinar a Noriyoshi y una conexión con los Niu. También poseía la inteligencia y la fuerza para planear y llevar a cabo los asesinatos. Vestido de hombre, podía haberse movido libremente por toda la ciudad sin atraer la atención. Su presencia en los ensayos podían ser verificados por los demás actores, pero ¿era cierto que había pasado realmente el resto de la noche con una dama? Sano tenía que averiguar quién era ella. Y para hacerlo, debería pasar horas interrogando a los chismosos del teatro o dejar que el *onnagata* le condujese directamente hasta ella.

DIEZ

A pesar de que la educación militar de Sano no había incluido el arte de seguir a alguien con sigilo, encontró sorprendentemente fácil seguir a Kikunojo. El *onnagata* caminaba enérgicamente, abriéndose paso por la calle con agilidad, pero su altura hacía que fuese fácil seguirle con la mirada entre una multitud comprendida principalmente por mujeres y niños. Sano se mantuvo a unos veinte pasos de distancia mientras bajaban por Saru-waka-cho, preparado para ocultarse tras un grupo de transeúntes o dentro de alguna casa de té, por si Kikunojo miraba por encima del hombro.

Sin embargo, Kikunojo no lo hizo. Parecía ajeno a la presencia de Sano. Tampoco Sano tenía que preocuparse de que el actor de pronto montase a caballo y se alejase cabalgando. Había oído rumores acerca de que el sogún, mecenas entusiasta de las artes, tenía intención de conceder a Kikunojo el estatus de samurái en reconocimiento por sus consecuciones teatrales, pero, por ahora, Kikunojo era aún un plebeyo y los plebeyos no iban a caballo. Sano empezó a disfrutar de su persecución secreta.

Sin embargo, justo cuando Kikunojo pasó por el Yukiza, las puertas del teatro de marionetas se abrieron y una horda de hombres salió de él: samuráis que dejaban sus privilegiados asientos del suelo después de la obra.

Kikunojo se perdió entre la multitud. Sano se adelantó corriendo frenéticamente, intentando localizar a su presa.

—Eh, hermano, a ver si miras por dónde vas —le dijo alguien. Los otros hombres zarandeaban a Sano, alejándole, haciéndole retroceder hacia la dirección de donde venía.

El policía se abrió paso a la fuerza de nuevo hacia el Yuki-za. Cuando llegó allí, ya no vio ni rastro de Kikunojo. Miró atentamente por la calle y hasta el fondo del callejón más cercano. No había rastro de Kikunojo tampoco por allí. Luego vio tres pares de porteadores alzando los palos de sus respectivos palanquines sobre sus hombros y seguidamente alejarse trotando de la entrada del teatro. De inmediato, sospechó que el *onnagata* estaba en uno de los vehículos oculto por sus cortinas. Pero ¿en cuál? Puesto que no tenía idea de en cuál podía encontrarse, eligió uno al azar. Lo siguió mientras se alejaba del distrito del teatro hacia una tranquila calle cercana donde los sólidos tejados y los muros bien cuidados con entramados de madera de las casas de los comerciantes ricos se alzaban por encima de las vallas de madera. Ocultándose detrás de un cartel de anuncios público, vio que los porteadores se detenían y posaban el palanquín ante una puerta. ¿Era la residencia de la dama de Kikunojo? Sano atisbó hacia las ventanas cerradas, esperando poder verla.

La cortina del palanquín se alzó. Sano quedó completamente decepcionado al ver que el pasajero que bajó de él no era Kikunojo, sino un hombre muy viejo, completamente borracho que se tambaleaba y que dejó caer su dinero al intentar pagar a los porteadores. Maldijo su suerte mientras volvía sobre sus pasos hacia el distrito del teatro en busca de su caballo. Ahora tendría que consultar a los chismosos después de todo. Pero después de la emoción de la caza, una perspectiva tan tediosa no le sedujo. Estaba empezando a disfrutar del trabajo de detective. La novedosa idea de que el engaño sirviera para tan honorable propósito le atraía enormemente. Pensó en la referencia que hizo Kikunojo acerca de la otra víctima de chantaje de Noriyoshi y recordó que Glicina también había mencionado a un luchador de sumo. Así que primero buscaría a Raiden.

* * *

Encontró al luchador en un distrito de entretenimiento barato cerca del puente Nihonbashi, donde los plebeyos se congregaban. El propietario de una de las casas de té que vendía las entradas para los grandes combates le dio todas las indicaciones detalladas y precisas para localizar cualquier cosa en el laberinto de calles sin nombre de Nihonbashi.

«Gira a la izquierda en la gran carretera norte-sur en el gran almacén de muebles —le dijo el propietario—. Luego sigue por las calles de los orfebres y los cesteros, pasa por unas casas donde las lavanderas lavan y secan la ropa en los tendederos de los tejados. Luego gira a la derecha. Continúa por el restaurante de fideos, la barbería y pasa por delante de tres casas de té. Encontrarás a Raiden en la calle, delante del salón del cuentista. Aquél es su lugar. Siempre está allí.»

Sano pasó cabalgando por delante de los orfebres y por los cesteros. Encontró las lavanderías y el restaurante de fideos, la barbería y las casas de té. Una ruidosa multitud se había congregado delante del salón del cuentista, pero, al parecer, no estaba allí para escuchar al anciano que estaba entreteniendo a un grupo de madres con sus hijos que se hallaban en su interior, sino que tenían la atención puesta en algo que estaba sucediendo entre ellos, gritaban palabras de ánimo a unos participantes a los que, de momento, Sano no veía.

Éste desmontó y ató su caballo en el exterior de una de las casas de té y se abrió paso a codazos entre la multitud hasta que pudo ver lo que estaba sucediendo.

En lugar de las balas de paja de arroz que normalmente delimitaban un círculo de lucha, unas piedras marcaban un círculo desigual que ya había sido pisoteado y mal dispuesto de nuevo. Un niño harapiento que golpeaba un trozo de madera con un palo sustituía a los tambores que desfilaban por toda la ciudad anunciando los combates oficiales. En un extremo del círculo caminaba un hombre que sólo podía ser Raiden.

El luchador debía de tener más o menos la edad y la altura de Sano, pero ahí terminaba su parecido. Vestía un quimono amarillo brillante con un dibujo pintado en la espalda de un jeroglífico bastante popular: una rama de cerezo, una espada y un remo, que, cuando se expresaba en voz alta, sonaba igual que «Me gusta la lucha». El quimono colgaba del hombre abierto para dejar al descubierto un inmenso y fofo abdomen circundado por un taparrabos negro. Raiden colocó las manos en sus caderas y se dobló hacia delante por la cintura, exponiendo sus inmensas nalgas desnudas. Se inclinó hacia ambos lados, alzando una pierna doblada por la rodilla, y luego bajándola de manera que su sucio pie desnudo golpease violentamente el suelo con una poderosa pisada, alzando nubes de polvo. Pisó con fuerza otra vez, tanto para mostrar su fuerza como para alejar a los malos espíritus. Su fiero ceño fruncido convertía su redondo y rechoncho rostro en una máscara demoníaca.

—¡Raiden! —vitoreaba el público. El nombre, un pintoresco pseudónimo como muchos de los utilizados por los supuestos luchadores profesionales, significaba «Trueno y Relámpago». Y los excitados espectadores de Raiden, de hecho, actuaban como si esperasen que de él surgiera todo el poder y el dramatismo de una tormenta violenta.

—¡Raiden! ¡Raiden! —algunos hombres empezaron a corear, lanzando monedas a los pies de su campeón.

—No es rival —observó el hombre que estaba junto a Sano.

Éste miró al oponente de Raiden e interiormente estuvo de acuerdo. El hombre que se estaba despojando de sus vestiduras al otro lado del círculo era tan grande y gordo como Raiden, pero se veía claramente que no era un luchador profesional. Las ropas caras y la ausencia de espadas le señalaban como comerciante. Cuando se quitó el quimono, Sano se fijó en su opulento forro: la protesta secreta de los plebeyos ricos contra las leyes que les prohibían vestir seda. Temblando por el frío que hacía, el hombre imitó torpemente los fuertes pasos de Raiden. Su cara en forma de luna tenía una expresión de confuso regocijo, como si no acabase de entender cómo se había metido en aquel lío, pero le hacía gracia su propio atrevimiento. Los hombres que sostenían sus ropas, al parecer sus amigos, le vitoreaban.

Raiden sacó algo del bolsillo de su quimono. Se roció la mano con una sustancia blanca. Gran parte de ella la esparció por el improvisado círculo y dio un lengüetazo al resto. Era sal, para purificarse él mismo y el suelo, según la antigua tradición. Luego se quitó su quimono y lo lanzó al niño que tocaba el tambor de madera.

Los dos contendientes se pusieron frente a frente, agachados en los lados opuestos del círculo. Con los puños en el suelo, se miraban fijamente a los ojos. Los espectadores guardaron silencio. El corazón de Sano empezó a latir con fuerza mientras la tensión aumentaba. Instintivamente, dio un paso atrás para apartarse del círculo.

Aquello no era el antiguo ritual sintoísta de la fertilidad de hacía mil cuatrocientos años, en el cual los luchadores de las aldeas vecinas competían para obtener la bendición de los dioses en la época de la plantación de la cosecha. Tampoco era el legendario combate que se celebró cuatrocientos años después y que había determinado cuál de los dos príncipes imperiales sucedería al trono del emperador. Y tampoco guardaba ningún parecido con los grandes torneos del momento, que los profesionales al servicio de los daimio realizaban siguiendo el estilo formal ante enormes masas de espectadores en los recintos de los templos importantes de Edo. Éste era sumo callejero que se celebraba en cualquier esquina en su forma más salvaje, sucia e impredecible. Podía suceder cualquier cosa. Sano dudó si debía detener el combate. Aunque el gobierno emitía edictos periódicamente sobre el sumo callejero, en aquella no era del todo ilegal. Vio a dos *doshin*, que reconoció como sus subordinados al otro lado del círculo. El combate tenía incluso la sanción oficial tácita.

Con sonoros rugidos, Raiden y su contrario cargaron simultáneamente. La grasa chocó contra la grasa con un tremendo chasquido. El impacto separó a los dos hombres tambaleándose. Los espectadores saltaron hacia atrás y recuperaron la voz.

—¡Mátale! ¡Mátale! —los gritos tronaban en los oídos de Sano.

Raiden se abalanzó sobre el comerciante con una velocidad sorprendente en un hombre tan corpulento. Utilizando *tsuppari* —una técnica de golpear dando bofetones— le soltó una serie de golpes rápidos con la mano abierta en el pecho, el cuello y el rostro del comerciante, que gruñó más por la confusión que del propio dolor, pensó Sano. El hombre intentó devolverle el manotazo, pero Raiden avanzó, forzándole hasta el borde del círculo. Justo cuando el combate parecía que iba a finalizar con la victoria de Raiden, el luchador dio un paso atrás. Hizo una mueca y señas a su jadeante contrario para que le atacase. Sano comprendió que Raiden no quería una victoria fácil. Se andaba con miramientos para darle al comerciante otra oportunidad y así atraer a más espectadores y, por supuesto, más dinero.

Animosamente, el comerciante se lanzó sobre Raiden. Los dos forcejearon. Raiden permanecía sólidamente en pie en su lugar casi sin esfuerzo mientras el comerciante empujaba y jadeaba. Raiden se soltó de la sujeción del comerciante. Retrocedió dos pasos, a propósito o no, Sano no sabría decir. Tal vez había perdido el equilibrio; tal vez aún estaba acosando al comerciante.

—¡Así se hace! —gritaban los amigos del comerciante.

Animado por el apoyo de éstos, el comerciante se lanzó a la carga con fuerzas renovadas. Sano hizo una mueca, anticipándose al próximo choque. Pero Raiden se hizo a un lado en el último minuto y, atrapando con ambas manos los costados del taparrabos del comerciante, utilizó el propio impulso del hombre para empujarle fuera del círculo: el lanzamiento exterior de brazos, una de las cuarenta y ocho «manos» clásicas de sumo.

El comerciante se precipitó impulsado hacia la multitud. Sus amigos le sujetaron mientras caía. Los seguidores de Raiden vitoreaban; los del comerciante chillaban desilusionados. Luego los vítores y los gritos se convirtieron en murmullos de inquietud.

A Sano el corazón le dio un vuelco cuando vio por qué. La mueca burlona del luchador se había convertido en una máscara asesina. Su rostro enrojeció preso de una extraña furia. Sin previo aviso, embistió a su oponente caído. Empezó a darle una paliza a puñetazos, mientras bramaba como un oso enloquecido.

—¡Basta! —chillaba el comerciante, con sangre manando de su nariz —¡Tú ganas! ¡Me rindo!

Los amigos del comerciante intentaron desviar el asalto de Raiden, pero el luchador se volvió contra ellos. De repente la multitud se convirtió en una masa turbulenta de la que sobresalían puños volando, piernas lanzando patadas y cuerpos apaleados. Los hombres chillaban insultos y soltaban gritos de dolor.

—¡Alto! —gritó Sano. El ruido que envolvía la multitud ahogó su voz. Intentó sacar su espada, pero los cuerpos de la gente le presionaban haciendo que cualquier movimiento fuera imposible. ¡Ojalá hubiese detenido la pelea cuando tuvo la oportunidad!

Aquél era el peligro real del sumo callejero: no que el luchador resultase herido en los combates no arbitrados, aunque muchos lo eran, sino que la violencia podía estallar entre los espectadores. Una multitud podía convertirse rápidamente en una salvaje arma mortífera, una espada volando libre sin ninguna mano que la controlase. Ahora los espectadores corrían para ponerse a salvo. En ese instante vio que el tambor caía y quedaba atrapado bajo un tumulto de pies.

Por fortuna los dos *doshin* que estaban allí escogieron aquel momento para recordar cuál era su deber.

—¡Dispersaos! —gritaron—. ¡Todos a casa, venga! ¡La fiesta se ha acabado!

Empujando y pinchando a la gente con sus *jitte*, dispersaron a la multitud. Uno de ellos ordenó a sus ayudantes que se llevasen a los heridos. Sano, que permanecía a resguardo en la entrada de una casa de té, para evitar ser arrastrado por la multitud, observó que los otros *doshin* se acercaban paseando hasta Raiden, que estaba en el centro del círculo.

El misterioso arrebato de furia del luchador había desaparecido tan misteriosamente como había venido. Ahora su rostro lucía el ceño fruncido como si estuviese aturdido. Parpadeando en lo que parecía un momento de ofuscación al ver que su público se iba, gritó con poco entusiasmo:

—¿Alguien más se atreve a luchar? ¿Quién de vosotros es lo suficientemente valiente para enfrentarse al poderoso Raiden?

Nadie respondió. Los *doshin* extendieron su mano con la palma hacia arriba a Raiden. Éste suspiró, se agachó para recoger las monedas que había en el círculo. Y contó la mitad de las monedas en la mano de los *doshin*, que sonrieron con suficiencia y se alejaron, haciendo tintinear las monedas. No vieron a Sano, pero de todos modos, era muy difícil que esperasen ver a su superior en un lugar como aquél.

Así que Raiden pagaba a los *doshin* para que tolerasen sus combates y mantuviesen el orden en ellos. Sano movió negativamente la cabeza, porque sabía que tendría que reprender a sus subordinados durante la siguiente sesión de informes. El resultado de la lucha podría haber resultado mucho peor: algunos hombres habían muerto en combates como aquél y los disturbios que éstos provocaban. Con precaución caminó hacia Raiden que ahora estaba solo en el círculo, rascándose su entrepierna con una mano mientras examinaba las monedas que sostenía en la otra. El luchador ahora parecía bastante inofensivo, pero ¿y si le daba otro ataque de rabia?

—Ni siquiera lo suficiente para comer —se quejaba Raiden—. ¿Por qué aquellos *doshin* han tenido que venir a interrumpir mi combate?

¿Acaso había olvidado que había atacado a un hombre inofensivo e iniciado los disturbios? Aunque confuso y receloso, Sano decidió aprovechar la situación.

—Deja que te pague una comida —dijo. Tal vez Raiden estaría mejor dispuesto a responder preguntas, y quizá sería menos probable que tuviese un estallido de rabia, si le proporcionaba comida y bebida.

El mohín de Raiden desapareció para convertirse en una alegre sonrisa.

—De acuerdo —aceptó con una presteza que le indicó a Sano que el luchador estaba acostumbrado a aceptar dádivas de extraños. Probablemente vivía de ellas. El hecho que actuase en la calle significaba que no tenía ningún daimio que le patrocinase ni ninguna otra fuente que le proporcionase un sueldo fijo.

Sano esperó a que Raiden se vistiese su quimono, se pusiese los zapatos, la capa y las espadas que estaban en un montón al otro lado del círculo. Luego los dos bajaron por la calle hacia el restaurante de fideos.

El lugar era aún más pequeño que un tenderete de comida ambulante. Sus puertas corredizas permanecían abiertas de par en par. Sólo una cortina azul corta que colgaba de los aleros le protegía del exterior. En su interior, a lo largo de la pared izquierda, una franja de suelo de tierra pasaba por el pequeño comedor hacia la cocina, donde dos mujeres trabajaban duro entre el vapor y el humo, sobre una cocina de carbón. Sus inmensos calderos, dejaban escapar el apetecible aroma del caldo hecho con ajo, salsa de soja, miso y cebolletas. Un viejo, vestido con un quimono de algodón azul y una cinta para el pelo, estaba detrás del mostrador que separaba parcialmente el comedor de la cocina. Unos pocos comensales afortunados estaban arrodillados en el suelo de madera elevado delante del mostrador con sus cuencos y sus palillos, pero el resto estaban sentados en el suelo, en los bordes, con los pies en la cocina, en el pasillo o en la calle. Sano y Raiden entraron en el restaurante y se acercaron al mostrador.

—Dos especiales de la casa —Raiden hizo el pedido y a decir por las inclinaciones y saludos con la cabeza que le dispensaron tanto el propietario como los clientes, parecía ser un cliente habitual—. Y trae mucho sake.

El especial resultó ser *kitsune udon,* fideos de zorro, llamados así por el malicioso espíritu del zorro al que todo el mundo culpaba de sus problemas. Los gruesos fideos bañados en un sabroso caldo marrón y coronados con una loncha cuadrada, crujiente y dorada de tofu frito era la comida favorita del espíritu. Sano vio que el cuenco de Raiden era dos veces mayor que el suyo y que la botella de sake era enorme. Pagó con su dinero mientras pensaba que el trabajo de detective estaba resultando ser bastante caro. El regalo de funeral de los Niu, los viajes a Yoshiwara, la entrada del teatro y ahora alimentar a un luchador sobrepasaba lo que ganaba anteriormente en una semana dando clases como tutor.

Con algunas dificultades, Sano y Raiden se abrieron paso y buscaron un espacio en un rincón en el suelo. Sano se encontró embutido entre el mostrador y la inmensa masa de Raiden. Pero al menos el calor que provenía de la cocina y del sudoroso luchador le mantenía caliente.

Raiden empujaba los fideos y el tofu del cuenco a su boca sin los palillos, haciendo pausas entre bocados para soltar fragmentos de su monólogo.

—Es una vergüenza que un gran luchador como yo tenga que luchar por *zeni* en la calle, ¿verdad que sí? —decía mientras hacía ruidos al comer—. ¡Dejándome tan pobre como un vulgar mendigo! Pero bueno, déjame decirte, extraño, que no siempre fue así para Raiden.

Sano no podía evitar mirar las manos del luchador. Parecían extrañamente sin articulaciones, como las manos de la gente en los grabados de las tallas de madera. Las yemas de los dedos, que finalizaban en unas minúsculas uñas en forma de espátula, se doblaban hacia atrás al menor movimiento. Sano se extrañó que unas manos, aparentemente tan débiles, pudiesen tener la fuerza necesaria para el sumo, ¿o tal vez para matar a dos personas y luego transportar sus cuerpos hacia el río?

Raiden hizo una pausa para llenar su taza con sake y vaciarla de un solo trago.

—Hace dos primaveras, yo era el luchador más importante en el estadio de sumo del caballero Torii. Tenía unas dependencias elegantes en su residencia y diez aprendices que me servían. La mejor comida y todo cuanto yo podía querer. Luché con los mejores hombres y los derroté a todos. El mismo sogún alabó mi técnica.

Seguramente estaba exagerando. Si Raiden hubiese sido un luchador de élite, Sano habría oído hablar de él, y no era así. Y el caballero Torii era uno de los daimio menos importantes. Su riqueza no alcanzaba ni una fracción de la de los Niu, y apenas bastaba para mantener un lujoso estadio de sumo. Además, los intereses del sogún se inclinaban hacia el confucionismo y las artes y no hacia el deporte popular.

—Una gran vida, ¿verdad que sí? —dijo Raiden sirviéndose otra taza de sake. Una cierta nostalgia en su voz le decía a Sano que el luchador estaba fanfarroneando, tanto para reafirmar su ego como para impresionarle. El oficial sintió lástima por él, incluso cuando recordó el ataque de Raiden al comerciante.

El luchador vació su cuenco de fideos e hizo una señal al dueño para que le trajese otro. Sano se llevó la mano a la bolsa donde guardaba las monedas, para pagar.

—Pero el caballero Torii me despidió porque agarré a su maestro de armas y lo lancé contra la pared. ¿No creéis que es injusto? Al fin y al cabo, yo no quería herir a aquel hombre y, además, sobrevivió. Y por otra parte, yo no quería hacerlo. Desde que me herí en la cabeza en un combate, hace bastante tiempo, un demonio vive en mi cabeza y me hace hacer cosas horribles —se tocó la sien y añadió tristemente—: por eso tengo este nombre: Trueno y Relámpago. Golpeo en cualquier parte, en cualquier momento y cuando lo hago es mejor que todo el mundo se aleje y no se interponga en mi camino.

Al parecer Raiden era un hombre acostumbrado a dominar la conversación y por lo tanto no mostraba ningún interés en Sano. Aparte de su habitual «¿verdad que sí?», no hacía preguntas. Sano comía en silencio y dejaba que divagase. Si se identificaba, lo único que haría sería cohibir su flujo despreocupado de confidencias y Raiden le estaba contando un montón de cosas sin tener que presionarle en absoluto. Hasta el momento, había averiguado que el luchador no tenía dinero y tenía un temperamento volátil. Ambas cualidades le hacían una presa peligrosa para un chantajista como Noriyoshi.

Ahora Raiden se había lanzado en una diatriba contra la dureza de su vida: comida escasa, un casero avaricioso, la falta de respeto hacia él de los otros luchadores. Sano decidió que ya era hora de guiar la conversación hacia un tema más interesante.

—¿Te has enterado de lo del artista que ha cometido *shinju*? —preguntó—. Noriyoshi, creo que se llamaba.

Raiden dejo de comer el tiempo suficiente para lanzar a Sano una mirada recelosa.

—Tal vez —dijo con indiferencia. Sorbió el fideo que se había llevado a la boca y se limpió los labios con la manga. Pero el repentino sobresalto de su cuerpo cuando le mencionó a Noriyoshi ya había contradicho su desenfado.

—¿Le conocías? —insistió Sano.

—Tal vez —el tono de Raiden seguía siendo indiferente, pero empezó a masticar con una intensidad salvaje.

—¿No te gustaba?

Raiden no dijo nada y Sano esperó. No creía que el parlanchín luchador pudiese permanecer callado durante demasiado tiempo, y acertó. Raiden lanzó su cuenco vacío por la puerta y gritó:

—¡Odiaba a aquella miserable escoria!

Su cuerpo se tensó y sus manos flácidas se cerraron formando puños. Su rostro se oscureció de la misma forma que lo había hecho antes de atacar al comerciante.

Sano vio que los otros comensales se les quedaban mirando. Algunos se levantaron y salieron corriendo del restaurante. Subrepticiamente, llevó las manos a su espada y le dijo:

—No pasa nada, todo va bien —en lo que esperaba que fuese un tono tranquilizador. A pesar de su breve relación, podía reconocer los signos de un inminente estallido de rabia. ¿Sería capaz de detener al luchador antes de que hiriese a alguien?

Luego, ante la sorpresa de Sano, la tensión abandonó el cuerpo de Raiden, y desapareció cualquier expresión de su cara. Parpadeó, sacudió la cabeza como para despejarla y miró boquiabierto a Sano aparentemente sin reconocerle.

—Lo siento —dijo con voz confusa—. ¿Estábamos hablando? ¿Me acababas de preguntar algo? —bajó la vista—. ¿Dónde está mi cuenco?

Sano hizo un intento para relajarse, aliviado al ver que el peligroso arranque de mal humor de Raiden había pasado.

—Estábamos hablando de Noriyoshi —dijo, esperando

que el nombre no le provocase otro estallido de cólera—. ¿Por qué le odiabas?

Raiden frunció el ceño mostrando sorpresa.

—¿Yo le odiaba? Oh, sí, creo que sí. Porque él hizo que me echasen del estadio de sumo del caballero Torii. El maestro de armas no le habría dicho al caballero Torii que yo había roto la disciplina y que casi le había matado. No quería desprestigiarse delante su señor. Pero Noriyoshi estaba allí aquel día, entregando algunas pinturas. Lo vio todo y me dijo que si no le pagaba mil *zeni* a la semana se lo contaría al caballero Torii. Yo no tenía el dinero, así que fue y se lo contó. El caballero Torii me despidió. Es terrible, ¿verdad que sí?

Sano sintió menos satisfacción de la que pensaba al enterarse del motivo de Raiden. El luchador parecía no tener ningún control sobre su demonio. Era capaz de matar en un impulso momentáneo durante uno de sus ataques de furia repentinos, pero cabía preguntarse si tenía la inteligencia necesaria para planear un doble asesinato que pareciese un suicidio.

Tanto Kikunojo como Raiden habían admitido enseguida que habían sido víctimas del chantaje de Noriyoshi. Pero si el vínculo de Kikunojo con Niu Yukiko parecía débil, el de Raiden aún era más débil. Las damas samurái de clase alta nunca asistían a los torneos de sumo públicos, y menos aún a los combates callejeros. Aunque los acontecimientos sociales hubiesen conducido a Yukiko a entrar en contacto con los Torii, la asociación con ellos había terminado hacía dos años. ¿Qué circunstancia habría vinculado a Noriyoshi y Yukiko y los unía con Raiden la noche del asesinato? La intuición le decía a Sano que existía una conexión directa entre Noriyoshi y el clan Niu, lo cual proporcionaba el motivo para los asesinatos. Por otra parte, no veía nada más.

—¿Has luchado alguna vez contra los hombres del caballero Niu? —le preguntó.

El dueño del restaurante le había llevado a Raiden un tercer cuenco de fideos sin que se lo pidiesen, tal vez para prevenir otro episodio violento.

—Claro —dijo Raiden mientras daba buena cuenta de él—. El torneo Muenji —en el Templo de la Indefensión, construido en el cementerio de las víctimas del Gran Incendio, que era un lugar popular para los espectáculos públicos—, hace tres años.

—¿Conociste a sus hijas, la mayor en particular, Yukiko?

—Eh, eh, eh —Raiden dio un codazo al costado de Sano—. Ya sé lo que estás pensando. Pero no. El daimio nunca dejó que nos acercásemos a sus damas. No confiaba en nosotros. Una lástima porque alguna de ellas... —y empezó a describir los encantos de las mujeres, que sólo había visto de lejos.

Sano pensó que le estaba diciendo la verdad. No tenía en absoluto la inteligencia de Kikunojo o un talento interpretativo que le ayudase a mentir fácilmente y de forma convincente. Era obvio que hablaba sin pensar lo que decía, sin ningún cuidado, y que tenía muy poco instinto de supervivencia. No se había molestado en averiguar quién era Sano o por qué le estaba haciendo preguntas; y sus lascivas observaciones sobre las damas del caballero Torii le podían costar un duro castigo si llegaban a los oídos equivocados. Finalmente, Sano tuvo que interrumpir las divagaciones de su discurso.

—¿Te alegras de que Noriyoshi haya muerto? —preguntó.

Raiden vació el resto del sake que quedaba en su taza.

—Pues sí me alegro y no lo siento. Pero seguro que hay otra persona que aún lo siente menos que yo. Yo no era el único a quien chantajeaba y, por lo que he escuchado, consiguió mucho más dinero del otro tipo.

—¿Te refieres a Kikunojo, el actor Kabuki? —preguntó Sano.

El luchador miró a Sano desconcertado.

—¿Él también? No lo sabía. No, yo pensaba en otro.

—¿Y quién es?

—Un miembro de un clan muy poderoso —respondió Raiden. Por primera vez, miró alrededor furtivamente y bajó la voz—. No sé quién es el miembro y no diré el nombre de la familia, pero...

Inclinándose, dibujó algo en el polvoriento suelo con su palillo. Hizo un dibujo mucho menos hábil que cualquiera de los de Noriyoshi, pero Sano reconoció fácilmente qué era.

Se trataba del emblema de una libélula, la insignia del clan Niu. Por fin había encontrado la conexión entre Noriyoshi y los Niu.

ONCE

La dama Niu dudó delante de la puerta de su hijo, sosteniendo una bandeja que contenía una caja lacada, cerillas, una cuantas astillas de madera y una vela de corteza de laurel. Ansiosa por ver a Masahito, aunque temiendo su encuentro, apoyó la bandeja en su regazo y llamó a la puerta. No obtuvo ninguna respuesta. Sólo escuchaba el lejano murmullo que le llegaba de la capilla budista de la familia, donde los sacerdotes hacían vigilia sobre el cuerpo de Yukiko. Pero la dama Niu sentía la presencia de Masahito, tan fuerte como si pudiese verle a través de las ventanas translúcidas de papel que había en la pared. Deslizó la puerta a un lado para abrirla y entró.

Una ráfaga helada de aire la asaltó y dejó escapar una exclamación, consternada.

Masahito estaba arrodillado, de espaldas a ella, frente a la ventana abierta. A pesar de que la cámara estaba casi tan fría como la temperatura reinante en el jardín, en el exterior, sólo vestía un fino quimono de seda blanco y sus pies estaban descalzos. Cuando la dama Niu cruzó la habitación para ir a su lado, vio que su rostro expresaba la absorta expresión de la meditación profunda: los ojos entrecerrados, los labios separados, parecía no darse cuenta de que su cuerpo temblaba o que el frío había provocado manchas en sus brazos desnudos. Su aposento reflejaba la austeridad y la falta de comodidad que él prefería en su entorno. Las paredes estaban recubiertas por simple yeso blanco, un tatami desgastado con los bordes atados con sencillo algodón negro descansaba en el suelo. Él no permitía que su madre le procurase el mobiliario más acorde con el resto de la casa. Dormía en el mismo futón usado y aplastado que tenía desde hacía años, y utilizaba los braseros de carbón sólo en los días más fríos. A pesar de la riqueza de su padre, Masahito vivía con la austeridad de un monje, como si quisiera probar cuánto sufrimiento era capaz de soportar. Temerosa por su salud, la dama Niu se acercó a la ventana y la cerró.

—¡Madre!

Se dio la vuelta en redondo cuando escuchó el sonido de su voz y casi dejó caer la bandeja.

—Masahito, te he traído tu tratamiento moxa. Tenemos que apresurarnos, ya casi es hora del funeral de Yukiko.

Tanto ella como las demás damas ya se habían puesto los quimonos de duelo blancos para la procesión hacia el templo, pero él aún tenía que cambiarse y ponerse sus vestimentas ceremoniales negras.

—Me gustaría que no dejases la ventana abierta, te resfriarás con la corriente de aire —añadió.

Él se la quedó mirando seria y fijamente con una mirada tan helada como la misma habitación.

—Te dije que jamás entrases en mi habitación sin mi permiso, madre —dijo.

Su desaprobación atenazó el corazón de la dama Niu como si fuese un dolor físico. Masahito, su adorado hijo único, había nacido tras años de esperanza y de oraciones para tener un hijo. Ella le quería como no había querido a nadie más en su vida, llenándole de regalos y atenciones durante toda su existencia. Pero la mayoría de las veces, él le pagaba sus atenciones con hostilidad. Había escuchado que los criados murmuraban que ella le mimaba porque había nacido con una pierna tullida, y que ahora también tenía el alma lisiada. Sin embargo, ¿de qué forma podía compensarle por ser el hijo menor e hijo de la segunda esposa de un daimio, excluido de la sucesión por nacimiento y del favor de su padre por su deformidad? Ni siquiera su posición como prima de Tokugawa y miembro de la familia Fujiwara, que había dominado la corte imperial en la antigüedad podía darle el estatus que él merecía. Ella reprimió la necesidad de atenderle preocupada por él, envolverle en ropas cálidas. Si lo hiciera tan sólo provocaría que le dedicase más palabras duras.

La dama dijo con cautela.

—Lo siento. ¿Te duele la pierna?

Tan pronto acabó de pronunciar estas palabras, sintió haberlas dicho. Sabía que su pierna le dolía. Ella, que le conocía tan bien, debería haber visto las señales invisibles para nadie más: la tensión alrededor de su boca, las débiles sombras bajo sus ojos. Incluso la helada incomodidad de la habitación debería habérselo indicado. Ella recordaba que de niño, mantenía su mano peligrosamente cerca de la llama de una vela. Cuando ella le apartaba la mano con un manotazo y le preguntaba por qué hacía aquella tontería, él respondía: «Eso hace que me olvide de mi pierna».

Sin embargo, hoy, otras preocupaciones asaltaban a la dama y no le había observado con su habitual atención.

Ahora Masahito suspiró impaciente.

—Me encuentro bien, madre. —Pero desdobló sus piernas con cuidado y las extendió rectas delante de él, preparándose para el tratamiento. Aunque ella sabía que hacer aquel esfuerzo le dolía, su expresión no cambió. Nunca dejaba entrever su dolor, obligándose a caminar sin cojear y sin usar un bastón ni siquiera cuando pensaba que estaba solo. Se subió el quimono hasta la altura de las ingles. Su pierna izquierda era robusta y musculosa, de piel suave y sin marcas. La derecha era frágil y tenía una apariencia débil, con cicatrices curadas y llagas en carne viva estropeando el atrofiado muslo.

Como siempre, la visión de la pierna enferma de su hijo, provocaba que le invadiese un sentimiento de angustiosa ternura. Deseaba acariciarle y mimarle para aliviar su dolor con atenciones maternales. Pero la respuesta de Masahito al cariño siempre había sido impredecible. Durante su infancia en ocasiones le había devuelto sus abrazos, otras veces la golpeaba o le daba puntapiés. Odiaba tener que reconocer su dolor o aceptar consuelo. Ahora, tanto podía tolerar su amor como reprenderla con su afilada lengua. Por ello, en lugar de hacerlo se arrodilló, abrió la caja lacada y empezó a sacar los once pequeños conos grises de moxa. Hechos con hojas de artemisa recogidas el quinto día del quinto mes, molidas en un mortero y enrolladas de aquella forma, eran suaves y fibrosos al tacto. Ella humedeció la base de cada uno con la punta de la lengua, luego los dispuso sobre el muslo de Masahito, evitando con cuidado las llagas que habían dejado los tratamientos anteriores y que aún no habían curado. Incapaz de resistir la tentación, dejó que sus dedos rozasen su piel como si fuese por accidente. El hecho de tocarle le proporcionaba a ella el placer más exquisito y desgarrador... Encendió la vela y usó una astilla de madera para transferir la llama a los conos. Pronto un débil humo empezó a elevarse de ellos y la esencia ligeramente amarga de las hojas ardiendo se mezcló con la fragancia de la vela. El canto de los sacerdotes sonaba monótono mientras preparaban el ataúd de Yukiko para transportarla al templo, prestándole una atmósfera mística al tratamiento. Masahito parecía un Buda viviente y ella una creyente quemando incienso ante él.

La dama Niu observó el rostro de su hijo buscando alguna señal de que el tratamiento estaba alejando los vapores perturbadores que causaban su dolor. Tenía mucho de que hablar con él, pero no quería hacerlo hasta que el alivio a sus dolores le hiciera más receptivo a los consejos. Los conos se hacían más pequeños y el humo se espesó. Finalmente, su rostro se relajó, aunque tanto porque el moxa le estaba curando como porque el dolor que le causaban los conos ardiendo le distraía, no sabría decirlo.

—Es una época crítica para nuestra familia, Masahito —dijo—. Requiere un comportamiento discreto de todos nosotros, e incluso sacrificios. —Hizo una pausa, esperando no tener que continuar. Decirle exactamente qué esperaba de él era pronunciar en voz alta lo innombrable, lo impensable.

Él se la quedó mirando en silencio, con sus febriles ojos brillando en su hermoso rostro. Una débil y maliciosa sonrisa bailó en sus labios.

Con la voz entrecortada continuó:

—Tal vez..., tal vez sería mejor para ti si..., te abstuvieses de ciertas actividades. —Su mente rehuyó pensar en aquellas actividades.

La sonrisa de Masahito se ensanchó, pero no por buen humor o por cariño. Sacudió la cabeza.

—Oh, madre. Por una vez en tu vida, ¿por qué no dices lo que quieres decir? —dijo—. No hay nadie más aquí, estamos solos, así que venga, dime qué quieres que haga. —Se cruzó de brazos, esperando con una exagerada expectación—. ¿Y bien?

La dama Niu se sintió desgraciada al pensar que la estaba acosando, igual que lo había hecho otras veces con sus hermanos, hermanas y compañeros. Daba igual que fuesen mayores que él o más pequeños, no importaba; él siempre conseguía hacerles llorar o hacerles enfadar. La abrumadora fuerza de su personalidad evitaba que éstos contraatacasen y hacía que tuviesen que trabajar más duro para complacerle. Un vívido recuerdo le vino repentinamente a la memoria: Masahito, cuando tenía nueve años, enfrentó a sus hermanas, a dos de sus hermanos mayores y a todos los criados de los niños en una violenta representación de la Batalla de Dan-noura, que había ocurrido quinientos años antes, había acabado con el reinado efectivo del emperador y había marcado el preludio de la era del gobierno militar. El juego había acabado con varios heridos, algunos de gravedad, y la destrucción de un pabellón del jardín. De todos los niños, sólo Yukiko se le había resistido e intentado detener la debacle.

La dama Niu, aún recordaba el horror que sintió cuando encontró a su pequeño general regodeándose sobre el pabellón ardiendo y sus tropas sangrando entre sollozos.

—¿Por qué, Masahito? —Había exclamado—. ¿Por qué?

Él la miró directamente a los ojos, con el rostro radiante por el triunfo entre cortes y morados.

—Quería cambiar la historia, madre —dijo—. Y lo he hecho. —Su total falta de remordimientos la había dejado helada—. Dile a padre que hoy el clan Taira ha derrotado al de Minamoto.

«Dile a padre», aquellas tres palabras habían hecho que descubriese la verdadera razón de por qué él lo había hecho. A su fiero y furioso hijo no le importaba la historia. Despreciado e ignorado por su padre desde que nació, buscaba el castigo porque aquello era mejor que no recibir ninguna atención.

Incapaz de disciplinarlo ella misma, la dama Niu se tragó su pena y le envió a vivir con su marido en su castillo provincial. Tal vez ahora que Masahito era mayor y empezaba a destacar en el arte de la espada a pesar de su deformidad, podrían ser padre e hijo. A lo mejor, con un guía masculino se convertiría en un hombre honorable y decente. Pero su marido, aún repelido y avergonzado por su hijo lisiado, no educó ni reformó a Masahito. Un criado leal le hizo llegar que el caballero Niu simplemente había encerrado a Masahito en unas alejadas dependencias donde vivía como un animal enjaulado, solo, sin lavarse, alimentado con las sobras de basura. Enferma de culpabilidad, había hecho que regresase a Edo, donde luchó valientemente para domar su espíritu salvaje. Nunca jamás volvería a dejarlo a merced de la crueldad de su padre, a pesar de sus excesos que con los años empeoraron. Se las arregló para echar tierra sobre todos ellos, a menudo a un coste escandaloso.

Ahora la dama Niu susurró.

—Por favor, Masahito. —Todo su amor, dinero e intrigas no podrían salvarle esta vez, si primero él no se ayudaba a sí mismo.

—Lo que tú quieres, madre, es que renuncie a mis placeres y mis ambiciones porque Yukiko ha muerto y la policía anda por ahí metiendo las narices. Crees que se enterarán de cosas sobre mí, incluso pueden probar que he matado a alguien.

—Masahito...

Su voz sarcástica la azotó sin piedad.

—Quieres que permanezca alejado de la casa de verano de Ueno. Quieres que yo...

—Ya basta —chilló. Se tapó enseguida la boca con la mano para sofocar más gritos. ¡Cuánto le odiaba cuando la atormentaba de aquella manera! Y cuánto le amaba. Su rostro parecía aún más bello, teñido con aquella pícara maldad, que cuando tenía alguno de sus poco frecuentes ataques de buen humor. En momentos como aquél, deseaba amarle menos. De aquella manera, podría controlarse como lo hacía con todos los demás, podría imponerse igual que lo hacía en cualquier otra situación. Ahora ella rogaba por distanciarse y serenarse. Sólo si dejaba a un lado sus sentimientos por él podría someter su fuerte voluntad, que él había heredado de ella.

Después de obtener la reacción esperada de su madre, Masahito cedió. Acarició la mejilla de la dama con el reverso de su mano y dijo amablemente:

—Madre, te preocupas demasiado. No tienes nada que temer. La policía encontrará a un montón de individuos sospechosos en el entorno de Yukiko. Aquel actor al que ella admiraba; los pretendientes aquellos a los que rechazó en su propuesta de matrimonio. Y, de todas maneras, con

Noriyoshi muerto, el peligro se ha acabado. De hecho, nuestras vidas pronto serán mejor de lo que habías pensado que fuera posible. Créeme.

La dama Niu saboreó el raro gesto de cariño que su hijo le dispensaba. Ella tomó su mano entre las suyas y la sujetó con fuerza. Quería suplicarle que dejase sus peligrosas actividades, que lo hiciese por ella, no por él, porque el temor que sentía por él la estaba destrozando. Pero sabía que sólo conseguiría que se enfureciese otra vez por su injerencia y empezase a atormentarla de nuevo.

Se conformó con decir:

—La visita de Sano Ichirō me alteró. Le recibí porque quería conocer al *yoriki* que estaba llevando el caso de la muerte de Yukiko, pero luego me arrepentí de haberlo hecho. Es un hombre inteligente, poco convencional y además persistente. No debiste hablarle de la manera que lo hiciste, con ello sólo conseguiste avivar su interés. ¿Quién sabe lo que podría descubrir si continuase hurgando en nuestros asuntos?

—¿Sano? De todos modos, ¿quién es Sano Ichirō? Tan sólo una insignificante criatura que no merece que le dediquemos ni un minuto de nuestro pensamiento.

Masahito soltó su mano de la sujeción de la de su madre y soltó una risotada de maníaco. Se había deslizado hacia el humor grandilocuente y temerario que ella tanto temía. Sus ojos brillantes empezaron a destellar; su cuerpo parecía irradiar poder. En aquel momento nunca haría caso a sus advertencias sobre ir con cuidado ni reconocería su propia vulnerabilidad. Buscaría la muerte igual que él había buscado en una ocasión el castigo. Se sometería a un agonizante dolor y temor, se recuperaría y luego buscaría más agonía.

—Ya he emprendido las medidas oportunas para alejarle de nosotros —dijo la dama Niu, luchando por permanecer tranquila ante su terror creciente. ¿Qué sucedería si él moría? Su propia vida estaría vacía sin él—. El magistrado

Ogyu ha estado de acuerdo en restringir su interferencia. Pero existen ciertos límites en lo que yo puedo hacer. No quiero levantar sospechas solicitando demasiados favores; no cuando sería mucho más fácil si tú te mantuvieses en un segundo plano —intentó mantener el tono suplicante en su voz, sabiendo que sólo invitaría a la burla—, sólo por un tiempo.

Masahito suspiró.

—Madre, no necesito que me protejas. Sé lo que estoy haciendo y puedo cuidar de mí mismo. Si *yoriki* Sano continua siendo un problema...

Alzó un cono ardiendo de moxa y haciendo caso omiso de la exclamación de protesta de su madre, lo aplastó entre sus dedos. Rió de nuevo mientras se convertía en cenizas y caía al suelo acompañado de un fino rastro de humo.

DOCE

La procesión del funeral de Niu Yukiko desfiló por las calles de Edo, avanzando lentamente hacia el este desde el Templo Zojo hacia el río.

En primer lugar desfilaban los samuráis vestidos de negro transportando faroles blancos colgados de largos palos, seguidos por más hombres llevando ramos de loto sagrado hechos de papel dorado. Luego el sumo sacerdote con su espléndido manto de seda, portado sobre una litera por sacerdotes vestidos de color naranja. Más sacerdotes sostenían quemadores de incienso humeantes, hacían sonar campanillas, golpeaban tambores o esparcían pétalos de rosa por el suelo. Tras ellos avanzaba a grandes zancadas el joven caballero Niu. Él llevaba la tablilla funeraria, con su paso rígido y su rostro sombrío. Luego seguía el ataúd, una casita blanca con tejado. Sus porteadores vestían el emblema con la libélula de los Niu en sus atuendos negros. Más porteadores seguían con una inmensa jaula de bambú llena de pájaros gorgojeando; luego más sacerdotes cantando sutras. Tras ellos caminaba la familia con sus vasallos y asistentes, los hombres de negro y las mujeres de blanco inmaculado.

Y los demás dolientes que formaban el cortejo fúnebre: fila tras fila, cientos de ellos, todos iban a presentar sus últimos respetos a la hija de un gran señor.

Sano avanzaba con estos últimos. Después de dejar a Raiden, había regresado a su barracón para ponerse su traje de ceremonia: una ropa interior de seda blanca, un quimono de seda negro con el emblema de su familia de cuatro grullas volando entrelazadas, bordadas en oro en la espalda, el pecho y el dobladillo, unos pantalones holgados negros y un *haori* negro con los hombros acolchados. Sus espadas estaban envueltas en una tela negra como gesto de cortesía a la difunta. Ahora esperaba que sus ropajes le permitiesen mezclarse con los dolientes y evitar que la dama Niu se fijase en él.

Después de su advertencia y de la reprimenda del magistrado Ogyu, la idea de acercarse a los Niu aterrorizaba a Sano. Pero desde que se enteró de la conexión de Noriyoshi con ellos, sentía que tenía que ver de nuevo a Midori, la hermana de Yukiko. Tal vez la «prueba» que ella decía tener le conduciría a descubrir la identidad de la víctima del chantaje y al asesino. Como tutor sabía que los niños a menudo se inventaban historias y la precaución le aconsejaba que se tomase todo lo que ella le dijo con cierta dosis saludable de escepticismo. Aun así, la posibilidad de que ella tuviese la clave de los asesinatos era demasiado fuerte para no tenerla en cuenta.

Había más razones por las cuales Sano debía arriesgarse a encontrar un momento para hablar con ella. Al hacer este esfuerzo se libraría de su obligación para con Glicina, demostrándole tanto a ella como a sí mismo que no iba a negarle la justicia a Noriyoshi a causa de consideraciones de clase social. Y se estaba empezado a preguntar si los Niu en realidad estaban implicados en el asesinato y estaban engañando a Ogyu, utilizando al magistrado, que no sospechaba nada, para ocultar su crimen. Por mucho que a Sano no le gustase Ogyu, provenía de una antigua estirpe de hombres que habrían dado sus vidas para proteger a sus señores. No podía permitir que los Niu implicasen a Ogyu en un oscuro asunto que pudiese estallar en un escándalo. Por una vez, sus deseos personales y sus obligaciones profesionales coincidían. Sano miró con interés entre las filas de dolientes que había delante de él, buscando a Midori.

Había vislumbrado al joven caballero Niu, que presidía el duelo, cuando alcanzó a la procesión en el exterior del templo, y al magistrado Ogyu entre los hombres hacia la parte delantera de la fila. Había visto a la dama Niu presidiendo a las mujeres, su figura grande y robusta era fácilmente reconocible. Sin embargo, todas las demás mujeres parecían iguales vestidas con sus quimonos y tocados blancos. ¿Cómo se las arreglaría para encontrar a Midori entre ellas? De todos modos, aun cuando lo hiciese, ¿cómo y cuándo podría hablar con ella a solas?

La procesión pasó bajo el arco de una puerta torii, descendió un tramo de escalones de piedra y se detuvo en la orilla del río. Allí, entre un inmenso cuadrado bordeado de árboles, bajo un tejado de paja soportado con pilares, esperaba un foso lleno de madera. A su lado, sobre unas mesas había ofrendas de comida y bebida; de los braseros escapaba un humo fragante que se mezclaba con el incienso y la brisa fresca del río. El cortejo fúnebre se colocó alrededor del foso. Sano aprovechó aquel cambio de posiciones general para adelantarse y acercarse hacia las mujeres Niu, agrupadas cerca del borde del foso.

Los hombres que llevaban los pájaros, dejaron la jaula en el suelo y la abrieron. Con una oleada de aleteos y cantos, los pájaros surcaron el aire hacia el cielo: con su vuelo simbolizaban la liberación del alma de la vida terrenal y su ascensión al reino del espíritu. Sano vio a una niña que se parecía a Midori. Mientras intentaba atraer su atención para que le viese, la multitud se movió de nuevo y se encontró que casi estaba tocando al magistrado Ogyu. Retrocedió rápidamente para no ser visto.

El sumo sacerdote empezó a cantar con el acompañamiento de las campanas y los tambores. Los dolientes escuchaban en silencio. Atrapado por los hombres que había a su alrededor, Sano subrepticiamente se puso de puntillas y, como si quisiera ver al sumo sacerdote, lanzó miradas a las mujeres. Descubrió a la niña que había confundido con Midori: no lo era. No le quedó más remedio que esperar deseando que el funeral terminara pronto y sabiendo que aquello no sería posible.

Finalmente, y después de más de una hora, los portadores del féretro colocaron el ataúd de Yukiko en lo alto del montón de madera que había en el foso. El caballero Niu avanzó sosteniendo una antorcha. La encendió en el brasero y luego la lanzó hacia la pira.

El fuego prendió en la madera con un sonido parecido a un ruidoso suspiro de horror. Al instante una cortina de llamas atronadoras y crepitantes envolvió el ataúd. Un humo negro se alzó de él. En un santiamén, el ataúd y la mortaja ardieron dejando al descubierto el cuerpo desnudo de Yukiko: pequeño, delicado, sentado erguido, con la cabeza rasurada. Las llamas abrasaron y oscurecieron su carne, su rostro se convirtió en una máscara negra grotesca cuando sus rasgos se disolvieron pegados a su esqueleto. Los fluidos corporales siseaban y chisporroteaban mientras el calor los evaporaba. El hedor a carne quemada impregnaba el aire, que se llevó las cenizas hacia el río.

Sano lo observó con los mismos sentimientos especiales que siempre experimentaba en los funerales: tristeza por una vida interrumpida prematuramente; una revulsión instintiva ante la horrible visión de un cuerpo ardiendo; y un creciente alivio cuando el fuego purificador había hecho su trabajo. Puesto que no había conocido a Niu Yukiko, no sentía pena. Sin embargo, un agudo sentido del deber hacia el espíritu de la chica muerta se agitaba en su interior. Ciertamente, la vida termina con la muerte y el amor y el odio, la felicidad y la tristeza, el dolor y el placer; sin embargo, Sano creía que la verdad y la justicia podían trascender a la muerte como otras cuestiones mundanales no podían hacerlo.

«Yo encontraré a tu asesino», prometió a Yukiko silenciosamente.

Mientras esperaba que las llamas consumiesen el cuerpo de Yukiko, Sano encubiertamente estudió los rostros de los dolientes. Tal vez vería culpabilidad o júbilo o cualquier otra emoción inapropiada en alguno de ellos. Algo que identificase a su propietario como al asesino. Pero pronto se decepcionó. Según la costumbre funeraria, nadie mostraba ni la más ligera emoción. La dama Niu vestía su usual serenidad como si fuese parte de sus atuendos. Sano pensó que detectaba inquietud en el caballero Niu, pero debía de ser producto de su imaginación, o tal vez la forma en que las llamas proyectaban dibujos de luz cambiantes en el rostro del joven.

Con un ruidoso estruendo, el tejado que protegía la pira se desmoronó en una masa de llamas y humo. Los dolientes se hicieron atrás. Sano se movió con ellos y se las apañó para soltarse de la presión de los hombres que le rodeaban. Avanzó alrededor del perímetro del círculo de dolientes hasta situarse detrás del grupo de la familia, con seis o siete hileras de personas entre él y las damas Niu. Aún no encontraba a Midori. Pero de pie a su lado había alguien que le resultaba familiar.

La mujer vestía un sencillo quimono de algodón que le identificaba como sirviente. Su cara tenía rasgos comunes y corrientes, con una nariz bastante chata y una boca pequeña. Excepto por sus ojos enrojecidos e hinchados, no habría reconocido a O-hisa, la doncella que había visto sollozando en la mansión de los Niu.

—O-hisa —susurró, tocando su manga para atraer su atención—. ¿Dónde está la joven dama Midori?

La doncella le miró, con el rostro inexpresivo y sin entenderle.

Frente a él, Sano veía la espalda de la dama Niu, desagradablemente cerca.

—Nos vimos hace dos días en la casa —explicó apresuradamente—. Soy el *yoriki* Sano. ¿Me recuerdas? Tengo que hablar con la dama Midori. Es muy importante. ¿Puedes mostrarme dónde está?

Ahora el reconocimiento se extendió por el rostro de O-hisa. Sus ojos y su boca se abrieron formando círculos de temor.

—No... Lo siento mucho... Yo...

Tartamudeando unas palabras más, apenas inteligibles, hizo el gesto de echarse a correr hacia la salida.

Sano le bloqueó el camino.

—Por favor —empezó.

O-hisa se dio la vuelta y se sumergió entre la multitud de dolientes. La gente se removió, emitiendo murmullos de sorpresa, molestos.

Sano miró consternado la confusión que ella había dejado a su paso: mujeres sacudiéndose las pisadas de sus dobladillos, un anciano que había tirado al suelo. Horrorizado por el espectáculo que había generado intentó pensar si debería regresar a su lugar entre los hombres o marcharse antes de que la dama Niu o el magistrado Ogyu le viesen. Dudó demasiado tiempo. Una pesada mano se posó sobre su hombro. Se dio la vuelta y se encontró frente a frente con el criado de la dama Niu. El feo rostro de Eii-*chan* permanecía rígidamente impasible, excepto por el brillo de advertencia en sus pequeños ojos. «Ofende a mi ama y morirás a mis manos», parecían decirle.

—¿Qué significa esto? —la dama Niu avanzaba hacia él, majestuosa y furiosa. Tres vasallos de su marido la acompañaron, serios y hostiles, vestidos con ropajes negros. La multitud se apartó para dejarles pasar. El cántico del sacerdote se fue apagando; las campanas y los tambores se detuvieron. Sólo el crepitar del fuego continuaba con toda su furia.

Sano estaba atenazado por el pánico. ¿Qué le haría la dama? Lanzó una mirada salvaje hacia los dolientes varones y vio que volvían la cabeza hacia él, Ogyu entre ellos. ¿Y qué haría su superior cuando se enterase de que Sano no sólo había desobedecido sus órdenes, sino que también había perturbado el funeral de Yukiko? Eii-*chan* y otros samuráis le rodearon. Se quedó allí firme, con la esperanza de que la dama Niu no revelase su presencia a Ogyu diciendo su nombre.

No lo hizo, tal vez porque no se acordaba de él, o porque no quería que sus amigos supieran que un comandante de la policía había estropeado el funeral de su hijastra. Cuando llegó a su lado, todo lo que dijo fue:

—Os avisé una vez, y no lo voy a hacer de nuevo —en un tono de voz que sólo él pudo escuchar. Sus encantadores ojos destellaban de furia y, extrañamente, de temor. Se dirigió a su criado—: Eii-*chan*, enséñale a este hombre dónde está la salida.

Antes de que ella acabase de hablar, Eii-*chan* ya había tomado la iniciativa, moviéndose con aquella extraña rapidez que le caracterizaba. Dio la vuelta alrededor de Sano. Un agudo dolor sacudió el brazo del policía hasta su hombro cuando Eii-*chan* se lo sujetó, se lo dobló hacia atrás y se lo dislocó hacia arriba. Sólo su instintivo autocontrol le permitió conseguir que la exclamación que se le escapó no se convirtiese en un grito. Sólo su ansia de evitar que Ogyu le viese, si es que el magistrado aún no lo había hecho, le hizo inclinar la cabeza en lugar de luchar para liberarse. Casi desmayándose por el dolor, salió dando traspiés de entre la multitud con Eii-*chan* empujándole hacia delante. Apenas se dio cuenta de que la dama Niu se disculpaba ante el cortejo fúnebre y los sacerdotes que oficiaban el servicio. La vergüenza aumentó su angustia al sentir que cientos de espectadores curiosos eran testigos de su humillación.

Tan pronto llegó a las escaleras —demasiado lejos para que nadie pudiese reconocerle—, Sano empezó a luchar. Pisó con fuerza los empeines de Eii-*chan* y clavó su codo libre en el estómago del criado. Éste no reaccionó ni emitió un solo sonido. Aunque Sano sospechaba que un hombre con sentidos y alma vivía dentro del cuerpo de Eii-*chan*, parecía hecho de piedra: duro, insensible, silencioso. ¿Era mudo o es que simplemente había elegido no hablar? Medio empujó, medio llevó en volandas a Sano, escaleras arriba, retorciéndole el brazo. Y esta vez sí gritó, muy a su pesar.

—Espera, Eii-*chan* —se escuchó una voz masculina tras ellos.

Eii-*chan* hizo una pausa en la puerta y se dio la vuelta balanceando a Sano, obligándole a dar la vuelta con él, pero sin soltarle el brazo. A pesar del aturdimiento que le causaba el dolor, Sano vio al caballero Niu, erguido en lo alto de las escaleras, pequeño pero orgulloso con sus vestidos negros.

—¿Es que no puedes permanecer lejos de nosotros, *Yoriki* Sano? —dijo el caballero Niu. Avanzó y se apoyó contra el pilar de la puerta.

—Ahora creo que ya te das cuenta de que inmiscuirte en nuestros asuntos puede desembocar en unas consecuencias muy desagradables. ¿Sí? ¿No?

Sano, reprimiendo otro grito de dolor no pudo responder. Luego casi como si se tratase de algo que se le acabase de ocurrir, el caballero Niu dijo:

—Oh, Eii-*chan*, ya puedes soltarle.

Eii-*chan* soltó a Sano, que, con cautela, flexionó su brazo y hombro. Parecía que no le había roto nada, pero le dolían los músculos. Montó en cólera, no contra Eii-*chan*, al que contempló más como una herramienta animada que como un hombre, sino contra el caballero Niu, que hubiese podido acabar con su dolor antes, pero que sin embargo había preferido dejarlo sufrir. El diabólico brillo de sus ojos se lo confirmó. Sano quería recriminarle el insulto, lanzarle acusaciones y amenazas al caballero Niu: «¡Alguien de tu casa mató a Noriyoshi y a tu hermana y lo voy a probar!». Sin embargo, mantuvo la calma, recordándose a sí mismo las palabras de Tokugawa Ieyasu: «Considera la cólera como a tu enemigo». No podía permitir que la ira le hiciese descuidado.

—¿Qué quieres ahora de nosotros? —preguntó el caballero Niu.

Tragándose su rabia, Sano se obligó a mentir cortésmente:

—Sólo pretendía presentar mis respetos a vuestra familia —dijo.

El caballero Niu en un arranque soltó una risotada burlona.

—¿Quieres que me crea que has dejado tu ridícula investigación de nuestra tragedia privada?

—A menos que encuentre alguna prueba que me indique que, después de todo, no es tan ridícula —Sano no pudo resistirse a contraatacar verbalmente—. ¿Tal vez vos podáis dármela?

Por un instante, el caballero Niu frunció el ceño: ¿preocupación o simple irritación?

—No puedes hablar en serio. No existe tal prueba y aun así, si la hubiese, ¿por qué iba a tenerla yo?

¿Aquella negativa enfática era un ardid para ganar tiempo para poner sus ideas en orden? Sano pensó que tal vez podría provocar al hijo del daimio para que le revelase algo en un momento de descuido.

—Noriyoshi estaba relacionado con otro miembro de vuestra familia además de Yukiko —dijo.

Pero el caballero Niu había recuperado su aplomo y, en lugar de darse por enterado de la pregunta, dijo a Eii-*chan*:

—Regresa al funeral. Creo que *Yoriki* Sano puede volver solo a su casa.

Eii-*chan* se dio la vuelta y bajó las escaleras sin pronunciar palabra. Y a Sano, el caballero Niu le dijo:

—Si te acercas a nuestra residencia o a algún miembro de nuestro clan de nuevo, no podré garantizar tu seguridad. Eii-*chan* y nuestros vasallos no ven con buenos ojos a los que traspasan nuestra propiedad o se acercan a los miembros de nuestra familia.

Dejó caer estas palabras como por casualidad, pero con un brillo malicioso en sus febriles ojos. Sano reconoció la amenaza tácita: si se acercaba de nuevo a los Niu le matarían.

—Veo que comprendes lo que te digo. Tal vez no seas tan estúpido como pensaba, sólo insensato, pero decididamente capaz de aprender la lección —dijo el caballero Niu.

Una sonrisa despectiva torció su boca mientras miraba a Sano.

—Hasta nunca, *yoriki*. Confío en que no nos veamos de nuevo.

Se separó del pilar de la verja donde estaba apoyado y empezó a bajar lentamente los escalones, con la cabeza alta y su cuerpo rígido.

«Eso es lo que tú crees», dijo Sano para sí a la espalda del caballero Niu que se alejaba. El resentimiento y la humillación hervían sordamente en su sangre como si fuese vino agrio. Su mano se movió hacia su espada, sujetando su empuñadura con toda la fuerza que le prestaba su furia contra el caballero Niu, que por otra parte le había dado incluso más motivos para investigar cuál era el papel que desempeñaban los Niu en los asesinatos.

Luego el joven se dio la vuelta.

—Ah, por cierto —dijo en voz alta—, yo que tú no me molestaría en intentar ver a Midori. Mi madre la ha enviado al convento del Templo de Kannon en Hakone —su risa resonaba por el aire mientras seguía su camino.

Sano vio al caballero Niu unirse de nuevo a los dolientes en la pira funeraria. Las llamas ya se habían extinguido, aunque el humo continuaba elevándose de las ascuas que se reducían poco a poco. Mientras se dirigía hacia el centro de la ciudad, una vertiginosa excitación empezó a agitarse entre su desilusión inicial. El hecho de asistir al funeral le había puesto en peligro; pero no, tal vez no, en vano.

Midori estaba en Hakone, un largo y arduo viaje hacia el oeste por la Tokaido, la ruta del mar del Este que unía Edo con la capital imperial en Kioto. Eran malas noticias, pero al menos sabía dónde encontrarla. No sería fácil justificar una ausencia de cinco días ante el magistrado Ogyu; aun así, podría operar con más libertad si conseguía salir de la influencia de Ogyu.

Además, la continua resistencia de los Niu respecto a su investigación confirmaba sus sospechas acerca de que ellos querían que el misterio de las muertes de Noriyoshi y Yukiko permaneciese sin resolver. Y la brusca expulsión de Midori de Edo significaba que ellos temían que tal vez ella pudiese contarle por qué.

TRECE

Sano había salido del punto de partida de la Tokaido en el puente Nihonbashi al despuntar el alba, vestido con sus ropas de viaje de invierno: un sombrero de ala ancha circular de mimbre, ropas gruesas, pantalones, zapatos y calcetines y su capa encapuchada de más abrigo, y cabalgó hacia el sudoeste alejándose de la ciudad que se despertaba. Ahora, cuando el sol quemaba los últimos destellos rosados que brillaban en el cielo, se aproximaba a Shinagawa, la segunda de las cincuenta y tres estaciones que marcaban la ruta entre Edo y Kioto.

El camino ancho y arenoso, peraltado en el centro y bordeado a cada lado por altos abetos regularmente espaciados, se estrechaba y comenzó a empinarse. Sano vio frente a él multitud de siluetas inclinadas de transeúntes avanzando penosamente hacia Shinagawa. A su derecha, el terreno se elevaba abruptamente hacia las colinas boscosas. A su izquierda, caía de forma muy pronunciada alejándose bajo una línea de chozas de pescadores hacia el mar. Pequeños botes poblaban el puerto. Las difuminadas formas de los grandes barcos flotaban en la distancia en alta mar y destacaban contra la bruma del horizonte. Las aves marinas revoloteaban y planeaban, llenando el cuenco que formaba el cielo azul surcando el aire con sus veloces alas y sus agudos y lastimeros gritos. El sibilante chapoteo de las olas formaba una constante y suave música. La limpia y fresca brisa salada revigorizó a Sano, renovando su optimismo y seguridad en sí mismo. Su viaje iba a ser un éxito. Cuando llegase a Hakone, Midori le daría la prueba de que Noriyoshi y Yukiko habían sido asesinados, y tal vez le diría la identidad del asesino.

—¡Espera, *Yoriki* Sano-*san,* tengo que detenerme!

El grito, que provenía de unos veinte pasos detrás de él, echó por tierra el buen humor de Sano. Con un suspiro de irritación, tiró de las riendas de su caballo para frenarle y miró por encima de su hombro. Su mirada se posó en un sonriente y jadeante Tsunehiko, montado en un enorme corcel negro, que trotaba brincando hacia él. Por un bendito momento, se había olvidado completamente de su compañero de viaje.

Tsunehiko bajó apresuradamente del caballo.

—Me daré prisa, os lo prometo —y salió disparado hacia el borde del camino remangándose la capa.

Moviendo la cabeza, Sano se inclinó hacia delante para sujetar las riendas del caballo de Tsunehiko antes de que se alejase. Vio que su secretario orinaba contra un árbol. Deseó viajar solo y se maldijo a sí mismo por el hecho de que no fuera así.

Después del funeral de Yukiko el día anterior, se había dirigido directamente a la mansión del magistrado Ogyu. Dudaba acerca de si debería esperar más para pedirle permiso para ausentarse. Si Ogyu le había visto en el funeral, sería mejor dejar que la cólera del magistrado se apaciguase. Sin embargo, una creciente sensación de urgencia hacía que Sano se sintiese reacio a posponer su viaje. Si no resolvía el misterio pronto, temía que tal vez nunca lo haría.

Esperó hasta que se hizo de noche. Al fin, dos porteadores dieron la vuelta a la esquina con un palanquín. El magistrado Ogyu salió de él y se dirigió hacia la puerta.

Sano saludó a su superior que, para su alivio, no mencionó el funeral, y luego le dijo:

—Honorable magistrado, debo suplicaros que permitáis que me ausente cinco días. Como vos sabéis, mi padre no se encuentra bien y su doctor me ha aconsejado que haga un peregrinaje hasta el santuario de Mishima para orar por su recuperación.

Ingeniar una excusa le había representado un dilema moral. Odiaba las mentiras y los subterfugios, pero durante los últimos cinco días, había tratado constantemente con ambos. Ahora que era consciente de que su investigación no sólo comprometía su carrera sino también sus principios, intentó justificar las mentiras diciéndose a sí mismo que las pequeñas verdades podían sacrificarse en pos de una verdad mayor: la justicia, para las víctimas asesinadas, así como para Glicina y Midori y los demás que les habían amado, era prioritaria. Aun así, no podía negar que se sentía profundamente infeliz. Su búsqueda personal le estaba arrastrando hacia un mundo inquietante y desconocido, muy alejado del radiante sendero del deber, la obediencia, la devoción filial y la integridad definidos por el Camino de Guerrero. Finalmente, se había decidido por la historia del peregrinaje después de descartar otras, porque era plausible y, además, contenía elementos de verdad. Iría a Mishima, que era la estación que estaba justo después de Hakone. Si los espías que había en los controles del camino daban parte de sus movimientos a Ogyu, por lo menos, parecería que estaba haciendo lo que le había propuesto. Un doctor *había* recomendado el peregrinaje y Ogyu, siempre paladín del deber, no podría rechazar dejarle marchar.

Ogyu se golpeó la barbilla pensativamente.

—Un peregrinaje en honor de vuestro padre. Verdaderamente una admirable expresión de devoción filial. Por supuesto que podéis ausentaros, *Yoriki* Sano. ¿Cuándo os proponéis empezar el viaje?

—Muchas gracias, honorable magistrado. Mañana por la mañana, si fuese posible. —Sano hizo una reverencia, sorprendido de que Ogyu se lo hubiese concedido tan fácilmente. ¿De veras el magistrado se había creído su historia? Tal vez Ogyu estaba esperando la oportunidad para librarse de él durante unos días. Le habría gustado saber si Ogyu conocía la existencia de Midori y veía que su repentina necesidad de un peregrinaje coincidía con su partida de Edo. Y si era así ¿le importaría a Ogyu que visitase el convento? Tal vez se había equivocado al imaginar que había una connivencia criminal entre el magistrado y los Niu.

—Os quedo muy agradecido por vuestra gentileza —añadió, pensando que al fin y al cabo tenía suerte de conseguir un permiso de ausencia fuera cual fuese la razón.

Luego Ogyu añadió.

—Por supuesto, llevaréis con vos a vuestro secretario —su tono no implicaba solamente una orden, sino también una condición para el permiso de Sano.

Éste quedó boquiabierto, abatido. ¡Tsunehiko! ¡Vaya terrible estorbo! El secretario no era jinete. Haría que el viaje aún fuese más largo. ¿Y cómo podría Sano permitirse alimentarle durante cinco días? También había otros gastos: albergue, dietas de establos, peajes en cada uno de los diez controles entre Edo y Hakone.

—Valoro en gran mesura vuestro consejo, honorable magistrado —balbuceó Sano—, pero no requeriré los servicios de mi secretario.

Ogyu rechazó su objeción con un gesto con la cabeza.

—Un compañero de viaje es necesario para un hombre de vuestra posición —dijo severamente—. No os preocupéis por el coste.

Entonces Sano comprendió. Ogyu enviaba a Tsunehiko con él para espiarle. En aquel momento, volvieron a él las sospechas sobre los motivos del magistrado y sintió haber revelado sus planes de viaje. Pero era demasiado tarde para lamentarse.

—Por favor, entrad Sano-*san* —dijo Ogyu con una benigna sonrisa.

—Os redactaré dos pases oficiales de viaje y os distribuiré los fondos para cubrir los gastos de vuestro secretario. A continuación, será mejor que vayáis directamente a su casa y le digáis que se prepare para el viaje.

Sano controló su malestar cuando Tsunehiko volvió a montar en el negro corcel. El secretario puso el pie en el estribo y se impulsó hacia arriba, resollando mientras se apoyaba con la barriga en la silla de montar.

—Quieto... —Sano controló al caballo cuando empezó a dar sacudidas. Sostuvo firmemente las riendas hasta que Tsunehiko consiguió sentarse.

—Si no bebieses tanto no tendrías que detenerte tan a menudo —le dijo a Tsunehiko.

El reproche no molestó al joven. Sonriendo abiertamente, dijo:

—Pero *Yoriki* Sano-*san* cuando cabalgo me entra sed. Y también hambre —y seguidamente bebió otro trago de agua de su petaca, luego sacó un paquete de ciruelas secas de sus sobrecargadas alforjas. Empezó a masticar, con las mejillas abultando alrededor de su sonrisa.

—Todo esto es divertidísimo. ¡Gracias, muchísimas gracias por llevarme con vos!

Sano ocultó una sonrisa cuando pensó en su viaje. No podía permanecer demasiado tiempo enfadado con su secretario, no cuando el día parecía presentarse tan prometedor. Sus reparos sobre las mentiras que le había contado a Ogyu ahora le molestaban menos. Estaba haciendo lo correcto. Pronto su superior se daría cuenta de ello y apreciaría sus esfuerzos, si, por supuesto, Ogyu no estaba ocultando deliberadamente un crimen, sino simplemente intentando ahorrar a los Niu lo que él juzgaba un dolor innecesario. El recuerdo de su enfrentamiento con el caballero Niu había perdido algo de su poder de alterar a Sano. Empezó a disfrutar de la compañía alegre de Tsunehiko; incluso se unió a él cuando el muchacho empezó a cantar. Después de todo, no estaba tan mal. No le cabía duda de que conseguiría mantener al margen a Tsunehiko y que éste no descubriría el propósito real del viaje y de acompañarle hasta el Templo de Kannon.

A pesar de que la Tokaido contaba con menos tráfico ahora que en primavera o verano, él y Tsunehiko tenían mucha compañía. Adelantaron a dos pesados carros tirados por bueyes cargados de madera propiedad del gobierno, los únicos vehículos rodados a los que se permitía circular por la carretera, porque los Tokugawas querían evitar el transporte de armas, munición y otros suministros de guerra. Los campesinos corrían por la carretera recogiendo hojas, ramas y estiércol de caballo como combustible. Algún pasajero rico ocasional se balanceaba e inclinaba en un *kago*, una especie de silla como una cesta que transportaban sobre los hombros unos musculosos aldeanos, con los quimonos abiertos mostrando espléndidos pechos y piernas tatuadas. Vendedores ambulantes portando su mercancía a la espalda, caminaban lenta y pesadamente, con obstinación. Un grupo de peregrinos religiosos cantaban y hacían palmas mientras andaban hacia algún santuario o templo. Los mendigos tocaban sus flautas de madera para atraer a los donantes. Varias veces, Sano y Tsunehiko intercambiaron saludos con otros samuráis, que también cabalgaban tal como hacían ellos al paso moderado que requería un viaje largo o galopaban adelantándoles para acudir a una misión más cercana.

En Shinagawa, las posadas del camino y las casas de té hacían un buen negocio con tanta actividad. Los aromas provenientes del otro lado de las cortinas flotaban por la calle. Tsunehiko acogía lo que veía y los olores de comida con una exclamación de éxtasis.

—Por favor, ¿podemos comprar algo para comer, *Yoriki* Sano-*san*? —suplicó.

—Más tarde.

Sano, después de haber visto comer a su secretario continuamente casi desde el inicio de su viaje, sabía que no corría peligro de morirse de hambre. Podrían comer en la próxima estación, mientras los caballos descansaban y se alimentaban. Quería cubrir el máximo recorrido posible antes de que oscureciese. Se dirigió al punto de control, donde la baja caseta enyesada del puesto se alzaba bastante retirada de la carretera.

Delante de la caseta del puesto de control, una cola serpenteaba hacia la ventana donde los funcionarios de la estación registraban a los viajeros, revisaban sus documentos y les concedían o negaban el paso. Un establo cercano ofrecía caballos de carga de alquiler. Cuando Sano desmontó y ocupó su lugar en la cola, al lado de Tsunehiko, escuchó una risa ebria que provenía de más allá del establo. Allí los porteadores de *kago* locales estaban sentados alrededor del fuego en su campamento de endebles casuchas, bebiendo sake mientras esperaban a los clientes.

Al cabo de unos pocos momentos, Tsunehiko dijo impacientemente:

—¿Por qué tardan tanto?

Sano dio un paso fuera de la cola para mirar. Una mujer de pelo gris y sus dos escoltas varones estaban de pie frente a la ventana. El funcionario buscaba entre un montón de papeles, haciendo pausas de vez en cuando para hacerle preguntas a la mujer.

—No sé por qué tienen que molestar a una anciana. No deberían hacernos esperar. Nosotros tenemos prisa —se quejó Tsunehiko cuando se lo explicó.

Sano contuvo el impulso de decirle que no irían tan mal de tiempo si no se hubiesen detenido tantas veces. El evidente placer con el que Tsunehiko disfrutaba del viaje y el orgullo que sentía de viajar con su superior resultaban bastante simpáticos.

—El gobierno no puede permitirse dejar que los daimio saquen clandestinamente a sus mujeres de Edo —dijo Sano, aprovechando la oportunidad para enseñar a su ignorante secretario—. Con los rehenes a salvo en las provincias, se sentirían libres para expresar su cólera contra los impuestos del sogún y las restricciones sobre su libertad iniciando una rebelión.

Finalmente, la mujer siguió a una funcionaria hacia el interior de la caseta para ser examinada por las cicatrices y marcas de identificación especificadas en su pase de viaje. Sano se preguntó cómo se las habían arreglado los Niu para pasar a Midori con tanta rapidez. Aquellos documentos tan preciados requerían un montón de firmas y se tardaba meses en conseguirlos. Los Niu tenían que haber pagado una fortuna en sobornos. Aunque podían permitirse perfectamente el gasto, seguramente ello significaba que tenían una fuerte razón para querer alejar a Midori de Edo.

Cuando alcanzó la cabeza de la cola, Sano presentó sus pases y pagó sus peajes. Él y Tsunehiko ayudaron al personal que se ocupaba de registrar a volcar sus alforjas para comprobar que no llevasen oro, bienes extranjeros y armas de fuego de contrabando. Como funcionarios del gobierno, pasaron la inspección sin dificultad. No obstante, mientras se disponía para partir, Sano experimentó una sensación incómoda, como un cosquilleo.

Alguien le estaba observando. Podía sentir sus ojos apuntándole, perforándole la espalda con malvadas intenciones.

Hizo ver que comprobaba de nuevo las ataduras de sus bolsas y entonces se volvió con rapidez. Varios viajeros más, incluyendo algunos samuráis a caballo, algunos campesinos y un peregrino religioso habían llegado desde que se había fijado por última vez. Los pocos rostros que le devolvieron la mirada no mostraron más que un interés ordinario. No reconoció a ninguno de ellos.

—¿A qué esperamos, *Yoriki* Sano-*san*? —Tsunehiko montaba a horcajadas—. ¿Algo va mal?

—No, nada —Sano no quería alarmar a su secretario. Por consiguiente, montó en su caballo y echó un último vistazo a su alrededor mientras se dirigía de regreso a la carretera. Los *metsuke,* espías del gobierno, vigilaban todas las idas y venidas por la Tokaido. Probablemente uno de ellos, disfrazado para confundirse entre la multitud, había elegido aquel momento para observarle. Eso era todo.

Pero la intranquilidad de Sano persistía. Mientras avanzaban hacia la próxima estación en Kawasaki, se descubrió a sí mismo volviéndose con creciente frecuencia. ¿Le estaban siguiendo aquellos tres samuráis o era aquel vendedor ambulante? La carretera se curvaba al atravesar una zona boscosa y por un momento él y Tsunehiko quedaron solos allí. Tsunehiko se detuvo para orinar otra vez. Mientras esperaba, Sano oteó entre los pinos que se unían sobre sus cabezas para formar un dosel a través del cual se veían retazos de cielo azul. Un lugar excelente para que los soldados se protegiesen a cubierto de las flechas y balas del enemigo durante la guerra, pensó. E igualmente un lugar excelente para que los malhechores se escondieran. Cada año, una gran cantidad de viajeros eran robados y asesinados en la Tokaido.

Cascos de caballos resonaron por la carretera detrás de Sano. Miró hacia atrás, hacia la curva, esperando a que pasara el jinete. Luego el ruido de los cascos cesó. La mañana era tranquila y silenciosa, excepto por el canto de los pájaros y el roce de las ramas sobre sus cabezas. Este silencio, que no presagiaba nada bueno, unido a la presencia que les observaba puso nervioso a Sano. Su mano fue hacia su espada. ¿Se atrevería a gritar «¿Quién anda ahí?» ¿O a cabalgar rodeando la curva para mirar? No deseaba en absoluto enfrentarse a un asaltante desconocido en aquel lugar desierto.

—¡Apresúrate, Tsunehiko! —gritó en lugar de ello.

Se sintió aliviado cuando salieron del bosque hacia un lugar abierto. Entonces, para su frustración vio lo que sería un serio obstáculo para una huida rápida: el río Tama. Varios nadadores vadeaban caballos a través de la lisa y brillante superficie del agua; otros esperaban en la orilla rocosa.

Los barqueros ayudaban a traspasar a los pasajeros con unos botes planos de madera. ¡Los Tokugawas y sus eficientes tácticas pacificadoras! Para restringir los movimientos de tropas por la Tokaido, habían destruido la mayoría de puentes.

En su prisa por marchar de allí, Sano no se molestó en negociar los pasajes con los hombres del río. Pagó los altos precios que le pidieron y ayudó a Tsunehiko a descargar los caballos. Hizo que su secretario se apresurase a subir a uno de los botes, lanzó sus bolsas en él y saltó dentro, después de él. Los barqueros empezaron a remar a través del río con una exasperante lentitud, mientras dos pares de nadadores guiaban los caballos cuidadosamente entre las rocas y troncos ocultos sumergidos bajo el agua.

Tsunehiko metió la mano en el agua y la sacó inmediatamente.

—¡Oh, está fría! —exclamó y les dijo a los nadadores—: ¿Cómo podéis soportarlo?

Los nadadores rieron, con sus rostros bronceados y sonrientes entrando y saliendo del agua, junto a los caballos.

—¡Somos hombres muy duros! —respondió uno de ellos.

Sano escuchaba con la mitad de la atención puesta en ellos. Con los ojos entrecerrados observó atentamente a través del agua hacia la orilla que se alejaba. Aunque no pudo ver a nadie entre los árboles, la intuición que le acuciaba un peligro inminente no disminuyó.

Desde su escondite y tras un grupo de abetos, el hombre que estaba al acecho permanecía inmóvil y miraba hacia el río mientras la balsa transportaba a Sano Ichirō a la orilla opuesta. El *yoriki* se había estado dando la vuelta continuamente para mirar hacia el bosque. Obviamente, sabía que estaba siendo seguido. Tal vez lo sospechaba desde el puesto de control, pero ciertamente le quedó claro cuando el que le espiaba casi había caído sobre él en aquella zona desértica del camino.

Pero el observador mantuvo su posición, sin preocuparse. Podría asegurar por la mirada desconcertada que había ido de una persona a otra del camino y por la forma que su mirada ahora barría el bosque, que Sano no sabía quién le estaba espiando o desde dónde. El observador sabía que él era un excelente espía. Tenía un montón de experiencia con los disfraces y en esconderse. Su sombrero y su capa de color anodino le habían permitido, primero mezclarse con los demás viajeros y ahora confundirse con el paisaje. Y sabía cómo ocultar sus ideas e intenciones de manera que nadie se diese cuenta y aún mucho menos que nadie sospechase de él. La gente, Sano incluido, miraban directamente a través de él como si no estuviese allí. Aún no tenía que avanzar por los campos, como sucedería cuando se alejasen más de Edo y el tráfico disminuyese. Y no le preocupaba que el *yoriki* estuviese en guardia. Pronto le devoraría la ansiedad y le reduciría hasta la indefensión, para cuando el espía estuviese a punto de hacer su próximo movimiento.

Sin embargo, algo inquietaba al espía. No los olores del bosque o del agua o su necesidad de permanecer en secreto, todo lo cual le recordaba vivamente la noche en que había lanzado los cuerpos al río. La brillante luz solar marcaba una clara diferencia e impedía cualquier similitud entre entonces y ahora. Además, el paso del tiempo le había permitido recuperarse de sus peores temores. Ya no se despertaba por las noches, sudando, con el corazón martilleando, por las pesadillas de su propio arresto, tortura y ejecución.

No. Lo que le inquietaba era el joven samurái que viajaba con Sano. Esperaba que el *yoriki* estuviese solo, y no le gustaban las sorpresas. Luego se dijo a sí mismo que la presencia del muchacho tenía sus ventajas. Sano avanzaba mucho más lentamente que lo hubiese hecho si viajase solo. Dos hombres eran más fáciles de seguir que uno. El espía podría rezagarse bastante y aún mantenerlos a la vista y alcanzarles en cada estación. Además, el muchacho distraería a Sano haciéndole menos observador, menos cauteloso.

La balsa alcanzó la orilla opuesta. Sano y su compañero bajaron y empezaron a descargar las bolsas. Ya en tierra, sus caballos se estaban sacudiendo el agua. Ansiosamente, el espía esperó a que sus presas secasen, cargasen y montasen sus caballos y desapareciesen por el risco boscoso que había más allá del río. Su entusiasmo casi le impulsó a correr tras ellos, pero se contuvo y no lo hizo. «Paciencia», se dijo. «No pueden escapar.»

Se obligó a esperar unos pocos latidos más y luego silbó quedamente a su montura. La yegua había esperado obedientemente abajo, en la carretera, y ahora trotaba subiendo para reunirse con él. Los dos descendieron la pendiente hasta el río, donde los barqueros y los nadadores esperaban para transportarles hasta la otra orilla.

Contaba con un montón de tiempo para decidir cuál sería el mejor momento y la noche le ofrecería mejores oportunidades que el día.

CATORCE

La puesta de sol había teñido el cielo hacia el oeste de reflejos dorados, veteados con pálidos lavanda cuando Sano y Tsunehiko alcanzaron Totsuka, un pueblo del interior. Aunque Totsuka era la sexta estación Tokaido y el lugar de parada habitual de los viajeros que salían de Edo al amanecer, Sano esperaba avanzar más. Quería quitarse de encima a su aún invisible perseguidor, si es que tal existía. Pero la noche se acercaba rápidamente, envolviendo la tierra en su oscura frialdad. Tanto él como Tsunehiko tenían frío, estaban cansados y hambrientos; los caballos también necesitaban resguardarse, descansar y comer.

—Pasaremos aquí la noche —dijo Sano, después de abandonar el puesto de control en la entrada de Totsuka.

Tsunehiko, que estaba cabizbajo y silencioso por la fatiga, sonrió de nuevo.

—¡Oh, que bien, *Yoriki* Sano-*san*! —dijo con un sincero suspiro de alivio.

Las posadas de tejados de paja, los restaurantes y las casas de té de Totsuka se alzaban abigarrados a ambos lados de la Tokaido, los faroles ardían alegremente y destacaban contra la creciente oscuridad. Desde la puerta de cada establecimiento, bonitas «camareras», las prostitutas de pueblo ilegales y oficialmente no existentes, hacían señas a los viajeros. Los que ya habían llegado más temprano dejaban su equipaje en las posadas y se iban a beber a las casas de té. Los vendedores de medicinas pregonaban las bondades de sus ungüentos y pociones. Un grupo de peregrinos asomaban la cabeza en una tienda de productos religiosos. Fragmentos de canciones y músicas salían de los patios vallados, donde los clientes de las posadas ya habían empezado sus fiestas. Las casas de los aldeanos estaban enclavadas acogedoramente entre los árboles, alrededor del distrito comercial.

Sano y Tsunehiko cabalgaron calle arriba en busca de alojamiento. Pasaron por delante de los majestuosos edificios, grandes como templos, reservados a los daimio y a los nobles de la corte. Cerca del centro de la ciudad, encontraron una pequeña y modesta posada, cuyo portalón delantero se abría directamente a la calle. Sus faroles cilíndricos de color naranja llevaban el nombre Ryokan Gorobei. Los carteles anunciaban precios bajos por comida y alojamiento; pero el edificio parecía limpio y en buen estado. El suelo de la entrada estaba barrido y limpio, y la pared del fondo estaba decorada con un santuario a Jizo, dios patrón de los viajeros y los niños. El pequeño dios gordo estaba sentado en su estantería rodeado de galletas de arroz, tazas de sake y lámparas de aceite encendidas.

—Ésta servirá —dijo Sano, desmontando.

Antes de entrar, miró hacia atrás. ¿Era tan sólo su imaginación lo que le hacía pensar que alguien les perseguía? Vio las caras que le resultaron familiares de los viajeros que se habían encontrado en el camino, pero ninguna con la que pudiese asociar aquella presencia maligna. Intentando ocultar su ansiedad, se dijo que pronto él y Tsunehiko estarían a salvo entre cuatro paredes.

—¡Bienvenidos a Ryokan Gorobei, bienvenidos!

El sonriente posadero salió corriendo de sus dependencias de la parte trasera y se dirigió a la entrada para saludarles. Bajo, calvo y rotundo, se parecía un poco al mismo Jizo. Se inclinó y dijo:

—Gracias por escoger mi humilde posada. Soy Gorobei y haré todo lo que esté en mi mano para que vuestra estancia os resulte placentera.

Les trajo un registro para que firmasen y luego llamó al mozo de cuadras, que salió corriendo a ocuparse de los caballos. Luego alzó una de las lámparas de Jizo y condujo a Sano y Tsunehiko al almacén. Allí dejaron la mayor parte de su equipaje, llevando consigo sólo las cosas que necesitarían aquella noche. Tsunehiko colgó sus espadas en el armero con las de los demás huéspedes, pero Sano dudó, con su mano en la funda de su sable. ¿Y si el espía aparecía aquella noche?

—No tenéis que preocuparos por dejar vuestras espadas, amo —dijo el posadero—. Aquí se está muy, muy seguro. Ryokan Gorobei tiene su propio vigilante nocturno.

—No le reprocho nada a tu establecimiento, pero preferiría llevarlas conmigo —le dijo Sano.

Gorobei les condujo a través de un pequeño pero bello jardín hacia los aposentos de los huéspedes. Subieron los escalones de una estrecha galería y abrió una puerta corredera. La habitación, lo suficientemente grande para que durmiesen en ella dos hombres, estaba despejada y limpia. Sus únicos muebles eran las esteras de tatami, un brasero de carbón y un armario empotrado para guardar las ropas de cama y los objetos personales de los huéspedes. Gorobei encendió el brasero y las lámparas que estaban a su lado. Después sonrió y se inclinó.

—Espero que estos humildes aposentos os sirvan bien, amos. La casa de baños y el retrete están por allí —indicó—. Por favor, no dudéis en hacerme saber si necesitáis cualquier cosa. —Con otra reverencia, salió a toda prisa hacia la entrada donde unas voces indicaban que otros clientes habían llegado.

Una vez bañados, vestidos con ropas cómodas y encerrados en la cálida y brillante pequeña habitación, Sano sintió que su tensión disminuía. El confort físico hacía que todas las amenazas pareciesen lejanas e irreales.

—Estoy muerto de hambre —anunció Tsunehiko, resoplando mientras se arrodillaba junto al brasero—. ¿Cuándo comeremos?

Como si se tratase de una respuesta a su pregunta, la puerta se abrió a un lado. Una doncella entró de rodillas; se inclinó y luego les entregó dos bandejas que contenían generosas raciones de pescado, arroz, vegetales y sopa. Sano, cansado de escrutar todos los rostros que veía, se alegró de que las posadas no tuviesen comedores públicos y los huéspedes comiesen en sus propios aposentos. La doncella escanció el té y el sake y luego se retiró.

—Está bueno —masculló Tsunehiko, con la boca llena.

Sano asintió, de acuerdo con él. El arroz era fragante, los vegetales y la sopa estaban bien sazonados y eran sabrosos. Ryokan Gorobei ofrecía calidad por sus precios. Tenía que recordar dejarle una generosa propina. El nudo de preocupación que atenazaba su estómago se aflojó, dando paso a un hambre voraz. Casi comió tanto como Tsunehiko, dejando sólo una porción de rabanitos adobados para que se los terminase su desilusionado secretario.

—¡Caramba, vaya ruido! —Tsunehiko señaló cuando terminaron sus últimas tazas de sake—. ¿Qué deben de estar haciendo ahí fuera?

Se inclinó y empezó a deslizar hacia atrás el panel de la ventana.

—¡No...! —Sano alargó a toda prisa una mano para detenerle.

Tsunehiko se dio la vuelta y le miró sorprendido.

Sano dejó caer su mano.

—No importa —dijo. No quería revelar su paradero, pero no pudo resistirse a mirar al exterior. Tal vez ahora vería al espía—. Adelante.

Tsunehiko abrió la ventana. Las risas y las músicas que

habían aumentado gradualmente mientras cenaban llegaron hasta ellos acompañados por una fría ráfaga de viento. Sano miró por el jardín hacia las otras habitaciones de huéspedes. A través de la ventana abierta de una de ellas, vio a un grupo de samuráis. Una mujer vestida con un brillante quimono, probablemente una «camarera» de la posada, estaba arrodillada en el centro, tocando el samisén. Uno de los samuráis adoptó una postura cómica y empezó a cantar con voz desafinada. Los otros se reían a carcajadas. En otra habitación, dos sacerdotes cantaban sutras. Sano desvió la mirada hacia otra ala que permanecía un poco separada del resto. ¿Sería el espía una de aquellas formas oscuras cuya silueta se recortaba a la luz de las lámparas parpadeantes contra las ventanas translúcidas? ¿O tal vez se hospedaba en otra posada, presto a seguir su rastro por la mañana? Quizá acechaba en algún lugar entre la oscuridad, más allá del pueblo. A salvo en su acogedora habitación, escuchando ruidos normales y corrientes, Sano casi llegó a creer que el espía no suponía ningún peligro para ellos.

Casi.

Tsunehiko bostezó.

—¡Estoy tan cansado! —dijo el muchacho.

Sano también bostezó. La necesidad que tenía su cuerpo de dormir, rápidamente estaba superando el deseo de su mente de permanecer alerta. Cuando la doncella regresó para recoger las bandejas, le pidió que les hiciese la cama. Luego se puso la capa y sus espadas.

—Voy a salir un momento a tomar el aire —dijo a Tsunehiko. No quería asustar a su secretario, pero deseaba echar un último vistazo por si veía al espía y asegurarse de que estarían a salvo durante la noche.

En el exterior, recorrió el circuito del patio, que poco a poco había ido quedando en silencio a medida que las fiestas terminaban y los huéspedes se preparaban para irse a dormir. Miró por la calle desierta. Unos pocos faroles aún estaban encendidos delante de las casas de té y las posadas. De regreso a su habitación, Sano saludó al vigilante nocturno, una joven versión de Gorobei, que debía de ser, sin duda, el hijo del posadero. Aparte de él no vio a nadie más.

Ya no sintió más la presencia del espía. ¿Era su propio cansancio lo que le hacía estar menos alerta?

De regreso al interior de la habitación, cerró las ventanas y las puertas; frunció el ceño cuando vio los endebles pestillos de madera, diseñados más para garantizar la privacidad que la seguridad. Tsunehiko ya estaba dormido, yacía en el suelo con su gordo cuerpo escondido bajo la colcha, de la que sobresalía sólo la parte superior de su cabeza. Sus jadeos diurnos se habían convertido en suaves ronquidos flemáticos. Sano guardó su capa y sus espadas y apagó las lámparas. Se echó sobre su futón y se puso la colcha por encima. Mientras le invadía la somnolencia, escuchó el rítmico golpeteo de los badajos de madera del vigilante señalando «todo en orden». No obstante, alargó la mano bajo la colcha, hacia las armas que descansaban junto a él. Con un último esfuerzo consciente, cogió la empuñadura de su larga espada y la desenvainó.

Sano se durmió.

* * *

En el jardín de Ryokan Gorobei, el espía esperó tras un pino de gran envergadura. Al caer la media noche, ya no quedaban lámparas encendidas en las dependencias de los huéspedes. Los alrededores de la posada permanecían casi en una oscuridad total, sólo estaban iluminados por un brillo difuso que provenía del firmamento salpicado de estrellas. Los arbustos y los edificios se alzaban oscuros sobre los senderos de grava que reflejaban tenuemente la luz de las estrellas. El incansable movimiento del viento era lo único que animaba la noche, sacudiendo los faroles de papel apagados y las ramas desnudas de los árboles.

Al poco rato se escuchó el crujido de unos pasos avanzando por el sendero. Una luz amarilla rodeaba un ala de las dependencias de los huéspedes. Apareció el vigilante, con la linterna colgada del brazo, los badajos en sus manos y un macizo cayado de madera colgando de su fajín. Estaba haciendo la ronda, como llevaba haciendo sin pausa desde la puesta de sol. Paseó por delante de los edificios, deteniéndose en cada puerta.

A la luz de la linterna, el espía vio la cara redonda y jovial del hombre bajo su sombrero de paja, también vio el vaho de su aliento que formaba nubes de vapor a causa del aire frío. Contuvo la respiración, como si desease formar parte del árbol que le ocultaba. Pero no tenía realmente miedo a que le descubriesen, aún. Después de su prolongada observación, sabía que el hombre entraba en el jardín cada tercera ronda y sólo llegaba hasta su entrada durante las otras. Exhaló el aire cuando, tal como esperaba, el hombre se dio la vuelta y atravesó el portalón que conducía a la calle. Un momento después, las pisadas resonaron de nuevo, la luz rodeó el edificio y toda la rutina empezó a repetirse otra vez.

Sin embargo, la visión del vigilante enfureció al hombre al que le asaltó una rabia impotente. ¿Cómo entraría en la habitación de Sano y luego volvería a salir, sin que aquel miserable imbécil le viese? Podría acercarse a su puerta mientras el vigilante se encontrase en la calle. Pero ¿qué sucedería si no fuese capaz de forzarla y abrirla con suficiente rapidez? El vigilante nocturno regresaría y daría la alarma con sus badajos. Se despertaría todo el pueblo, que bajaría por los alrededores como una horda de demonios.

El espía intentó convencerse de que era mejor darse por vencido y esperar otra oportunidad, a lo largo del camino al día siguiente o en la próxima parada nocturna para descansar. Pero el impulso devorador que le instaba a terminar su tarea ahora, aquella noche, le mantenía en su lugar. Esta vez, cuando el hombre terminó de inspeccionar el jardín y regresó hacia la puerta de la calle, el espía salió de detrás del árbol.

Sus manos se aferraron al cuello del hombre y se lo retorció, aplastando la blanda y cálida carne y el rígido tendón.

El hombre dejó escapar un grito de sorpresa. Quedó rígido y dejó caer la linterna y los badajos; su cuerpo se retorció espasmódicamente y agitó las piernas. Boqueó y resolló intentando coger aire. Sus dedos arañaron a los del atacante intentando frenéticamente soltarse de su tenaza.

El espía lo agarró aún con más fuerza, apretando los dientes por el esfuerzo. Apenas sintió dolor mientras las uñas que le arañaban arrancaban la piel de sus nudillos. Pronto, los esfuerzos del hombre por librarse de él disminuyeron. Sus gritos ahogados cesaron y dejó caer sus manos. Tembló con una última sacudida y luego quedó flácido, inerte. El espía dejó caer al suelo el cuerpo sin vida y lo arrastró hacia los arbustos. Apagó la linterna caída y la oscuridad le envolvió con su manto protector. Un sentido de poder absoluto creció en su interior. Ahora nadie se interponía en su camino.

Cruzó el jardín dirigiéndose hacia la puerta de la habitación de Sano.

* * *

Los gritos y lamentos resonaban en los oídos de Sano mientras caminaba otra vez por los hediondos corredores de la cárcel de Edo. Esta vez, su guía no era Mura, el *eta,* sino el magistrado Ogyu, con sus vestidos ceremoniales negros arrastrándose por el mugriento suelo.

Ogyu se detuvo al final del pasadizo y abrió de golpe una puerta.

—Entra, *Yoriki* Sano —ordenó con su aguda y atiplada voz casi ahogada por los gritos de los prisioneros—. ¡Entra y experimenta el destino de aquellos que desobedecen las órdenes y no cumplen con sus obligaciones!

Sano no quería entrar. No quería saber qué había tras aquella puerta. Pero una fuerza invisible le empujaba pasillo abajo. Casi sollozando de terror, cayó de rodillas, agarrándose al vestido del magistrado.

—Por favor..., no...

Ogyu se echó a reír.

—¿Dónde está ahora tu valor de samurái, *yoriki* Sano? —se burló.

Con un poderoso puntapié, envió a Sano volando a través de la puerta y éste fue a parar dentro de la habitación cayendo de manos y rodillas. Sano gritó una vez por la sorpresa y luego otra vez por el impacto al ver lo que veían sus ojos.

Dentro de la morgue, Mura y el doctor Ito estaban uno a cada lado de la mesa de disección. Mura sostenía una larga cuchilla y un trapo blanco le cubría la parte inferior de su rostro. Cuando el doctor Ito alzó una mano haciéndole señas, Sano se dio cuenta de algo que le hizo vomitar de miedo.

La mesa estaba vacía. Esperándole.

—¡No! —gritó Sano.

* * *

El espía subió furtivamente las escaleras de la galería que daba a la puerta de Sano. Sus sandalias de paja no hacían ruido, pero cada paso que daba producía un débil crujido cuando apoyaba su peso en las planchas de madera. Intentó abrir la puerta.

Estaba cerrada. Desenvainó su daga; la deslizó entre la puerta y el marco y la empujó contra el pestillo, que cedió con un chasquido que le sobresaltó y estuvo a punto de dejar caer la daga. Se quedó inmóvil, escuchando.

En la habitación sólo se oían ronquidos apagados. El ruido no les había despertado así que, lentamente, con mucho cuidado, el espía deslizó la puerta a un lado. Con la daga en una mano, intentó ver algo forzando la vista en la oscuridad de la estancia; a duras penas pudo distinguir dos formas durmiendo.

Ahora...

* * *

Un fuerte grito enseguida sofocado despertó a Sano. De repente Ogyu, Mura, el doctor Ito y la morgue se desvanecieron. Sano soltó una ronca exclamación de sorpresa y se sentó de golpe en la oscuridad. A través de las pesadas brumas del sueño, vio una silueta borrosa avanzando hacia él. Gritó de nuevo, esta vez aterrado, mientras instintivamente atacaba a aquella forma con la espada que aún sujetaba en la mano. La silueta saltó hacia atrás, se dio la vuelta y desapareció. La hoja de Sano cortó el aire vacío. Y enseguida se oyeron unos pasos corriendo que sacudieron el suelo y luego se desvanecieron en la distancia.

Sano luchó por liberarse de las ropas de cama que le envolvían y se puso en pie de un salto, con la espada a punto. Completamente despierto ahora, miró a su alrededor para recordar dónde estaba. Su corazón aún latía con fuerza en su pecho, las imágenes escabrosas de su pesadilla de la cárcel de Edo y el intruso amenazante todavía estaban vivas en su memoria. En su confusión, tardó un momento en reconocer los límites borrosos de su habitación en la posada. Todo estaba tranquilo y pacífico. Su miedo tendría que haber amainado, sin embargo, tenía el terrible presentimiento de que algo iba muy mal. Cada fibra de su ser vibraba en señal de alarma.

La habitación estaba extrañamente fría. Una corriente de viento helado removía el aire, pero no borraba el fuerte hedor metálico que hacía que las fosas nasales de Sano se ensanchasen. El olor de otra esencia peculiar, más débil y mohosa, como de hierbas secas le escocía en la garganta y le forzó a estornudar. Y, además, había algo diferente en la habitación, faltaba algo.

Los ronquidos de Tsunehiko. Sano ya no los oía, ni ningún otro sonido en absoluto del cuerpo inerte que había junto a él.

—¿Tsunehiko? —llamó.

Se agachó y tocó a su secretario. Soltó un grito ahogado y apartó violentamente la mano. Algo cálido, húmedo y ligeramente pegajoso empapaba la colcha; dejó caer su espada y buscó a tientas por el suelo la lámpara y las cerillas. Con manos temblorosas, a la tercera, consiguió encender la mecha. La lámpara ardió con luz parpadeante y luego se encendió del todo. Sano miró a Tsunehiko.

Se le paralizó el corazón del impacto y congeló las palabras en su lengua. Sus pulmones buscaron aire desesperadamente con un largo y agudo siseo.

Tsunehiko yacía boca arriba sobre el futón, con la colcha apartada, dejando al descubierto su cuello y sus hombros. La sangre del cruel tajo que le habían practicado en la garganta, rojo y reluciente a la luz de la lámpara, manchaba las ropas de la cama y su camisón. Sus ojos sin vida miraban fijamente al techo. No se movía ni hablaba ni emitía sonido alguno.

QUINCE

—¡No! —gritó Sano.

Gimiendo, se arrodilló junto a Tsunehiko. Desgarró un trozo de tela de la ropa que llevaba puesta y la presionó contra la terrible herida, intentando detener el flujo de sangre que ya casi había cesado. Dio unos cachetes a las mejillas del muchacho en un esfuerzo desesperado para revivirle. Pero en lo más profundo de su corazón sabía que Tsunehiko estaba muerto. Lo supo en cuanto miró por primera vez horrorizado el cuerpo del muchacho. Ahora comprendía el significado del intruso, el extraño gorgoteo, los pasos que se alejaban. Después de todo no lo había soñado. Medio dormido, ajeno al peligro, había oído gritar a Tsunehiko cuando le cortaron el cuello y dejó escapar después al asesino.

—¡No!

El dolor y la rabia explotaron en el pecho de Sano mientras pensaba en la joven inocencia y jovialidad de Tsunehiko. Sin molestarse en vestirse, cogió su espada. Reparó en que la puerta estaba abierta y el pestillo astillado cuando salió a toda prisa al exterior. ¿El asesino era su espía misterioso? Había entrado y matado sin ninguna dificultad. Pero ¡él no iba a dejarle escapar! Una monstruosa ansia de venganza bramaba en su interior, una capacidad que Sano no sabía que poseía. Quería sangre por sangre. Quería invocar toda la ira de los dioses. Descalzo, vestido sólo con su taparrabos, salió dando traspiés en la helada oscuridad del jardín. Caminó aún dando traspiés, ciegamente, por las dependencias de los huéspedes con la espalda en alto.

—¡Alto! ¡Asesino! —gritó con todas sus fuerzas.

Como si se tratase de una respuesta a su grito, el ruido de los cascos de un caballo resonó alejándose del pueblo entre la noche.

—¡Alto! ¡Asesino!

Enseguida, empezaron a encenderse luces en las ventanas de la posada mientras Sano pasaba velozmente frente a todas ellas. Oyó que los huéspedes se desperezaban en sus habitaciones y escuchó voces excitadas preguntándose qué sucedía y quién gritaba. Pero ¿dónde estaba el vigilante? Ya que había fracasado en mantener alejado al intruso, debería estar llamando a los guardias del puesto de control y a la policía del pueblo con sus badajos.

Sano no encontró a nadie acechando por los alrededores de las dependencias de los huéspedes. Luego, mientras corría por el jardín tropezó con algo: perdió pie y cayó extendido boca abajo. Soltó una exclamación cuando su cuerpo no golpeó el duro y frío suelo sino algo más caliente y más blando. Alguien salió corriendo con una linterna y empezó a chillar. Al incorporarse, Sano vio a una anciana a su lado, con el rostro descompuesto.

—¡Jihei! —gritó—. ¡Hijo mío! —la mujer irrumpió en sollozos. Sano miró con lo que había tropezado y comprendió por qué el vigilante no había dado la alarma. El hijo de Gorobei estaba echado en el suelo, inmóvil, de espaldas. Sus ojos sin vida y sin embargo llenos de terror salían de sus órbitas; su lengua, que sobresalía entre sus dientes apretados, sangraba. Unos oscuros moretones rodeaban su cuello. Estaba muerto, estrangulado, probablemente por el mismo hombre que había matado a Tsunehiko. Sano cerró los ojos cuando el mareo provocado por el horror le sobrecogió de nuevo. Los sollozos de la mujer resonaron en su propia angustia. Escuchó pasos corriendo y voces de hombres. Abrió los ojos y vio a los demás huéspedes, los samuráis y los sacerdotes, reunidos a su alrededor.

—Quedaos con ella —ordenó a los sacerdotes señalando a la mujer, que estaba destrozada, y a los aturdidos y medio adormilados samuráis—: ¡Venid conmigo! ¡Tenemos que capturar al asesino!

Sin esperar una respuesta, corrió hacia los establos. Los samuráis, a pesar de estar rechonchos a causa de la vida fácil y, aún peor, aturdidos por la bebida de aquella noche, aceptaron el reto. Vestidos de cualquier manera, jadeaban corriendo detrás de Sano con las espadas en la mano y sus barrigas botando.

No obstante, aunque Sano y sus ayudantes buscaron arriba y abajo por el camino y por todo el pueblo dormido, no encontraron a nadie. El asesino, simplemente, se había evaporado en la noche.

Las siguientes horas pasaron de forma confusa. Sano las soportó con todo el autocontrol y estoicismo que poseía. Informó al apenado posadero que, además de su hijo, un huésped había sido asesinado y de ambos asesinatos a los guardias, que llamaron a la policía del pueblo, a los ancianos y al cacique. Todos acudieron en tropel a la posada de Ryokan Gorobei para ver los cuerpos.

—¿Estáis seguro de que está muerto? —insistió el cacique ansiosamente mientras se cernía sobre el cadáver de Tsunehiko.

Sano sabía que la muerte de un viajero de clase alta representaba muchos problemas y gastos para una ciudad de paso. Significaba enviar informes a la administración central de carreteras en Edo; llevar a cabo una investigación judicial; notificarlo a los parientes más próximos, ordenar la cremación del cuerpo o preparar su transporte a su hogar. Pero la estúpida pregunta del cacique hizo estallar el precario autocontrol de Sano.

—¡Sí, por supuesto que está muerto, idiota! —gritó, cubriéndose su tembloroso cuerpo con la capa—. ¡Así que olvídate de ponerle en un *kago* y enviarle a la ciudad más cercana para que muera a manos de algún otro!

El cacique abrió la boca para replicarle algo y luego frunció el ceño.

—¿Y cómo sabemos que no le matasteis vos?

—Esto no es un asesinato por robo —apuntó uno de los ancianos amablemente mientras abría el armario y palpaba su contenido.

—-Mirad, el dinero aún está ahí —dijo, sosteniendo las bolsas de monedas de Sano y Tsunehiko.

A Sano ya se le había ocurrido que los funcionarios podían sospechar que él pudiera haber cometido los asesinatos, por lo tanto dijo:

—Mirad mis armas, no hay sangre en ellas. Por supuesto, si hubiese querido matar a mi acompañante, no lo habría hecho en nuestra habitación. Y si aun así lo hubiese hecho, me habría escabullido en lugar de dar la alarma y no hubiese tenido por qué matar al vigilante nocturno ni forzar la puerta. Si queremos atrapar al asesino, tenemos que enviar una partida de búsqueda y registrar arriba y abajo la carretera y también a través del campo, pero ahora, antes de que se escape.

Por fortuna, nadie más apoyó el argumento del cacique, debido, Sano sospechaba, más a su posición como *yoriki* que a su explicación. Pero estaban dudando demasiado en tomar la decisión de enviar una partida de búsqueda por la que tanto desesperaba para poder atrapar al asesino. Tres de los ancianos querían esperar hasta el alba; estaba demasiado oscuro decían, y la búsqueda sería inútil. Los otros opinaban que sería mejor empezar inmediatamente, pero no querían arriesgarse a molestar a los huéspedes importantes de las posadas. El cacique alzó las manos confundido. Se trataba de un joven que acababa de heredar su trabajo de su padre y, obviamente, nunca antes se había encontrado con un caso de asesinato. Al final, anunció que pospondría la decisión hasta que tuviese más tiempo de pensar en ello.

—Entonces dejadme organizar la búsqueda —suplicó Sano—. Asumiré toda la responsabilidad ante cualquier problema.

Pero el cacique y los ancianos lo rechazaron. Como funcionario de Edo, Sano no tenía autoridad en Totsuka. Tenía que permanecer en la posada; un guardia vigilaría sus movimientos. Tendría que dictar una declaración y firmar un montón de documentos, igual que cualquier otra persona cuyo acompañante hubiese muerto en la carretera. Además tendría que asistir al interrogatorio por la mañana, disponer la cremación del cuerpo de Tsunehiko y prometer transportar las cenizas a la familia del muchacho cuando regresase a casa.

Finalmente dejaron solo a Sano, en una habitación de huéspedes que quedaba libre preparada apresuradamente por la afligida doncella de Gorobei. Exhausto como estaba, no podía dormir, así que se arrodilló en el suelo y observó cómo las ventanas se iluminaban gradualmente con la llegada del amanecer. Las emociones que había reprimido salieron de nuevo a flote. El dolor, la cólera y el horror le descompusieron. Aunque la habitación era cálida, un violento temblor se apoderó de él; un temblor que no tenía nada que ver con el frío físico. Apretó las mandíbulas y tensó fuertemente los músculos para controlarse. El suelo temblaba con sus espasmos incontrolables. Después de lo que le pareció una eternidad éstos remitieron, dejando su cuerpo débil y agotado pero su mente sorprendentemente lúcida.

Sabía sin pruebas, pero también sin lugar a dudas, que el hombre que les había estado siguiendo había matado a Tsunehiko y al hijo del posadero. Pero ¿por qué? La respuesta llegó a Sano desde algún lugar recóndito, oculto y silencioso de lo más profundo de su ser.

Él, y no Tsunehiko, era la víctima deseada. Sólo su afortunado despertar y sus rápidos reflejos le habían salvado de un asesino al que, incapaz de distinguirles en la oscuridad, no le había importado matarles a los dos por precaución y había empezado con la víctima equivocada. Por lo que respecta al porqué, sabía la respuesta también. Se estaba acercando a la verdad sobre los asesinatos de Noriyoshi y Yukiko y alguien quería detenerle. Entonces, ¿quién? ¿El caballero Niu o alguno de los innumerables vasallos del clan, que asesinaría a petición de su amo? ¿Kikunojo, con su inteligencia y su facilidad por los disfraces? ¿Raiden, que representaba la fuerza bruta y las tendencias violentas? Sano no podía descartar a ninguno de ellos como sospechosos. O tal vez el espía que había informado de sus actividades al magistrado Ogyu y a la dama Niu tenía órdenes de matarle.

Con una especie de lúgubre satisfacción, Sano reflexionó sobre estas cuestiones. Había querido probar que Noriyoshi y Yukiko habían sido asesinados. ¿Y qué mejor prueba que un atentado contra su vida? Pero cualquier satisfacción que pudiese obtener de haber conseguido su objetivo se desvanecía ante la culpabilidad que sentía por lo que le había sucedido a Tsunehiko.

No debía de haber expuesto a Tsunehiko al peligro. Al menos, debería haberle comunicado el propósito real de viaje. Debería haber reconocido la amenaza que suponía el espía y prevenido a Tsunehiko, protegerle de alguna manera. Y, más concretamente, nunca tendría que haber emprendido aquel viaje. El magistrado Ogyu le había ordenado abandonar la investigación y él tendría que haber obedecido. No podía traspasarle toda la culpa a Ogyu por enviarle a Tsunehiko con él. La sangre del muchacho aún manchaba sus manos.

Sano se dio cuenta de que nunca había considerado seriamente dejar la investigación, ni siquiera cuando sus obligaciones para con su padre y Ogyu le habían echado atrás temporalmente. La parte de él que ansiaba la verdad siempre había sabido que continuaría. Ahora realmente sí que consideraba la alternativa porque el coste de la verdad era demasiado elevado. No podía pagarlo con más vidas humanas.

Seguidamente, su deseo de llevar al asesino a la justicia se impuso de nuevo. Sus ansias de venganza se apoderaron de él otra vez. No podía permitir que el asesino de Tsunehiko quedase sin castigo. Su honor demandaba una satisfacción, su espíritu un alivio para su tristeza y sentimiento de culpabilidad.

La mano de Sano se movió hacia su cintura. Lentamente, desenvainó la larga espada y la sostuvo delante de él con ambas manos.

Permaneció en esta posición, inmóvil, durante el resto de la noche.

DIECISÉIS

Fujisawa, Hiratsuka, Oiso, Odawara. Los nombres de las estaciones de paso desfilaban una tras otra por la mente de Sano, mientras recordaba el viaje por las ciudades y los bosques, por las colinas y las llanuras, por la línea de costa y a través de los ríos, por delante de las casas y los templos. Obligándose a sí mismo a superar su agotamiento, se acercó a Hakone en las primeras horas de una tarde gris, dos días después de haber dejado Totsuka.

La zona de la ruta que se aproximaba a Hakone era la parte más difícil y peligrosa de la Tokaido. En este lugar, el terreno se tornaba montañoso: la carretera se estrechaba y se convertía en un sendero empinado y agreste que serpenteaba subiendo a través de grupos de cedros. Sano desmontó y continuó a pie, guiando a su caballo. Pronto empezó a jadear por el esfuerzo de la escalada; a sudar a pesar del húmedo frío que le calaba hasta los huesos. La altitud hacía que se sintiese mareado y el aire empobrecido no le bastaba para llenar sus pulmones. Cada inspiración parecía envenenada con la resinosa fragancia de los cedros.

Por otra parte, aquel paisaje abrumaba su ya atormentada mente. En su surrealista esplendor, parecía una escena sacada de alguna antigua leyenda. Cada paso que daba enviaba pequeñas rocas hacia abajo, resbalando por las laderas de los acantilados que caían en vertical hacia el mar, que Sano ocasionalmente vislumbraba hacia el este. Las grietas del suelo dejaban escapar vapor: el aliento de los dragones, que vivían bajo el monte Fuji, escondidos entre las nubes hacia el noroeste. A lo lejos, bajo él, un ondulante río aparecía y desaparecía. Unos altos y frágiles puentes de madera lo cruzaban, conduciendo a Sano a través de minúsculas aldeas de montaña.

Un fantasmagórico encanto envolvía las aldeas como un hechizo mágico. Los campesinos que encontró Sano le saludaron con educadas reverencias, pero parecían producto de una ilusión. Se cruzó con unos pocos viajeros más. Los que acudían en masa a Hakone en verano para disfrutar de los beneficios medicinales de su aire fresco y de sus manantiales de agua caliente evitaban acercarse hasta allí en invierno, cuando se consideraba que el clima era perjudicial para la salud. Sano se enfrentó a los peligros de viajar en solitario: bandas de ladrones; los viejos demonios que vivían en las cuevas y gastaban jugarretas diabólicas a los incautos. Y el espía, ahora asesino, cuya presencia Sano ya no sentía pero daba por hecha. Caminaba con su espada desenfundada y sus ojos constantemente buscando a su alrededor.

En una ocasión se detuvo y gritó:

—¡Estoy aquí! ¡Ven, atácame si te atreves!

Al escuchar el eco de su propia voz resonando por las montañas, pensó que tal vez se estaba volviendo loco. Cuando al fin vio la aldea de Hakone bajo él, en la distancia, se alegró de escapar de la soledad y regresar al mundo normal y cotidiano.

Las aproximadamente cien casas de la aldea de Hakone se agrupaban alrededor de una franja de la Tokaido que recorría la orilla sudeste del lago Ashi. El lago, salpicado con botes de pesca, reflejaba el cielo plomizo. Unas altas montañas boscosas, con algunas laderas que se alzaban casi en vertical lo rodeaban. El monte Fuji se alzaba por encima de todas, un pico de un suave color blanco desdibujado vistiendo un sombrero aún más ligero de nubes blancas.

Sano sintió un gran alivio cuando completó su descenso. Casi había llegado a su destino. Pronto podría descansar en una limpia y acogedora posada, con comida para acallar su estómago y un buen baño caliente para sus cansados músculos, que ya le dolían. Sin embargo, cuando llegó al puesto de control se encontró con un obstáculo que debería haber previsto. Hakone era famoso por la fuerza y severidad de su guardia. La ubicación de la aldea, con montañas a un lado y el lago al otro, hacía de él una trampa natural para que los hombres del sogún detuvieran a los viajeros de aspecto sospechoso; especialmente a los samuráis que no eran aliados de confianza de los Tokugawa. Veinte guardias vestidos con toda su armadura formaban la guarnición de las puertas fortificadas que impedían la entrada en la aldea y no dejaron pasar a Sano.

—Venid conmigo —dijo un guardia.

En una pequeña y desnuda habitación del puesto de guardia, Sano pasó una hora respondiendo a las rápidas preguntas a quemarropa de tres oficiales que lucían la insignia de los Tokugawa en sus quimonos.

—¿Quién es vuestra familia? ¿De dónde sois? ¿Cuál es vuestro destino y cuál es el motivo de vuestro viaje? ¿Quién es vuestro señor? ¿A qué os dedicáis y cuál es vuestro inmediato superior?

Sano deseaba desesperadamente continuar su camino, pero no podía permitirse el lujo de enfrentarse con los funcionarios, que podrían retenerle durante horas o días, o tal vez más.

—Sano Ichirō de Edo, hijo de Sano Shutaro, instructor de artes marciales, antiguamente al servicio del caballero Kii de la provincia de Takamatsu —respondió cortésmente.

A través de la puerta abierta, vio cómo otros funcionarios le daban la vuelta al contenido de sus alforjas y las esparcían por el suelo en la habitación contigua. Uno registraba sus ropas, mientras otro examinaba su pase de viaje.

—Soy *yoriki* y estoy bajo la supervisión de Ogyu Banzan, el magistrado norte de Edo. Viajo de peregrinaje a Mishima.

Esperaba que los funcionarios le preguntasen si iba a encontrarse con alguien en Mishima y con quién. Su trabajo era husmear citas secretas relacionadas con complots contra el gobierno. Por el contrario, se fijaron en su nombre y perdieron el interés en el propósito de su viaje.

—*Yoriki* Sano Ichirō de Edo —dijo el cabecilla—. ¿Acaso estabais implicado en los asesinatos que ocurrieron en Totsuka anteayer?

Sano se sorprendió al comprobar lo rápido que trabajaba la red de espías pasando noticias por la Tokaido. Respondió a todas sus preguntas sobre los asesinatos, sospechando que ya sabían la mayoría de las respuestas. Finalmente, después de una minuciosa repetición del interrogatorio de Totsuka, le dejaron partir.

Puesto que el templo de Kannon se alzaba en lo alto de las montañas tras la aldea de Hakone, Sano dejó su caballo y el equipaje en una posada y emprendió el viaje a pie. El empinado sendero se curvaba y retorcía. Los cedros se alzaban tupidos a ambos lados, con sus gruesas ramas de color verde oscuro bloqueando la visión de Sano en cada curva mientras escalaba la montaña. La nieve y el hielo blanqueaban el suelo en grandes zonas resbaladizas. Sano encontró una rama muerta y la usó como cayado mientras se esforzaba por avanzar con precarios pasos, lentamente, uno tras otro. Los Niu debían de haber enviado criados para facilitar el viaje de Midori, pero, aun así, el viaje tenía que haber sido muy duro para ella. Cuanto más alto escalaba, más se intensificaba el frío viento y la humedad. Unas gotitas de agua helada chocaron contra su cara. Se sintió como si hubiese alcanzado las nubes; el corazón le latía con intensidad por el esfuerzo; sus pulmones palpitaban agitadamente.

No obstante, su determinación por atrapar al asesino y

vengar la muerte de Tsunehiko le impulsaba a avanzar. Sólo esperaba que lo que le aguardaba en el templo de Kannon hiciese que su viaje hubiese merecido la pena. Cuando finalmente se detuvo para hacer una pausa para descansar, vio que estaba en lo alto de Hakone, con la aldea, el lago y las montañas que se extendían bajo él cubiertos por un fino velo de niebla. El vértigo le hizo balancearse y se apoyó en su bastón para sostenerse. Luego se dio la vuelta y, una vez más, empezó la peligrosa escalada hacia lo más alto.

De pronto, precisamente cuando casi había agotado sus últimas reservas de fuerzas, emergió en un claro abierto y llano. Allí, los cedros de los alrededores oscurecían el cielo y creaban un prematuro crepúsculo. Cuando los ojos de Sano se acostumbraron a la penumbra vio un templo que tal vez databa de más de mil años antes, cuando el budismo había llegado por primera vez a Japón.

Una gran puerta independiente con tejados dobles apoyada en ocho robustos pilares marcaba su entrada. Sano pasó por esta puerta y por otra interior más pequeña y fue a dar a un patio de arena, sembrado de linternas de piedra apagadas. A su derecha se alzaba el vestíbulo principal, cuadrado e imponente en su alto podio de piedra. A su izquierda vio la pagoda y la jaula de madera que albergaba la campana del templo. Unos pocos monumentos de piedra comprendían el panteón. La sala de lectura, el depósito de sutras y los almacenes ocupaban los salientes cortados en la ladera que se alzaba detrás del patio. Encima de ellos, un empinado sendero conducía hacia lo que Sano adivinó que era el convento, un edificio largo y bajo voladizo en la ladera de la montaña sobre un soporte de vigas de madera entrelazadas.

Aunque el templo seguramente había sufrido reparaciones periódicas a través de los años, sólo la pagoda de cinco pisos había sido restaurada a su condición original. Sus muros blancos enyesados recientemente relucían; unas nuevas tejas de color gris azulado cubrían sus tejados. La pintura brillante acentuaba la carpintería con colores tradicionales chinos: verde para los parteluces de las ventanas, rojo y amarillo para los miembros estructurales intrincados de los tejados. Las campanas que rodeaban la alta aguja de bronce de la pagoda sonaban suavemente, mecidas por el viento. No obstante, los demás edificios mostraban signos de un avanzado deterioro. El musgo y los líquenes formaban ya una corteza sobre el yeso que se desconchaba; las vigas de madera, las puertas y los postigos de las ventanas estaban combados y astillados. Las tejas rotas estropeaban las líneas regulares de los tejados. Sano no vio ni sacerdotes ni monjas ni peregrinos. Si el espía le había seguido, no apareció. El templo parecía desierto, suspendido en un silencio intemporal.

Subió las escaleras hasta el salón principal. La inmensa puerta se abrió con un chirrido cuando la empujó. Se detuvo en la entrada para quitarse los zapatos y luego entró en el salón. Contra la pared del fondo un inmenso Buda estaba sentado entronado sobre una flor de loto. El tiempo había transformado la estatua de varios brazos del color del bronce inicial a un intenso negro verdoso. Por todo su alrededor se alzaban pequeñas imágenes de madera pintadas de reyes guardianes: fieros guerreros con los puños apretados y las lanzas alzadas. Los cientos de lámparas de aceite que estaban encendidas y los quemadores de incienso que se consumían humeantes animaban a las deidades con un brillo apagado y parpadeante. Años de llamas y humo habían enmascarado las vigas a la vista de la sala y las habían envuelto con una añeja fragancia mohosa. Los murales desdibujados mostraban unas fantasmagóricas imágenes color sepia de Buda rodeado de palacios y colinas. Colocada en el rincón izquierdo más alejado, casi como si se les hubiese ocurrido en el último momento ponerla allí se hallaba la figura dorada de madera, de la medida de una mujer, de Kannon: Kuan Yin, diosa china de la misericordia, *bodhisattva* que renunció a la emancipación de la rueda del renacimiento continuo para salvar las almas de los demás. Llevaba una corona de joyas y un halo flameante.

Sano depositó una moneda en la caja del ofertorio que estaba en un poste cerca del altar. Cerró los ojos e inclinó su cabeza sobre sus manos unidas, ofreciendo silenciosas plegarias por la salud de su padre, el alma de Tsunehiko y, finalmente, por el dolor de Glicina y el éxito de su misión.

El roce de vestidos arrastrándose por el suelo sobresaltó a Sano, que estaba inmerso en sus oraciones. Se dio la vuelta y vio a una monja alta y esbelta, vestida con un atuendo negro y largo y un velo, de pie ante él. Podría tener cualquier edad entre los treinta y los sesenta, de pálidos y severos rasgos y frente alta. Sus largos dedos jugaban con el rosario que llevaba en su fajín, contando oraciones automáticamente.

—Bienvenido, honorable peregrino —dijo ella, inclinándose—. Soy la abadesa del templo de Kannon y sería para mí un honor explicaros la historia del templo: el templo fue construido durante el período Heian, hace aproximadamente ochocientos años.

La practicada cadencia de su voz indicaba que había recitado este discurso muchas veces antes. Su tono melifluo delataba a Sano que ella, igual que otros líderes religiosos, estaba impaciente por ganarse el favor de los miembros de la clase guerrera, que financiaban sus templos.

—Ahora el templo de Kannon es el santuario de veinte monjas que han renunciado a la vida terrenal para buscar la iluminación espiritual. Si me acompañáis, os explicaré las imágenes que podéis ver aquí.

Sano hizo una reverencia.

—Perdonadme abadesa, pero no estoy aquí de peregrinación. He venido a ver a una de vuestras monjas, la joven dama Niu Midori.

Se identificó y añadió:

—Disculpad la intrusión, pero se trata de un asunto de capital importancia.

—Lo siento, pero esto es imposible —dijo la abadesa con un frío tono de voz que había perdido su afectación—. Como ya os he dicho, nuestras monjas han renunciado al mundo y a sus intereses. Rehúyen el contacto con aquellos del mundo exterior. Nuestras novicias, en particular, están sujetas a la más estricta reclusión. No veréis a la joven dama Midori ni ahora ni nunca. Siento que hayáis hecho todo este viaje para nada.

Era una despedida, pronunciada con carácter definitivo. El ánimo de Sano, que ya estaba desfallecido, se hundió aún más si cabe.

—Por favor, abadesa —dijo él—. Os lo prometo, no permaneceré mucho tiempo con ella ni interferiré en su fe.

¿Tal vez había recibido órdenes de la dama Niu de evitar que Midori recibiese visitas o la suya en particular? No había visto reconocimiento en su rostro cuando le dijo su nombre.

—Sólo quiero hablar con ella a solas un momento. Nada más. Además —añadió—, me gustaría hacer un pequeño donativo al templo de Kannon. Sabía que los clérigos siempre estaban ansiosos por recibir donaciones.

En lugar de responder, la abadesa le volvió la espalda y dio dos palmadas. La puerta se abrió de par en par. Dos sacerdotes vestidos con ropas de color naranja entraron en el salón: unos hombres altos y musculosos, que llevaban unas lanzas largas y curvadas.

—Buenos días, señor —dijo la abadesa—. Que Buda en toda su divina misericordia os garantice un seguro viaje de regreso a casa.

Sano no tuvo otra elección que dejar que los sacerdotes le escoltasen al exterior. Estaba familiarizado con las habilidades de lucha legendarias de los sacerdotes de las montañas, que habían luchado unos contra otros y los clanes dirigentes durante cientos de años. Cuando intentó sobornarles para que le permitiesen ver a Midori, permanecieron mudos e impasibles a sus súplicas, con sus rostros como estatuas. Le observaron hasta que llegó a la puerta y luego se lo quedaron mirando mientras descendía por el sendero.

Cuando estuvo fuera de su vista, Sano lanzó con fuerza su cayado al suelo. Se dejó caer de rodillas, mirando fijamente hacia abajo por encima de las copas de los árboles hacia el pueblo y el lago. Intentó reunir fuerzas para descender la montaña. Pronto se haría de noche y el aire ya era cada vez más frío a medida que se apagaba el día. Si esperaba demasiado, podría resultar herido intentando descender por el traicionero sendero en la oscuridad o perderse y congelarse hasta morir. Pero la desesperación que sentía, combinada con el agotamiento, le hacía permanecer allí clavado, inmóvil. Su viaje había sido en vano; Tsunehiko había muerto por nada. No estaba más cerca de descubrir el misterio de las muertes de Noriyoshi y Yukiko más que cuando había abandonado Edo. ¿Cómo podría vivir con su fracaso y las trágicas consecuencias de sus acciones?

Levántate, se dijo Sano. Recoge tu cayado, pon un pie delante del otro y...

Giró la cabeza rápidamente al escuchar ruido de pasos corriendo que provenían de la zona del templo que se alzaba sobre él: los sacerdotes. Con la mano en su espada, se puso en pie de un salto, impulsado por el instinto del samurái de ponerse en pie y luchar. Luego, el sentido común le recordó que eran al menos dos sacerdotes y él estaba solo. O sea, que si quería vivir, sería mejor que se largase ahora antes de que le encontrasen. Recogió su cayado y salió corriendo sendero abajo.

—¡*Yoriki*! ¡Espera!

La aguda voz femenina hizo que Sano se detuviese en seco. Se dio la vuelta y vio una pequeña silueta bajando a toda prisa por el sendero hacia él. Al alcanzarle, tropezó y hubiese caído si él no la hubiese sostenido. Se la quedó mirando sorprendido.

Era Midori, aunque apenas la reconoció. En lugar de su

brillante quimono rojo, vestía un burdo vestido sin forma de cáñamo. Bajo el dobladillo del vestido asomaban sus pies desnudos. Parecía más pequeña, como si hubiese perdido peso. Su rostro estaba delgado, pálido y demacrado y sus labios agrietados. Lo más impactante era que le habían afeitado la cabeza, de su largo pelo negro sólo quedaba un matiz azulado sobre su desnudo cuero cabelludo.

—... vi desde el dormitorio de las monjas... —consiguió balbucear jadeando—. Se llevó una mano al pecho que subía y bajaba deprisa ... salté por la ventana..., no podía dejar que os fueseis sin deciros...

—Cálmate, todo va bien —la tranquilizó Sano. La apartó del sendero e hizo que se sentase en un tronco caído. La niña temblaba bajo su delgado vestido, por lo que él se quitó la capa y la envolvió sobre sus hombros. Luego esperó con creciente impaciencia a que ella recuperase el aliento. Al fin poseería la información por la cual había viajado tan lejos y había pagado tan caro.

Pero cuando ella habló no lo hizo sobre su hermana o Noriyoshi.

—¡Odio este lugar! —exclamó apasionadamente, golpeando el tronco con sus puños—. Cocinando y barriendo suelos y rezando desde el amanecer hasta la puesta de sol. Después, dormir unas pocas horas en una dura cama de paja antes de que aquella horrible campana me despierte y todo vuelva a empezar una y otra vez.

Las lágrimas brillaron en sus ojos.

—Si me tengo que quedar aquí mucho más moriré. ¡Por favor, llevadme con vos!

El corazón de Sano se inundó de piedad hacia la niña mientras negaba con la cabeza.

—No puedo hacerlo —dijo él. Aunque su negativa podía volverla contra él, tenía que decirle la verdad.

Midori suspiró y aceptó sus palabras cabizbaja, con los hombros caídos.

—Ya sé que no podéis —dijo tristemente. Su mano se alzó como si fuese a tocarse el pelo, pero la apartó bruscamente cuando tocó el cuero cabelludo desnudo.

—Los hombres de mi padre saldrían a cazarnos, os cortarían la cabeza y me traerían de vuelta aquí. No debería habéroslo pedido. Perdonad.

—¿Puedes decirme qué sucedió para que te hayan traído aquí? —preguntó Sano. No quería dar pie a que la niña volviera a perder los nervios mencionando directamente la muerte de su hermana, y quería escuchar la historia con sus propias palabras sin que estuviese influenciada por sus expectativas.

—Mi madrastra me ha castigado. —Ahora los ojos de Midori brillaban de cólera—. ¡La odio! ¡Si la vuelvo a ver algún día la mataré! ¡Cogeré una espada y se la clavaré cien veces! ¡Así! —Empuñando una espada imaginaria la blandió en el aire—. Yo no quiero ser monja. Yo quiero vivir en Edo e ir a fiestas y al teatro. Quiero a mis hermanas y mis vestidos bonitos y mis muñecas, ¡oh...! —Estalló en sollozos incontrolados escondiendo el rostro entre sus manos.

—¿Y tu padre no tiene nada que decir en este asunto? —preguntó Sano.

Sabía que muchos hombres apenas se preocupaban de la felicidad de sus hijas, pero no esperaba que el caballero Niu entregase a una de ellas al clero tan fácilmente. Tenía mucho más que ganar casando a Midori con el hijo de otro clan importante. De esta forma perdía una oportunidad de consolidar una alianza y tendría que pagar una dote al templo.

Midori alzó la cabeza, limpiándose los ojos con el reverso de la mano.

—Apenas veo a mi padre. Además, deja que mi madrastra gobierne la casa como le plazca. Igual que deja que mis hermanos mayores gobiernen su provincia. Los sirvientes dicen que ya no puede pensar por sí mismo. Su mente ya no rige bien y cada año está peor, dicen.

Sano de pronto recordó el otro apodo del Pequeño Daimio: el Loco Pequeño Daimio. Había oído rumores acerca de sucesos extraños ocurridos en la provincia de Satsuma: las fiestas salvajes del caballero Niu, y sus estallidos de cólera montado en su caballo al galope por los alrededores de su castillo, arremetiendo con su espada brutalmente contra cualquier infortunado lo suficientemente insensato para interponerse en su camino. Si, tal como decía Midori, la autoridad del caballero Niu había pasado a su esposa, ello explicaría el inusual poder de la dama Niu. Sano pensó que tal vez algún otro miembro de la familia compartía la tendencia violenta del caballero Niu. ¿Quizá el joven Masahito, que incluso se le parecía físicamente? Sin embargo, los asesinatos de Yukiko, Noriyoshi y Tsunehiko denotaban un tipo de mentalidad distinta: cuerda y calculadora.

—¿Y por qué te ha castigado? —preguntó a Midori, guiando la conversación hacia lo que aparentemente no eran sus intereses, sino un tema secundario.

—Por desobedecer las órdenes de mi madrastra y entrar en la habitación de Yukiko. Por hablar contigo y asegurarse de que nunca más volvería a hacerlo.

Así que sus sospechas eran ciertas.

—No quería que contase a nadie lo que leí en el diario de Yukiko —continuó Midori.

Sano se inclinó hacia ella ansiosamente. Aquí tenía la prueba que buscaba, de la propia Yukiko, o lo más cerca posible.

—¿Y qué era eso? —preguntó, intentando que su voz sonase tranquila para no asustar a Midori.

Midori se envolvió en la capa con más fuerza.

—Bueno... Yukiko escribió sobre el día que salimos a cazar luciérnagas, y sobre la ceremonia de madurez de nuestro hermano Masahito.

La niña siguió describiendo ambos acontecimientos, obviamente disfrutando de la atención que mostraba Sano y deseando mantenerla adornando la historia. Sano la dejó hablar, aunque preocupado porque era plenamente consciente del frío que hacía y de que la luz del día desaparecía rápidamente. Él sabía que la información valiosa aparecía, a veces inesperadamente, para los que saben escuchar bien. Pero parte de su atención estaba en el sendero, alerta por si veía aparecer a los guardias.

—No vi el nombre de aquel hombre, Noriyoshi, en el diario —dijo Midori—, ¡ni una sola vez! Y yo sé que Yukiko no tenía ninguna prisa en casarse; ella siempre decía que una chica debía saber esperar hasta que se le encontrase un partido conveniente. Además, ¿cómo podía haber conocido a aquel hombre? Nunca salía sin una acompañante, y por supuesto nunca de noche.

Una arruga cruzó la frente de la niña cuando frunció el ceño.

—Excepto...

Ahora Sano se alegraba de haberla dejado divagar.

—¿La viste salir la noche en que ella murió? ¿El diario decía dónde fue o por qué?

La respuesta de Midori le desilusionó.

—No. No fue entonces, fue el mes pasado. Una noche de luna llena. No la vi marchar, pero la vi regresar a casa muy temprano por la mañana al día siguiente. Y no tuve tiempo de leer aquella parte del diario. Mi madrastra me descubrió. Por lo tanto, no sé dónde fue.

El mes pasado. Totalmente el tiempo equivocado. Sano perdió interés. De todos modos, sospechaba que Yukiko había sido asesinada allí mismo, en su propia residencia y, después, habían trasladado su cuerpo. Cada vez más impaciente por obtener información que fuese relevante y dejar la montaña, le preguntó:

—Cuando hablamos en Edo, me dijiste que podías probar que Yukiko había sido asesinada. ¿Era por algo que leíste en su diario? ¿Me lo enseñarás?

Por desgracia, Midori se le quedó mirando sin expresión.

—No puedo —dijo ella—. Mi madrastra lo rompió en mil pedazos. ¿Y para qué necesitabais verlo, de todos modos? Yo sólo os dije que probaba que Yukiko no conocía a aquel hombre y por lo tanto no podía haber cometido *shinju* con él. ¿Es que esto no basta? ¿No podéis buscar a la persona que la mató?

Ya tenía más que suficiente. Sano dio dos pasos abruptamente sendero abajo, ocultando su rostro a Midori para que ella no pudiese leer en él el desaliento que sentía. ¡Qué trágica pérdida de tiempo había sido aquel viaje! Todo lo que había averiguado era que, según la niña, Yukiko no había mencionado el nombre de Noriyoshi en un diario que ya no existía. La cólera atenazó su pecho, dirigida no a Midori por haber dado pie al equívoco, sino hacia sí mismo por esperar demasiado. Tuvo que obligarse a regresar hasta donde estaba la niña y decirle, amablemente:

—¿Decía algo más el diario?

Por primera vez desde que se conocían, Midori mostró algo más que un total candor. Encorvó los hombros y miró al suelo.

—No..., nada —murmuró.

A Sano le resultó evidente que la niña estaba mintiendo. Había algo más. Algo crucial para su investigación. Quería preguntarle qué era, que se lo contase. Pero en lugar de ello se arrodilló a su lado.

—Incluso algo que no parezca importante puede resultar de ayuda más tarde —le dijo—. Si tú quieres que averigüe quién mató a tu hermana, tienes que contármelo todo.

No obtuvo respuesta.

—Miradme, mi joven dama Midori.

Ella suspiró y le miró directamente a los ojos, desafiante.

—No tiene nada que ver con la muerte de Yukiko —protestó—. Se trata de nuestra familia.

Evidentemente a la niña no se le había ocurrido que uno de sus propios parientes podía haber matado a Yukiko. Ahora Sano observó que su rostro delataba que comprendía que podía ser así. La niña se echó hacia atrás, visiblemente, con rapidez, con su pequeño cuerpo apretado contra el tronco y sus ojos implorándole que desterrase sus temores.

Sano dudó. Odiaba verla sufrir aún más de lo que ya había sufrido. Pero comprendía que la lealtad la obligaba a guardar los secretos de su familia y sabía que tenía que atravesar su armadura para averiguar la verdad.

—Los asuntos de tu familia puede que tengan mucho que ver en la muerte de Yukiko —dijo lo más amablemente posible.

Los dientes de Midori mordisqueaban sus agrietados labios haciéndolos sangrar. Al fin empezó a hablar con tono monótono.

—El día antes de morir, Yukiko escribió que no podía decidir si contar lo que sabía sobre alguien: «Hablar es traicionar», decía. «Permanecer en silencio un pecado.» Después de leer aquello, miré de nuevo para ver de quién estaba hablando —Midori hizo una pausa—. Se trataba de nuestro hermano Masahito.

El caballero Niu. La víctima de chantaje de Noriyoshi, también en poder de una hermana con un fuerte sentido del bien y del mal. ¿Le habría presionado ella para que confesase una fechoría, igual que había hecho con las niñas que habían roto una jaula de luciérnagas? Era lo suficientemente astuto para planear el falso *shinju*, y además tenía acceso a numerosos ayudantes leales. Loco como su padre, tal vez. Hijo de una mujer poderosa que podría utilizar su influencia para protegerle de la ley, y al final lo suficientemente desesperado para matar de nuevo para evitar ser descubierto. El rompecabezas se estaba recomponiendo en un retrato cuya lógica y corrección Sano encontró inmensamente satisfactoria. Sólo le faltaba una pieza.

Con esfuerzo, Sano controló su creciente excitación.

—¿Qué sabía Yukiko sobre Masahito, dama Midori?

La niña negó con la cabeza con la convicción de que su primera negativa había fracasado.

—No lo sé. Todo lo que Yukiko dijo fue...

Frunció el ceño y los labios en su esfuerzo por recordar. Luego dijo:

—Por lo que ha hecho Masahito, la pena es la ejecución, tal vez no sólo para él únicamente, sino también para toda la familia, que deberá compartir su terrible castigo porque es la ley. Yukiko decía que la idea de la muerte la llenaba de terror. Pero que prefería morir antes que vivir en vergüenza y deshonor, porque es el deber de una dama samurái. Y ella pensaba que el deber era más importante que su lealtad a nuestra familia, incluso si nos condenaba al mismo cruel destino que él, al descubrir a Masahito.

—Entonces mi madrastra entró y no pude leer más —terminó Midori—. No sé lo que hizo Masahito, pero tiene que ser algo muy malo.

Sano intentó imaginar qué podía haber hecho el caballero Niu para merecer un castigo tan enorme. Los samuráis no estaban sujetos a las mismas leyes que obligaban a los plebeyos. Normalmente, se les permitía cometer *seppuku* —el suicidio ritual—, en lugar de ser ejecutados por sus crímenes. Sólo por las más graves ofensas que implicasen vergüenza para su honor eran despojados de sus privilegios y tratados como plebeyos. Le vinieron a la mente los cargos de incendiario y traición; algunas veces de asesinato, dependiendo de las circunstancias, también podía significar la ejecución tanto para el criminal como para los parientes que habían colaborado con él o incluso sólo por conocer el crimen. Sin más información, Sano sólo podía sospechar el crimen que el caballero Niu había cometido. Pero no le cabía duda de que la necesidad de mantenerlo en secreto proporcionaba al joven Niu motivos suficientes para el asesinato, no sólo de su hermana, sino también para el de Noriyoshi y Tsunehiko.

—Él la mató, ¿verdad? —preguntó Midori—. Porque no quería que ella lo contase, ¿no es cierto?

—Tal vez no. Después de todo, sólo tenemos la palabra de Yukiko respecto a lo que pasó —dijo Sano, queriendo evitarle más sufrimiento a Midori—. Tal vez lo entendió mal o no quería explicar la verdad en su diario —la objetividad le hacía considerar ambas posibilidades.

La esperanza asomó en los ojos de Midori, pero enseguida negó con un movimiento de cabeza, tocándose con un dedo su cráneo rapado.

—No —dijo tristemente—. Yukiko no mentiría. Y tenía que estar segura. Sé que estaba disgustada antes de su muerte.

Midori dobló las rodillas y las apretó contra su pecho como si quisiera consolarse al mismo tiempo que darse calor. Sano sintió una profunda pena en su corazón hacia la consentida hija del daimio, enviada contra su voluntad a un lugar que odiaba a vivir una vida de privaciones y servidumbre. Era el destino de muchas niñas, pero con una terrible diferencia. Otras niñas, vendidas para la prostitución o dadas en matrimonio a maridos crueles, podían encontrar alivio al creer que habían hecho un noble sacrificio y al idealizar a las familias que dejaban atrás. Midori tenía que enfrentarse a lo peor con su familia. Sano odiaba haber formado parte de su angustia. Deseaba que las cosas hubiesen resultado de otra manera. Pero fuera cual fuese el resultado, gente inocente sufriría cuando sus investigaciones diesen su fruto. Se daba cuenta ahora, aunque cuando al principio empezó impulsivamente no fue consciente de ello.

—Lo siento mucho —empezó y luego permaneció en silencio. No podía pensar en ninguna palabra de simpatía que no sonase trillada o falsa.

Midori no respondió. Miraba hacia abajo, a la aldea, con su rostro transido de amargura.

El repentino repiqueteo de la campana del templo rompió el silencio y les hizo respingar sobresaltados. Sus graves y retumbantes repiques resonaban por las montañas y el lago, anunciando los ritos vespertinos.

Midori miró nerviosamente a lo alto de la montaña.

—Será mejor que me vaya ahora, antes de que alguien me eche de menos —dijo la niña—. Cuando las monjas me pillan desobedeciendo, me hacen ir a la cama sin cenar. Se puso en pie a regañadientes, devolviéndole la capa a Sano.

—Adiós, *yoriki-san.*

Dio unos pasos y luego se dio la vuelta y dijo, con una voz ahora madura en su seriedad:

—Quiero que la muerte de Yukiko sea vengada. Y quiero que su asesino sea castigado. —Su rostro también se había endurecido, mostrándole a Sano un desconcertante destello de la mujer que sería en un futuro: tan formidable a su manera como lo era la dama Niu —. Y si es Masahito —tragó saliva con fuerza, pero continuó valientemente—, entonces que así sea.

Sano observó su pequeña figura desamparada subir por el camino hacia el templo y después empezó a descender por la ladera de la montaña. Aquella noche podría descansar, pero a la mañana siguiente debería iniciar su viaje de regreso a Edo, donde se enfrentaría a las pesadas tareas de notificar a los padres de Tsunehiko que su hijo había muerto y de probar que el caballero Niu Masahito era culpable de tres asesinatos.

DIECISIETE

El magistrado Ogyu se inclinó para examinar el banco de piedra que estaba en el exterior de su pequeña casa de té ceremonial. Aunque la luz del sol matutina no revelaba rastro de suciedad alguna, pasó el dedo por su superficie. Se llevó el dedo a la altura de los ojos, frunciendo el ceño ante la casi invisible película de polvo que había en su piel.

—¡Limpia este banco inmediatamente! —dijo al criado que aguardaba a su lado—. La dama Niu está a punto de llegar. Todo tiene que estar perfecto.

—Sí, mi amo. —El criado empezó a barrer el banco con una pequeña escoba.

Ogyu se dio la vuelta para inspeccionar el jardín. Necesitaba asegurarse de que los jardineros habían retirado las ramas muertas del camino de piedras y dispuesto las hojas con un atractivo diseño en el estanque. Al moverse hizo que el papel que llevaba guardado en su fajín crujiese. De mala gana, pero por otra parte incapaz de contenerse, sacó la carta de la dama Niu que había recibido el día antes. La leyó por la que debía ser ya la vigésima vez, saltándose los saludos formales para ir directamente al núcleo de su mensaje:

> A la vista de los recientes acontecimientos, creo que es imperativo que nos encontremos y planeemos nuestra estrategia para tratar sus ramificaciones.

Los «acontecimientos» a los que ella se refería sólo podían ser la visita secreta de Sano Ichirō al templo de Kannon y el asesinato del muchacho Tsunehiko. Los espías de Ogyu le habían informado de ambas cosas, los únicos acontecimientos fuera de lo común sucedidos en los pasados tres días. No sabía por qué Sano le había contado aquella mentira aparentemente sin sentido sobre Mishima. Pero, fuera cual fuese la razón, era un asunto entre superior y subordinado y sería mejor tratarlo en privado. La muerte de Tsunehiko había sido desafortunada pero no dejaba de ser una tragedia corriente en aquella ruta. ¿Qué tenían que ver aquellos incidentes con la dama Niu?

Ogyu sólo podía especular. Su incertidumbre le había mantenido en vela durante toda la noche y le provocaba acidez de estómago; aún sentía náuseas a pesar de la infusión de cenizas de bambú que se había tomado. Se añadía a sus preocupaciones las inquietantes noticias que uno de sus informadores de Edo le había llevado justo aquella mañana: Sano no había dejado de investigar el *shinju*. El día antes de marchar había interrogado tanto al actor como al luchador. Ogyu no creía que la dama Niu lo hubiese averiguado aún; sus informadores en aquellos barrios eran mejores que los de cualquier otro, excepto los del sogún. Pero sabía que ella se enteraría pronto y que le culparía a él al ver que Sano no seguía órdenes. El hecho de pensar en esta contrariedad empeoró las náuseas de Ogyu. Una bilis caliente y agria le subió a la garganta cuando recordó que ella podía arruinarle si quería. ¡Maldito Sano Ichirō, aquel testarudo y desobediente idiota!

Ogyu embutió la carta de nuevo en su fajín e intentó vencer sus temores. Él podría manejar a la dama Niu. Sólo necesitaba practicar las habilidades que había perfilado hasta la perfección a lo largo de los años. Manipulación. Esgrima verbal. Divisar la ventaja y aprovecharla antes de que su adversario apenas se diese cuenta. Utilizaría las propias fuerzas del adversario y su debilidad como armas y podría saborear su triunfo sobre la dama Niu, asegurándose que el escenario estuviese convenientemente preparado para su confrontación. Dirigió su atención hacia la cabaña de la ceremonia del té.

La pequeña cabaña cuadrada, con su tejado de paja, las paredes de barro y parteluces de bambú, parecía más una granja que hubiesen arrancado del campo y transportado a Edo. Ogyu normalmente disfrutaba del contraste entre ésta y su mansión urbana. Disfrutaba del efecto de la simplicidad rústica que había creado sin reparar en gastos. El dinero, pensaba a menudo, podía comprar incluso la paz y la serenidad.

Pero hoy, la aprensión que sentía no le permitía contemplar su cobertizo con su usual complacencia. El jardín limpio de hojas parecía desnudo y poco atractivo. Había plantado cerezos para la primavera, plantas anuales para el verano y arces para el otoño, pero le había pasado por alto incluir plantas perennes para el invierno. Las antiguas linternas de piedra ahora le parecían lúgubres y gastadas en lugar de pintorescas. Se había pasado horas disponiendo las piedras que marcaban el camino y conducían a la cabaña formando una artística línea irregular. Ahora sentía una repentina necesidad de volver a colocarlas. El diseño de la cabaña tampoco merecía su aprobación. La entrada para arrodillarse era demasiado alta, las ventanas demasiado pequeñas. Cuando la amenaza de la inminente visita de la dama Niu erosionó su confianza en sí mismo, vio su casa de té como lo que era realmente: una creación mediocre de un diletante que se imaginaba a sí mismo como un maestro de la ceremonia del té.

Ogyu sintió un estallido de rabia impotente hacia la dama Niu y, por supuesto, Sano Ichirō, que había interrumpido tan seriamente su tranquilidad últimamente. Buscó una vía de escape a su rabia.

—¡Tú, ven aquí! —gritó a su criado—. Mira aquí, ¿no ves que has olvidado este trozo? —Señaló una minúscula veta de suciedad en una de las, por lo demás, inmaculadas piedras que formaban el camino—. A ver si lo haces bien de una vez, y si tu trabajo no es perfecto a partir de ahora, te despediré.

—Sí, mi amo. Ahora mismo, mi amo. —El criado se apresuró a obedecer.

El miedo que vio en los ojos de aquel hombre restituyó la sensación de poder de Ogyu. Ahora podía imaginarse emergiendo victorioso de su enfrentamiento con la dama Niu, igual que lo había hecho con cualquier difícil situación que se le había presentado a lo largo de su longeva vida. Sonriendo, siguió las piedras del camino —que ahora lucían perfectas—, hacia la cabaña. Se sacó los zapatos y abrió la puerta deslizándola a un lado hacia la entrada para arrodillarse que quedaba a la altura de los muslos sobre el suelo, diseñada para inducir a la humildad a los invitados en las ceremonias del té. Normalmente, él entraba al cobertizo por la puerta de servicio que estaba en la parte trasera y que conducía a la cocina. Pero ahora quería ver la cabaña desde la perspectiva de la dama Niu.

Al subir al interior, su sonrisa se ensanchó. Hoy esta entrada serviría para otro propósito. La dama Niu tendría que arrodillarse cuando se acercase a él, como nunca lo haría en ninguna otra ocasión. De entrada, la ventaja sería suya.

Dentro de la cabaña, Ogyu miró con aprobación alrededor de la habitación. Motas de paja brillaban en las paredes hechas de barro de color ocre rojizo. El pilar central era un esbelto tronco de árbol, de forma irregular pero pulido hasta lucir un sutil lustre. Unas ricas chapas de madera veteaban las vigas y columnas sin pintar. En la hornacina, un rollo que mostraba un poema *haiku* de invierno colgaba sobre un sencillo jarrón negro hecho por un ceramista coreano primitivo. Sí, todo en la habitación remitía a los más altos modelos de la cultura del té.

Sin embargo, Ogyu había añadido un toque especial,

que él consideraba una mejora en el diseño tradicional de la casa de té. Escondidos entre unas rejas de madera, ardían tres braseros de carbón allí hundidos. Ogyu no veía ninguna razón en sacrificar la comodidad por la rusticidad. En invierno, el calor del hogar, un quemador cuadrado dispuesto en el suelo por el anfitrión del lugar, era bastante insuficiente.

Entró en la minúscula cocina y sacó del armario un agitador de té y un cuenco, una caja del mejor té verde en polvo, un cucharón, servilletas, un recipiente para echar los posos del té y un recipiente de agua. Llenó el recipiente con el agua de una urna que guardaba su provisión de agua y luego la llevó a la habitación principal y lo dispuso en el hogar a hervir. Las otras cosas las dispuso en una bandeja lacada en la estera de servir al lado del hogar. Luego se arrodilló para esperar a la dama Niu. Tal como hacía a menudo antes de una ceremonia del té, revivió su odisea desde la casa de campo de sus padres hasta esta cabaña, igual de rústica aunque muchísimo más costosa.

Él había nacido Asashio Banzan, hijo de un vasallo menor de un aliado también menor de Tokugawa. En una provincia arrasada por la guerra civil, él y su familia habían vivido como campesinos. Ya precoz, a los ocho años ganó el favor de su maestro en la escuela de samuráis del feudo y, en última instancia, de su señor con sus aptitudes académicas. La recompensa: un trabajo de paje en el castillo de Edo.

Allí había sido el más débil físicamente y el más pequeño de los ciento y pico pajes, pero les sobrepasaba a todos en inteligencia. Su instinto natural por explotar las debilidades y los deseos tanto de sus mayores como de sus pares, le fue muy útil. Negoció su protección contra los bravucones a cambio de trabajo. Prestó dinero, concertó citas con mujeres, procuró bebida y drogas y cubrió los errores y malos comportamientos de sus colegas. En compensación, los otros pajes hacían su trabajo más duro y los funcionarios del castillo le recompensaban con bonificaciones y buenas misiones. Daba amistad a cambio de información que pudiese utilizar contra sus enemigos. De esta forma, perfeccionó las destrezas políticas por las cuales era ahora famoso. A lo largo de los años había progresado rápidamente a paje principal, luego oficinista, secretario, administrador. Pero un hombre de su bajo origen no podía avanzar más.

Luego llegó su boda con la hija única de uno de los vasallos mayores del sogún, conseguido en parte halagando a su futuro suegro, en parte dirigiendo campañas de calumnias encubiertas contra sus rivales. Había adoptado el nombre familiar de su esposa Ogyu y se había convertido en el hijo adoptivo de su suegro y su heredero. Había alcanzado el rango de concejal. Cuando su suegro murió, la riqueza de la familia fue a parar a Ogyu junto con el cargo del anciano: magistrado norte de Edo.

Con su red de espías que eran sus ojos y sus oídos, había gobernado la ciudad durante treinta años, ejerciendo un control férreo que escondía bajo un disfraz de elegante despreocupación. Nunca el menor escándalo llegó a salpicarle; siempre se las había ingeniado para ocultar los pequeños actos de corrupción que él consideraba incentivos de su cargo.

Hasta hacía muy poco, cuando en un momento de descuido y de avaricia había caído bajo el poder de la dama Niu.

Hacía unos dos años, el sogún había emitido el primer Edicto de Protección de Perros. Los violadores del edicto habían empezado a aparecer en el Tribunal de Ogyu. La mayoría de ellos eran pobres campesinos cuyas sentencias dictaba sin pensárselo dos veces. Pero, un día, un joven bien vestido había ido a verle.

—Magistrado Ogyu, soy el hijo de Kuheiji, el comerciante de aceite —dijo el hombre, haciendo una reverencia mientras se arrodillaba en el suelo del despacho de Ogyu—. Mi padre ha sido arrestado por matar a un perro y mañana será traído ante vuestra presencia para ser juzgado y sentenciado. Estoy dispuesto a ofreceros una gran suma de dinero a cambio de su libertad.

Ogyu estudió al hijo del comerciante y vio los signos de temor que los modales de hombre de negocios no podían ocultar: se movía inquieto un instante y luego seguidamente se quedaba inmóvil de forma totalmente artificial.

—¿Y qué os hace pensar que estaré dispuesto a aceptar tal oferta? —preguntó.

Él había aceptado sobornos antes, pero sólo en casos de ofensas menores y cuando la culpabilidad del acusado era cuestionable. Sin embargo, el sogún le había informado, en persona, que los Edictos de Protección de Perros tenían que ser aplicados rigurosamente, sin excepciones. Ogyu podía perder su cargo o incluso su vida si actuaba de otra manera.

—No pretendo insultaros, magistrado. —El hijo del comerciante ahora temblaba visiblemente—. Como hijo consciente de mis deberes, os estoy suplicando por la vida y la libertad de mi padre. Aquí..., os entrego trescientos *koban*. Y os juro por mi vida que no se lo contaré a nadie.

Ogyu había empezado a agitar su mano despreciándolo. Sin embargo, la mano se detuvo a mitad de camino en el aire mientras miraba las monedas de oro que el hombre sacó de una bolsa y esparció por el suelo. Con todo aquel dinero podría comprarse una casa de verano en las colinas. ¡Pero pobre de él si el sogún se enteraba del trato! Luego pensó: ¿Y cómo su Excelencia iba a enterarse? El brillo de las monedas le ayudó a pensar en más razones por las que debería aceptar el soborno. Empezó a racionalizar. El perro ya estaba muerto; castigar al comerciante no iba a devolverle la vida. Una pequeña infracción de la ley por parte de Ogyu no ponía en peligro las oportunidades de Tokugawa Tsunayoshi de engendrar un heredero.

—Está bien —dijo Ogyu, recogiendo las monedas.

Dejó libre al comerciante, construyó su casa de campo y casi se olvidó del asunto. Sin embargo, la pasada primavera fue llamado en presencia del caballero Niu y, al abandonar su residencia, la dama Niu lo abordó en el pasillo cuando ya iba a irse.

Después de un intercambio de cortesías ella le comentó:

—Un buen aceite añade mucho sabor a la comida. Creo que incluso los perros que protege el sogún estarían de acuerdo. ¿Verdad que incluso estaríais dispuesto a pagar trescientos *koban* por el mejor aceite que os pueda ofrecer un comerciante?

A cualquier otra persona, aquel comentario le hubiese parecido una estupidez. Pero Ogyu se dio cuenta horrorizado de que aquello significaba que ella se había enterado del soborno. Desde entonces, había vivido atemorizado y ahora este miedo evitaba que disfrutase del recuerdo de todos sus logros. No acertaba a pensar en su espectacular aumento de poder sin temer que ahora que había alcanzado la cima de la montaña, lo único que le esperaba era caer rodando por el otro lado. ¿Acaso había llegado el día en que la dama Niu usaría finalmente la poderosa información que obraba en su poder?

El sonido de las voces que llegaban del exterior interrumpió sus pensamientos. La dama Niu había llegado; el criado la estaba acompañando hacia el jardín del té. Con la boca seca por la ansiedad, Ogyu salió a recibirla. Se tranquilizó diciéndose a sí mismo que la dama Niu simplemente quería conversar con él, tal como decía su carta. Sencillamente quería hablar con él y no buscarle problemas, todo saldría bien.

Cuando la vio sentada en el banco, experimentó otra aprensión. La dama iba vestida con impecable corrección para la ceremonia, como si ella, también, viese una ventaja en acudir preparada a esta cita. Su vestimenta exterior negra, que caía con gracia sobre sus hombros, cubría un quimono de seda también negro adornado con una muestra de una combinación tradicional de invierno de flores de ciruelas, ramas de pino y bambú. Majestuosa y bella como siempre, se levantó al verle.

Ogyu la saludó tal como estaba prescrito, apartando su malestar mientras hacía una reverencia.

—Mi señora, bienvenida a mi humilde residencia. Significa para mí un gran honor que hayáis aceptado mi invitación a tomar el té.

La dama Niu también saludó con una reverencia. Aunque ella, como la esposa de un daimio, superaba en rango a Ogyu, él era un hombre, un magistrado y veintitantos años mayor que ella. Sus saludos reflejaban todas estas consideraciones, al no inclinarse el uno más que el otro. Habían empezado su combate casi como iguales, un hecho que complacía a Ogyu.

—Al contrario, Ogyu-*san.* Vuestra hospitalidad me honra. —El saludo de la dama Niu también seguía las normas convencionales—. La ceremonia del té nos brinda un refugio de las preocupaciones mundanas. Sin embargo, los refugios pueden ser temporales e incluso ilusorios. ¿No es cierto? —Sus labios se curvaron en una sonrisa. Los dientes ennegrecidos con cosméticos con la intención de resaltar su belleza, hacían que su boca pareciese un manantial de muerte.

—Ah, sí. Por supuesto.

Su observación no tenía ningún significado especial, decidió Ogyu mientras la dejaba en el reclinatorio de la entrada de la cabaña y él la rodeaba hacia la puerta de servicio. No le estaba advirtiendo que este pacífico momento daría paso a un conflicto, si ya no lo había hecho. Con creciente inquietud, pasó por la cocina y se arrodilló en su lugar ante el hogar.

Escuchó el ruido del agua mientras la dama Niu se lavaba las manos y la boca en un lavamanos que había en el exterior, y el roce de la seda al quitarse los zapatos. Luego la puerta se abrió a un lado y ella entró de rodillas. La humilde postura no consiguió despojarla de su dignidad tal como había esperado Ogyu. Ni tampoco el siguiente comentario que hizo alivió su nerviosismo.

—Las montañas y los valles, todos están cubiertos por la nieve... Nada permanece —recitó, leyendo el *haiku* escrito en el rollo. Se inclinó hacia la hornacina y tomó el asiento de honor delante de ella—. Ah, esta poesía me reconforta. Siento un gran sentido de ocio, como si no tuviera que apresurarme a regresar al mundanal ajetreo. Dispuso sus vestidos cómodamente alrededor de su cuerpo, como si realmente se estuviese preparando para pasar un rato agradable.

El propósito de la ceremonia del té era el ritual zen de purificación del cuerpo y la mente, en un entorno que afirmase la unidad del hombre con la naturaleza. Pero Ogyu tenía otro propósito en mente cuando había invitado a la dama Niu. Esperaba que los confines rígidos de la ceremonia, de alguna manera, distendieran una situación imprevisible. La dama Niu, con sus maneras refinadas, no hablaría de asuntos desagradables en el santuario de una casa de té. Sin embargo, ahora veía que ella era totalmente capaz de utilizar la ceremonia para sus propios propósitos. Ya se las había arreglado para tomar ventaja sobre él, dándole a entender que su treta había fracasado. Atrapado en su propia trampa, ahora se sentía incapaz de librarse de ella sin apresurarse en la ceremonia y parecer un anfitrión descortés.

Las manos de Ogyu temblaban mientras limpiaban el interior del tazón del té con una servilleta.

—Una observación muy astuta, mi señora —dijo débilmente.

«¡Por favor, que suceda algo y acabe de una vez esta farsa de ceremonia del té!», pensó él. Normalmente, habría dedicado su tiempo a limpiar el tazón, disfrutando de su forma y textura; sin embargo, ahora lo limpió rápidamente, apenas consciente de sus actos. «¡Que un terremoto derribe el techo».

Pero el techo no cayó, sino que la dama Niu dijo:

—El poema me recuerda una escena de una obra que interpretó el más famoso *onnagata* de Edo. —La dama hizo una pausa, para que él absorbiera sus palabras—. El argumento de la obra hacía referencia al trueno y al relámpago. ¿Tal vez la conozcáis? Si no, cierto miembro de vuestro personal tal vez sí.

«Onnagata»: Kikunojo. «Trueno y relámpago»: Raiden, el luchador. «Miembro de vuestro personal»: Sano Ichirō. Ogyu se sintió desfallecer mientras traducía las referencias oblicuas de la dama Niu, automáticamente echando té en el cuenco. Ella le estaba diciendo que sabía que Sano había persistido en sus investigaciones del *shinju*, e incluso que sabía las identidades de aquellos a los que había interrogado.

—Sí, quiero decir no. —Ogyu vertió agua con un cucharón de la urna hirviendo sobre el té en el cuenco, preguntándose cómo diablos sus espías se las habían apañado para obtener esta información. Su única esperanza ahora era intentar aplacarla y... rápido—: Por favor, aceptad mis más sinceras disculpas por...

¿Por qué? Ella en realidad no le había acusado de nada. Él no podía decirle directamente: «Por haber fracasado en detener a Sano, tal como vos me pedisteis». No con la dama Niu manteniendo la pretensión de que aquella era una ceremonia del té convencional. Una torpe y vulgar violación de la convención de este tipo haría que perdiese cualquier ventaja que aún le quedase.

—Por mi lamentable actuación como anfitrión —finalizó la frase esperando que ella le entendiese.

La dama Niu no agradeció su disculpa. Estaba observando el vapor del agua mientras caía en el cuenco del té.

—Una buena agua es imprescindible para la preparación de un buen té —observó ella—. ¿Conseguís la vuestra de los manantiales de Hakone?

—No, no, del monte Hiei. —Ogyu balbuceó. ¿Se trataba de una pura coincidencia que mencionase el destino de Sano?

Alzando el agitador de madera, empezó a agitar el té y el agua hasta conseguir una espuma verde. El magistrado sentía el sudor nervioso que pegaba sus ropas a su piel. En aquel momento, deseó que los braseros estuviesen apagados.

—Mi hijastra Midori ha ingresado en el convento del templo de Kannon en Hakone —continuó la dama Niu. Luego ella movió la cabeza y frunció el ceño—. Perdonadme. Por supuesto, vos..., y al menos un miembro de vuestro personal ya lo sabíais.

Se produjo una pausa.

—¿Por qué, sino, continuar un viaje tan largo a pesar de la tragedia en Totsuka?

El cuenco y el agitador cayeron de las manos de Ogyu cuando captó el significado de las palabras de la dama Niu. El espumoso té verde se derramó por el suelo. Con un gemido, lo secó suavemente con su servilleta. Midori estaba en el templo de Kannon. Por esta razón Sano había ido hasta allí: para interrogarla. Ahora su mentira cobraba sentido para él, y era ideal para disfrazar el propósito real de su viaje. ¡Era una insubordinación indignante! Ni siquiera la muerte de Tsunehiko le había detenido. Y ahora era realmente humillante para Ogyu enterarse de esta forma. ¿Por qué sus espías no lo habían averiguado y no se lo habían dicho? ¿Para qué, sino, les pagaba?

—No sabía que vuestra hijastra se había hecho monja. —Ogyu murmuró, agarrando con fuerza el cuenco caído—. Perdonadme pero no sabía que estaba en Hakone. Mis más sinceras disculpas por mi torpeza.

De alguna manera consiguió limpiar el lío que había formado. Bajo la mirada anodina de la dama Niu, preparó otro cuenco de té. Ella estaba furiosa, aunque no lo demostraba. De nuevo, una oleada de náuseas removía el estómago de Ogyu. Ella le destruiría. Aferrándose a la falsa apariencia de normalidad de la ceremonia del té, pasó el cuenco del té a la dama Niu.

Ella hizo dar vueltas al recipiente con sus manos mientras lo examinaba según el ritual.

—Es un cuenco muy bello —dijo ella, dando golpecitos al duro vidriado con la yema de un dedo.

—Cuando beba de él, pensaré en el ceramista que lo ha hecho y en aquellas ilustres personas que han bebido de él antes que yo.

Al escuchar sus palabras convencionales sin significado alguno, Ogyu se sintió sin fuerzas, aliviado. Había acabado lo que había venido a decirle. Ella se contentaba con transmitirle su disgusto y no le perjudicaría.

—Sois muy amable conmigo, mi señora —dijo agradecido.

Liberado de sus temores y su inseguridad, empezó a disfrutar de la ceremonia. La dama Niu bebía y hacía cumplidos al té. Limpiaba el cuenco donde sus labios lo habían tocado y se lo pasaba de nuevo a él, recitando un poema que ella había escrito. Ogyu bebió y coronó su poema con otro de su cosecha. Vació los posos en el recipiente destinado a ello y repitieron el proceso una vez más y luego otra. El alivio aturdido de Ogyu le elevó de nuevo a las alturas de la elocuencia. Su conversación nunca se había desatado tanto. Ciertamente, nunca había sido anfitrión de la ceremonia del té con tanta elegancia. Y la dama Niu era la compañía perfecta: hermosa, culta, y con unos modales impecablemente exquisitos. A Ogyu casi podría llegarle a gustar la dama.

Al verla en la puerta, él se deshizo en amabilidades:

—Muchas gracias, mi señora, por honrar mi humilde cabaña con vuestra honorable presencia. ¿Sería más de lo que yo podría esperar si os pidiese que vinieseis de nuevo? ¿Cómo puedo hacer que me lo prometáis? Sólo tenéis que pedírmelo.

—El placer y el honor han sido míos —respondió la dama Niu, inclinando la cabeza—. Hay una cosa que podéis hacer por mí. ¿Me permitís que os hable llanamente?

Una punzada de dolor golpeó el estómago de Ogyu.

—Por supuesto —dijo, involuntariamente encorvando

los hombros e intentando sonreír. Las náuseas volvieron cuando se dio cuenta de que, en realidad, ella simplemente había pospuesto el propósito real de su visita para evitar echar a perder la ceremonia del té. ¡Debía de haber parecido un idiota ante ella, exuberante con su falso sentido de seguridad! Y ahora había caído directamente en sus manos.

La mirada de la dama Niu se volvió fría y dura. Todas las pretensiones de refinamiento desaparecieron cuando ella dijo:

—Las investigaciones de Sano Ichirō han suscitado el interés de los *metsuke.*

Aquella última palabra salió de su boca como una gota de veneno.

—¿Los espías del sogún? —espetó Ogyu, aterrado. Lo último que deseaba era atraer la atención hacia el funcionamiento de su departamento. Quién sabe qué podía salir a la luz. ¿Estáis segura?

—Lo sé de una fuente muy fidedigna —dijo la dama Niu—. Lo que es más, están empezando a considerar la idea de que mi hijastra Yukiko y aquel hombre, Noriyoshi, fueron asesinados, tal como vuestro *yoriki* tan obviamente cree.

—Entonces fue un asesinato —susurró Ogyu, estrechándose con fuerza las manos para evitar que temblasen—. ¡Sería terrible si el sogún pensase que había intentado ocultar un crimen tan importante! Lo mínimo que le podía suceder era una reprimenda y lo peor una degradación. Ahora deseaba haber escuchado a Sano. Pero él en realidad había creído que las muertes se debían a un *shinju.* ¿Quién podría culparle por haber estado de acuerdo en ahorrarles a los Niu las molestias de una investigación? Nadie sabía la influencia que la dama Niu tenía sobre él.

La dama Niu negó con la cabeza impacientemente.

—No seáis ridículo —dijo ella—. Fue un suicidio. Los *metsuke,* estos despreciables conspiradores se dejan llevar por la idea de un escándalo en la casa del caballero Niu, y todas las oportunidades que crearía un escándalo de este tipo. ¡O si no, imaginaos la riqueza que iría a parar a las arcas de Tokugawa si pudiesen arrebatar a mi marido su feudo! —Su voz se endureció apasionada—. Pero están a punto de empezar su propia investigación y esto se debe impedir.

—Impedir —repitió Ogyu, sorprendido de que una simple mujer se atreviese a igualar su inteligencia con los hombres del sogún—. ¿Pero cómo?

La dama Niu soltó una risa forzada, sin gracia.

—Eso os corresponde a vos decidirlo, magistrado Ogyu-*san* —dijo, poniendo énfasis en su título.

—¿Yo? ¿Por qué? ¿Cómo? —A Ogyu se le hizo un nudo en su ya revuelto estómago ante la idea de formar parte en una conspiración tan peligrosa. Al imaginar la ruina de su carrera y, posiblemente, incluso el exilio o la muerte, temió completar su desgracia vomitando delante de ella.

—Por qué, es evidente. —La dama Niu abrió la puerta—. Y cómo, a vos os corresponde decidirlo.

Salió al exterior. Una doncella se acercó para ayudarla a subir al palanquín que la esperaba.

—Sólo tenéis que recordar al comerciante de aceite y estoy segura de que enseguida pensaréis en algo —le dijo ella por encima del hombro; y a continuación se marchó.

Ogyu cerró la puerta de la calle y se apoyó contra ella, con los ojos cerrados, mientras unas agrias oleadas de pánico y mareo le debilitaban. Aspiró profundamente grandes bocanadas de aire por la boca, intentando controlar su cuerpo y sus emociones. «Recuerda quién eres», se dijo. «Ya has triunfado anteriormente, y lo harás de nuevo.» Recordó a su rival para el cargo de paje mayor hace muchos años; había tendido una trampa para incriminar al muchacho en un robo y asegurarse el trabajo para él. Durante su tenencia como magistrado había sobrevivido a los periódicos intentos de arrebatarle el cargo; había usado sus contactos e influencia para que sus detractores fueran transferidos a oficinas lejos de Edo. Ahora intentaba convencerse de que la dama Niu no era una amenaza más seria que cualquier otra con las que se hubiese enfrentado.

Gradualmente, fue recuperando sus fuerzas. Ogyu abrió los ojos y avanzó hacia la puerta de su mansión. De todos modos, pensó en por qué la dama Niu estaba tan impaciente porque él impidiese la investigación y tan dispuesta a emprender medidas extremas para asegurarse de que lo hacía. La preocupación por su propia persona le hizo dejar a un lado su curiosidad. Tenía que actuar ahora si quería evitar su ruina. Sin embargo, sorprendentemente, sentía menos miedo del que tenía antes de que se iniciase la cita. La amenaza, con su tamaño y forma bien definidas empezó a parecerle más manejable. Cuando entró en su mansión en realidad estaba sonriendo. No era un estúpido, sino un astuto y poderoso magistrado. Siempre sabía cuándo una situación requería un golpe firme en lugar de una maniobra circunspecta. Esta sabiduría instintiva era otro de los talentos que le había permitido alcanzar su actual posición. Sin embargo, como hombre refinado y de gustos muy exigentes, no se ensuciaría las manos.

—Ve a buscar a los *yoriki* Yamaga y Hayashi inmediatamente —dijo al criado que encontró en la entrada.

Tenía que dictar las órdenes. Pero serían otros quienes actuarían para impedir la investigación de los *metsuke* y acabarían con la interferencia de Sano Ichirō en los asuntos de los Niu de una vez por todas.

DIECIOCHO

El repentino retumbar de cascos de caballos dispersó a la multitud que estaba frente al restaurante de fideos donde Raiden estaba sentado terminando su comida del mediodía. El luchador de sumo alzó la vista del cuenco y vio a dos jinetes vestidos con su traje de batalla completo: una armadura de piel ricamente decorada, cascos de metal y máscaras para protegerse el rostro. Con las espadas desenvainadas detuvieron sus monturas al galope delante de él.

—¡Eh, tú! —gritó uno de ellos.

Raiden soltó un grito de protesta ante el polvo que los cascos de los caballos habían lanzado en su comida. Miró a los jinetes; apartó el cuenco a un lado, se levantó, se cruzó de brazos con las piernas separadas.

—¿Me lo decís a mí? —gruñó al jinete que parecía el líder.

—¡Sí! ¡Tú!

La máscara del jinete distorsionaba su voz pero no ocultaba su amenaza implícita. Dos fríos ojos devolvieron la mirada a Raiden.

—¿Eres Raiden, el luchador?

Raiden dio un paso atrás. Su ira se aplacó cuando empezó a sentir los primeros cosquilleos de miedo. Reconoció los emblemas en la armadura de los jinetes y los adornos alados en sus cascos. Aquellos eran *yoriki,* cuyas escasas apariciones en las calles siempre significaban grandes problemas para alguien.

—¿Y qué pasa si lo soy? —dijo Raiden, intentando parecer valiente. Pero le tembló la voz y su corazón empezó a latir con fuerza.

En lugar de responder, los dos *yoriki* sacudieron las riendas de sus caballos y los animales retozaron sobre sus patas traseras despejando la calle delante de Raiden. El *yoriki* que había hablado gritó cortante una orden:

—¡Cogedle!

Al instante, un grupo de hombres cayó sobre Raiden. Dos de ellos sujetaron sus brazos y le empujaron fuera del restaurante. Los demás le rodearon con los garrotes alzados. Un poco más allá, Raiden vio a tres *doshin* con un *jitte* en la mano, cuatro hombres más que llevaban una robusta escalera y una multitud de ávidos curiosos.

La confusión y el pánico de Raiden aumentó. Luchó para liberarse.

—¡Eh, vamos, dejadme ir! ¿Qué estáis haciendo? ¿Qué queréis de mí?

—Quedas arrestado por los asesinatos de Noriyoshi, artista, y Yukiko, hija del caballero Niu. —El jefe de los *yoriki* le gritó desde la montura de su encabritado caballo. Y a los demás—: ¡Llevadle a la cárcel!

—¡Estáis cometiendo un error! —protestó Raiden—. ¡Yo no he matado a nadie!

Sin embargo, cuando lo dijo en voz alta, experimentó una incómoda, familiar e intranquila sensación de duda. El demonio que vivía en su mente, a veces le decía que hiciera cosas de las que luego no se acordaba. Podría haber matado a aquellas personas y luego haberlo olvidado. Era cierto que odiaba lo suficiente a Noriyoshi para hacerlo, pero la idea de la cárcel le alarmó. Tenía que convencer a la policía de su inocencia.

—¡Os habéis equivocado de hombre! —afirmó.

Sin previo aviso, una rabia ciega explotó dentro de Raiden, tal como le sucedía en frecuentes e impredecibles intervalos desde que se había herido en la cabeza, y su demonio salió a la superficie. Con un bramido de furia, Raiden lanzó su masivo peso a la derecha y luego a la izquierda y los hombres que le sujetaban soltaron sus brazos. Escuchó que uno de ellos chocaba contra algo dentro del restaurante entre los exaltados gritos de los comensales. Raiden cargó contra sus otros atacantes. Apartó a uno barriéndole a un lado y derribó a otro con un puñetazo en la barbilla. Se abrió paso entre los hombres caídos, dándoles puntapiés y pisoteándoles. Pero los hombres de los *doshin* le superaban en número. Sus porras empezaron a descargar golpes sobre él. Aun así, Raiden luchó. Poseído por el demonio, no sentía dolor alguno y no le importaba vivir o morir.

Luego, tan repentinamente como había aparecido, el demonio se fue. El miedo y el pánico se apoderaron de él otra vez.

—¡No! —gritó Raiden.

Alzó las manos para protegerse la cara: demasiado tarde. El dolor azotó sus mejillas y la boca. Notó el sabor de la sangre y escupió uno de sus dientes. Las porras chocaron contra sus brazos, costillas y espalda. Cayó al suelo, sollozando de terror ahora. Yacía inmovilizado bajo los hombres de los *doshin* resoplando y sollozando como un animal herido. Los sonidos de la multitud resonaban en sus oídos. Alguien ató sus muñecas con tanta fuerza que la cuerda cortó su carne y luego unas manos le arrastraron por los pies. Las escaleras se entrecruzaron a su alrededor formando una jaula. Un *jitte* se clavó en su espalda.

—¡Camina! —le gritó su propietario al oído.

Aún sollozando de dolor y terror, Raiden avanzó tropezando, con la cabeza baja para esconder su vergüenza. Sabía lo que vería si alzaba la vista.

Había visto desfiles como éste antes. Los orgullosos *yoriki* a caballo delante; los *doshin* desfilando detrás de ellos;

y, por último, los ayudantes con su prisionero atado y acorralado. Él en otras ocasiones también se había unido a las multitudes que acudían en masa para ver el espectáculo. Se había mofado de los prisioneros y les había lanzado piedras. Y ahora él era la víctima de aquellas burlas: las piedras iban dirigidas a él.

—¡Es un error! —gritó cuando una piedra le golpeó en la frente. Intentó protegerse dentro de la jaula pero más rocas volaron por el aire, pasaron entre los travesaños y le golpearon el pecho y la espalda—. ¡No soy un asesino!

Tenía que hacer que todos le escuchasen y creyesen antes de llegar a la cárcel. Luego sería demasiado tarde.

—¡Por favor, dejad que me explique!

Alzó la vista y miró con ojos suplicantes a sus torturadores. Le cayó el alma a los pies cuando vio aquella turba furiosa. Los rostros desconfiados, miradas despiadadas, armas que se balanceaban, bocas pidiendo su sangre.

—¡Por favor...!

De nuevo el empujón en la espalda.

—¡Calla y sigue andando!

Al cabo de un rato, la conciencia que Raiden tenía de la multitud, sus captores e incluso de su situación se desvaneció. El simple acto de andar requería toda su concentración y su energía. Finalmente la procesión se detuvo y Raiden descubrió que estaba delante de los portalones de la cárcel de Edo sin que guardase memoria claramente de la ruta que habían seguido. Un nuevo terror le hizo recuperar la conciencia.

—Por favor, no me metáis ahí dentro, yo no quiero ir —farfulló, mientras sus captores desarmaban la jaula hecha de escaleras. Como todos, sabía lo que le sucedería cuando entrase en la cárcel. Una vez dentro, ya podría olvidarse de convencer a las autoridades de su inocencia.

Nadie le dirigió la palabra. Le arrastraron y le empujaron por un corredor apestoso. Escuchó sus propios gritos mezclarse con los aullidos inhumanos de los demás prisioneros. Alguien abrió una puerta. Un fuerte empujón le envió dando traspiés dentro de una oscura habitación. Cayó boca abajo en un rincón. Unas ásperas manos ataron sus tobillos. La puerta se cerró con un portazo.

Raiden rodó por el suelo. Estaba solo en una minúscula celda con altas ventanas con barrotes. Frenéticamente se retorció en el suelo, tirando de sus ataduras.

—¡Dejadme salir! —gritó.

Nadie respondió. Finalmente, extenuado, se rindió. Yacía en el suelo jadeando, bañado en sudor que pronto se enfrió sobre su piel a causa de la corriente helada que entraba por las ventanas. Se obligó a pensar en algo. ¿Podría sobornar a los carceleros? Y, si eso fallaba, su única esperanza de sobrevivir residía en soportar la tortura que sabía que vendría a continuación. No importaba lo que le hiciesen, no tenía que confesar el asesinato. En aquel momento, recurrió a la autodisciplina que sus veinte años de entrenamiento de sumo le habían inculcado. Con alivio comprobó que su mente se tranquilizaba y el miedo menguaba. El valor fluía por sus venas, de la misma manera que lo hacía cuando entraba en el círculo de lucha.

La puerta se abrió de par en par. Dos carceleros entraron en el cubículo. Cada uno de ellos llevaba un largo cayado, una lanza y un látigo enrollado en la cintura. Raiden mantuvo la vista alejada de los hombres y sus armas y concentró su atención en su interior. Dejó que hicieran lo peor.

El carcelero más bajo cerró la puerta y se quedó junto a ella, apoyado en su cayado. El otro, un enorme bruto con un ojo cerrado por el trozo de tejido apergaminado de una cicatriz, se alzó sobre Raiden.

—Ah, Raiden, el terrible guerrero —se burló—, echado sobre el suelo como un cerdo amarrado. Ahora, dime la verdad: ¿mataste a Niu Yukiko?

—No. Yo no lo hice. Y si no me haces daño, te recompensaré generosamente.

El tuerto se echó a reír.

—¿Con qué? —Se inclinó sobre él y con un feroz tirón, rasgó el raído quimono de Raiden. Encontró la bolsa de dinero y vació los tres *zeni* que había en el suelo—. ¿Con esto? —Y a su compañero, le dijo—: ¿Quieres que te demuestre que el gran Raiden miente? —Echó a un lado su cayado y desenfundó el látigo.

El látigo silbó en el aire y azotó el pecho de Raiden con un chasquido de feroz agonía. Raiden soltó una exclamación pero consiguió no gritar.

—Yo no la maté —susurró.

—Sí, tú lo hiciste —dijo el tuerto—. Tú la mataste y también mataste a Noriyoshi y luego los echaste a los dos al río. ¡Confiésalo!

—No.

El látigo restalló de nuevo.

—Tú les mataste.

—No.

—Sí. Di sí: yo maté a Niu Yukiko. Yo maté a Noriyoshi.

Una y otra vez los latigazos y las acusaciones siguieron. El mundo de Raiden se redujo a un espacio que contenía su angustia y la fea cara del carcelero. Imaginó que estaba siendo castigado por todas las cosas que su demonio había hecho. Herir a otros luchadores, destrozar la sala de entrenamientos, derribar casas de té y burdeles. Pero nada de eso era por su culpa. Él no era un mal hombre, solamente un desgraciado.

—No..., no fui yo..., yo no me merezco esto. Buen hombre..., buen samurái. No. No. Las palabras salían balbuceando de su boca sangrante e hinchada.

Luego el tuerto empezó a trabajar con su lanza. Las lágrimas corrían por el rostro de Raiden mientras le arrancaba la carne. Sus músculos gritaban su agonía; su vejiga y sus intestinos se aflojaron. El suelo bajo él estaba resbaladizo por su sangre, orina y heces. Pero aún conseguía repetir:

—No. Yo no he matado a nadie.

Finalmente, el tuerto retrocedió.

—Es un tipo duro —dijo a su compañero—. Tal vez esté diciendo la verdad.

El cuerpo apaleado de Raiden se destensó, aprovechando la tregua de la tortura. Una tímida esperanza empezó a surgir en su mente confusa y dolorida. ¿Iban a dejarle en paz?

El carcelero más bajo murmuró algo que Raiden no pudo entender y luego abandonaron la celda, dando un portazo tras ellos.

—Buda misericordioso —murmuró Raiden agradecido.

Ahora sus lágrimas brotaron de alivio mientras esperaba que alguien entrase y le liberase. Pero se intranquilizó cada vez más al ver que el tiempo pasaba y que no iba nadie. ¿Por qué tardaban tanto? Las cuerdas habían dejado sus manos y sus pies insensibles y quería que le desatasen ya; quería abandonar aquel terrible lugar; quería bañarse, beber y medicamentos para sus heridas.

—¡Eh! —bramó—. ¡Volved. Dejadme salir!

La puerta se abrió y vio entrar a sus dos torturadores. La diabólica sonrisa del tuerto hizo temblar de miedo a Raiden. Un olor a humo metálico hizo estremecer sus fosas nasales. Provenía de un aguamanil de piedra que el hombre bajo llevaba. Entonces Raiden comprendió.

—¡No! —gritó—. ¡*Neto-zeme* no!¡No!

El tuerto le dio la vuelta sobre su estómago. Sin fuerzas para resistirse, Raiden suplicó piedad. Boca abajo, lloró y babeó contra el inmundo suelo.

—¡Nooo! —exclamó cuando una lanza le propinó un largo corte a lo largo de su espalda. Apretando los dientes para soportar el dolor que le provocaba la punta de la lanza, dijo:

—¡Por favor, os pagaré lo que sea, no tengo mucho pero conseguiré el dinero donde sea...! ¡Auu!

Se quedó rígido cuando una de las manos del tuerto separó la carne a cada lado del corte. Sintió que el hombre bajo se inclinaba sobre él, dando golpecitos a la jarra.

—¡Ayyy!

El cobre fundido se deslizó por la herida abierta de Raiden. El dolor abrasó su espalda, llevándole al borde de la locura. Mientras gritaba y sollozaba, podía escuchar cómo su carne chisporroteaba mientras se asaba. Se imaginó los bordes de la herida doblándose y chamuscándose.

—¿Mataste a Niu Yukiko y a Noriyoshi? —La voz del tuerto sonó lejana, confusa.

Aún atenazado por la agonía, Raiden no podía responder. Chilló otra vez cuando le vaciaron más cobre encima.

—¡Respóndeme cerdo! ¿Les mataste?

Con la parte de su mente que aún podía razonar, Raiden sabía que si confesaba estaba acabado. Pero no podía soportar más *neto-zeme*. El sufrimiento era insoportable, nada parecido a lo que hubiese experimentado con anterioridad o quisiera experimentar otra vez.

—No me acuerdo —gimió, esperando que la verdad satisficiera a sus torturadores.

Pero la risa burlona del tuerto asaltó sus sentidos aturdidos por el dolor.

—Tú les mataste. ¡Confiesa!

De repente un chorro de fuego líquido cayó en cascada sobre la espalda de Raiden. Su grito resonó tan fuerte que quedó estrangulado en su cuello. El hombre bajo había derramado todo el contenido de la jarra sobre él. El cobre se extendió sobre su piel, quemándola a su paso. Raiden sacudió espasmódicamente los brazos y las piernas. Sollozó convulsiva e involuntariamente. Su valentía y resolución quedaron reducidos a la nada.

Tragó saliva y consiguió decir ahogadamente:

—Sí. Yo les maté.

Después, Raiden apenas fue consciente de ser trasladado de la cárcel al Tribunal de Justicia en una camilla. Entre una nube de dolor y confusión, escucho cómo el viejo y calvo magistrado decía con voz atiplada: «Raiden, has confesado haber cometido los asesinatos de Niu Yukiko y de Noriyosi. Te sentencio a muerte».

Luego, otro frío viaje en litera durante el cual le asaltaron pesadillas de las que entraba y salía en su delirio. Soñaba que estaba luchando con un contrincante sin rostro en un combate sin fin. De alguna manera, sabía que el contrario era su demonio, su odiado otro yo con el que había luchado durante los últimos tres años. El público se mofaba y golpeaba el suelo con los pies. Él daba traspiés hacia atrás y salía del círculo...

Raiden se despertó. Estaba echado en el suelo, mirando hacia un cielo pálido y descolorido. Volutas de niebla se arremolinaban a su alrededor; el globo blanco fantasmagórico del sol flotaba cerca del horizonte. En algún lugar cercano, el agua chapoteaba en la orilla. El círculo y su contrario se habían desvanecido, pero Raiden aún oía al público, golpeando con los pies en el suelo y burlándose. Giró la cabeza, haciendo una mueca a causa del dolor que este esfuerzo le causaba. El horror le sorprendió y le puso en alerta.

—¡Oh, no! —murmuró.

El público que le abucheaba era una bandada de cuervos. Revoloteaban y graznaban mientras sus picos desgarraban dos cadáveres en descomposición, sin cabeza, que estaban echados en el suelo junto a Raiden. Un poco más lejos, unos hombres estaban montando una basta cruz de madera. Sus martillazos eran los sonidos de los golpes que había oído en su pesadilla. Aquello era la zona de ejecución que estaba al lado del río. ¡Qué lugar tan horrible donde morir un samurái!

La vergüenza, combinada con la tristeza por perder su vida, tomó la forma de un dolor inmenso e indescriptible que consumió a Raiden. Un sollozo se formó en su garganta, pero se lo tragó, como un último gesto del código de valentía de un samurái y esperó con estoica resignación que finalizase su sufrimiento. Al final, el malvado demonio moriría con él.

Los hombres le levantaron de la litera y le ataron a la cruz. Gruñendo por el esfuerzo, la alzaron con una serie de vertiginosas sacudidas.

Raiden se encontró erguido, de cara al río. Cabezas cortadas sobre altas picas salpicaban la orilla. Los cadáveres colgaban de las cruces que había a su lado. La niebla flotaba sobre las turbias aguas oscuras, donde unos pocos pescadores miraban la escena silenciosamente desde sus botes. Raiden miró por última vez el mundo. Cerró los ojos y esperó.

El grito del verdugo destrozó sus oídos.

Una lanza se clavó en su pecho.

Una oleada de agonía para acabar con todo el sufrimiento.

Raiden chilló cuando el verdugo la retiró. Oyó cómo su sangre latía en su cabeza, un gran pulso rojo que rápidamente empezó a desaparecer. Vio el círculo de lucha que había formado los límites de su vida y a su contrincante sin rostro. Estaba cayendo, cayendo del círculo. En el último momento, atrapó al demonio y le arrastró con él. Sintió un estallido de alegría victoriosa. Después nada.

DIECINUEVE

Sano regresó a Edo sólo cinco días después de haber marchado, pero él se sentía como si hubiese transcurrido una eternidad.

Mientras cabalgaba, triste y cansado por el viaje, a pesar de que las calles brillaban bajo el sol de la tarde, vio con sorpresa que la estación del Año Nuevo había llegado. Las amas de casa y los comerciantes barrían el barro de sus puertas, limpiaban sus casas y tiendas preparándose para el día de Año Nuevo, que sería dentro de tres días.

—¡Demonios fuera! ¡Prosperidad adentro! —cantaban.

Las ropas de cama se aireaban en los balcones y en los tendederos. Las tiendas de los prestamistas hacían buenos negocios cuando los clientes les pagaban las deudas del Año Viejo. Ramas de pino, tallos de bambú y cuerdas de papel trenzado decoraban todas las entradas. Los pasteles de arroz se balanceaban en los dinteles de las puertas y las ventanas, colocados allí para sobornar a los malos espíritus para que se fueran a otra parte. En el mercado, los clientes se amontonaban alrededor de los tenderetes, comprando alimentos festivos que prepararían la víspera del día de Año Nuevo, en el que no se permitía cocinar. Los vendedores de *Mochi* machacaban arroz apelmazado y lo convertían en unos pasteles densos y pastosos que todos darían y recibirían en gran cantidad. Una alegre exuberancia había invadido la ciudad como si sus habitantes se anticipasen a la mayor festividad del año: *Setsubun,* la víspera del Año Nuevo.

La atmósfera festiva imperante no consiguió penetrar en la sombría amargura que sentía Sano. Nunca su festividad preferida había significado tan poco para él. Su viaje en solitario le había proporcionado mucho tiempo para reflexionar. La urna que contenía las cenizas de Tsunehiko, que recogió en su camino de regreso por Totsuka, abultaba mucho en su equipaje y le servía como constante recordatorio de lo que tenía que hacer. Tenía que capturar al asesino y vengar la muerte de su amigo sin manchar el honor de su familia. Además, tenía que solucionar el misterio a pesar de los esfuerzos de la dama Niu para detener sus pesquisas, mientras evitaba más ataques de su misterioso perseguidor. Ahora, más que nunca, tenía que convencer al magistrado Ogyu para que le permitiese continuar la investigación y que le dejase interrogar a Masahito.

La boca de Sano se torció con una mueca amarga. ¿Y qué oportunidades tenía él de tener éxito? Ogyu, que tan celosamente había protegido a los Niu, no saltaría de alegría precisamente cuando se enterase de la visita de Sano a Midori. Pero sin la declaración de la niña, Sano no tenía caso contra el joven caballero Niu. Tendría que contarle a Ogyu que había estado en Hakone.

En cuanto entró en la oficina exterior de la mansión del magistrado, supo que algo iba mal. Todos los oficinistas, mensajeros y criados dejaron de trabajar de golpe y se le quedaron mirando. Sano se detuvo en la entrada. Se sonrojó de vergüenza y le silbaron los oídos del silencio que se produjo. Luego, con igual rapidez, todos se inclinaron sobre lo que estaban haciendo, con la voz más baja que antes y los ojos alerta.

El oficinista principal habló desde su mesa sin alzar la vista de sus libros de contabilidad.

—Se os requiere en la cámara de recepción del magistrado Ogyu, *yoriki* Sano-*san.*

Con la aprensión tensando sus músculos, Sano recorrió el pasillo hacia la puerta de la cámara de recepción. Allí dudó, al escuchar una conversación mantenida en voz baja que cesó cuando él se aproximó. Inspiró profundamente y golpeó la puerta.

—Adelante —dijo la voz de Ogyu.

Con la boca seca y las manos húmedas, Sano abrió la puerta. Tragó saliva con dificultad cuando vio a tres hombres arrodillados, dos a la derecha y uno a la izquierda del escritorio de Ogyu.

—Buenos días, honorable magistrado. Hayashi-*san*. Yamaga-*san* —dijo haciendo una reverencia.

Y al hombre corpulento de rasgos enérgicos que estaba sentado a la izquierda de Ogyu, la última persona en el mundo que quería ver en aquel momento:

—Buenos días, Katsuragawa-*san* .

¿Qué significaba la presencia de los dos *yoriki*? Y lo que era más importante, ¿qué hacía su patrón allí? Él no había visto a Katsuragawa Shundai desde que le visitó con su padre.

Los hombres le devolvieron el saludo con solemne formalidad. Ogyu hizo un gesto a Sano para que se arrodillase. Sano lo hizo intentando leer en los cuatro rostros sin expresión.

—Después de muchas consideraciones —dijo Ogyu—, he decidido que tenías razón sobre Niu Yukiko y Noriyoshi.

Sano parpadeó sorprendido.

—¿Vos habéis...?

—Sí. Ellos no cometieron *shinju,* sino que fueron asesinados.

En su alivio y euforia, Sano no pensó en preguntar por qué Ogyu había cambiado de opinión. Pensó sólo en el alivio y la alegría de llevar una investigación oficial en lugar de una no oficial. Se imaginó que todas las puertas de la ciudad se abrirían ante él. Con la capitulación de Ogyu, el mayor obstáculo en su camino hacia la verdad había desaparecido.

Ya con la cabeza llena de planes, empezó a darle las gracias a su superior.

—Honorable magistrado, yo...

Ogyu alzó una mano para silenciarle.

—Ya que estabais ausente de vuestro puesto, no me quedó otra elección que traspasar la investigación a Yamaga-*san* y Hayashi-*san*. Ellos os explicarán lo que ha resultado de todo ello.

Sano hizo lo que pudo por guardar la compostura cuando volvió el rostro hacia sus colegas. ¡La investigación por la que había arriesgado y sufrido tanto, había sido traspasada a otros! Un terrible sentido de pérdida floreció dentro de él.

—Después de realizar las investigaciones oportunas, arrestamos al luchador Raiden —dijo Yamaga—. Ayer fue condenado por los asesinatos de Niu Yukiko y Noriyoshi. A primera hora de esta mañana, ha sido ejecutado.

—No. —Horrorizado, Sano miró alternativamente con incredulidad a Ogyu y Katsuragawa. La expresión de Ogyu continuó impasible; Katsuragawa atento.

—No puede ser. ¿Qué investigaciones? ¿Qué os hace pensar que Raiden les mató? ¿Qué está pasando aquí?

Hayashi carraspeó.

—Raiden confesó —afirmó él.

Sano se echó a reír, con una risa fuerte y dura que sobresaltó a su colega.

—¡Claro, por supuesto que confesó! —gritó, recordando a los prisioneros torturados que había visto en la cárcel de Edo.

—Pero yo quiero saber qué pruebas tenéis de que él había matado a alguien. Venga, decidme cuáles han sido estas supuestas investigaciones.

—¿Os atrevéis a insultarme? —El rostro de Hayashi enrojeció. Hizo el gesto de levantarse, con la mano en la espada.

Sano también se levantó. Por mucho que aborreciese la

violencia estéril, hubiese descargado su furia con mucho gusto contra Hayashi si Ogyu no hubiese intercedido.

—Por favor, por favor. —El magistrado movió la cabeza—. No vayamos a pelearnos como niños.

—¿Acaso no identificasteis vos mismo a Raiden como sospechoso? —dijo el magistrado a Sano.

Sano, arrodillándose de nuevo, lo comprendió todo. Ogyu aún estaba protegiendo a los Niu; simplemente había cambiado de táctica. ¿Qué mejor manera de cerrar la investigación que arrestando, condenando y ejecutando a un chivo expiatorio? Y Sano le había entregado el chivo expiatorio directamente a las manos de Ogyu. Yamaga y Hayashi habían escogido probablemente a Raiden sobre Kikunojo ante la renuencia de ofender a los patronos de alto rango del actor. Raiden, de clase baja, no tenía este tipo de protección. Con creciente desespero, Sano sintió que otra muerte había manchado sus manos de sangre.

—Nunca creí que Raiden fuese el asesino —protestó.

Su defensa ya no podía ayudar en nada al luchador, excepto para limpiar su nombre, pero no podía permitir que Ogyu cerrase la investigación con el asesino real aún en libertad.

—Raiden les dijo a sus carceleros que no se acordaba de haber cometido los asesinatos —dijo Hayashi fríamente, con su ira bajo control ahora—. Lo que sólo puede significar que la locura que le llevó a cometer su crimen también le permitió olvidarse de él convenientemente.

Aquellas palabras hicieron pensar a Sano. Tal vez el «demonio» de Raiden *había* hecho que Raiden matase y luego se olvidase. ¿Podía haberse equivocado tanto? ¿Tsunehiko había muerto porque él no había acertado a ver la culpabilidad de Raiden y le había arrestado antes de su viaje fatal?

—Raiden no era el único al que Noriyoshi chantajeaba —dijo Sano, luchando entre la duda y la culpabilidad por haberse aferrado tercamente a su teoría—. No tenía ningún motivo para matar a Niu Yukiko. Y creo que sé quién lo hizo.

—Simples suposiciones —se mofó Yamaga. Hayashi murmuró mostrando su conformidad.

Aunque Sano era reacio a revelar más descubrimientos después de ver cómo habían utilizado los anteriores, necesitaba la sanción oficial del magistrado. Rápidamente, explicó lo que había averiguado en Hakone.

—Creo que el caballero Niu merece que se le examine —concluyó—. Y debería empezar por determinar si él o uno de sus hombres me siguió hasta Totsuka y mató a mi secretario.

La prudencia evitó que Sano acusara directamente a Ogyu de encubrir a los Niu. Decirlo únicamente por la colérica necesidad de pedir explicaciones, dar rienda suelta a un impulso, sólo ofendería a su superior. Debería contentarse con confesar sus secretos culpables y peligrosa teoría. Con una forzada resignación, esperó la reprimenda que sabía que iba a caerle.

Pero Ogyu sólo suspiró y movió negativamente la cabeza.

—Las fantasías de una niña. Y tal vez tú también seas proclive a ellas, si atribuyes el fallecimiento infortunado de tu secretario a algo que no sea un asesinato común de la ruta. Y por lo que respecta a infligir más preocupaciones a los Niu, ni pensarlo. El verdadero asesino ha sido..., castigado.

—Pero...

—El caso está cerrado. —Como para subrayar su afirmación, Ogyu inclinó la cabeza a Yamaga y Hayashi—. Podéis marchar.

Acompañados por el frufrú del roce de los vestidos de seda, los dos *yoriki* se alzaron e hicieron sus reverencias. Sano pudo sentir sus miradas de desdén sobre él mientras abandonaban la estancia.

—Desearía continuar la investigación —dijo Sano, aunque sabía que un franco desafío no haría más que empeorar su posición.

Ogyu intercambió una mirada oblicua con Katsuragawa antes de responder.

—Lo siento pero no vais a investigar más ni este ni ningún otro caso, Sano-*san*. A partir de este momento, quedáis relevado de vuestro cargo como *yoriki* de la ciudad de Edo y, por consiguiente, despojado de todos vuestros deberes y privilegios.

Las palabras golpearon a Sano como un golpe físico. En realidad, se balanceó bajo su impacto. ¡Una desgracia como aquélla, tanto para él como para su familia! El rostro de Ogyu vaciló delante de él, sus palabras resonaban, la habitación se oscureció. De las palabras del magistrado sólo registró unas pocas frases inconexas.

«... Insubordinación... incompetencia... deslealtad... error al haberle designado en primer lugar... carácter inconveniente... si hacéis el favor de desalojar vuestra oficina y vuestros aposentos enseguida... »

Casi olvidó la investigación que hacía unos instantes le parecía tan importante. ¿Cómo afectaría todo esto a su padre?

—Sano-*san*, ¿comprendéis por qué os despido? —preguntó Ogyu.

Sano abrió la boca, pero no pronunció ni una palabra.

Ogyu debía de haber pensado que intentaría discutir o suplicar, porque dijo:

—Mi decisión es definitiva. No habrá apelación alguna. ¿Lo comprendéis?

—Sí, honorable magistrado —consiguió mascullar Sano.

—Y si sois tan amable de dejar las cenizas de Hamada Tsunehiko a mi oficinista, un representante oficial se las entregará a sus padres y les ofrecerá las condolencias en nombre de la ciudad.

Sano no sintió alivio de que le relevasen de aquella tarea. ¿Cómo podía Ogyu privarle de cumplir ni siquiera con aquella responsabilidad? Pero la abrumadora parálisis causada por el impacto no le dejaba hablar. Asintió, obediente cuando ya no importaba serlo.

—Ahora podéis marchar. —Ogyu hizo una pausa, y luego añadió—: Espero que tengáis éxito en vuestros futuros empeños.

Igual que un sonámbulo, Sano se puso en pie.

Katsuragawa habló por primera vez.

—Voy contigo.

Sano miró a su patrón consternado. No quería hablar con nadie. Quería despejar su oficina y sus habitaciones en el barracón y marchar lo más rápidamente posible. Necesitaba tiempo para pensar qué le diría a su padre. Pero Katsugawara permaneció a su lado, con una mano en su hombro.

—Tenemos que hablar, Sano-*san* —dijo.

Con firmeza guió a Sano hasta la entrada, donde recuperaron sus zapatos. Una vez en el exterior, le condujo hacia un callejón tranquilo que separaba la pared de la mansión de su superior y la de su vecino.

Caminaron en silencio un rato. Sano miró de reojo a su patrón, fijándose en los rasgos que le habían impresionado en su primera visita. Los fuertes hombros que casi se tragaban el fuerte cuello corto. El característico perfil, los labios gruesos, nariz de grandes ventanas y unos ojos recelosos que apenas parpadeaban. La gran curva de su generoso pero firme abdomen. La postura de Katsuragawa transpiraba seguridad; sus movimientos controlados y su paso deliberadamente lento sugerían el poder que albergaba en su pecho. Tras él, Sano se sentía pequeño y poca cosa, aunque era más alto que Katsuragawa.

—Como tu patrón, acepto cierto grado de responsabilidad por lo que te ha sucedido —empezó a decir Katsuragawa, mirando directamente al frente—. Tal vez con las prisas de librarme de una obligación contraída hacía mucho tiempo actué demasiado apresuradamente. No tendría que haberte dirigido a un cargo para el cual eres tan poco adecuado. Pero la culpa final la tienes tú, ¿no es así?

Se dio la vuelta para enfrentarse a Sano.

—¿No podías simplemente conformarte con cumplir los requerimientos de tu superior? ¿No podías intentar siquiera compensar tu falta de calificaciones y aptitudes con lealtad y obediencia?

El reproche de Katsuragawa sacó a Sano de su aturdimiento y contestó:

—¿Y qué tienen que ver mis carencias con todo esto? Me ha despedido no porque yo haya actuado mal, sino porque lo he hecho demasiado bien. He descubierto un asesinato que el magistrado Ogyu quería mantener oculto. —Agitó las manos nerviosamente—. ¿Cómo podéis esperar que sea leal a un hombre tan corrupto que ha sentenciado a muerte a un hombre inocente para perpetuar su encubrimiento?

Sano estaba gritando, pero no le importaba quién pudiese oírle o si ofendía a Katsuragawa. La necesidad que tenía de defenderse contra sus propias acusaciones y contra las de los demás era demasiado fuerte.

—¿Acaso negáis que en este caso hay un encubrimiento?

—Sano-*san* —Katsuragawa dejó de andar y cruzó sus gruesos brazos sobre su pecho. En un tono condescendiente dijo—: cuando hablo de tu falta de aptitudes me refiero exactamente a esto. ¡Por supuesto que hay un encubrimiento! Y si hubieses sido el hombre adecuado para este trabajo, habrías comprendido inmediatamente por qué era necesario.

Ignorando la exclamación de sorpresa de Sano, le preguntó:

—¿Qué crees que sucedería si se supiera que alguien de la casa del caballero Niu había asesinado a Yukiko? ¿Y qué sucedería si este «alguien» fuese un miembro de su propia familia? ¿Qué pasaría si el sogún considerase conveniente condenar a todo el clan a muerte y confiscar sus tierras como castigo? Imagina el efecto que todo ello tendría en el país.

Katsuragawa alzó sus manos al cielo.

—Miles de *ronin* dispuestos a vengar la muerte de su amo. Los aliados de los Niu y otros daimio, descontentos después de noventa años del gobierno de Tokugawa, buscando una razón para iniciar una rebelión. Une todo esto y ¿qué tienes? —Se inclinó tan cerca de él, que Sano pudo ver los poros de su bronceada piel—: Derramamiento de sangre. Otros cinco siglos de guerra. ¿Es eso lo que quieres? ¿Sólo por satisfacer tu curiosidad acerca de las muertes de un vulgar campesino y una insignificante mujer? ¿No sacrificarías la vida de un luchador, un cretino que hace daño porque no puede controlar su mal genio..., por la paz?

Sano no había considerado las vastas implicaciones de los asesinatos y la explicación de Katsuragawa tenía una cierta lógica aterradora. Pero algo en ella sonaba falso. En primer lugar, Sano no creía que fuera solamente la paz nacional lo que había motivado a Ogyu.

—¿Por qué el magistrado Ogyu no me había explicado todo esto? —preguntó.

—Probablemente dio por supuesto que lo habías comprendido. —Katsuragawa se dio la vuelta y reanudó su lento paseo.

Sano le siguió.

—¿Realmente creéis lo que acabáis de decirme? ¿Lo cree así el magistrado Ogyu? ¿Si el asesino es un Niu, acaso no se le permitiría cometer *seppuku*? La familia no sería castigada como lo son las de los plebeyos. Y los Tokugawas son fuertes. Los daimio no se arriesgarían a una revolución. Tienen mucho más que ganar manteniendo sus tierras, sus riquezas... y sus cabezas.

Al ver que Katsuragawa no respondía enseguida, Sano continuó:

—Por favor, al menos considerad lo que os he dicho. Y si vos decidís que tengo razón, ¿podéis usar vuestra influencia para reabrir la investigación de asesinato?

En lugar de responder, Katsuragawa lanzó una mirada a

Sano que expresaba simultáneamente la lástima que sentía por él, por su ingenuidad, y su indignación por su desfachatez. Sano vio lo inútil que era pedir ayuda a Katsuragawa. Aunque Katsuragawa no creyera en aquella desastrosa perspectiva, él y Ogyu y los otros funcionarios estaban atados por sus propias complejas redes de obligaciones, que Sano no podía ni atreverse a desenmarañar.

—Sano-*san,* estoy dispuesto a ayudarte a encontrar un nuevo cargo. Tal vez uno mejor que el que acabas de perder. Tengo muchos contactos —dijo Katsuragawa encogiéndose de hombros, con un gesto que indicaba que sólo tenía que mover un dedo y habría un cargo a disposición de Sano—. También está el asunto de tu matrimonio, que creo que tu padre quiere que se concerte lo más pronto posible. Me gustaría ofrecer mis servicios como mediador y actuar como garante en la medida que me sea posible.

Un nuevo cargo, posiblemente superior con un estipendio más elevado. Y con Katsuragawa negociando por él y garantizando su seguridad financiera, significaba la posibilidad de casarse con un miembro de una familia de alto rango. Sano podría reclamar su posición social y alguna parte de su honor. Tales perspectivas aliviarían la decepción de su padre. La oferta de Katsuragawa era generosa, y Sano debía considerarla. Pero reconocía un soborno en cuanto lo veía. Y los fantasmas de Tsunehiko y Raiden se alzaban entre él y su aceptación.

—¿Me ayudaréis, si dejo de investigar los asesinatos? —dijo poniendo nombre a la trampa obvia.

Katsuragawa torció la boca con disgusto ante la franqueza de Sano.

—Muy bien, entonces: sí.

—No puedo hacerlo.

Katsuragawa se detuvo en seco.

—¿Estás loco, Sano Ichirō? —preguntó. Agarró a Sano por los hombros y le sacudió—. ¿No ves lo que te estás haciendo a ti mismo y a tu padre? Además, ahora ya no puedes hacer nada sobre los asesinatos. Ya no eres *yoriki*. Nadie está obligado a responder tus preguntas ni a seguir tus órdenes. Si intentas llevar a cabo una investigación privada, serás arrestado y severamente castigado por interferir en los asuntos del gobierno. Todo ha terminado, Sano-*san*. ¡Ríndete!

—¡No! —Al librarse de las manos de Katsuragawa que le sujetaban Sano se dio cuenta de que con una palabra había cortado la relación con su patrón. Le embargó un estimulante sentido de liberación, atenuado por el miedo. Un patrón influyente que podía proporcionarle contactos con la gente adecuada era una necesidad absoluta para un samurái que quería prosperar en la vida. Sin él, podía renunciar a cualquier perspectiva de avanzar. ¿Qué había hecho?

—Entonces estás loco. —Katsuragawa se frotó las manos sacudiéndolas como si se estuviese librando de los últimos vestigios de su obligación hacia Sano y su familia. Empezó a alejarse callejón abajo, pero cuando había dado unos diez pasos, se dio la vuelta.

—¿Sabes por qué el magistrado y yo decidimos que serías un buen *yoriki*? —dijo—. Porque pensamos que tu inexperiencia te haría tan incompetente que serías inofensivo. Porque tu deuda te hacía fácil de controlar. —Katsuragawa se echó a reír con desdén—. Entonces nos equivocamos contigo, pero no ahora. Si continúas por este ridículo camino, entonces no vales más que si estuvieses muerto.

Sano llegó al hogar de sus padres al atardecer, con su caballo aún cargado con el equipaje de su viaje, excepto las cenizas de Tsunehiko, que con pesar había dejado al oficinista de Ogyu. Tras él iban los dos porteadores que había alquilado para transportar sus posesiones desde el barracón. Desmontó y les ayudó a descargar los bultos delante del portalón. Les pagó y les envió de regreso. Luego se quedó solo allí de pie, en la creciente penumbra, inmerso en sus pensamientos igual de negros.

Como samurái siempre había sabido que podía llegar un día en que tendría que cometer *seppuku* para evitar una desgracia o para expiar alguna culpa. Su preparación le decía que aquel día había llegado. Después de lo que había sucedido, sólo su suicidio ritual podría restaurar el honor de su nombre y su familia. Pero aunque su espíritu guerrero agradecía la liberación y la purificación de la muerte, tenía que renunciar a ello. Su vida no era suya hasta que hubiese vengado la muerte de Tsunehiko, limpiado el nombre de Raiden y conseguido justicia para Yukiko, Noriyoshi y Glicina.

Sano se obligó a dejar el caballo en el establo y luego colocó sus pertenencias en la entrada de la casa. Descorrió la puerta de la habitación principal. Empujar una daga contra su estómago hubiese sido más fácil. Temía enfrentarse a su padre, temía también ver de nuevo la marca de la muerte en el anciano. Por lo tanto, en primer lugar sintió alivio al descubrir que la habitación estaba vacía. Luego vio algo que le alteró mucho más.

La puerta que conectaba la habitación principal con el dormitorio estaba abierta. A través de ella, vio a su madre de pie al lado de la ventana, de espaldas a él, con la desesperación evidente en sus hombros caídos. Su padre yacía en el futón, con los ojos cerrados. Una profunda tos sacudía su cuerpo casi continuamente. El miedo se apoderó de Sano. Nunca había visto a su padre en la cama tan temprano. Y la gran parafernalia de enfermería dispuesta al lado de la cama —algunos cuencos de té, una jofaina, ropas amontonadas, jarras de medicamentos—, indicaba que había estado allí todo el día o tal vez más.

—*¿Otōsan?* —dijo Sano.

Su padre se movió. Lentamente abrió los ojos. Una arruga cruzó su rostro hundido. Luego el fruncimiento desapareció, como si el más ligero movimiento de sus músculos faciales le dejase exhausto.

—Ichirō —dijo su madre, dándose la vuelta con una sonrisa forzada—. ¡Qué sorpresa! No te esperábamos.

Sano fue hasta su madre y la abrazó. Siempre había sido una mujer fuerte y robusta, pero ahora parecía más pequeña y más frágil, como si la enfermedad de su marido la hubiese debilitado. Luego se arrodilló al lado de su padre.

—Hijo mío —susurró su padre—. ¿Por qué has venido? ¿No deberías estar en tu puesto? Aunque hayas hecho todo el trabajo los otros querrán que estés en los barracones.

Sano se preguntó si tal vez debería inventarse alguna excusa y contarle a su padre que había perdido su cargo y a su patrón sólo cuando... o si la salud del anciano mejoraba. Seguramente sería un acto de misericordia.

La descarnada mano de su padre emergió de debajo de la colcha para tocar la de Sano.

—Ve —dijo él, haciendo el débil gesto de empujarle. Un ataque de tos sacudió todo su cuerpo—. No eludas tu deber.

—*Otōsan.* —Sano tragó el seco nudo que se le había formado en la garganta. No podía mentir. La inflexible honestidad de su padre siempre le había pedido lo mismo de él—. Lo siento pero tengo que contaros algo malo.

Le explicó lo que había sucedido, desde el inicio de su investigación del *shinju* hasta su despedida de Katsuragawa Shundai. Cuando terminó, se preparó para recibir las recriminaciones de su padre.

Pero su padre no dijo nada. En su lugar parpadeó una vez, lentamente. Antes de que apartase la cara, Sano vio que la débil luz que había en sus ojos se apagaba aún más si cabe.

—*Otōsan*, lo siento mucho —dijo Sano, menos alarmado por el mudo rechazo que por el conocimiento de que tal vez acababa de destruir la última oportunidad para que su padre se recuperase—. Por favor, perdóname. ¡No te rindas!

Puso la mano sobre la de su padre pero el anciano la retiró cuando sintió su tacto. Para su padre él ya no existía. En aquel momento deseó haber cometido *seppuku.* Su padre preferiría ver a su hijo muerto antes que esta terrible desgracia que le conduciría rápidamente a la tumba.

—*¡Otōsan!*

Su madre estaba a su lado, dándole golpecitos amablemente en el brazo, urgiéndole a alzarse.

—Deja descansar a tu padre —le suplicó—. ¿Quieres guardar tus cosas y darte un baño antes de cenar?

Sano se alejó de sus ojos suplicantes y su sonrisa angustiada que le imploraba que actuase como si el desastre que había sacudido su mundo no hubiese sucedido. Se dirigió hacia la puerta.

—¿Dónde vas? —le llamó su madre, corriendo tras él—. ¿Cuándo regresarás?

—No lo sé.

* * *

Empezó a caer una fuerte y persistente lluvia, que empapó las ropas de Sano mientras vagaba por las calles. Repiqueteaba sobre las tejas de los tejados y caía goteando por los aleros formando charcos que chapoteaban bajo sus pies empapándolos. La luz de las lámparas formaba vagos cuadrados amarillos en las ventanas que encontraba a su paso. Los extremos de las torres de incendios desaparecían entre la niebla y la oscuridad. Algún transeúnte ocasional se cruzaba con él a toda prisa, escondido debajo de un paraguas. Desde los callejones que había tras las casas, Sano escuchó el rumor de las ruedas de madera y el chasquido de los cubos y los cazos mientras los recolectores nocturnos de suciedad hacían su ronda. El hedor de la suciedad de la noche se mezclaba con los limpios aromas de tierra húmeda y madera, humo de carbón y alimentos cocinados.

Sano caminó durante horas y perdió la cuenta de cuánto tiempo había estado vagando. Le dolían las piernas, pero su mente no le dejaba descansar. Todo lo que había estado pensando no le había reconciliado con ninguna de las dos posibles vías de acción: de alguna manera intentar arreglar sus diferencias entre él y Katsuragawa Shundai y salvar su carrera o cometer *seppuku.* De todas formas, con ambas debía renunciar a la investigación de asesinato que sólo podía tener como resultado más desgracias y una muerte infame sin honor tanto para él como para su padre. Pero no podía aceptarlo. Su deseo de seguir en pos de la verdad y la justicia impedían esta pasiva sumisión a la derrota, incluso cuando el Camino del Guerrero dictaba devoción filial y obediencia.

Por lo tanto, vagó sin rumbo por la ciudad, dando la vuelta a esquinas al azar, o eso pensaba él, hasta que vio el foso y los muros de la cárcel de Edo alzándose ante él. Las antorchas brillaban sobre las murallas de la fortificación; los guardias de la puerta vestían capas de lluvia sobre su armadura. Todo el edificio brillaba entre la niebla como un castillo encantado. Sano nunca habría imaginado regresar a un lugar tan horrible, pero atravesó el puente y se dirigió hacia los guardias sin dudar.

—Soy el *yoriki* Sano Ichiro —dijo, esperando que aún no les hubiese llegado la noticia—. Quiero ver al doctor Ito Genboku.

Tal vez no fue una idea consciente lo que había provocado su deseo de ver a Ito de nuevo, pero ahora veía que obraba bien. El doctor había hecho sacrificios por sus propios ideales. Sano podría hablar con él. Ito comprendería su dilema.

Los guardias aún no sabían nada y le dejaron pasar. En lugar de escoltarle a través de la prisión, uno de ellos le condujo alrededor de los edificios, a través de una serie de patios y pasadizos, hasta una choza cerca del muro más alejado. En su única ventana, una luz brillaba débilmente; el humo se alzaba hacia el firmamento.

El guardia abrió la puerta sin llamar.

—Ito. Alguien quiere verte. —Se inclinó ante Sano y se fue.

Puesto que no había porche ni entrada, Sano dejó sus zapatos en el suelo junto a la puerta, donde el tejado de paja sobresalía proporcionando un inadecuado refugio para la lluvia. Daba igual, ya estaban empapados. Agachó la cabeza para evitar golpeársela con el bajo marco de la puerta.

Se encontró en el umbral de una habitación única que ocupaba toda la choza. Ito estaba arrodillado en el centro junto a un pequeño brasero de carbón, una lámpara y un libro frente a él. En el rincón, Mura, el *eta,* estaba lavando ropas en un cubo. El doctor miró a Sano sin mostrar sorpresa.

—Siempre he sabido que volverías —dijo—. No te quedes ahí temblando, ven y caliéntate. ¿Mura-*san*? Sake para nuestro invitado, por favor. Y un cuenco de arroz cocido.

Mura se dirigió a una improvisada cocina compuesta por un hornillo con un quemador y unas pocas estanterías repletas de enseres. Sano se arrodilló junto al brasero, agradeciendo su calor. No se había dado cuenta del frío que tenía. Grandes escalofríos sacudían su cuerpo y le castañeteaban los dientes. No podía mantener quietas sus temblorosas manos sobre los carbones.

Sin decir nada, Ito se levantó y, del armario empotrado, sacó una colcha y se la dio a Sano.

—No, gracias —dijo Sano. El armario sólo guardaba una colcha, la de su anfitrión.

Ito siguió alargándole la colcha.

—Quítate esas ropas mojadas y tápate con esto o te pondrás enfermo.

Y luego añadió:

—Por favor, compláceme. Tengo pocas oportunidades de ofrecer hospitalidad.

Sano hizo lo que le decía. Bebió sake caliente y comió el humeante arroz que Mura le sirvió. Cuando recuperó el calor de su cuerpo, le explico al doctor Ito todo lo que le había sucedido desde su última visita.

Ito escuchó sin hacer ningún comentario. Cuando Sano terminó, preguntó:

—¿Y ahora qué harás?

—Pues no lo sé —admitió Sano—, pensaba que podrías ayudarme a tomar una decisión.

—Ya veo. ¿Y por qué quieres mi consejo?

—Porque tú comprendes qué es estar en esta situación y porque valoro mucho tu opinión.

Ito le estudió en silencio durante unos instantes, con una mirada seria pero no exenta de simpatía. Finalmente dijo:

—Sano-*san,* cuando yo fui condenado, perdí mi casa, a mi esposa, a mi familia, riqueza, cargo, criados, el respeto de mis colegas, la salud... Mi libertad. Esta habitación y la morgue son ahora todo mi mundo. Aún tengo mis estudios —hizo un gesto hacia el libro—, y un amigo, Mura, que me ayuda porque él quiere. Pero todo lo demás ha desaparecido. Vivo en desgracia y moriré en desgracia. A menudo, mi dolor y vergüenza son insoportables. Por lo tanto, me parece que soy la última persona para aconsejarte que eches por la borda todos tus futuros proyectos en pos de tus ideales.

Sano se sintió como un hombre que hubiese abierto la caja de un tesoro secreto sólo para descubrir que no hay nada dentro. De alguna manera, había esperado más de Ito que las mismas palabras convencionales que le hubiese podido dedicar cualquier otra persona.

A continuación el doctor Ito añadió:

—Sin embargo, tampoco puedo decirte que renuncies a tus ideales. No podrías vivir contigo mismo si lo hicieras. —Hizo una pausa, mirando a Sano con una extraña mezcla de piedad y aprobación—. Lo sé porque veo mucho de mí mismo en ti.

—*Giri ninjo* —terminó con un suspiro—. *Tatemae, honne.*

—Sí. —Asintió Sano, pensando en lo bien que su situación ilustraba los dos clásicos conflictos que Ito había citado: el deber contra el deseo; la conformidad contra la autodeterminación. Eterno e irresoluble.

—Cada hombre tiene que decidir por sí mismo lo que le importa más —dijo Ito.

Sano esperó. La lámpara parpadeante formaba un hueco brillante que abarcaba sólo a él y a Ito. En aquel momento, el mundo exterior no existía.

—Cada hombre tiene que saber cuándo decidir y saber cuál es su decisión. Creo que tú lo sabes, Sano-*san.*

Sentado completamente inmóvil mientras absorbía las palabras del doctor Ito, Sano percibió con los ojos desenfocados la llama de la lámpara. Unas imágenes se empezaron a formar en su mente. Su padre moribundo, símbolo del deber establecido para él en el Camino del Guerrero. Katsuragawa Shundai, que representaba la posición social y las recompensas que podría conseguir si cumplía con aquel deber. Pero otras imágenes se superponían a aquellas: el cuerpo de Yukiko quemándose en su pira; la llorosa Glicina; la cara desconcertada de Raiden; Tsunehiko riendo mientras cabalgaba por la Tokaido. Todas estas imágenes brillaban con más intensidad que las otras, iluminando el fuego de la necesidad de Sano de descubrir la verdad y hacer justicia. El tiempo transcurrió. El fuego consumió el laberinto de su incertidumbre y dejó su mente clara y su cabeza despejada. Su respiración escapó de su boca transformada en una risa breve dirigida a su propio autoengaño. Reconoció que el doctor Ito tenía razón. Él ya había decidido y continuaría su caza del asesino. Incluso si aquello significase sacrificar su seguridad y prosperidad e incluso su vida. Recuperaría el honor como resultado de seguir su propio camino, o no en absoluto y lo perdería todo. Y la vida de su padre dependía de su autorredención. Todo el tiempo que había estado vagando y pensando no había sido sino un intento de evitar reconocer estos hechos.

Muchas gracias por tu hospitalidad y perspicacia, Ito-*san* —dijo—. Ambas me han servido en gran medida. Pero no quiero molestarte más.

Hizo el gesto de levantarse, sintiéndose reforzado por la solicitud del doctor pero no más en paz de lo que estaba cuando había llegado. Sin autoridad y sin nada más que sus conocimientos inadecuados en los que basarse, ¿cómo conseguiría llevar ante la justicia a un asesino tan poderoso y aparentemente invencible?

—Es tarde —dijo Ito—. Las puertas de la ciudad estarán ya cerradas. No puedes regresar a casa esta noche. Mura te preparará una cama aquí. Duerme y por la mañana tendrás fuerza y sabiduría para hacer lo que tengas que hacer.

VEINTE

A la mañana siguiente Sano regresó al distrito daimio. Vestido con una capa de lluvia de paja peluda y un ancho sombrero de campesino también de paja, paseaba arriba y abajo por la ancha avenida delante de la *yashiki* de los Niu, recogiendo basura ostensiblemente, aunque en realidad vigilaba la puerta de la mansión. De vez en cuando, pinchaba con la punta del palo que llevaba algún trozo de basura y lo depositaba en la cesta, esperando convencer a los guardias de que era un barrendero con todo el derecho de merodear por delante de las casas de sus señores. No podía permitir que le identificasen como el *ex yoriki* Sano Ichirō, al que se le había prohibido la entrada en la residencia de los Niu, que vigilaba secretamente al caballero Niu. Si los Niu o el magistrado Ogyu averiguaban lo que estaba haciendo sería arrestado, sino asesinado, allí mismo.

Sano hacía ver que miraba por la calle buscando desperdicios, mientras observaba si el caballero Niu hacía su aparición. El subterfugio no era algo que se le diera bien de forma natural, pero no le quedaba más remedio que aguardar y esperar que el joven le condujese hasta las pruebas de que él había cometido los asesinatos. Ahora él no tenía ni autoridad ni recibiría ayuda, tal como Katsuragawa le había recordado; tampoco contaba con el dinero suficiente para comprar respuestas y ningún medio para evitar a los omnipresentes espías de Edo. Recordaba constantemente lo que Midori le había contado acerca del diario de Yukiko. No tenía otra forma de averiguar lo que el caballero Niu había hecho que fuese tan importante como llegar a matar para ocultarlo.

A pesar de la mínima oportunidad de éxito que presentaba su misión, Sano experimentaba un curioso optimismo. Ahora era libre de usar medios detectivescos poco convencionales y tenía tiempo ilimitado a su disposición. No tenía responsabilidades hacia nadie excepto para sí mismo. Podía perseguir la verdad y la justicia como quisiera e intentar salvar la vida de su padre. Un verdadero *ronin* podía vivir o morir por sus propios medios. Aunque anhelaba la seguridad de un amo, su nueva libertad le llenaba de un enorme júbilo. El futuro se había abierto ante él, como una hoja en blanco, aunque insinuando posibilidades desconocidas.

No obstante, el necesario disfraz anclaba a Sano a la sombría realidad del aquí y ahora. La capa, aunque le protegía de la helada llovizna, le rozaba el cuello y las muñecas. El frío barro se colaba por sus sandalias de paja y empapaba sus calcetines; a cada paso que daba salía un chorro de barro. ¡Y qué humillación para un samurái vestirse como un vulgar campesino! También se sentía desnudo y vulnerable a pie, llevando como única arma la espada corta metida dentro de su fajín, bajo la capa. Echaba de menos a su caballo y la espada larga, que había dejado atrás porque indicaban su rango y además esperaba no necesitarla. Sin embargo, se alegraba al comprobar que su disfraz le hacía virtualmente invisible; la gente pasaba por su lado a toda prisa sin bajar la vista de sus caballos o sin sacar la cabeza de sus paraguas, sin reparar en él.

Unos treinta pasos le acercaron a la puerta del caballero Niu. Mientras avanzaba lentamente, recogía excrementos de caballo y los echaba en su cesta. Nadie entró o dejó la *yashiki*. Finalmente, para no atraer la atención quedándose demasiado tiempo en un lugar, Sano se alejó. Dejó algunas deposiciones en la calle como excusa para regresar.

Miraba por encima del hombro de vez en cuando al recoger sobras o basura. Llegó al final de la calle, dio media vuelta y regresó por donde había venido otra vez. En esta ocasión, tres samuráis que vestían la insignia de la libélula de los Niu entraron por la puerta. Después de pasar un par de veces arriba y abajo, salieron. El caballero Niu aún no aparecía. Sano empezó a sentir que estaba llamando la atención. Ahora ya no quedaba basura en la calle y deseaba que alguien tirara algo al suelo para tener alguna razón legítima para quedarse allí. Se entretuvo un rato delante de la *yashiki* de los Niu mientras se atrevió y luego empezó otra ronda.

—¡Eh, tú!

Al principio, Sano no respondió. La gente no se dirigía a un samurái de esta manera. Luego recordó su disfraz y se giró hacia la voz.

—La calle ya está lo bastante limpia —gritó uno de los guardias desde su puesto—. Y ya estoy harto de verte. ¡Piérdete, sucio animal!

¡Sucio animal! Los treinta años de educación como samurái de Sano se rebelaron contra el insulto. Furioso, se quedó mirando al guardia. Una colérica réplica brotó hacia sus labios. Soltó el palo y llevó su mano automáticamente hacia la espada que no estaba en su sitio.

—Y bien, ¿a qué esperas?

El guardia salió de su puesto y miró hacia Sano, blandiendo un pequeño objeto.

Era una cerilla encendida.

—¿Queréis que le haga bailar? —riendo, el guardia preguntó a sus camaradas.

—¡Si quieres conservar tu asquerosa capa de lluvia y tu repugnante vida será mejor que eches a correr! —dijo a continuación a Sano.

—¡Sí, mi amo!

Temblando, Sano se inclinó profundamente de acuerdo con su humilde condición.

Recogió el palo y se retiró doblando la esquina corriendo. Se quedó allí, luchando para controlar su ira y el susto. ¡Aquel guardia, al que no le hubiesen más que reprendido como castigo, podría haberle prendido fuego matándole de la misma forma que el caballero Matsukara de Shimbara había matado a unos campesinos que no habían conseguido alcanzar la cuota de la producción de arroz! Finalmente su cuerpo dejó de temblar. Su respiración se hizo más lenta y se regularizó. Inspeccionó los alrededores e intentó pensar en una forma de mantener su vigilancia sobre el caballero Niu.

La calle lateral, la mitad de ancha que la avenida que acababa de dejar, se extendía entre el muro de la *yashiki* de los Niu y el de la residencia de su vecino. Parejas de guardias hacían de centinelas en las puertas secundarias más sencillas a través de las cuales pasaba un flujo continuo de porteadores y sirvientes. Allí, Sano no tenía que preocuparse tanto por si alguien le llamaba la atención. Los guardias estaban ocupados, había mucho tráfico de transeúntes y un montón de basura. Pero tenía menos oportunidades de ver allí al caballero Niu. El hijo de un daimio usaría la puerta principal.

Desanimado, Sano paseó por aquella calle lateral pensando qué podría hacer ahora que su plan había fallado. Podría buscar testigos que hubiesen visto a un hombre lanzar un gran bulto al río. Podría regresar a Yoshiwara e interrogar al resto de los amigos de Noriyoshi con la esperanza de que alguno de ellos hubiese visto al caballero Niu la noche de los asesinatos. Sano sacudió la cabeza. ¿Hasta dónde podría llegar antes de que alguien descubriese su disfraz e informase de ello a Ogyu?

Entonces, mientras Sano pasaba por delante de la puerta de los Niu por tercera vez, ésta se abrió para descargar a cuatro samuráis que llevaban un palanquín negro. Ni el palanquín ni las capas de los porteadores mostraban insignias que les identificasen, pero en ellos se distinguía el inconfundible sello de calidad. ¿Por qué un miembro de la familia Niu o un huésped distinguido querría salir por la puerta lateral? Sano intentó ver dentro del palanquín, pero su curiosidad quedó frustrada porque sus postigos estaban cerrados.

De pronto, los postigos se abrieron. El pasajero dijo algo a los porteadores y luego los cerró rápidamente otra vez. Su rostro, parcialmente escondido por un sombrero de mimbre, apareció sólo un instante, pero Sano le reconoció al momento: era el caballero Niu.

* * *

Aunque desconcertado por la furtiva partida del caballero Niu, Sano no tuvo ningún problema para seguir al palanquín. Las calles abarrotadas de Nihonbashi ofrecían multitud de escondites y, al mismo tiempo, hacían que los porteadores avanzasen a un ritmo lento.

El caballero Niu visitó la tienda de un armero, habló brevemente con otros clientes y luego salió sin comprar nada. Fue a una sórdida academia de artes marciales frecuentada por *ronin*, donde practicó el manejo de la espada. Sano paseó una y otra vez por delante de la puerta abierta, observando. El caballero Niu luchaba con una hoja de acero en lugar de una espada de prácticas de madera. Sin que su pierna enferma fuese obstáculo alguno, ejecutó cada estocada y parada brillantemente, con sus reflejos cada vez más rápidos. Combate tras combate finalizaba con su hoja contra la garganta de su contrario. Su habilidad dejó a Sano boquiabierto de admiración. ¡Ojalá nunca tuviese que enfrentarse al caballero Niu en un combate!

Después, el joven y sus tres compañeros estudiantes fueron a un restaurante que estaba cerca de la academia. Sano siguió el ejemplo de los porteadores y utilizó el tiempo para comprar comida a los vendedores de la calle. Aunque se arriesgó a comer cerca del tenderete cercano al de aquellos hombres, no escuchó nada que le fuese de utilidad. Eran hombres taciturnos que pedían la comida y comían en silencio. A Sano le hubiese gustado atreverse a acercarse al caballero Niu y sus amigos para enterarse de algo. A esta velocidad, nunca vería o escucharía nada que pudiese incriminar al caballero Niu. Pero se quedó allí, dispuesto a seguirle durante el resto de su vida si fuese necesario.

Su presa había empezado a ejercer un poderoso magnetismo sobre él. Gradualmente, había estado dispuesto a creer que el joven había matado a un chantajista, a su propia hermana y a Tsunehiko en un intento de encubrir algún terrible crimen anterior. Sano no podía dejar que aquel monstruo escapase de su vista. El odio y la fascinación le abrieron su apetito de venganza y aceptó cualquier dificultad que pudiera aguardarle. Compró dos pasteles *mochi* por si la persecución le conducía a algún lugar donde no hubiese comida disponible. Soportó el dolor de las piernas, sus pies congelados y la omnipresente amenaza de muerte, observándole con un fiero sentido de anticipación cuando el caballero Niu salió del restaurante y subió al palanquín.

Sano se decepcionó al ver que los porteadores empezaban a volver sobre sus pasos en dirección a la mansión. Sin embargo, dejando atrás el distrito de los daimio, siguieron por un sendero tortuoso bajando por serpenteantes calles, cruzaron el puente Nihonbashi, recorrieron canales y pasaron a través de barrios ricos y pobres, gradualmente dirigiéndose hacia el norte. Finalmente, dejaron atrás las afueras de la ciudad y continuaron por campo abierto.

Sano se sintió bastante seguro siguiendo al caballero Niu por el distrito Kanda, donde las onduladas colinas boscosas se extendían pardas y grises bajo unas hinchadas nubes bajas que, continuamente, dejaban caer una fina lluvia helada. Aunque la multitud había desaparecido, aún había mucho tráfico en la carretera Okushudo que conducía a Ueno, incluyendo campesinos vestidos igual que él. Luego, los porteadores giraron por un camino desierto que subía por una empinada colina hasta el bosque. Sano quedó cada vez más rezagado tras ellos de manera que no pudiesen verle. Finalmente, temiendo tal vez perderles si doblaban por algún sendero que se desviaba ramificado del camino principal, se apresuró y entró en el bosque.

Los que recogían leña habían limpiado el suelo de ramas muertas que podrían haber hecho más lento su avance, pero Sano tenía que luchar con otros obstáculos. Las rocas incrustaban sus afiladas puntas en sus ya doloridos pies y los charcos le empapaban hasta las rodillas. Una flecha clavada en un árbol le indicó que estaba en los terrenos de caza de algún señor. Mientras se apresuraba para mantener a la vista el palanquín del caballero Niu, esperaba que de un momento a otro alguna partida de cazadores a caballo cayese sobre él. Por fortuna, el sendero finalizaba no muy lejos de allí en un muro con una puerta techada que ostentaba la insignia de los Niu. Los porteadores dejaron el palanquín en el suelo mientras dos samuráis salían de las casetas y abrían la puerta.

Sano observó desde el bosque cómo la puerta se cerraba tras los porteadores y el palanquín y los guardias regresaban a sus puestos. Aquello debía ser la casa de verano de los Niu. Con el daimio en su provincia y el resto de la familia pasando el invierno en la ciudad, Sano no esperaba encontrar la casa fuertemente vigilada. Se aproximó a ella en ángulo, adentrándose en el bosque, alejándose de la carretera y la puerta. Luego, cuando se acercó al muro, escuchó el chapoteo de pasos sobre el barro. Rápidamente, se agachó tras un arbusto y a través de él vio un par de samuráis con armaduras que llevaban arcos y flechas. Al pasar, llegaron a él fragmentos de su conversación.

—Estaré contento cuando regrese a Edo. Esto es demasiado tranquilo.

—Pero no esta noche. —Se escucharon risas.

¿Qué significaba aquello? Sano esperó hasta que les escuchó hablar con los guardias de la puerta. Entonces corrió en dirección por donde ellos habían venido. Las patrullas adicionales, si es que había algunas, estarían dispersadas por toda la finca. Siguió la curva del muro hasta que ya no pudo ver el camino ni la puerta. Hizo una pausa para observar y escuchar. No había nadie en las torres de observación montadas a intervalos a lo largo del muro. El bosque parecía desierto y cada vez estaba más oscuro con el cielo encapotado, silencioso, excepto por el constante goteo del agua de los árboles. Sano se acercó sigilosamente al muro.

Hecho de barro y revestido con piedras planas unidas con argamasa, se alzaba por encima de la cabeza de Sano. Empezó a escalarlo, incrustando los dedos de las manos y de los pies en cada uno de los precarios soportes que encontraba en las grietas, entre las piedras. Su capa de paja crujió fuertemente e hizo una mueca al escuchar el ruido. Se impulsó para encaramarse a lo alto del muro y se quedó echado allí, mirando hacia abajo al otro lado. Vio que había más bosque, parecido al que acababa de dejar, una combinación aparentemente natural de árboles de hoja perenne, caduca y arbustos. Éste también parecía desierto. Sano esperó un poco más. Al no ver a nadie, saltó por el borde del muro. Su capa crujió de nuevo al aterrizar. Se la quitó a toda prisa y la enterró bajo un montón de hojas muertas. La lluvia casi había cesado y la capa y los pantalones negros que llevaba debajo serían un camuflaje más adecuado en la penumbra del inminente ocaso.

Se puso de pie y empezó a moverse en dirección a la puerta. Un sendero recorría todo el bosque, probablemente despejado para que resultase un paseo pintoresco para las damas del daimio. Se curvaba y doblaba y luego finalizaba en el extremo de un claro. Al frente, Sano vio un ancho camino de grava que provenía de la puerta. Sus ojos lo siguieron hasta la casa distante que se alzaba a su izquierda. Inmediatamente, sintió como si hubiese retrocedido en el tiempo.

Construida con el estilo popular de unos ochocientos años antes, la casa de verano de los Niu, a la sombra de los árboles, coronaba una pequeña elevación del terreno. La gran casa principal o *shinden,* una estructura cuadrada con el techo recubierto de guijarros y elevada sobre pilotes, estaba orientada al sur. A los pies de sus empinadas escaleras descansaba el palanquín desierto del caballero Niu. Dos hombres más hacían guardia, vigilantes, ante una puerta que daba a un amplio porche, resguardado por un techo sostenido con pilares. Unos pasadizos cubiertos salían de cada lado del *shinden* hacia unas casas parecidas, pero más pequeñas. Diamantes de luz brillaban tras las celosías de las ventanas de los tres edificios. En cada lado de la casa, sospechó Sano, otro pasadizo cubierto se extendía por la parte de atrás, cercando un jardín posterior que culminaba en unos pabellones abiertos. Tras este complejo residencial, más edificios interconectados albergarían los aposentos de la familia, las dependencias de los vasallos y los criados, las cocinas y los establos. Había visto moradas como aquélla en las antiguas pinturas. Autoras de la corte imperial Heian, tales como Murasaki Shikibu y Sei Shonagon, habían escrito sus poemas, narraciones y diarios en ellas. El príncipe Genji había llevado a cabo sus intrigas románticas en aposentos, pabellones y jardines como aquél. La venida aquí del caballero Niu fuera de temporada, en un transporte sin distintivos, sugería algún propósito más siniestro para la elegante casa.

Moviéndose de árbol en árbol, Sano se acercó a la parte trasera de la casa. El claro era paralelo al pasadizo cubierto que esperaba encontrar. Se detuvo justo en los intrincados aposentos familiares de madera y se arrastró bajo el suelo elevado del pabellón hacia el fondo del pasadizo. Cuando llegó al otro extremo, miró con cautela hacia el *shinden.* El jardín trasero contenía un pequeño lago con una isla en el centro. Unos puentes arqueados conectaban la isla con la orilla. Sano escondió la cabeza cuando vio a dos guardias más de pie en la galería trasera. Le picaba aún más la curiosidad acerca de la conversación que habían mantenido aquellos dos guardias. ¿Todos los daimio mantenían las mismas fuertes medidas de seguridad en sus residencias de verano o estos hombres estaban allí por alguna razón especial? ¿Había más dentro de la casa? No podría acercarse donde estaba el caballero Niu con ellos rondando por la residencia. Frustrado y exhausto, Sano se sentó en cuclillas bajo el pabellón pensando qué haría a continuación. Se apoyó en la superficie curva de madera de un gran objeto que había a su lado.

Tal vez fueron sus contornos, que le resultaban algo familiares, los que le despertaron algún sentido de reconocimiento en él; tal vez era su entrenamiento de samurái que le hacía recelar de las cosas que encontraba en oscuros lugares donde no deberían estar. Fuera como fuese, Sano examinó aquel objeto. Cuando sus ojos se acostumbraron a la oscuridad, vio que se trataba de un bote. No una delicada embarcación para pasear a las damas por el lago, sino una resistente batea de madera con un remo igualmente resistente depositado a través de la embarcación. Sano subió a la embarcación. Sus dedos tocaron un tatami enrollado bastante suelto. Palpó el rollo y pensó que tocaba algo en el centro. Manteniendo los oídos alerta por si escuchaba pasos, lo desenrolló. Esperaba que los guardias no oyesen el débil crujido de la estera desde la distancia.

Al final el último pliegue se abrió. Dos objetos blandos cayeron al suelo junto a Sano, que los recogió con un sentimiento de triunfo.

En una mano sostenía una sandalia, hecha de paja y muy desgastada en la parte interior del talón. En la otra sujetaba fuertemente un rollo de cuerda. Había visto la pareja de aquella sandalia en la sala de disección del doctor Ito: pertenecía a Noriyoshi. Y juraría por su vida que aquella cuerda había sido utilizada para atar la estera alrededor de los dos cuerpos durante el transporte desde este lugar hasta su tumba de agua. Sano, mentalmente, reconstruyó los asesinatos e imaginó al caballero Niu atrayendo a sus víctimas hasta la casa de verano: Noriyoshi tentado con la promesa de dinero, tal vez, y a Yukiko con una simple petición de hermano a hermana. Se habría acercado a ellos por detrás, furtivamente, para propinarles los golpes fatales. Después, habría transportado el bulto pesado y difícil de manejar a caballo hasta la orilla del río, donde esperaría el bote. Luego habrían puesto a resguardo el bote y su contenido. Sano guardó la sandalia y la cuerda dentro de su capa. Por primera vez en varios días apareció una sonrisa en sus labios. Aquélla era la prueba que llevaría a las autoridades, no al magistrado Ogyu, sino más arriba, al Consejo de Ancianos. Ahora tendrían que escucharle.

Pero en lugar de marchar enseguida hacia la ciudad, dudó. Aún no sabía por qué Noriyoshi y Yukiko habían muerto. La ausencia de un motivo debilitaba su caso contra el caballero Niu. Por consiguiente, tenía que averiguar qué era, aunque tuviera que pegarse al joven toda la noche.

Le llegó la inspiración cuando vio que los pasadizos que conectaban los pabellones con las casas laterales también eran elevados. Si miraba directamente hacia el otro extremo del estrecho túnel flanqueado por pilotes por debajo del que se adjuntaba a su pabellón podía ver la luz del día en el otro extremo. Cuidadosamente, se arrastró hacia la luz. A medio camino escuchó las voces de los guardias desde el porche. ¿Le oirían? Bajo el pasadizo estaba más oscuro que bajo el pabellón y palpó el suelo con las manos mientras avanzaba. Si se golpeaba contra algún obstáculo inesperado o tropezaba y caía en algún agujero haría ruido y aquello alertaría a los guardias.

Justo cuando acababa de llegar al espacio más amplio que había entre la casa lateral Sano oyó ruido de cascos provenientes de la puerta del muro. Se aplastó contra el suelo con las manos sobre la cabeza. El suelo sobre él crujió cuando alguien del interior pasó por encima. Otros pasos hicieron crujir la grava del camino.

Un hombre gritó:

—¡Salve hermanos! ¿Por qué habéis tardado tanto? Su señoría está esperando.

Sano no entendió la respuesta. Los guardias habían ido a recibir a los recién llegados y precisamente habían impedido que la escuchase. Salió a toda prisa hacia la fachada de la casa. Ahora escuchó las voces que elevaron el tono discutiendo y pudo distinguir algunas frases sueltas:

«¿...significa esto?»

«...en lugar de venir..., entregar los bienes de otra manera..., sé que no le gustará, pero...»

Sano sacó la cabeza para mirar entre los pilares de la casa y vio a ocho hombres reunidos en el camino. Los dos guardias estaban frente a cuatro samuráis a caballo y dos porteadores con un palanquín. La tarde gris había empezado a disiparse en un ocaso aún más grisáceo y oscuro y no pudo ver con claridad los rostros de los recién llegados y tampoco distinguir las insignias que lucían en sus vestimentas. Pero el guardia les había saludado como camaradas: ellos también eran hombres del caballero Niu. A Sano le hubiese gustado que se acercasen y así poder escucharles mejor.

De pronto, se escuchó un fuerte golpe que provenía del interior del palanquín. Los porteadores lo dejaron en el suelo. La puerta se abrió y un hombre menudo y encorvado salió bruscamente.

—¡Llevadme ante el caballero Niu Masahito, inmediatamente! —gritó, y su voz llegó hasta Sano desde la distancia.

Los guardias sujetaron al hombre, que se soltó y se alejó corriendo hacia la casa. Los samuráis a caballo galoparon tras él, bloqueando las escaleras que conducían a la puerta. Frustrado, el hombre derrapó al detenerse y los guardias le capturaron. Mientras le arrastraban de regreso al palanquín, tropezó y cayó de lado con la cara vuelta hacia Sano.

Incluso a unos treinta pasos de distancia, Sano vio y reconoció la boca y barbilla manchada. El hombre era Come Cerezas, el marchante de *shunga* y antiguo jefe de Noriyoshi.

Sano sonrió de nuevo cuando dedujo el motivo de la presencia de Come Cerezas. Cualquier negocio que hubiese llevado hasta allí al marchante de *shunga* en algún momento habría incluido a Noriyoshi. Ahora sólo le faltaba enterarse de cuál era aquel negocio. No creía que Come Cerezas hiciera todo aquel recorrido desde Yoshiwara sin ser invitado sólo para entregar pinturas.

Los guardias llevaron en volandas a Come Cerezas hacia el palanquín y cayó hecho un ovillo a su lado.

—Descargad los bultos y llevaros a esta plaga de regreso a Yoshiwara —ordenó uno de los guardias a los porteadores.

—No me iré hasta que haya hablado con el caballero Niu —gritó Come Cerezas. Cuando los porteadores intentaron alzarle, respondió con puntapiés y golpes.

Sano escuchó que se abría una puerta, y luego la voz del caballero Niu preguntando:

—A ver, ¿qué pasa aquí?

Come Cerezas se puso en pie apresuradamente.

—Su señoría, un placer veros —dijo sonriendo tontamente y haciendo una reverencia—. Y recibir vuestra gran hospitalidad por supuesto es un gran honor.

Incluso bajo aquellas circunstancias, no quería o no podía refrenar su ingenio. Dio unos pasos hacia la casa y se dejó caer de rodillas antes de que los guardias le sujetasen de nuevo.

—Siento muchísimo la molestia pero tengo que hablar de algo con su señoría.

—¿Y eso qué es?

Aunque los árboles bloqueaban la visión de Sano del porche, podía imaginar la indignación en el rostro del caballero Niu.

—Lo siento, pero el precio de mis servicios ha aumentado —dijo Come Cerezas—. ¿Tal vez vos quisierais hablar del asunto dentro, en privado?

El caballero Niu pasó por alto la sugerencia.

—Teníamos un acuerdo —dijo—. No veo ninguna razón para cambiarlo.

Come Cerezas se frotó las manos con una obsequiosa sonrisa abriéndose entre su mancha de nacimiento.

—La muerte de Noriyoshi hace que este cambio, lamentablemente, sea necesario.

Sano esperaba que el caballero Niu protestase. Pero el hijo del daimio pareció perder interés en la conversación.

—Muy bien —dijo impacientemente—. ¿Cuánto?

Come Cerezas dijo una suma que a Sano le pareció escandalosa. ¿El marchante ocupaba la posición de chantajista de Noriyoshi o sólo le cobraba más porque la muerte de su empleado significaba más trabajo para él?

El caballero Niu no preguntó; sólo dijo:

—Ve a la *yashiki* mañana y tendrás el dinero preparado.

—Lleváoslo de aquí y entregadme lo que ha traído. Y deprisa. Se acaba el tiempo —gritó a los porteadores. A continuación se escuchó un portazo.

Sano vio que los porteadores entraban en el palanquín. Le causó un gran impacto ver que sacaban de él un cuerpo inerte envuelto en una sábana. Lo llevaron entre los dos como si fuese un saco de comida, hacia la casa. La cabeza del hombre colgaba. Sano inspiró profundamente cuando vio aquellos ojos cerrados y las pálidas mejillas.

—¡Está muerto! —Uno de los samuráis a caballo dijo en voz alta lo que Sano pensaba.

Come Cerezas agitó sus manos.

—No, no. Tan sólo drogado, como su señoría ordenó. No se despertará al menos en dos horas.

El marchante de *shunga* entró en el palanquín. Luego sacó la cabeza y dijo:

—¡Estoy seguro de que es más que suficiente, je, je, je!

Sano abandonó su punto de observación y corrió por debajo del pasadizo que conectaba la casa lateral con el *shinden*. Tenía que averiguar qué pretendía hacer el caballero Niu con aquel hombre. ¿Estaba a punto de averiguar qué sabía Noriyoshi de éste y por qué había muerto el artista? Un momento después, el pasadizo crujió sobre él cuando los porteadores pasaron arrastrando los pies con su carga. Corrió agachado bajo ellos, de regreso a la casa lateral que acababa de abandonar. Se detuvieron junto a la esquina del fondo y escuchó un golpe sordo cuando dejaron el cuerpo en el suelo. ¿Debería subir e intentar ver el interior de la habitación?

No aún: un par de piernas con pantalones se acercaba a la casa. Sano se replegó encogiéndose en las sombras. El hombre se detenía a intervalos para clavar antorchas en el suelo y encenderlas. Pronto, una línea de llamas danzarinas rodeó el escondite de Sano e iluminó el camino hacia la puerta. Se escucharon pasos apresurados provenientes de la dirección de las dependencias de la servidumbre. Se abrieron y cerraron puertas. Cuando Sano se arrastró para mirar hacia el jardín vio doncellas que llevaban bandejas llenas de alimentos subiendo las escaleras de la casa principal. ¿Y ahora qué? El caballero Niu y sus hombres tenían que comer, por supuesto, pero aquella agitación sugería algo más. ¿Un banquete? El estómago de Sano protestó y se dio cuenta de que tenía hambre. Del interior de su capa sacó un pastel de *mochi*. Mordisqueó trozos pequeños y se los tragó. La densa y nutriente comida que alimentaba a los samuráis durante sus largos viajes silenciaría su estómago antes de que atrajese la atención de alguien.

Gradualmente, el alboroto fue cesando. El silencio cayó sobre la casa mientras se hacía de noche. Sano no oía ningún ruido proveniente de la casa que había sobre él. No entraba ni salía nadie. Esperó con creciente impaciencia, con ansias de entrar en acción tanto como para calentar su cuerpo, que ya tenía los músculos agarrotados, como para satisfacer su curiosidad. Al final se atrevió a arrastrarse hasta un lado de la casa y sacó la cabeza y los hombros. Al no ver a nadie merodeando entre los oscuros árboles, acabó de salir y se puso en pie. Se tambaleó un poco, porque aún tenía las piernas entumecidas de estar en cuclillas y arrastrarse. Allí fuera el aire era más frío pero más limpio; respiró aliviado. Con precaución, se movió por el exterior de la casa, deteniéndose bajo cada ventana. Al llegar a la habitación que hacía esquina, lentamente se alzó todo lo que su altura le permitía y se detuvo frustrado. Tras las celosías, las ventanas estaban cerradas. Sólo pudo distinguir unas vagas y oscuras siluetas dentro de la habitación iluminada. Pegó la oreja a la pared. Esta vez escuchó un débil lamento. ¡Tenía que ver qué pasaba allí dentro!

Sano examinó la pared en busca de grietas o agujeros, pero no descubrió ninguno. Pasó las manos por la suave y desgastada superficie de madera. Sus dedos encontraron un punto áspero y circular del tamaño de un ojo humano. Un nudo. Tal vez...

Sacó su daga, la clavó en el centro del nudo y la movió dando vueltas. El nudo no se movió. Sano lo intentó de nuevo. Entonces sintió que se movía ligeramente. Tiró con suavidad y lo consiguió.

El nudo salió con un chirrido casi inaudible que, sin embargo, envió a Sano a toda velocidad a esconderse debajo de la casa. ¿Lo habría oído el caballero Niu? Sano permaneció inmóvil, sujetando su daga, esperando oír gritos y caos. Pero no sucedió nada. Esperó lo que le pareció una eternidad. La casa estaba sumida en silencio. Salió arrastrándose otra vez. Aún con la daga en la mano, miró a su alrededor y luego puso el ojo en el agujero de la madera.

Un círculo de velas iluminaba el desnudo cuerpo que yacía en el suelo. Después de todo no era un hombre, sino un samurái adolescente con la coronilla afeitada y el largo mechón de pelo que significaba que aún no había pasado su ceremonia de madurez. Estaba echado en el suelo, inmóvil, con los ojos cerrados. Un sonrojo artificial, tal vez por la droga, coloreaba su flácido rostro. El caballero Niu estaba de pie, delante de él, también desnudo, con su virilidad erecta. El sudor hacía brillar sus músculos. Su marchita pierna derecha llena de cicatrices era una monstruosa deformidad injertada en la perfección del resto de su cuerpo. Sus febriles ojos destellaban y sus labios separados brillaban húmedos. Su pecho subía y bajaba con respiraciones rápidas y poco profundas. Se dejó caer de rodillas delante del muchacho. Una mano sujetó su propio órgano y empezó a mesárselo. Sano, con la pista de la observación que había hecho Come Cerezas al marchar, casi esperaba algo de este tipo. Pero ahora el asco y la decepción le embargaron. La prostitución infantil, incluso en una forma tan grotesca como aquélla, era legal, frecuente, y socialmente aceptable. El caballero Niu sólo era culpable de satisfacer sus caprichos fuera del barrio autorizado de Yoshiwara. Incluso una joven dama refinada como Yukiko lo habría sabido. Y el caballero Niu nunca habría pagado a Noriyoshi ni le habría matado por mantener un secreto como aquél.

Seguidamente, el caballero Niu alargó la otra mano tras él y recogió un cuchillo. Lo sostuvo en alto, apuntando hacia arriba de tal manera que la hoja brilló a la luz de las velas. Se lo quedó mirando fascinado. Se pasó la lengua por sus labios para humedecerlos. La mano que sujetaba su órgano se movió más deprisa. Con un movimiento lento, deliberado, bajó el cuchillo y lo sostuvo contra el cuello del muchacho dormido. Igual de lentamente lo pasó por la carne sonrosada: una delgada línea de sangre invadió la hoja del cuchillo.

Clavado en el suelo, aterrorizado por el horror que sentía, Sano se dio cuenta demasiado tarde de que alguien había llegado hasta él por detrás.

VEINTIUNO

Allí, junto a él, había una mujer, con los ojos muy abiertos que reflejaban el miedo que sentía. Abrió la boca para gritar.

Sin embargo, Sano actuó instintivamente: la sujetó con rapidez y la alejó de la casa arrastrándola hasta el bosque. La apretó contra su cuerpo con una mano tapándole la boca y la otra sosteniendo la daga delante de su cara. Ella chilló, pataleó y forcejearon. Lucharon así unidos. Él podía sentir cómo su corazón latía mientras se retorcía intentando liberarse.

—No te voy a hacer daño —susurró Sano urgentemente a su oído—. Por favor no grites.

¡Buda misericordioso, él no quería matarla! Pero no podía permitir que diese la alarma. Tardíamente la reconoció: era la doncella de los Niu.

—O-hisa ¿Te acuerdas de mí? Soy Sano Ichirō. Fui a la *yashiki* y al funeral de la dama Yukiko. ¿Estarás quieta si te suelto?

Un movimiento afirmativo con la cabeza y un sollozo. O-hisa dejó de luchar. Sano la soltó con precaución, preparado para sujetarla de nuevo o echar a correr.

O-hisa volvió el rostro hacia él. Abrazándose a sí misma, señaló con la cabeza hacia la casa.

—¿Lo está haciendo de nuevo, verdad? —susurró. Su rostro se arrugó como si fuese a llorar.

—¿De nuevo? ¿Hace esto a menudo, mata niños para su placer? —Sano experimentó de nuevo la impresión de ver al caballero Niu cortando el cuello del muchacho. Tenía que salvar al muchacho, si es que ya no era demasiado tarde. Dio un par de pasos hacia la casa pero recordó a los guardias y se detuvo. Le matarían antes de que pudiese acercarse al caballero Niu. Pero tenía que intervenir aunque muriese en el intento. Sujetando con fuerza su daga, ofreció una oración en silencio para reunir valor y fuerzas. Luego, antes de dirigirse a enfrentarse al caballero Niu, se volvió a O-hisa. Había algo que él tenía que saber antes de enfrentarse a la muerte.

—¿Yukiko sabía esto? —Daba por supuesto que Noriyoshi, aliado con Come Cerezas sí lo sabía.

—¡No, no! —Las manos de O-hisa se agitaron negándolo vehementemente y primero Sano pensó que quería decir que Yukiko no lo sabía. Luego dijo—: Nunca los había matado. Sólo les corta un poco y luego los envía a casa.

Sano no la creyó. Él había visto la sangre y el deseo del caballero Niu de hacerlo. Regresó corriendo a la casa y miró por el agujero.

El caballero Niu estaba arrodillado en el centro de la habitación, de espaldas a Sano, con un quimono interior blanco echado sobre su cuerpo. Delante de él dos guardias estaban envolviendo al muchacho en una sábana. Los ojos del muchacho permanecían cerrados, pero gruñía suavemente. El corte superficial, limpio de sangre, rodeaba su cuello como una hebra roja.

Sano dejó escapar un gran suspiro de alivio. Ni él ni aquel chico morirían aquella noche. Enfundando su daga, regresó junto a O-hisa.

—Yo tampoco lo comprendo —balbuceó, alzando la voz—. ¡Por mi culpa murió mi señora Yukiko!

—¡Shhh! —Sano cogió del brazo a O-hisa y tiró de ella, adentrándose en el bosque.

—¿Qué quieres decir? ¿Tú no la mataste, no es cierto?

—No podía creer que aquella frágil y llorosa mujer fuese una asesina.

O-hisa respondió con su forma habitual: estalló en llanto. Sano quería consolarla, pero no podía quedarse allí indefinidamente. La patrulla llegaría en cualquier momento. La sujetó por los hombros y la sacudió, con dureza.

—Explícame lo que quieres decir —ordenó.

O-hisa se detuvo en mitad de un sollozo y se le quedó mirando con un asombro atroz. Y luego soltó:

—Mi señora Yukiko murió porque yo pensaba que el joven amo estaba matando niños. —Con un patética bravata se irguió con la cabeza alta—. El honor me dicta que tengo que quitarme la vida como castigo pero soy una cobarde. Así que arrestadme, por favor.

Sano soltó a O-hisa y miró nerviosamente hacia la casa.

—¿Por qué no me dices por qué crees que eres responsable de la muerte de tu señora Yukiko? —susurró. Allí, finalmente, tenía a la persona que podía decirle por qué el joven había matado a Yukiko y a Noriyoshi. Pero si no empezaba a contarle algo con sentido, tendría que marcharse.

O-hisa soltó un torrente de palabras como si estuviese impaciente por compartir los secretos que había mantenido guardados durante demasiado tiempo.

—Entré a trabajar para la dama Niu el otoño pasado —dijo ella—. Al cabo de tres semanas en la *yashiki,* el ama de llaves me envió aquí para servir al joven amo, que viene aquí cuando su salud requiere que abandone la ciudad. Hacía buen tiempo y el joven amo tenía la ventana abierta y miré hacia dentro al pasar y vi..., vi lo que habéis visto vos.

—¡Y dos noches después, lo mismo, con un muchacho diferente! Pensé que les había matado. Toda aquella sangre..., y ellos yacían tan quietos. Más tarde los hombres del joven amo vinieron y se los llevaron. Al principio, no se lo conté a nadie. No me corresponde a mí informar sobre mi amo. Pero después de la tercera vez, no podía permitir que matase a más niños. Así que..., se lo conté a mi señora Yukiko, que siempre era amable conmigo cuando me hablaba. —La voz de O-hisa se quebró.

—Y ella ¿qué hizo? —preguntó Sano, ocultando su impaciencia mientras ella recuperaba el control.

—No me creyó. Ella quería a su hermano y no podía pensar nada malo de él. Pero tal vez quiso verlo por sí misma. La siguiente vez que el joven amo vino aquí, ella le siguió. Yo estaba allí, mirando —señaló la ventana—, cuando ella llegó. Abrió la puerta sin llamar y entró en la habitación.

O-hisa tragó saliva y se cubrió la boca con la mano.

Sano recordó que Midori dijo que Yukiko había salido sola una noche. Aquel hecho parecía intrascendente en aquel momento, sin embargo ahora sabía dónde había ido la joven. Admiraba el valor de Yukiko y su fe en el caballero Niu, aunque sentía la peligrosa inocencia que le hizo irrumpir en la privacidad de su hermano.

—El caballero Niu estaba con un muchacho —la animó.

Un vigoroso asentimiento.

—El muchacho tenía cortes en el cuello y en el pecho. El joven amo se estaba vistiendo. Cuando vio a mi señora Yukiko se puso furioso. La reprendió por irrumpir en su habitación sin permiso y le dio una bofetada en la cara. Mi señora Yukiko empezó a llorar. Le preguntó cómo era posible que matase niños inocentes y le suplicó que dejase de hacerlo. Yo también me eché a llorar, estaba tan asustada... El joven amo gritó que los niños estaban drogados y no muertos y que no les había hecho daño. Entonces el muchacho gimió y se sentó. Vio a mi señora Yukiko y al joven amo y luego los cortes en su cuerpo y se echó a gritar: «¿Qué me habéis hecho? ¿Quiénes sois vosotros? ¿Dónde estoy?».

—Mi señora Yukiko también gritó. El joven amo les ordenó que se callasen. Oh, estaba furioso. Y el muchacho no dejaba de llorar y gritar, y él..., él...

La voz de O-hisa era tan imperceptible que Sano tuvo que inclinarse hacia ella para oírla.

—El joven amo alzó su espada y le cortó la cabeza. —La criada enterró su rostro entre sus manos y se deshizo en sollozos.

Sano movió la cabeza y mentalmente completó la historia. La habitación salpicada de sangre; el horror de Yukiko; O-hisa intimidada al otro lado de la ventana. El caballero Niu, con su furia saciada por su impulsivo acto de violencia, enfrentándose a la tarea de encubrir el asesinato. ¿Acaso sentía que su preferencia se inclinase por niños de su propia clase en lugar de los *eta* u otros plebeyos, a los que podría matar con impunidad?

—Mi señora Yukiko se desmayó. El joven amo llamó a gritos a sus hombres, luego alzó a mi señora Yukiko y se la llevó fuera de la habitación.

O-hisa narraba la escena de tal forma que Sano casi podía verla.

—Luego llegaron los hombres. Se llevaron el cuerpo. Después de que se marchasen, pude escuchar a mi señora Yukiko llorando en el pasadizo. Y escuché que el joven amo le decía: «¡Si se lo cuentas a alguien te mataré!».

Así que éste era el motivo por el que el joven Niu había matado a su hermana. Los elevados principios morales de Yukiko no le habrían permitido guardar silencio para siempre y éste lo sabía. Y Noriyoshi debía de haber descubierto el asesinato, también, o bien espiando o bien cuando el caballero Niu no le devolvió el cuerpo que le había procurado.

—Sabía que mi señora Yukiko se lo contaría a alguien, así que la mató —dijo O-hisa, confirmando las sospechas de Sano.

—¡Si sólo hubiese hablado! Ella aún estaría viva. Era mi deber sacrificarme por ella y fracasé. —Se lanzó sobre Sano, con las manos apoyadas desesperadamente contra su pecho.

—Su espíritu me atormenta en mis sueños. Para que ella pueda descansar, tengo que morir. ¡Por lo tanto arrestadme!

Sano la sostuvo.

—No es culpa tuya, O-hisa —dijo él, deplorando la arraigada lealtad que hacía que se castigase a sí misma en lugar de culpar al caballero Niu—. Si lo que dices es cierto, tu joven amo es el único responsable de la muerte de su hermana. ¿Estás dispuesta ayudarme a hacer que él pague por ello?

O-hisa abrió la boca consternada.

—¿Yo? —murmuró—. ¡Oh, no!

—Pero si lo haces podrás pacificar el espíritu de tu ama Yukiko. —Sano la presionó—. Por favor.

—¿Pero qué puedo hacer yo? —La esperanza iluminó los ojos de O-hisa eclipsando el terror que había en ellos.

—Ven conmigo mañana al Consejo de Ancianos —dijo Sano—. Les contaremos tu historia. —Y él les contaría la suya—. Ellos administrarán justicia al caballero Niu. Seguramente no podrían hacer otra cosa cuando escuchasen el testimonio de O-hisa. Fuese el hijo de un daimio o no, el caballero Niu sería castigado por un crimen de aquella magnitud.

O-hisa movió los ojos sin mirar a un punto determinado. Sano podía ver cómo le daba vueltas en su mente. Luego se separó de él empujándole y bajó la cabeza.

—No —murmuró—. No puedo traicionar a mi amo. Por mí misma yo no temo nada. Pero él podría castigar también a mi familia y no puedo permitir que lo haga. —Empezó a alejarse—. Tengo que marcharme ahora; he estado fuera demasiado tiempo y empezarán a buscarme.

Sano sabía el riesgo que le estaba pidiendo que corriese; sin embargo, comprendía su posición mejor de lo que ella pensaba.

—El caballero Niu probablemente sospecha que sabes lo del asesinato —le dijo—. Sabe quién estaba aquí aquella noche. Por ahora, él se contenta con dejarte vivir, porque cuantos menos sirvientes conozcan sus hábitos mejor. Pero incluso si sigues sin decir nada, él podría decidir si lo mejor para él sería matarte de todos modos, igual que hizo con tu ama Yukiko. La única forma de protegerte tú y tu familia es entregarle a las autoridades antes de que pueda actuar, ¿no lo entiendes?

La boca de O-hisa articulaba palabras en silencio. Sus ojos se movían de un lado a otro, como si intentase ver una alternativa a este panorama.

—Sí. Está bien. El joven amo regresa a Edo mañana por la mañana y yo y los demás sirvientes también. Entonces iré con vos al Consejo de Ancianos —dijo finalmente.

—Gracias, O-hisa. —Sano escondió su alivio tras unos modales de negociante—. ¿Nos encontramos en alguna parte a mediodía?

Sabiendo que no sería seguro para ninguno de los dos si él iba a la *yashiki*, pensó en otro lugar para la cita.

—¿Qué te parece delante de Musashi el armero —sugirió, eligiendo un negocio muy conocido en Nihonbashi.

—Sí. Está bien. Adiós. —O-hisa se inclinó apresuradamente, luego dio media vuelta y salió corriendo hacia las dependencias de la servidumbre.

Sano la observó mientras se iba. ¿Cambiaría de opinión entre ahora y mañana? ¿Hablaría de su plan con los otros sirvientes, que tal vez podrían informar de ello al caballero Niu? No tenía tiempo para preocuparse por ello. Hasta el momento había tenido suerte; los guardias no le habían visto. Debería irse antes de que viniesen. Además, estaba calado hasta los huesos y tenía tanto frío que no sentía las manos ni los pies.

No obstante, aún dudó al recordar la conversación de los guardias, la impaciencia del caballero Niu y los preparativos del banquete. ¿Qué otros siniestros acontecimientos anunciaban? ¿Más revelaciones sobre los motivos del caballero Niu?

Sano se arrastró por el bosque hasta que pudo ver la fachada de la casa. Se puso en cuclillas en el interior de un triángulo formado por gruesos troncos de árboles y observó. Pronto escuchó ruido de cascos en el camino al otro lado del muro.

La puerta se abrió para dar paso a dos samuráis a caballo que avanzaban a medio galope hacia el sendero iluminado con las antorchas, desmontaron y desaparecieron dentro de la casa principal. Unos pocos momentos después, llegó otro par y luego un hombre solo. Luego más, siempre o solos o en pares. Pronto se reunieron veinte caballos delante de la puerta. Sano deseó poder ver el interior de la casa. Aquella reunión debía tener algún propósito secreto; de otra forma el caballero Niu la hubiese podido celebrar con mucha más comodidad y conveniencia en la *yashiki*.

Un repentino movimiento en el ángulo izquierdo de su campo de visión hizo que Sano girase la cabeza. Dos puntos de luz habían aparecido junto a la casa cerca de donde había encontrado a O-hisa y empezaron a caminar hacia él. Enseguida vio las corpulentas siluetas de los guardias iluminadas por las linternas que llevaban. Sintió el aguijón del miedo en su pecho cuando sus voces llegaron hasta él:

—El ama de llaves dice que ha escuchado una voz extraña aquí afuera.

—Probablemente, esta estúpida gallina vieja se lo ha imaginado.

—No nos podemos arriesgar.

Un agudo silbido cruzó el aire. Sano vio con preocupación que uno de los guardias dejaba la entrada principal y corría a reunirse con los otros. Las ramas se rompían bajo sus pies mientras se acercaban a donde estaba él. Estaban a menos de cien pasos.

Sano se dio la vuelta y echó a correr, alejándose de la casa hacia el oscuro bosque. Intentó moverse en silencio, pero no podía ver hacia dónde se dirigía. Ramas invisibles le azotaban con fuerza; los charcos ocultos chapoteaban bajo sus pies.

—Creo que he oído algo por allí.

Los guardias avanzaban por el bosque dando golpes tras él. Una flecha pasó volando junto a su oreja y aterrizó en el suelo en algún lugar fuera de su vista. Otra se clavó en el árbol junto al que acababa de pasar. Sano se lanzó de bruces al suelo, boca abajo procurando cubrirse. Se quedó así echado mientras los pasos de los guardias se detenían y luego empezaban a acercarse de nuevo, con precaución, sigilosamente. Luchando contra el pánico que sentía, intentó arrastrarse y deslizarse como pudo sobre la hierba y el barro. Contuvo un grito cuando cayó rodando por una pendiente breve pero muy empinada. Sus manos y rodillas chocaron con un suelo pedregoso. Cerca de allí un pequeño arroyo brillaba débilmente, reflejando la luz de las estrellas desde los retazos de firmamento despejado entre las nubes de lluvia que lo atravesaban. Enseguida Sano encontró refugio en forma de un gran tocón de árbol muerto que estaba en lo alto de la pendiente. Sus nudosas raíces formaban una cueva al lado del agua. Se escabulló dentro de ella arrastrándose todo lo que pudo desde la entrada hacia el fondo.

Unos pasos silenciosos se detuvieron encima de él: por el ruido que hacían, eran los tres guardias. Las luces destellaban amarillas sobre el tocón. Sano contuvo el aliento, temiendo que viesen el vaho de su respiración subiendo entre las raíces de la cueva.

—Creo que se ha ido por aquí.

—No —dijo la voz que había llamado al ama de llaves estúpida gallina—, ha saltado por el muro.

—Seguiremos buscando hasta que estemos seguros —dijo la primera voz—. Son órdenes del joven amo: no quiere intrusos.

Sus voces se hicieron cada vez más débiles a medida que se alejaban. Sano se salió arrastrándose de su escondite y miró por encima de la pendiente. Vio que las luces se balanceaban a través de los árboles: una hacia el muro delantero y la otra se adentraba aún más en el bosque. Se relajó, a salvo por un momento, a pesar de que se enfrentaba a otro problema. La presencia de los guardias hacía que la ruta de escape que ya le era familiar resultase demasiado arriesgada. Tenía que encontrar otra salida, pero no sabía si el muro de la parte trasera estaba muy lejos o no, si es que podía encontrar el camino a través del bosque; y tampoco sabía dónde estaban apostados los demás guardias.

De pronto, se le ocurrió una idea. Con aquellos tres hombres fuera intentando cazarle, la casa estaba menos guardada. Por otra parte, ellos esperaban que se alejase de ella y no que se acercase. Podría pasar por debajo de los edificios y dirigirse hacia el muro del lado opuesto a la puerta.

Sano empezó a avanzar lentamente hacia la casa. Sentía cada paso del camino en sus manos y pies para no hacer ningún ruido. Finalmente alcanzó el borde del claro. Echado allí, miró atentamente la casa.

El guarda de la puerta principal continuaba en su puesto, mirando hacia sus compañeros. Otro guardia patrullaba la parte lateral de la casa. Sano observó al hombre durante dos rondas completas de inspección para aprender la pauta que seguía. Caminaba por delante de la casa, hacía una pausa y miraba a su alrededor. Daba la vuelta. Caminaba por delante de la casa, recorría todo el pasadizo cubierto hasta el pabellón mientras miraba atentamente al bosque. Daba la vuelta y repetía. Sano esperó hasta que el guardia casi alcanzase el punto donde daba la vuelta en el pabellón. Luego echó a correr agachado por el claro y se sumergió bajo la casa.

Atravesó la casa lateral y su pasadizo cubierto. Al llegar al *shinden* escuchó voces apagadas y madera crujiendo sobre él: el caballero Niu y sus invitados. Arrastrándose hacia la esquina del fondo del *shinden,* Sano sacó la cabeza de debajo de la casa. No vio a nadie en el porche trasero ni en el jardín. Aquellos guardias debían de ser los únicos que le estaban buscando por el bosque; por lo tanto, salió completamente. Las voces cada vez sonaban más fuerte, traspasando los ligeros paneles de papel de las ventanas entre las barras de las celosías. El tono de voz de los hombres parecía agitado, todos hablaban a la vez y sus palabras eran ininteligibles. Tenso por la amenaza de más flechas volando hacia él, Sano sabía que debía marcharse antes de que viniese algún guardia. Se recordó a sí mismo que tenía la sandalia, la cuerda y el testimonio de O-hisa. ¿Qué más podía esperar?

Sin embargo, en lugar de echar a correr, Sano sacó su daga. Había llegado demasiado lejos y arriesgado también demasiado para marcharse ahora sin enterarse de todo lo que podía. Envalentonado por el ruido que reinaba en la casa, cortó un agujero en la ventana y con cuidado miró por él con un ojo.

Lámparas de aceite y braseros de carbón llenaban la vasta habitación de una luz fantasmagórica, parpadeante, y una neblina de humo. En el centro, veinte jóvenes estaban sentados en semicírculo, discutiendo, ajenos a cualquier cosa del exterior. Sano reconoció a alguno de ellos como los hombres con los que el caballero Niu había estado en la tienda del armero y en la academia de artes marciales. Con lo cual, comprobó que los movimientos del caballero Niu no habían sido tan casuales como parecían. Había organizado aquellos encuentros «casuales» para congregar a los hombres para aquella reunión. Ahora, estaban frente a él mientras él se arrodillaba en una plataforma con un mural pintado a su espalda. Un incómodo silencio, salpicado por carraspeos cayó sobre el grupo, como si temiesen su respuesta.

Aunque los restos de la comida permanecían en las bandejas esparcidas entre los hombres, Sano pensó que la escena sugería más una excursión sin orden ni concierto que un banquete. Sus serias expresiones y la casi palpable tensión en la habitación le inducían a pensar que no era un encuentro social ordinario. Además, los hombres iban armados y lo normal era que no lo estuviesen dentro de una casa privada. Sano se mordió los labios de la sorpresa al reconocer las insignias de sus quimonos: entre ellos las familias Maeda, Date y Hosokawa. El caballero Niu había reunido a los representantes de todos los clanes daimio más importantes excepto los Tokugawa.

El hombre de los Maeda habló:

—Creo que el plan es demasiado arriesgado —dijo—. No funcionará. Propongo que reconsideremos las alternativas.

Inmediatamente, los otros unieron sus voces de nuevo en furioso desacuerdo:

—¡Tiene razón! ¡No! ¡Funcionará! ¡No hay tiempo que perder, tenemos que actuar! ¡A mí tampoco me gusta!

—¡Ya basta! —El caballero Niu, que había observado con una ligera sonrisa cómo sus compañeros discutían, ahora imponía silencio con una orden perentoria.

Todos se volvieron hacia él, reflejando varios grados de temor, respeto y admiración. Sano podía entender por qué el caballero Niu inspiraba tales emociones. El hijo del daimio casi brillaba de la pasión que iluminaba sus ojos y hacía que su pequeño cuerpo pareciese mayor. Incluso su piel, sonrojada tal vez por su reciente desahogo sexual, sugería un fuego interior que inducía a los hombres hacia su calor. ¿Para qué trama les había reclutado? Sano se preguntaba si tenía algo que ver con los asesinatos o si estaba arriesgando su vida inútilmente por espiar las conversaciones ajenas.

—No habrá más discusión del plan —dijo el caballero Niu, ante la decepción de Sano. Se puso en pie, con un ligero cojeo al moverse, el único signo de su deformidad.

—Pero, por si lo habéis olvidado, dejad que os recuerde por qué nuestra acción es necesaria y qué esperamos obtener de ella.

Su voz se alzó en tono y volumen; dominaba la habitación, manteniendo a los demás hombres inmóviles mientras él paseaba por la plataforma:

—¿No es cierto que estamos mortalmente hartos de la represión y humillación que nuestros opresores han perpetrado sobre nosotros? ¿Acaso nuestros padres y abuelos no fueron desterrados de sus feudos ancestrales y trasladados a otros inferiores en los confines de la tierra? ¿No han sufrido las indignidades de tener que estar alternativamente en Edo y prisioneros en sus residencias? ¿Pueden ir y venir libremente?

Un furioso murmullo recorrió la habitación. Las espaldas se irguieron; los puños se apretaron.

—¿Tenemos que seguir permitiendo que los Tokugawa expolien nuestra riqueza obligándonos a subvencionar el mantenimiento de sus castillos, sus carreteras, sus sistemas de abastecimiento de agua? —gritaba el caballero Niu, con los ojos encendidos—. ¿Por qué tenemos que financiar al gobierno mientras el sogún gasta su dinero en su harén de actores y campesinos? ¿Por qué debemos permitir que dicte cómo debemos proveer nuestros hogares e incluso cómo debemos vestirnos? ¿Tenemos que permitir que nos espíe? ¿O el abominable acoso de sus inspectores cuando viajamos por la Tokaido?

El murmullo se convirtió en un rugido.

—¡No tenemos por qué soportarlo más! —gritó alguien. Otros hombres se unieron al grito, que sólo se detuvo cuando el caballero Niu alzó su voz sobre la suya.

—Tokugawa Tsunayoshi es un débil loco que deja que su ejército y su chambelán, el despreciable Yanasigawa, dirijan el gobierno mientras él se divierte con las esposas y las hijas de sus ministros. Y con su paz impuesta, nos arrastrará a su propio nivel de depravación moral. ¿Debemos dejar que nos prive de la ocupación que nos es propia, la de servir a nuestro honor haciendo la guerra?

—¡No! ¡No! ¡Abajo los Tokugawa!

Sano tuvo que reprimir una exclamación de sorpresa. Descubrió que estaba temblando de pies a cabeza de nerviosismo. El lugar aislado de la reunión, la secreta llegada de los participantes y el discurso incendiario del caballero Niu sólo podía significar una cosa: el arriesgado plan consistía en un complot contra el gobierno de Tokugawa. Traición, por la cual el caballero Niu, si era descubierto, sería ejecutado y caerían sobre él muchas más desgracias ciertamente que si lo condenaran por el asesinato de un niño samurái. Y por el cual su familia compartiría su castigo. Ahora Sano se cuestionaba si Yukiko había muerto no por ser testigo de un asesinato, sino porque había descubierto la conspiración. ¿Y Noriyoshi? ¿También lo había averiguado?

—¿Tenemos que permitir que Tsunayoshi nos arrebate nuestra herencia samurái y también nuestros valores, convirtiéndonos en estúpidos burócratas que protegen perros o a vulgares zopencos que arman camorra por las calles porque no tienen nada más que hacer? —preguntó el caballero Niu.

—¡No! —Las veinte voces gritaron al unísono.

Entonces tenemos que actuar sin demora. Debemos luchar porque hemos nacido para ello. ¡Tenemos que restituir a nuestros nombres el honor y la gloria que se les ha negado durante tanto tiempo!

Ahora que se había recuperado de su impacto inicial, Sano apreció un punto de falsedad subyacente en la actuación del caballero Niu. La forma de andar despacio, sus gestos, la cólera de su voz y su expresión parecían demasiado teatrales. El caballero Niu estaba interpretando para su público igual que lo haría un actor, explotando su legítima ira hacia los Tokugawa. ¿Realmente se preocupaba del maltrato al que el sogún sometía a su clan o a los de los demás daimio?

No obstante, los hombres respondían con gran entusiasmo a su representación.

—¡Sí! ¡Sí! —El suelo tembló cuando se pusieron en pie de un salto. Se escuchó el roce del metal cuando desenvainaron sus espadas y las sostuvieron en alto.

El caballero Niu se dirigió hasta la parte posterior del mural pintado. Alzó dos objetos: un rollo de pergamino abierto medio cubierto con caracteres y un pincel para escribir.

—Entonces, ha llegado la hora de que sellemos nuestro juramento —anunció.

Arrodillándose, extendió el pergamino y el pincel sobre la plataforma. Sacó su daga. Un murmullo recorrió la habitación cuando se hizo un corte en la palma de su mano. Introduciendo el pincel en su sangre, escribió los caracteres de su nombre en el pergamino bajo el texto. Su rostro no delató ningún signo del dolor que debía de haber sentido, pero algunos de los jóvenes hicieron muecas. Uno por uno subieron a la plataforma, se cortaron la palma de la mano, añadieron sus firmas al pergamino y regresaron a su puesto.

Sano sintió un cosquilleo en sus palmas sólo de verlo. Aquellos hombres, aunque insensatos, iban en serio. Un juramento de sangre era algo muy solemne. Hubiera dado cualquier cosa por saber lo que estaba escrito en el texto del pergamino.

Cuando terminaron, el caballero Niu se puso en pie.

—Un poema para conmemorar esta ocasión —anunció, con una astuta sonrisa bailando en las comisuras de sus labios. Haciendo un gesto hacia el pergamino enrollado recitó:

> El sol se pone sobre la llanura.
> Buena fortuna cuando el Año Nuevo esté cerca.

El poema no le era familiar a Sano, ni tampoco le parecía demasiado bueno. Además, su significado se le escapaba. Sin embargo, los conspiradores lo celebraron con vítores salvajes y unas carcajadas que rompieron la tensión que había acompañado su juramento. Luego el caballero Niu empezó a gritar más epítetos contra los Tokugawa, incitando a sus hombres a una furia aún mayor. La casa tronaba con sus gritos.

—Pronto les demostraremos a nuestros padres que somos verdaderos samuráis —gritó el caballero Niu—. Haremos que se sientan orgullosos de llamarnos hijos suyos.

Por primera vez, Sano escuchó verdadera pasión tras las palabras del caballero Niu. Entonces comprendió que mientras los otros jóvenes buscaban el poder y la gloria para su generación, el caballero Niu estaba haciendo aquello por su padre. Esta evidencia le confirió a Sano un inesperado y renuente sentimiento de identificación con el caballero Niu. El deber filial les impulsaba a ambos; excepto que, en el caso del joven, alguna forma perversa de amor le arrastraba a exponer al daimio a dudosos beneficios y por otra parte seguros peligros de tener un traidor en la familia. Enseguida, sin embargo, Sano empezó a desesperarse por averiguar los detalles del complot. Aunque no los necesitase para completar el caso contra el caballero Niu, el deber le obligaba a informar de todo ello a las autoridades. Miró por encima del hombro en busca de los guardias. ¿Cuánto tiempo podría permanecer allí sin que le capturasen?

Una repentina pausa en el nivel del ruido del interior de la casa atrajo su atención de nuevo hacia la ventana. Llevó un ojo de nuevo al agujero. Vio que los hombres se daban la vuelta para mirar al guardia que había entrado en la habitación.

—¿Qué sucede? —dijo el caballero Niu, sin aliento por los esfuerzos, secándose el sudor de la frente con la manga.

El guardia hizo una reverencia.

—Siento interrumpiros, mi amo, pero tengo que advertiros que hay un intruso en la finca. Casi le alcanzamos en el bosque oeste, pero ha escapado.

Primero Sano se quedó helado; luego sintió el impulso instintivo de echar a correr. Sólo su imperiosa necesidad de escuchar más le mantenía donde estaba.

—¡Un espía! —exclamó un hombre de Hosokawa.

Los otros dejaron escapar una salva de preguntas llenas de pánico y lamentos.

—¡Oh, no! ¿Nos han descubierto? ¿Quién nos ha traicionado? ¿Qué haremos ahora?

Parecían tan jóvenes, tan excitables y se asustaban con tanta facilidad que Sano se preguntó cómo se las arreglarían para llevar a cabo cualquiera que fuese el plan que habían tramado.

El caballero Niu dio grandes zancadas delante de su plataforma. Él era el único que no mostraba miedo.

—¡Locos! —dijo con una risa sardónica—. ¿Por qué malgastáis el tiempo hablando y preocupándoos? ¡Salid y matadle, y ya no nos molestará más!

—¡Tiene razón! ¡Vamos! —Con las espadas desenvainadas, los hombres salieron en tropel de la habitación.

—¡Y no busquéis tan sólo en el bosque oeste, buscad en toda la finca! —gritó el caballero Niu tras ellos. Permaneció en su plataforma, de brazos cruzados, con el rostro serio e inmóvil.

Sano no esperó que aquella horda sedienta de sangre saliera del *shinden.* Dio media vuelta y salió corriendo hacia el bosque, directamente hacia el muro. Lo escaló y saltó hacia la oscuridad y seguridad que había al otro lado.

VEINTIDÓS

El maestro armero, vestido como un sacerdote sintoísta con ropajes ceremoniales blancos, tiraba de una brillante barra de acero al rojo vivo para sacarla del horno exterior con sus tenazas. Su ayudante la sujetó por el otro extremo, doblando el metal maleable. Seguidamente, cantando oraciones, los dos hombres empezaron a golpear la barra con pesados mazos, el primer paso en el proceso de doblar una y otra vez el metal en un millón de capas que le daría a la hoja acabada flexibilidad al mismo tiempo que fuerza. Cada golpe resonaba poderosamente en el limpio aire de la mañana. Los aprendices corrían de aquí para allá, trayendo agua para el enfriamiento del metal y alimentando el horno con carbón. El calor se extendía desde el horno hasta el callejón que separaba la tienda del armero de una hilera de fundiciones, donde los artesanos moldeaban el metal en forma de herraduras y otras formas más mundanas.

Sano se apoyó en la baja verja de madera, observando a los armeros y buscando con la mirada por el callejón. Los trabajadores pasaban por su lado empujándose, transportando materias primas y mercancías acabadas hacia las tiendas y desde ellas. Cada vez que se acercaba una mujer, se erguía a la expectativa y luego se apoyaba de nuevo cuando veía que no era O-hisa. Sin embargo, no estaba preocupado. Había llegado un poco antes de la hora señalada; además, una corta espera no podía echar a perder su buen humor.

Los hombres del caballero Niu no le habían capturado la pasada noche. Un baño caliente y unas pocas horas de sueño en una posada habían aliviado los efectos de la larga caminata de regreso a Edo y una igualmente larga estancia en una casa de té de dudosa reputación en la parte exterior de la ciudad, donde había esperado a que amaneciese y que abriesen las puertas. Con las ropas ya secas en el brasero y con ambas espadas a la cintura, Sano se sentía más seguro de poder desafiar los retos del día con éxito. El día brillante y despejado reflejaba su renovado optimismo. Sólo la constante preocupación por su padre surgía como un remordimiento en su mente. Paciencia, se aconsejó. Tenía la sandalia de Noriyoshi y la cuerda guardadas en su capa, preparadas para llevarlas ante el Consejo de Ancianos. Y pronto tendría a su testigo, O-hisa.

Recuperaría su anterior cargo de *yoriki* y, por lo tanto, estaría en posición de investigar y desbaratar el complot contra el gobierno. Reclamaría su honor y su padre viviría.

Llegó el mediodía y después pasó. La calle permaneció silenciosa mientras los artesanos comían y luego volvió a recuperar el bullicio de actividad cuando regresaron al trabajo. Pero O-hisa no se había presentado. El optimismo de Sano se desvaneció. Empezó a imaginar excusas para ella: el caballero Niu habría decidido permanecer más tiempo en la casa de verano y sus criados se habían quedado con él. El caballero Niu o alguna de las otras damas la habían retenido con algún trabajo y O-hisa se escabulliría tan pronto como le fuese posible. Finalmente, sin embargo, se vio obligado a considerar la peor de las posibilidades: habría cambiado de opinión. O tal vez los Niu la habían descubierto y silenciado. La mujer no iba a venir. Había perdido la oportunidad de salvar el honor de su familia y toda esperanza para la recuperación de su padre.

El pánico empujó a Sano a ser imprudente. Cruzó a toda prisa Nihonbashi hacia el distrito de los daimio. Justo cuando llegó a la puerta de los Niu, ésta se abrió. Le embargó la esperanza pero luego se apagó de nuevo cuando no vio a O-hisa, sino a un samurái a caballo que salía a toda prisa por los portales. Una sola mirada al hombre le envió corriendo en busca de algún refugio para no ser visto: era el caballero Niu.

En un instante, Sano tenía que sopesar las alternativas que tenía. Podía esperar a O-hisa, que tal vez nunca aparecería, o podía seguir al caballero Niu y quizá enterarse de más detalles de la conspiración. Su compromiso con O-hisa y su primer plan se interponían en su curiosidad. Dio un paso en dirección al caballero Niu, luego se detuvo, mirando hacia atrás, a la residencia. Finalmente, el deseo de hacer alguna acción positiva influyó en su decisión. Se apresuró tras el caballero Niu.

Seguir al hijo del daimio resultó una tarea más ardua de lo que lo había sido el día anterior, pero no porque él fuera a pie mientras el caballero Niu cabalgaba. Aunque el *Setsubun* no empezaría oficialmente hasta el anochecer, las calles de Nihonbashi estaban repletas de camorristas de la ciudad que habían empezado antes sus celebraciones. Los jóvenes vestidos con ropas de mujer asaltaban al caballero Niu con insinuaciones burlonas, insistiendo hasta que él blandía la espada delante de ellos. Su caballo se asustaba cuando los niños lanzaban petardos cerca de sus cascos. Las amas de casa corrían de aquí para allá con los bultos de las últimas compras para las festividades del día de Año Nuevo. Con tal confusión, un hombre montado a caballo no podía viajar más rápido que otro que fuese a pie. Pero sin su disfraz, Sano tenía que permanecer bastante rezagado respecto al caballero Niu por miedo a ser visto y reconocido. La muchedumbre se interponía en su camino y le distraía. ¿Qué sucedería si confundía al caballero Niu con algún otro jinete vestido con sencillas ropas negras? Un borracho se acercó a Sano, pidiéndole sake; un grupo de adolescentes le impedía el paso jugando a que luchaban con espadas. Con alivio, por fin, salió del sofocante distrito residencial y fue a dar a una calle ancha, relativamente poco transitada con tiendas elegantes y ricas moradas de comerciantes. Llegó justo a tiempo de ver la parte trasera del caballo del caballero Niu desaparecer mientras descendía por un callejón por el otro lado. Corrió tras él, pero una rugiente oleada de sonido, comprendida por gritos, cascos de caballos y el retumbar de numerosos pies marchando le hizo retroceder.

Una horda de samuráis a caballo dio la vuelta a la esquina, portando estandartes blasonados con el emblema de una cruz dentro de un cuadrado de Asano. Delante de ellos, unos corredores iban a toda prisa de un lado a otro cruzando la calle.

—¡Dejad paso, fuera de aquí! —gritaban—. ¡Inclinaos! ¡Inclinaos!

Toda la gente que había alrededor de Sano se apresuró a hacer lo que les decían. Soltaron sus cargas y cayeron de rodillas sobre los arroyos, con los brazos extendidos delante de ellos y la frente apretada contra el suelo. Todos sabían que los samuráis no dudarían en ejercer el *kirisute*: su derecho legal de pasar a espada y matar a cualquier campesino no lo suficientemente rápido para inclinarse ante un desfile de un daimio. Sano saltó a un lado, esperando cruzar la calle delante del desfile. Pero las hileras de cuerpos arrodillados le bloqueaban el paso.

El desfile pasó con un ruido atronador. Primero los jinetes, altivos y erguidos, luego cientos de servidores transportando cestas de provisiones y tesoros. Soldados a pie marchaban a continuación, portando grandes sombreros circulares de mimbre, con los hombros moviéndose de aquella forma característica, enérgica, «cortando el aire». Finalmente, apareció el palanquín adornado con vivos colores del daimio, seguido de interminables regimientos de más samuráis y sirvientes.

Sano corrió por los flancos con la esperanza de poder cruzar la calle tras ellos. No podía soportar la idea de perder al caballero Niu. Pero tampoco podía dar la vuelta a la esquina, porque por allí los componentes de la procesión ocupaban la calle de pared a pared. Casi saltando de impaciencia se vio obligado a esperar hasta que hubieron desfilado todos.

Finalmente la calle se despejó. Los campesinos se alzaron y regresaron a sus asuntos. Sano cruzó a toda prisa la calle y entró en el callejón sólo para comprobar que el joven había desaparecido sin dejar rastro.

Maldiciendo su mala suerte, Sano recorrió las calles preguntando a los tenderos y a los transeúntes:

—¿Has visto a un joven samurái a caballo pasar por aquí?

Nadie le había visto. O era que el desfile había reclamado toda su atención o es que la visión de un jinete normal y corriente era demasiado usual para que alguien le recordase.

Sano no quiso darse por vencido. Subió por una escalera destartalada de una torre de vigilancia de incendios vacía y miró hacia abajo por encima de los tejados de las bulliciosas calles. En la distancia, vio a varios jinetes, pero no supo distinguir, si es que alguno de ellos lo era, cuál era el caballero Niu. Pero entonces, justo cuando estaba descendiendo de la escalera, vio una figura que le era familiar salir de una posada bajo el bloque de casas.

Come Cerezas, con la mano sobre los ojos para protegerse del sol, estiraba el cuello como si buscase a alguien. Llevaba un gran bulto de ropa colgado del hombro, que chocaba contra su espalda cuando echó a correr.

Saltando los últimos peldaños, Sano aterrizó con un golpe y fue a toda prisa tras Come Cerezas. Recordó que el caballero Niu ordenó al marchante de *shunga* que recogiese hoy el dinero. Tal vez los dos habían dispuesto encontrarse en algún lugar lejos de la residencia de los Niu. Si Come Cerezas no le conducía hasta el caballero Niu, Sano tendría que regresar a la tienda del armero a esperar a O-hisa otra vez.

El marchante de *shunga* parecía tener miedo de que alguien le siguiese, porque seguía mirando por encima del hombro. Viraba de repente al doblar las esquinas o se escondía tras los tablones de anuncios. Se metía en las tiendas y las casas de té, esperaba un momento y luego con precaución sacaba su fea cara para mirar a ambos lados antes de salir de nuevo. En una ocasión permaneció tanto rato dentro que Sano pensó si le había sucedido alguna desgracia de las que el hombre huía, allí dentro. Sin embargo, al darse cuenta de lo que realmente sucedía, Sano dio la vuelta corriendo a la manzana justo a tiempo de ver que Come Cerezas se alejaba a toda velocidad.

Casi volvió a perder a Come Cerezas otra vez en el mercado de pescado que se extendía por las riberas del canal al lado del puente Nihonbashi. Come Cerezas se sumergió en el vasto y ruidoso edificio, abriéndose paso entre la multitud que cerraba los estrechos espacios que quedaban entre hilera e hilera de tenderetes. Sano esquivó barriles de caballas y atunes y cestas de almejas y vieiras. El hedor a pescado podrido llenó sus fosas nasales. Un grupo de clientes regateando por el precio de tres enormes tiburones suspendidos de un poste le bloqueaban el paso. Cuando se abrió camino a codazos entre ellos, Come Cerezas ya estaba bastante lejos de él, por allí delante inclinado sobre una mesa cargada con algas marinas hablando con el propietario.

Cuando llegó a su altura, Sano oyó que Come Cerezas gritaba:

—¡Necesito mi dinero ahora! ¡Dámelo!

—¡Pero es que no lo tengo! —protestó el hombre.

Come Cerezas soltó un alarido de pura desesperación. Se dio la vuelta y echó a correr, atravesando una de las puertas arqueadas hacia la brillante luz del sol. Sano se apresuró tras él. Sus pies resbalaron al pisar escamas de pescado y entrañas que sembraban el suelo y casi cayó de bruces. ¿Por qué Come Cerezas necesitaba el dinero con tanta urgencia después de haber extorsionado una fortuna al caballero Niu?, se preguntó Sano. Se le ocurrió interrogar al vendedor de algas, pero no quería perder a Come Cerezas.

En el exterior, Come Cerezas iba directo al canal donde los pescadores habían arrastrado sus botes hacia la ribera para subastar sus capturas. Sano corrió tras él mientras se abría paso entre los hombres que gritaban sus ofertas. El marchante miraba con los ojos entrecerrados todos y cada uno de los botes. Luego se detuvo. Su postura encorvada dejaba claro que había encontrado lo que buscaba. Habló con algunos pescadores y Sano captó algunas frases:

—Habéis visto..., el bote debía de estar esperando...

Al obtener solamente movimientos negativos de cabeza por respuesta, Come Cerezas se dirigió de regreso hacia el mercado. No obstante, en lugar de entrar, cruzó por un callejón y entró en un lúgubre edificio que eligió entre la larga serie de establecimientos, cuyas paredes que tal vez algún día habían sido enyesadas de color blanco ahora se habían convertido de un escabroso gris.

Sano dudó a unos veinte pasos de la puerta. El cartel del edificio rezaba: «Sushi fresco». Las casas de té que ocupaban el espacio a ambos lados estaban abarrotadas de pescadores y obreros. Cuando Come Cerezas no reapareció inmediatamente, Sano empezó a pensar en ir en su busca a la puerta trasera o esperar en una de las casas de té. ¿Se estaba reuniendo Come Cerezas con el caballero Niu o sólo intentaba quitarse de encima a sus perseguidores? Sano se arriesgó a pasar por delante del restaurante de sushi y miró subrepticiamente a su interior.

Un mostrador alto hasta el pecho recorría el lado derecho de una habitación larga y estrecha y se detenía abruptamente en la pared trasera donde una puerta con cortinas conducía a la cocina. Detrás del mostrador, el cocinero, con una cinta para el pelo azul sobre unas pobladas cejas, cortaba pescado crudo y lo revestía con unos rollos de arroz con vinagre para sushi y algas, y lo distribuía a sus siete clientes a sorprendente velocidad y precisión. Come Cerezas estaba allí de pie cerca del extremo del mostrador, de espaldas a la puerta. Haciendo caso omiso al plato lleno que tenía ante él, estaba hablando en un tono de voz apremiante con el hombre que estaba a su lado.

La habitación estaba en penumbras y la neblina del humo que dejaban escapar las pipas de los clientes flotaba en el aire. Sano quiso aprovechar la oportunidad. Entró en el restaurante y se colocó a un par de sitios de distancia de Come Cerezas. Sus vecinos, ambos apestosos trabajadores de los muelles, pusieron cara de pocos amigos al saludarle y, a regañadientes, se hicieron a un lado para dejarle espacio.

—¿Qué va a tomar, señor? —El cocinero preguntó sin alzar la vista de su veloz cuchillo.

—Cualquier cosa está bien —respondió Sano con aire ausente. Ocultando el rostro, procuró escuchar la conversación que mantenía Come Cerezas.

El marchante de *shunga* había dejado en el suelo el paquete que llevaba. Retorciéndose sus manos de insecto, se lamentaba:

—Sí, ya sé que es mucho dinero y más de lo que habíamos acordado —por una vez no ofrecía una broma o un insulto velado, sino que la ansiedad había ahogado su ingenio—, pero lo necesito y lo necesito ahora.

Su compañero no era el caballero Niu, sino un hombre gordo de pelo gris pobremente vestido, que respondió con un áspero murmullo que Sano se esforzó en entender. ¿Era un prestamista o tal vez otra víctima del chantaje de Come Cerezas? Por desgracia, el cocinero escogió aquel momento para interrumpirle.

—Sushi danzante, el mejor de la ciudad —espetó, lanzándole a toda velocidad un plato por el mostrador hacia Sano—, listo para comer.

—Gracias. —Sano cogió un aún escurridizo langostino con sus palillos y se lo comió, esperando que el cocinero se mantuviese callado. Se había perdido toda la respuesta del hombre gordo.

—Es muy fácil para ti, decir que no me preocupe —Come Cerezas le recriminaba—, ¡a ti no te va la vida en ello!

Sano comió el resto de sus langostinos sin saborearlos. Ahora captó el significado del abultado paquete de Come Cerezas, su huida precipitada, su necesidad de dinero y de un bote. Algo o alguien le había asustado tanto como para inducirle a marchar abruptamente de Edo. ¿Se trataba del caballero Niu? Tal vez Come Cerezas no había conseguido dinero de él, sino una amenaza de muerte.

Sano, únicamente, escuchó cómo el hombre gordo farfullaba sin entender nada de lo que decía.

—Tengo que irme inmediatamente —dijo Come Cerezas—. Y ahora, venga, ¿dónde está el dinero que me debes?

El cocinero deslizó por el mostrador dos platos más a Sano, anunciando en voz alta:

—Atún y pargo.

Sano alzó una mano para indicarle al cocinero que ya no quería nada más. Vio que el hombre gordo sacaba una bolsa del interior de su ancha capa y se la entregaba a Come Cerezas. Pero frunció el ceño cuando las manos del hombre gordo captaron su atención: demasiado blancas, esbeltas y dignas para pertenecer a un personaje tan basto, además, le eran familiares. De pronto, le vino una imagen a la mente de éstas sosteniendo un abanico en lugar de una bolsa. Miró con más atención al hombre gordo y se quedó paralizado con los palillos a medio camino de su boca.

La peluca gris y las ropas enguatadas efectivamente cambiaban la edad y la forma del hombre. Había engordado su cara, probablemente metiendo trozos de ropa en sus mejillas y las aletas de su nariz. Pero no podía disfrazar sus manos, que delataron a Sano su identidad real.

El hombre gordo no era otro que Kikunojo, el gran actor Kabuki, con atuendos masculinos para otra cita secreta.

Sano apartó la vista antes de que Kikunojo le reconociera. Más o menos había descartado a Kikunojo como sospechoso, pero la inesperada reaparición del actor suscitó grandes interrogantes en su mente. Kukinojo había mentido evidentemente sobre su rechazo a pagar el chantaje, y tal vez también sobre otras cosas. ¿Su relación prohibida era con una mujer casada... o con Yukiko? Podía haberla matado primero a ella y después a Noriyoshi porque temía que revelase el asunto a los Niu, que le habrían destruido si se hubiesen enterado. ¿Se había disfrazado para seguir a Sano por la Tokaido y matado a Tsunehiko?

Estas cuestiones quedaron en el aire mientras Come Cerezas dominaba la conversación, aparentemente con un imprudente deseo de confiarse a alguien.

—... no debería haberle pedido más dinero..., no sabía lo peligroso..., me cortará la cabeza si no me largo deprisa...

La voz de Come Cerezas no era más que un murmullo cargado de preocupación, pero Sano comprendió su significado. El joven se había negado a tolerar más extorsiones. Era posible que Come Cerezas creyese, igual que Sano aún lo hacía, a pesar de la nueva aparición de Kikunojo como sospechoso, que el caballero Niu había matado a Noriyoshi, Yukiko y al niño samurái y que, por lo tanto, no dudaría en volver a matar para protegerse. El miedo del marchante de *shunga* así lo sugería. Pero, entonces, ¿por qué se había arriesgado a chantajearle? Sano sintió cierta admiración por el nervio y el espíritu emprendedor de Come Cerezas. El feo hombrecillo era rápido en detectar las oportunidades de hacer dinero donde quiera que surgiesen.

Kikunojo farfulló algo más.

—¡Pero al principio no parecía tan mala idea! —Alterado, el marchante olvidó mantener la voz baja—. ¿Crees que soy tan estúpido para seguir los pasos de mi miserable empleado? —Soltó una risa aguda e histérica—. No. Yo simplemente le sugerí que debería incrementar mi comisión, por lo de aquel chico que murió. Tuve que pagar una fortuna a su familia para que no se lo contasen a la policía. ¿Cómo iba yo a suponer que el caballero... —se contuvo—. Que cierta persona malinterpretaría mis intenciones y asumiría que yo también soy un informador *metsuke* que quería dinero a cambio de no contarles a las autoridades lo que sabía de su conspiración?

Sano casi se atragantó con un trozo de pargo. No le sorprendió que Noriyoshi se hubiese enterado de la conspiración o que hubiese intentado utilizar lo que sabía para obtener un beneficio personal. Pero nunca habría sospechado que Noriyoshi era un informador de los espías de Tokugawa. Esta inesperada información reforzaba inconmensurablemente los motivos del caballero Niu. Esta información en manos de un informador era muchísimo más peligrosa que si hubiese estado simplemente en las de un simple chantajista. Sano conjeturó que el interesado Noriyoshi primero utilizaba los secretos de sus víctimas para beneficio propio y sólo informaba de ellos a sus jefes después de haber sacado suficiente dinero de sus víctimas. Esta vez, al parecer el caballero Niu se había asegurado que Noriyoshi no viviría lo suficiente para informar de la conspiración.

—La conspiración de los Veintiuno... todos tienen veintiún años. —Cada vez más histérico, Come Cerezas escupió un chorro de balbuceos—. Todos hijos menores de daimio. Noriyoshi dijo que querían restituir a sus clanes toda la gloria de los antiguos días. Peligrosos, sí, porque el caballero Niu está loco y no se detendrá ante nada para alcanzar su objetivo.

Come Cerezas hizo una pausa.

—¿Te importa? —preguntó a Kikunojo, señalando una botella de sake que estaba en la barra.

Kikunojo asintió, así que el hombrecillo la cogió, la vació, tosió y se limpió la boca con la mano.

—¡Noriyoshi dijo que por imposible que pueda parecer, podrían conseguirlo! Dijo que...

—Vamos, vamos —le urgía Sano en silencio—. Ya me has dicho quiénes son, y lo podría haber adivinado de todas formas, por las insignias. ¡Ya sé lo que quieren, ahora dime qué es lo que van a hacer!

—¡Están decididos realmente a cometer este asesinato... la traición definitiva!

El impacto de estas palabras provocó un estremecimiento de terror que sacudió el cuerpo de Sano de arriba abajo. Sus manos se cerraron convulsivamente en los palillos que sostenía. Si es que había interpretado correctamente las palabras de Come Cerezas, ¡la Conspiración de los Veintiuno planeaban asesinar al sogún! ¿Y con qué terrible fin? A lo mejor, para acabar con la furia de los Tokugawa contra sus clanes. A lo peor, para ser el preludio de una nueva era de guerras civiles, si cada gran daimio intentaba reclamar para sí el cargo de dictador militar supremo. ¡Una locura! Pero entonces, antes de que Sano pudiese pensar o escuchar algo más, una mano dio una palmada en su espalda.

—¡Sano-*san*!

Sano dejó caer los palillos, haciendo una mueca al escuchar el sonido de su nombre. Al darse la vuelta hacia el que le había hablado, vio que Come Cerezas volvía la cabeza de golpe.

—¿Y qué os trae por aquí, mi amo? —Era el alegre y arrugado vendedor de pescado del vecindario de los padres de Sano.

—Pensaba que trabajabais para el magistrado ahora. ¿Como *yoriki*, verdad?

—¡Shhh! —Sano agitó las manos para silenciar al vendedor al mismo tiempo que lanzaba una mirada por encima del hombro a Come Cerezas y a Kikunojo. Por desgracia vio que el daño ya estaba hecho.

Tanto Come Cerezas como Kikunojo le estaba mirando directamente, con la alarma reflejada en sus ojos al reconocerle. Entonces, simultáneamente, salieron disparados en direcciones opuestas. Kikunojo pasó junto a Sano como una flecha y salió por la puerta delantera. Se quitó su engorrosa capa mientras corría, dejándola en el suelo junto a los cojines que le habían hecho parecer gordo. Come Cerezas agarró de cualquier manera su paquete y se escabulló dando la vuelta a la barra y desapareciendo tras la cortina que colgaba sobre la puerta de la cocina.

—Ayer hablé con vuestra madre. —El vendedor continuó, con aspecto de estar asombrado por el peculiar saludo de Sano—. Al parecer vuestro padre no se encuentra demasiado bien, ¿eh? Es una lástima. Le llevaré algo de hígado de ballena la próxima vez que vaya..., Sano-*san*, ¿dónde vais con tanta prisa?

Sano lanzó algunas monedas sobre la barra para pagar su comida. Odiaba tener que dejar escapar a Kikunojo, tenía un montón de preguntas que hacerle al actor. Pero era más importante ir tras Come Cerezas y descubrir más detalles de la trama del joven caballero Niu contra el sogún, al cual él debía su primer deber y lealtad. Apartó a un lado la cortina e irrumpió en la cocina. Había una mujer de pie junto a una mesa limpiando pescado. Se puso a chillar cuando Sano chocó con ella en su camino a la puerta trasera.

—¡Perdone, lo siento! —gritó.

Cuando llegó afuera se encontró en un callejón hediondo. Vio la silueta de Come Cerezas corriendo hacia el canal.

—¡Espera! —gritó—. ¡Sólo quiero hablar contigo!

Come Cerezas siguió corriendo, obstaculizado por el bulto que llevaba. Sano rápidamente le alcanzó pero perdió la ventaja cuando unos hombres salieron por una puerta y le bloquearon el paso. Abandonó el callejón justo a tiempo de ver a Come Cerezas entrar en el agua chapoteando y subir a un bote de pesca.

—¡Espera, Come Cerezas! —gritó, resoplando mientras esquivaba gente, apartaba perros y montones de redes de pescar.

—¡Deprisa, deprisa! —urgía Come Cerezas, con saltos frenéticos y gestos que casi volcaron el bote.

Encogiéndose de hombros, el barquero impulsó con una pértiga la embarcación, alejándola de la orilla y la guió hacia el este, hacia el río Sumida.

Sano se introdujo hasta las rodillas en el agua del frío y repugnante canal. Sujetó el bote.

—Por favor —suplicó a Come Cerezas—. Tienes que contarme más cosas sobre los planes de conspiración. ¿Cuándo van a matar al sogún? ¿Dónde? ¿Cómo? ¡Deben ser detenidos! ¿Es que no lo comprendes? ¡Por favor!

Come Cerezas daba puntapiés a las manos de Sano, chillando:

—¡Vete! ¡Déjame en paz!

El bote se balanceó y seguidamente volcó. Come Cerezas y el barquero fueron a dar a las aguas del canal entre chapoteos y maldiciones. Sano atrapó por el cuello al marchante de *shunga* que se arrastraba por el agua. Introdujo la cabeza del hombrecillo dentro del agua una y otra vez.

—¡Dímelo! —ordenó. Come Cerezas resoplaba y se quejaba cada vez que salía a la superficie, pero se negaba a hablar. Sano le empujó otra vez bajo el agua tanto tiempo que temió estar ahogándole de verdad. El forcejeo de Come Cerezas se debilitó. Sano le sacó del agua.

—¿Cuándo? Dónde? ¿Cómo? —preguntó.

Con la cara roja, congestionada, sus ojos saltones llenos de terror, el marchante de *shunga* tosió y se atragantó. Vomitó agua por su manchada boca, pero continuó negando con la cabeza.

—¡Matadme si queréis, mi amo, pero no os va a servir de nada. Porque yo no sé cuándo ni dónde el caballero Niu planea asesinar al sogún! —gimió.

VEINTITRÉS

O-hisa no quería estar allí sentada en la sala de costura de la mansión de los Niu. No quería estar haciendo ropa para las muñecas de las hijas del daimio, bajo la supervisión de Yasue, la costurera principal. Cuando pasó la hora acordada para su encuentro con Sano, su mente ansiaba ir hasta la tienda del armero donde él la esperaba para llevarla ante el Consejo de Ancianos. Pero no le quedó otra opción que sentarse, coser y desear marchar.

—Cuando termines éste —dijo Yasue, señalando al minúsculo quimono al que O-hisa estaba cosiendo el dobladillo—, hay muchos más. —Señaló con una mano las vistosas y brillantes sedas esparcidas por el suelo—. El Festival de Muñecas es dentro de un mes, y tenemos que vestir doscientas muñecas. No debemos traer mala suerte a la casa y tenemos que conseguir acabarlos a tiempo. Sus ojos no se apartaban ni un momento de O-hisa.

O-hisa suspiró.

—Sí, Yasue-*san.*

En otros momentos, O-hisa habría disfrutado con aquella labor, que le recordaba su hogar y la felicidad de su infancia. Su madre y su abuela eran viudas y se ganaban a duras penas la vida cosiendo. Pero siempre la habían llevado al Festival de Muñecas, la celebración anual para las niñas. A altas horas de la noche, después de terminar el trabajo del día, se sentaban alrededor del hornillo en la única habitación de la casa, en la zona más pobre de Nihonbashi y cosían ropas de muñecas a la luz de las lámparas. O-hisa podía imaginárselas. Su madre, con el rostro cansado, pero aún enseñándole a su hijita amable y pacientemente cómo cortar y coser. Su abuela ciega, sonriéndole para animarla mientras sus diestras manos milagrosamente creaban adornos que no podía ver. Para todas ellas, el décimo y último festival de O-hisa, justo antes de que dejase su hogar para ocupar su primer trabajo, tuvo un conmovedor significado muy particular.

—No llores, O-hisa —le dijo su abuela—. Vendrás a visitarnos el Día de Año Nuevo, cuando se les permite a todos los sirvientes ir a casa.

—Sé una niña valiente y obediente —dijo su madre, inclinando la cabeza para esconder sus lágrimas.

Ahora O-hisa sintió una punzada de añoranza. Suspiró, entristecida por la comparación entre el pasado y el presente. La tela que tenía entre sus manos era seda, y no los retales de algodón que su madre había guardado de varios encargos de costura. Las muñecas serían de fina porcelana y no de madera o paja. Pero eran para las de las hijas del daimio, no las suyas. Y sus actuales compañeras le robaban al ritual familiar cualquier placer.

Los dedos nudosos y artríticos de Yasue ya no podían sostener una aguja. Mantuvo su cargo porque, en un tiempo, había servido a la familia de la dama Niu y había venido a Edo cuando su ama se casó. O-hisa sabía que su trabajo real ahora era asegurarse de que la dama Niu se enterase de todo lo que sucedía en las dependencias de las damas.

Junto a Yasue estaba sentada la doncella O-aki. Robusta, seria, con manos grandes que parecían lo suficientemente fuertes para retorcerle el pescuezo a un buey, rechazada por las otras criadas porque era una chivata que informaba de sus errores, chismorreos, robos nimios, y malos modos a la dama Niu. En una ocasión pilló al ayudante del cocinero robando arroz de la despensa: rompió un brazo al hombre antes de llevarle a la dama Niu.

—Tus puntadas son muy largas, demasiado largas. —Yasue riñó con gran desaprobación el trabajo de O-hisa—. Hazlas más pequeñas. ¡Qué muchacha tan inútil! ¿Es que tu madre no te ha enseñado nada?

—Lo siento muchísimo, Yasue-*san*.

La habitación donde estaban sentadas era un remanso de tranquilidad en la bulliciosa casa. A pesar de la muerte de la dama Yukiko y el período habitual de duelo que pesaba en la mansión, se respiraba el ambiente festivo, los preparativos del *Setsubun* estaban en marcha. O-hisa había regresado de la casa de verano y había encontrado la residencia sumida en un estado de caos controlado.

Aún podía escuchar a los otros sirvientes apresurándose a terminar la limpieza general de la casa previa al Año Nuevo. Los niños gritaban sobreexcitados mientras corrían unos tras otros arriba y abajo por los pasillos. Risas cantarinas salían de los aposentos de las damas, donde las hijas del daimio, las concubinas y sus damas de compañía se probaban los vestidos que llevarían en las fiestas que se celebrarían en las mansiones de otros grandes señores aquella noche. Doncellas atribuladas corrían de aquí para allá atendiendo sus necesidades: calentando baños, arreglándoles el pelo, trayéndoles aún más vestidos de los vestidores, administrando masajes, sirviendo té y tentempiés. De las cocinas manaban aromas exquisitos, mientras los cocineros preparaban suficiente comida para alimentar a toda la casa el día siguiente. O-hisa había pensado que entre la confusión general, podría escabullirse para ir a la cita que tenía con Sano. Ahora, sin embargo, parecía que no tenía que participar en la preparación del *Setsubun*, y no se le presentaba la oportunidad de marcharse pronto. ¿Cuánto tiempo la esperaría? ¿Cómo podría encontrarle si no la esperaba? ¡Ojalá hubiese hablado con él antes!

¿Pero cuándo y cómo lo habría podido hacer? Aunque el caballero Niu nunca le había dicho nada ni dado ninguna señal de que él sabía que ella había sido testigo del asesinato, desde que Yukiko había sido asesinada, la habían vigilado atentamente. Muchas veces al recorrer los pasillos de la mansión, escuchaba puertas que se abrían y cerraban tras ella mientras observadores invisibles se fijaban en su avance. Había ido a hacer recados sola pero enseguida alguna otra doncella la alcanzaba y la acompañaba. O-aki se había trasladado a la habitación que O-hisa compartía con otras tres doncellas y en cuanto regresó de la casa de verano, la red de vigilancia se había estrechado. Yasue y O-aki la habían recibido en la puerta y no iban a permitir que escapase de su vigilancia.

O-hisa las miró con nerviosismo. ¿Qué sucedería si se levantaba y echaba a correr? ¿O-aki le rompería el brazo? ¿O simplemente Yasue se lo notificaría al caballero Niu? Tal vez éste la mataría. Casi estaba tentada a darse por vencida y dejar que lo hiciera. Después de todo, merecía morir. Pero había soñado con la joven dama Yukiko la pasada noche, de nuevo. Con sus ojos oscuros e implorantes en una blanca cara muerta y sus dedos delgados, ya mordidos por los carroñeros, que se extendían suplicantes hacia ella. El pelo negro se arremolinaba en las turbias aguas. Si Sano pensaba que ella podía hacer que aquel triste fantasma descansase en paz al ayudarle a llevar al caballero Niu a la justicia, entonces ella estaba dispuesta a colaborar. Y se había convencido a sí misma que era la única manera de proteger a su familia de la ira del caballero Niu. La parte de ella que deseaba vivir esperaba que Sano tuviese razón y quería encontrar la forma de escapar de sus carceleras.

—¡O-hisa! —La severa voz de Yasue la arrancó de sus pensamientos—. Acabas de coser la manga del todo y ha quedado cerrada. En el futuro vigila lo que haces.

—Sí. Yasue-*san*. Lo siento mucho. —O-hisa dócilmente inclinó la cabeza y se concentró en descoser las puntadas.

Cuando empezó a coser otra vez, sus manos temblaban tanto que le resbaló la aguja y se pinchó el dedo. El dolor le hizo saltar las lágrimas, que derramó mientras su desespero aumentaba. Al chuparse la sangre del dedo, añoró su infancia perdida y se imaginó a Sano alejándose de la tienda del armero.

Desde el pasadizo, llegaron las voces de dos doncellas al pasar:

—¿Has limpiado el pabellón del jardín norte?

—No. Pensaba que ibas a hacerlo tú.

—Está bien, será mejor que lo hagamos ahora. Si no, la dama Niu se pondrá furiosa.

El jardín norte no estaba lejos de la puerta trasera.

—Tal vez debería ir a ayudar —sugirió O-hisa, tímidamente.

Yasue frunció el ceño.

—Tú te quedas aquí.

Al ver el gesto de asentimiento petulante de O-aki, O-hisa sintió que se le caía el alma a los pies. Sin embargo, se le ocurrió una brillante idea. Se puso de pie, hizo una reverencia y compuso una sonrisa inocente de excusa en su rostro.

—¿Adónde crees que vas? —preguntó Yasue.

—Al lugar de alivio, por favor —dijo O-hisa, refiriéndose al retrete con el término cortés que se usaba en la casa.

Yasue se mordisqueó los labios, evidentemente molesta porque no quería desobedecer órdenes pero incapaz de negar una petición como aquélla.

—Está bien. Espero que no tardes más de lo necesario. O-aki, ve con ella.

Seguida de cerca por su adusta escolta, O-hisa se dirigió al retrete de las doncellas, un minúsculo edificio dispuesto discretamente aparte del resto de la casa, al que se llegaba por medio de un estrecho pasillo y un tramo de escalones. Una vez dentro de la habitación sin ventanas, cerró la puerta y ofreció una breve y silenciosa oración. Luego, con el estómago revuelto por lo que iba a hacer, se remangó la falda y la ató alrededor de la cintura para no arrastrarla en su huida. Deseó haber llevado zapatos, pero era mejor escapar descalza que no hacerlo. Armándose de valor, se arrodilló delante de la ranura del retrete.

A pesar de la limpieza frecuente y del uso abundante de hierbas fragantes, la ancha ranura emitía un fuerte hedor a heces y orina. O-hisa, mirando por el oscuro compartimiento que había debajo del suelo elevado del retrete, pudo ver el recipiente de recogida parcialmente lleno. Contuvo las náuseas mientras se sentaba y con cautela bajó las piernas por la ranura.

El espacio entre la ranura y el suelo del compartimiento era menor que su altura. Apoyó los brazos contra el borde de la ranura, O-hisa contuvo el aliento cuando palpó con el pie la pila; la encontró y luego se balanceó hacia atrás al dejarse caer, para evitar poner los pies dentro. Pero calculó mal. Cuando aterrizó, su pie golpeó y volcó la pila. Una suciedad tibia y resbaladiza salpicó sus piernas y empapó sus calcetines. Al mismo tiempo, su necesidad de aire la forzó a respirar. El hedor la asaltó y le vino una arcada. Agachada en aquel espacio estrecho y fétido, se puso una mano en la boca, rogando que O-aki no la hubiese oído y hubiese abierto la puerta. La oscuridad la desorientó. ¿Dónde estaba la trampilla que los sirvientes usaban para quitar y limpiar la pila?

Con las manos a tientas, encontró la pequeña trampilla y la empujó para abrirla. Las náuseas y el pánico se impusieron a la precaución y se deslizó a través de ella sin recordar asegurarse de que nadie estaba mirando. ¡Libre! Se echó en el suelo de espaldas un momento y aspiró con fuerza el aire limpio y fresco con alivio. Luego, se puso en pie, bajándose el quimono mientras echaba a correr. El miedo debilitaba sus músculos y hacía que su corazón palpitase con fuerza dentro de su pecho. Sin embargo O-hisa encontró la fuerza y el valor necesarios al pensar en su madre y su hermana.

Después de visitar al Consejo de Ancianos, iría directamente a su casa por su bien. Nunca regresaría a la de los Niu.

Cada una de las muchas alas de la mansión contenía peligros potenciales. O-hisa evitó los bulliciosos aposentos de las damas y las cocinas. Decidió escabullirse por la puerta que daba a los aposentos vacíos de los caballeros, donde el daimio, sus hijos mayores y sus consejeros más cercanos vivían cuando estaban en Edo. Allí estaría a salvo del joven caballero Niu, que tenía habitaciones en un ala separada, y de los ojos vigilantes de los sirvientes.

Hizo una pausa para recuperar el aliento. Nunca había estado en aquella parte de la *yashiki* y el complejo, que le resultaba poco familiar, de edificios cerrados y jardines desiertos, la confundió. ¿En qué dirección estaba la puerta trasera?

O-hisa se decidió por una dirección al azar. No tenía tiempo que perder. En cualquier momento, O-aki abriría la puerta del retrete, descubriría que no estaba y se lo diría a Yasue. Enviarían una partida a buscarla por toda la residencia.

Mientras bajaba corriendo por un estrecho sendero entre dos edificios, O-hisa oyó un ruido brusco. ¿Tal vez una puerta al abrirse? Soltó un grito antes de poder evitarlo. Se giró rápidamente y luego su pánico menguó un poco cuando identificó la fuente del sonido: una rama rozando una pared. O-hisa casi deseaba que la capturasen para librarse del miedo y la incertidumbre, pero el recuerdo de su familia impulsaba su determinación. Al cabo de unas pocas horas estaría en casa. Se imaginó a su madre y a su abuela contentas por la sorpresa de su llegada, un día antes de su visita de Año Nuevo. Enterraría su rostro en el pecho de su madre y olvidaría el asesinato que había visto y el terror que había experimentado desde entonces. No quería pensar en nada más allá de aquel momento de exquisito alivio y alegría. Tampoco en lo alarmadas e infelices que se sentirían cuando supiesen que había dejado su trabajo o que los Niu las castigarían a todas.

O-hisa bajó corriendo a toda velocidad el resto del camino hasta que fue a parar a un jardín donde unas piedras inmensas y escarpadas salpicaban una extensión de grava blanca. Sus rápidos pies dejaban huellas en su dibujo cuidadosamente rastrillado de líneas paralelas.

Casi había conseguido llegar a la puerta en el otro extremo del jardín, cuando escuchó ruido de pasos que provenían de la grava que quedaba tras ella. Sin detenerse, miró por encima del hombro. Su boca se abrió para gritar cuando reconoció a su perseguidor y se encontró con su despiadada mirada. Pero el grito nunca salió de ella.

Una cuerda se deslizó sobre su cabeza y se tensó alrededor de su cuello. Una oscuridad teñida de rojo explotó en su cerebro mientras tosía y se atragantaba luchando en busca de aire. En su desesperación, se agarró con fuerza a la cuerda. Sus uñas arrancaron su propia carne; la sangre rugía en sus oídos; sus dientes se cerraron en su lengua apresándola agónicamente. A ciegas, buscó con sus manos las manos de su atacante pero sus dedos retorcidos se cerraron en el aire.

—Agg —emitió con un grito ahogado, intentando pedir ayuda.

No acudió nadie. El rojo se convirtió en un denso negro. O-hisa sintió que empezaba a rodar en una neblina de círculos cada vez más rápidos. Mientras la conciencia se escapaba de ella, vio la bendita imagen dorada de su casa, a su madre y su abuela sentadas junto al hornillo. Sus sonrisas amorosas la llamaban. El corazón de O-hisa ansiaba ir hacia ellas. Luchó por su vida con todas sus fuerzas. Tenía que sobrevivir para volverlas a ver. Pero su visión rápidamente se oscureció, luego desapareció cuando otra ocupó su lugar.

Era su joven señora Yukiko, radiante y sonriente en su infinita compasión, que extendía su mano para dar la bienvenida a O-hisa a la muerte.

VEINTICUATRO

El castillo de Edo dominaba su colina boscosa, una gran ciudad fortificada dentro de otra ciudad que albergaba al sogún Tokugawa Tsunayoshi, a su familia, sus aliados más fieles y un verdadero ejército de soldados, funcionarios y sirvientes dentro de sus inmensas murallas de piedra.

Sano subió hacia el reluciente foso, mirando fijamente el castillo con el respeto reverencial que este símbolo de la supremacía de los Tokugawa siempre le había inspirado. Por primera vez, captó la locura del joven en toda su magnitud. ¿Quién en su sano juicio se atrevería a desafiarlo? El castillo se había alzado en aquel lugar desde hacía unos cien años, y parecía dispuesto a permanecer allí durante otros tantos más. Una cantidad ingente de samuráis estaba dentro en los barracones que coronaban las murallas, y otros muchos más ocupaban las torres de vigilancia. Sobre las murallas, la torre del homenaje se alzaba con toda su altura de cinco pisos, una torre blanca cuadrada compuesta de muchas otras torres más pequeñas. Sus aguilones y ventanas con barrotes proporcionaban líneas de fuego a los arqueros y artilleros; sus paredes enlucidas y tejados de tejas podían resistir tanto el fuego de flechas como de balas. A nivel del suelo un batallón de guardias cubría el portalón principal acorazado con acero. Armados con mosquetes y espadas, controlaban el gran flujo de tráfico que entraba y salía del castillo.

Al observar a los visitantes, la mayoría de ellos samuráis que, presumiblemente, tenían negocios justificados en el interior, Sano se sintió aún más intimidado. Él nunca había estado dentro del castillo. Su familia era demasiado poco importante y su rango demasiado inferior para que él hubiese disfrutado de tal honor. Pero sabía que, en algún lugar, en las profundidades del palacio, estaban los cuarteles generales de la red de espionaje de los Tokugawa. Allí los *metsuke* cotejaban e interpretaban la información que los agentes e informadores recogían por todo el país y luego la distribuían al sogún y sus consejeros. Era a ellos a quienes debía llevar las noticias de la traidora Conspiración de los Veintiuno.

Sin embargo, cuando estaba a punto de entrar dudó, reacio a cruzar el puente. A excepción de la palabra de Come Cerezas, no tenía pruebas de que la conspiración planease matar al sogún. No sabía cómo, cuándo o dónde el intento de asesinato tendría lugar. Su propia convicción de que el complot le daba al caballero Niu un motivo para los asesinatos no influenciaría a las autoridades. Al fin y al cabo, Raiden había sido ejecutado por los asesinatos de Yukiko y Noriyoshi y la muerte de Tsunehiko oficialmente se debía a un asesinato en la carretera. Simplemente, podía contar su relato desde el principio, presentar sus conclusiones y esperar que los *metsuke* extrajeran unas similares. Inspirando profundamente, se irguió y cruzó el puente.

—Desearía una audiencia con los *metsuke* —dijo a los guardias, después de identificarse.

Éstos se le quedaron mirando con expresión aburrida. Uno de ellos le dijo:

—Mostradme vuestro pase.

—No tengo, pero he venido por un asunto de extrema urgencia. —Sano había previsto que tendría dificultades para traspasar la seguridad del castillo, que protegía a sus ocupantes no sólo de las amenazas físicas sino también de los pedigüeños que podrían hacerles perder el tiempo.

—Traigo noticias de vital importancia para el sogún —añadió—, por favor permitidme que las transmita a los *metsuke*.

—¿De vital importancia, eh? —El que hablaba se apoyó en su lanza—. Digamos que me contáis lo que es y ya me ocuparé yo de decírselo a la persona adecuada.

Imaginando que su historia sería distorsionada al pasar por los canales burocráticos del castillo, probablemente jamás llegaría a los *metsuke*, Sano negó con la cabeza.

—Tengo que hablar con ellos personalmente.

—Está bien, pues entonces no puedes. —El guardia dejó a un lado su barniz de cortesía y su voz se volvió dura. Era un soldado raso de Tokugawa, uno de los tipos conocidos por su arrogancia y grosería.

—O me dejas el mensaje y si los *metsuke* quieren verte te mandarán llamar, o te pierdes por ahí. Estamos ocupados. —Se volvió para interrogar a un grupo de samuráis.

Sano se las había arreglado para conseguir algo más de información de Come Cerezas antes de liberar al empapado e indignado marchante de *shunga:* la identidad del *metsuke* al que Noriyoshi había informado. Pero Come Cerezas no estaba seguro si el nombre exacto era Jodo Ikkyu o Toda Ikkyu.

Eligiendo uno al azar dijo:

—Toda Ikkyu pedirá tu cabeza si no me llevas ante él inmediatamente.

El guardia giró la cabeza de golpe.

—¿Sois un individuo de Toda? —Su rostro se relajó y la cara de pocos amigos que le había mostrado hasta el momento se transformó en una sonrisita de complicidad—. ¿Por qué no lo habéis dicho antes? —Golpeando la puerta con su lanza, gritó a alguien del interior. Enseguida llegó otro guardia—: Lleva a este hombre a Toda Ikkyu.

El otro guardia le hizo un gesto a Sano para que le siguiese. Sano se dio cuenta de que pensaban que era uno de los informadores de Toda. Bueno, sí lo era en cierto modo. Y de esta manera averiguó cómo funcionaba la burocracia del gobierno: manipulando a los hombres mediante el temor que sentían por sus superiores.

Después de atravesar la puerta, vio que más murallas formaban un recinto cuadrado diseñado como trampa para los enemigos invasores que consiguieran penetrar en la defensa exterior del castillo. Al menos otros veinte guardias más aproximadamente estaban allí firmes, rígidos y serios. Despojaron a Sano de sus espadas y le registraron por si llevaba armas ocultas. Luego abrieron otra puerta que quedaba en ángulo recto con la primera.

Ésta se abría a un gran patio bordeado por largas cabañas de madera de las que colgaban cortinas rojas. En su interior, Sano vio hilera tras hilera de armas: espadas, arcos, lanzas, mosquetes. Cientos de samuráis vestidos con armaduras estaban dentro o delante de las cabañas. Otros, montados en caballos engualdrapados con ropajes de batalla, paseaban por el patio. El hedor de los caballos avivaba el aire; el ruido de pasos y el rumor de voces resonaban por las murallas. Más allá de un segundo foso y un puente, se alzaba otra muralla. La torre del homenaje se alzaba sobre él, pareciendo más sombría y más sólida que desde lejos. Sano se sintió minúsculo e insignificante en presencia de tal poder militar. La locura del caballero Niu debía conferirle un valor sobrehumano.

Cuando hubo pasado por otra serie de centinelas y cruzado el puente, Sano entró en otro recinto, con más guardias y aún otra puerta. Esta última conducía a un estrecho y gradualmente ascendente corredor lleno de curvas y ángulos. Agujeros de bala y hendiduras de flecha agujereaban las blancas paredes enyesadas de los pasadizos cercados que recorrían las altas murallas de piedra. A intervalos regulares, unas aperturas cuadradas más grandes en los pasadizos permitían a los defensores volcar piedras a cualquiera que intentase escalar las murallas. Sano vislumbró más guardias tras las aperturas. Los otros visitantes que vio también tenían sus propios escoltas militares. Sólo los samuráis que portaban la insignia de los Tokugawa caminaban orgullosamente solos y armados. Sano pronto perdió la cuenta de la cantidad de puestos de control y puertas que traspasó. Tokugawa Ieyasu había construido su fortaleza para soportar un sitio, pero ¿sus descendientes estaban a salvo de la traición? Al recordar el brillo fanático de los ojos del caballero Niu, Sano lo puso en duda. Tal vez la Conspiración de los Veintiuno planeaba tenderle una emboscada de alguna forma al sogún fuera de los muros del castillo, lejos de sus legiones de soldados.

La puerta final les condujo al recinto interior del castillo. Allí escuadrones de guardias patrullaban en un jardín formal cuyo paisaje estaba formado por plátanos, pinos y grandes rocas. Un sendero de grava conducía al palacio.

Sano se detuvo involuntariamente para observar mejor lo que nunca había esperado ver. El palacio vasto pero bajo tenía las paredes blancas con vigas, postigos y puertas de oscuro ciprés. Su sólido tejado también oscuro sobresalía con muchos altos y bajos aguilones cada uno coronado con un dragón dorado. Sereno y elegante, dormitaba en un oasis de tranquilidad, completamente alejado de las abarrotadas calles de Edo. Sólo unas débiles notas de música y el ahogado eco de los petardos turbaban su paz: las celebraciones del *Setsubun* seguían entre sus muros y patios o en las mansiones de los daimio en alguna parte de los alrededores del castillo. Sano pensó en el discurso del caballero Niu. Reflejaba que los Niu y otros clanes daimio habían incluso comprado un elegante hogar para los Tokugawa.

El guardia interrumpió los pensamientos de Sano.

—Apresuraos —ordenó.

Cruzaron el jardín y los guardias de la puerta tallada del palacio les dejaron pasar. Mientras se quitaba los zapatos en el vestíbulo de la entrada, espacioso y resonante, Sano estaba maravillado por haber podido visitar el castillo al fin, al margen de fuera cual fuese el motivo que le había llevado hasta él.

Ya en el interior del palacio, un laberinto de pasadizos se desplegó ante Sano, en ángulo, mientras atravesaba la parte exterior del edificio que albergaba las oficinas del gobierno. La luz solar que atravesaba las ventanas con barrotes caía formando brillantes líneas a través de los suelos pulidos de madera de ciprés. Amplios vestíbulos conducían a aireadas salas de recepción con estrados, techos revestidos con paneles y fastuosos murales paisajísticos. Los más estrechos estaban flanqueados por pequeñas cámaras. Allí, algunas puertas permanecían abiertas y mostraban a un funcionario dictando a su secretario o una reunión en sesión. Dos veces, el escolta de Sano saludó a sus compañeros guardias de patrulla; una vez, ambos se inclinaron ante un funcionario vestido con ropas largas y holgadas. Por lo demás, el palacio parecía virtualmente desierto. Una quietud sobrenatural prevalecía en el gran complejo que normalmente tendría que bullir con los sonidos propios de la actividad de todo el funcionariado. El crujido del suelo bajo sus pies resonaba por los pasadizos vacíos. Otros crujidos suaves llegaban de vez en cuando de lo más profundo del edificio. Ya temblando por dentro por la tensión, Sano se sobresaltaba con cada uno de ellos.

—*Setsubun* —rezongó el guardia—. Todos estos haraganes de oficina ya se han ido de fiesta.

Le condujo por un pasadizo muy estrecho y oscuro y le hizo pasar a través de la única puerta que había en él. Dentro, unas pantallas de papel y madera dividían una larga y estrecha habitación en varios pequeños compartimientos, cada uno con su propia ventana. Al pasar por cada uno de ellos, Sano vio escritorios y estanterías repletas de libros, rollos, contenedores de mensajes y utensilios de escritura.

De las paredes colgaban mapas, algunos con alfileres de colores clavados en ellos. De manera que aquello era la central de inteligencia del castillo. Un fuerte olor a tabaco subyacía al aroma de las hierbas utilizadas para refrescar la habitación para el Año Nuevo. Pero los *metsuke*, cuyas pipas habían teñido permanentemente la carpintería no estaban allí en aquel momento. La habitación estaba fría, silenciosa y oscura, con la mayoría de los postigos de las ventanas cerrados. Las lámparas estaban apagadas excepto la del compartimiento que estaba justo al final.

Allí, un hombre vestido de negro estaba de pie ante una pared llena de estanterías. Al ruido de sus pasos, dejó de intentar enderezar una hilera de libros y se dio la vuelta.

—¿Qué sucede? —preguntó al guardia—. ¿Quién es este hombre?

—Uno de vuestros informadores, Toda-*san* —respondió el guardia con gesto de sorpresa.

Sano miró atentamente y con curiosidad a Toda Ikkyu, el primer *metsuke* con el que se había encontrado. Pocas veces había visto a alguien tan indefinido. Toda no era ni alto ni bajo, ni gordo ni delgado, de una edad indeterminada, tenía el pelo negro y espeso que podría haberle conferido una apariencia más joven si no fuera por la cansada expresión de sus ojos. Sus rasgos regulares, sin defectos en el rostro pero tampoco belleza, podría pertenecer a otros mil hombres. Aunque Sano estudió el rostro de Toda atentamente, dudó de si lo recordaría cuando le dejase. Tal vez esta absoluta falta de distinción era una ventaja para alguien con la profesión de Toda.

—Éste no es uno de mis informadores —dijo Toda con una voz tan cansada como su expresión—, y no le he visto en mi vida.

—Pero..., pero él dijo...

Toda interrumpió la bravata defensiva del guardia.

—No me importa lo que haya dicho. Llévatelo. Y asegúrate de que no reciba a más gente hoy. ¿Serás capaz de hacerlo o tengo que hablar con tu superior?

El rostro del guardia se ensombreció.

—Vamos —dijo, empujando a Sano hacia la puerta—. Ya me las veré contigo afuera.

—Esperad, Toda-*san* —dijo Sano, haciendo una reverencia—. Concededme un momento de vuestro tiempo. Tengo una información muy importante para vos. Es referente a un complot contra el sogún.

Al ver el escepticismo en el rostro de Toda, añadió:

—E implica a vuestro informador, el difunto Noriyoshi.

Un brillo de interés animó los ojos de Toda.

—Muy bien. Pero sólo un momento. —Y a continuación dijo al guardia—: Espera fuera.

Cuando estuvieron solos, Toda se arrodilló e hizo un gesto a Sano para que también lo hiciese.

—Primero vuestro nombre y antecedentes, para saber con quién estoy hablando —le dijo.

«O si creerme», pensó Sano mientras recitaba su nombre y linaje.

Por desgracia, Toda frunció el ceño y dijo:

—¿No sois el *yoriki* que ha sido despedido recientemente por el magistrado Ogyu?

Las malas noticias viajaban rápido e iban contra su credibilidad.

—Sí —admitió Sano—. Pero debo pediros que dejéis en suspenso cualquier prejuicio que tengáis contra mí hasta que hayáis escuchado lo que tengo que deciros. Luego vos podréis decidir si estoy diciendo la verdad y si transmitir mi información al sogún o no.

Sin esperar su permiso, se sumergió en su historia, empezando con su asignación al caso de *shinju.*

El anodino Toda hacía un gesto peculiar. Con la punta de su dedo índice de la mano derecha, distraídamente golpeaba cada uña de su mano izquierda, una tras otra. Hacía esto en silencio mientras Sano hablaba y, después, durante lo que le pareció una pequeña eternidad, mantuvo su firme mirada clavada en el rostro de Sano. Desde algún lugar del castillo llegaron los rápidos estallidos de los petardos y los golpes más regulares de la percusión de tambores. Sano se sintió interiormente avergonzado.

—Entonces, afirmáis que Niu Masahito y no el ejecutado luchador Raiden mató a Noriyoshi para evitar que descubriese la Conspiración de los Veintiuno —dijo finalmente Toda.

—Así es —afirmó Sano.

¿Había convencido al *metsuke*? Su tono neutro no dejaba entrever nada. Sano intentó ver con esperanza que era un hecho positivo que Toda no le hubiese echado del palacio. Se acordó que había olvidado la sandalia y la cuerda y las puso en el suelo para que Toda las inspeccionase, y explicó su significado.

—Aquí están mis pruebas.

—¿Crees que el caballero Niu también mató a su hermana, porque ella había descubierto la conspiración o porque fue testigo de un asesinato? ¿Y que el asesinato de tu secretario era realmente un infructuoso intento de acabar con tu vida, también perpetrado por el caballero?

—Sí.

Toda asintió lentamente golpeándose las uñas de nuevo.

—Una trama de ficción muy ingeniosa —murmuró.

A Sano le cayó el alma a los pies.

—No me creéis.

En silencio, se reprochó haber alimentado sus poco realistas esperanzas. Los funcionarios de alto rango alcanzaban sus cargos dejándose llevar por la corriente y no resistiéndose a ella. Debería haber previsto aquella reacción.

—Mis disculpas si creéis que mi intención es cuestionar vuestra veracidad, Sano-*san* —dijo—. No es así. Veo que realmente creéis vuestra historia. Pero vuestros motivos son claros para mí, aunque no lo sean para vos. En primer lugar, queréis vengaros de los Niu porque creéis que ellos han tenido parte de culpa en vuestra mala suerte. En segundo lugar, queréis probar que sabéis mejor que vuestro antiguo superior cómo resolver un caso de asesinato. Y en tercer lugar, queréis mitigar vuestra culpa por la muerte de vuestro secretario. Dada vuestra posición, ¿cómo podéis pretender que alguien os crea?

—¡No! —La protesta de Sano estalló—. No me he inventado todo esto y os equivocáis sobre...

Se contuvo al constatar que la mente de Toda se había cerrado contra él en el preciso momento en que le había dicho su nombre. La injusticia le llenó de indignación. Pero controló sus emociones, sabiendo que, en aquel momento, tenía preocupaciones más importantes que su orgullo herido. No podía permitir que Toda se distanciase aún más de él.

—Antes de que descartéis completamente lo que acabo de deciros, al menos investigad al caballero Niu y a sus amigos —suplicó—. Por el bien del sogún. ¿Aunque sólo hubiese una oportunidad para un intento de asesinato, acaso no deberías contárselo para que pudiera protegerse?

—El sogún ya está bien protegido contra las amenazas *reales*. Su poder militar es absoluto, y no existe la menor esperanza de que prospere un grupo de conspiradores, tal como lo describís, incluso si existiese en realidad. Los días en los que las rebeliones como la Gran Conspiración tenían alguna oportunidad de éxito ya hace mucho que pasaron. Además, puedo aseguraros que los clanes daimio, el del caballero Niu incluido, tienen un fuerte interés en mantener el actual régimen. Gobiernan sus provincias y una gran cantidad de las riquezas del país. En una guerra contra los Tokugawa podrían perderlo todo.

Con un sentido de ironía que casi le provocó risa, Sano rebatió los argumentos que él mismo había usado contra Katsuragawa bajo diferentes circunstancias.

—Los conspiradores son jóvenes impetuosos, ambiciosos que carecen del instinto de supervivencia de sus mayores —afirmó—. Y por lo visto el caballero Niu no es un tipo de persona que deje que la lógica gobierne su comportamiento. Tal vez por la locura que rige en su familia.

—Somos perfectamente conscientes de las tendencias del joven Niu. No hay nada que nos puedas decir que nosotros no sepamos ya. Él no es ninguna amenaza para el sogún.

A pesar del tono condescendiente de Toda y de la expresión inalterable, una repentina tensión en el *metsuke* hizo ver a Sano que había ganado un punto. Tal vez podría ganar otro.

—Tal vez hayáis subestimado al caballero Niu porque es tullido.

Pero Toda sólo pareció aún más cansado y negó con la cabeza. Se levantó, fue a una estantería y cogió un cuaderno. Se arrodilló de nuevo y lo abrió sobre su regazo.

—Caballero Niu Masahito —pasó el dedo por las columnas de caracteres mientras leía—: nacido con una pierna derecha deformada debido a... —citó las opiniones de los doctores y los astrólogos que atendieron su nacimiento—. Vive con su madre porque su padre odia verle.

Toda pasó unas cuantas páginas.

—A los quince años mató a un *ronin* en un duelo que él había iniciado. Aquel mismo año, lideró una banda que atacó un poblado *eta* y mató a diez personas. A los dieciséis, golpeó hasta la muerte a un chico que se dedicaba a la prostitución y le fue prohibida la entrada a Yoshiwara.

»Desde entonces, ha llevado muchachos a la casa de verano familiar en Ueno. Prefiere la masturbación y la mutilación superficial de un compañero drogado al apareamiento real. A la edad de diecisiete...

La lista seguía interminable, llena de incidentes impactantes, uno tras otro, intercalados con los detalles más personales de la vida del caballero Niu. Horrorizado por los excesos del joven, sin embargo, aún estaba más impresionado por la riqueza de la información que los *metsuke* habían reunido. ¿Habían conseguido introducir espías entre los criados y sirvientes de los Niu? Tal vez ya sabían todo lo que tenían que saber sobre el caballero Niu. Tal vez el complot no era más que un juego de fantasía interpretado por un grupo de jóvenes ociosos.

—Todos estos incidentes fueron ocultados por el dinero e influencia de los Niu —terminó Toda—. Pero no evitó que nosotros nos enterásemos. Creo que podéis ver que tenemos suficiente información con la cual poder juzgar el carácter del caballero Niu. No le subestimamos..., o sobreestimamos.

O tal vez los *metsuke* asumían que puesto que el joven aún no había herido a nadie que les importase, nunca lo haría. Esta asunción, además de su fe en la omnisciencia de los Tokugawa, les cegaba.

—¿Estáis seguro de que vuestra red de espías funciona como debería? —preguntó Sano—. Me parece que al contratar chantajistas como informadores, corréis el riesgo de que usen la información que obtienen para sus propios propósitos en lugar de informaros. Como hizo Noriyoshi.

—Noriyoshi no era un informador. —En respuesta a la sorpresa que debía haber mostrado la cara de Sano, Toda explicó—: Tú lo has dicho; yo nunca lo confirmé. Simplemente era un individuo que llamaba nuestra atención de vez en cuando. Le teníamos vigilado, tal como hacemos con todos los habitantes de Yoshiwara que tratan con ciudadanos de alto rango. Pero nunca fue mi empleado. Tal como has señalado, los chantajistas no son informadores de fiar. —Sus labios se curvaron en una sonrisa falsa, sin humor, que no alcanzó sus ojos.

Sano miró a Toda confuso. Estaba seguro que el *metsuke* mentía. ¿Por qué? ¿Para salvar la cara? ¿Para proteger a la red? Con Noriyoshi muerto, ¿qué importaba si alguien sabía que había sido un informador?

—Me habéis concedido audiencia porque yo sabía que Noriyoshi trabajaba para vos —recordó a Toda. No podía haberse equivocado en esto. Sin embargo, ahora tenía la inquietante sensación que tenía durante los pequeños terremotos cuando el sutil movimiento del antes sólido suelo sembraba dudas sobre su noción de realidad. La desabrida negativa hizo tambalear su creencia en su propia historia. ¿Tal vez la había inventado por las razones dadas por Toda? ¿Era un loco que se engañaba a sí mismo? El magistrado Ogyu y Katsuragawa Shundai estarían de acuerdo. Asimismo lo estaría el Consejo de Ancianos, si iba a ellos sin O-hisa. Un creciente sentido de desesperación provocó que hablase con más dureza de la que pretendía.

»Vos estabais bastante dispuesto a escucharme antes de que descubrieseis quién era yo. ¿Servís al sogún descartando las noticias de un complot contra él sin siquiera comprobarlo para ver si es cierto? —Se puso en pie ante Toda, mientras hacía un gesto con la cuerda y la sandalia que sus manos habían recogido del suelo—. ¿Cómo podéis cumplir con vuestras obligaciones cuando rechazáis la información que llega hasta vos?

—Os he concedido una audiencia porque habría sido una negligencia por mi parte pasar por alto la posibilidad de que tuvieseis algo de valor para nosotros —le corrigió Toda con gentileza—. Contrariamente a lo que opináis, agradecemos toda la información objetiva que cae en nuestras manos de fuentes fiables. Dirigimos una organización eficiente que sirve bien a los Tokugawa y les ha ayudado a mantenerse en el poder durante ochenta y ocho años. Investigamos todo lo que merece ser investigado. Y ahora, Sano-*san,* espero que me excuséis. —Dio unas palmadas para llamar al guardia—. Vuestra audiencia ha terminado. Buenos días.

* * *

Muerto de frío, hambriento y casi enfermo de cansancio, Sano caminó más despacio mientras se acercaba al distrito donde vivían sus padres. No quería enfrentarse a su padre otra vez, sin embargo, se sentía atraído por la comodidad y seguridad de su hogar. No podría soportar la sombría impersonalidad de una posada; además, no le quedaban energías para caminar hasta una. El agotamiento físico que consumía sus fuerzas le aportaba un sentimiento de derrota igualmente debilitante.

Ahora tenía que admitir que sus propias ambiciones, por las que había sacrificado las de su padre, habían quedado reducidas a nada. Había averiguado la verdad, pero fracasado en obtener algún valor de ella. Había descubierto que el caballero Niu planeaba matar al sogún, pero ¿cómo podía detenerle? Más intentos de prevenir a las autoridades probablemente no resultarían mejor que el de hoy. O-hisa había roto su promesa y había destruido sus esperanzas de un exitoso final para la investigación de asesinato. Sin su testimonio, el Consejo de Ancianos no actuaría nunca contra el caballero Niu, y tampoco con la fuerza de unas teorías no fundamentadas con un zapato y una cuerda como únicas pruebas. La muerte de Tsunehiko quedaría sin vengar, igual que las de Noriyoshi y Yukiko. Sano ya había perdido el beneficioso mecenazgo de Katsuragawa. Y hoy había perdido su fe para hacer realidad sus deseos: exponer la verdad, reclamar su posición y autorrespeto, entregar el culpable a la justicia y salvar la vida de su padre. Allí de pie, al otro lado de la puerta que daba al canal, al puente y la calle que siempre había conocido, se enfrentó al conjunto de sus pérdidas.

Todo puede terminar aquí, se dijo. El peligro, la frustración, la ambivalencia, la incertidumbre. Todo lo que tenía que hacer era volver a la vida que había llevado antes de ser *yoriki*. Dejar que la versión de la justicia del magistrado Ogyu fuese suficiente y las víctimas reales —Noriyoshi, Yukiko, Tsunehiko y Raiden— no importasen. Dejar que Toda y los de su calaña protegiesen al sogún de cualquiera que ellos escogiesen. Tales cosas ya no tenían que preocuparle. Pero esos pensamientos para consolarse no hacían más que aumentar su desesperación. Se ponía enfermo con la sola idea de darse por vencido, incluso cuando la razón le decía que era la única elección. Lúgubremente, reflexionó que este episodio de su vida podía terminar, pero que viviría con sus consecuencias el resto de su vida. Entonces, puesto que no tenía adónde más ir, atravesó la puerta y continuó el camino de vuelta a casa. Tal vez mañana podría pensar en alguna forma de salvar su honor, reparar el daño que le había hecho a su padre y, de alguna manera, evitar la muerte de su padre.

Mientras cruzaba el puente sobre el canal, unos ladridos furiosos que provenían de abajo captaron su atención. Miró más allá de la reja del puente. El agua marrón fluía lentamente entre las breves y empinadas orillas cubiertas de arbustos y coronadas con altas verjas de madera. Río abajo, tres perros mordían y arremetían contra otro bajo un descuidado sauce. El más grande, un esbelto sabueso negro, parecía estar guardando algo parcialmente escondido bajo las ramas de los árboles. Detrás de las ramas y del perro, Sano vio una forma pálida e indeterminada. Se dirigió hacia allí, pensando que los animales hambrientos habían matado a alguno de su propia especie y estaban luchando por el cadáver. Los Edictos para la Protección de Perros le prohibían interferir. Pero siempre cabía la posibilidad de que un niño se hubiese ahogado en el canal. Y, si era así, debía ahuyentar a los perros antes de que destrozasen el cuerpo. Intentaría identificarlo y localizar a la familia.

Sano fue corriendo hasta el extremo del puente y se deslizó hasta la orilla. Avanzó mirando dónde ponía los pies por la franja de tierra enfangada entre el agua y la maleza; a pocos pasos del árbol, frenó en seco. El horror y la incredulidad recorrieron como una estaca de hielo su espina dorsal. Con una exclamación de desesperación no pudo hacer otra cosa que quedarse allí y mirar.

El sabueso negro que gruñía estaba junto al cuerpo desnudo de una mujer menuda y delgada de pelo negro enmarañado y nalgas redondas. Yacía boca abajo, con un brazo contra su costado y el otro extendido y doblado por el codo, de manera que su mano habría tocado su cabeza si no fuese porque no tenía manos. Ambos brazos terminaban en muñones sangrientos, limpiamente cortados en las muñecas. Sus piernas aún habían sufrido aún más daño: le faltaban los pies, los tobillos, las pantorrillas y las rotulas.

Sano tragó una masa seca que le subía por la garganta cuando se dio cuenta del alcance de la mutilación. Profundos cortes en sus riñones y en su tronco dejaban los huesos al descubierto así como tejido sangriento. Unos oscuros moretones cubrían sus nalgas. Y cuando el viento levantó su pelo, vio otro roce alrededor de su cuello, este otro con las marcas de la cuerda que su asesino había usado para estrangularla.

—Buda misericordioso. —Sus labios se movieron rezando automáticamente.

El perro negro ladró y de pronto atacó a Sano deteniéndose bruscamente antes de tocarle realmente. A su señal, los otros empezaron a gruñir. Sus afilados dientes brillaron en sus bocas rojas mientras se acercaban cada vez más a él, alejándole de su presa.

Liberado de su parálisis provocada por el horror, Sano recuperó la voz.

—¡Fuera! —gritó. Hizo el gesto de darles un puntapié—. ¡Largo de aquí!

Aún gruñendo, los perros se retiraron. Sano se arrodilló junto al cadáver. Después de ver la disección de Noriyoshi y de encontrar el cuerpo de Tsunehiko pensaba que ya estaba inmunizado ante más impresiones. Pero la disección había tenido un propósito, y la muerte de Tsunehiko, aunque terrible, había sido causada por un único corte. Aquella salvajada sin sentido le impresionaba hasta la médula. ¿Qué clase de monstruo podía hacer aquello?

Sano miró por encima del hombro hacia el puente y la calle. Debería llamar a los guardias, y a la policía. Pero primero quería ver el rostro de la mujer. Si era una vecina, sería mejor que se lo notificase él a la familia antes de que lo hiciera algún *doshin* o cualquier otro funcionario. Con sumo cuidado, colocando sus manos en la cadera y el hombro del cuerpo para evitar los peores cortes, la hizo rodar de espaldas. Se le revolvió el estómago al ver que le habían cortado los pezones dejando círculos en carne viva. Mareado por las náuseas, miró su rostro.

Vio unos ojos saltones que aún conservaban la expresión de puro terror. Las mejillas y la nariz hinchadas; un hilillo de sangre seca a ambos lados de su boca; rasgos familiares, alterados por la muerte pero no lo suficiente para no reconocerlos.

—O-hisa —murmuró.

VEINTICINCO

Sano perdió el mundo de vista mientras intentaba asimilar su terrible descubrimiento. Los perros ladraban y gruñían en la orilla del canal; los cuervos graznaban sobre su cabeza mientras volaban en círculo sobre su presa. Aquellos sonidos apenas rozaban la superficie de su mente. ¿Quién había matado a O-hisa y por qué?

La culpabilidad y el odio que sentía hacia sí mismo después del asesinato de Tsunehiko regresó con todas sus fuerzas. O-hisa había muerto por su culpa. Ahora tenía otra muerte sobre su conciencia, y esta otra era peor porque sabía los riesgos. ¿Pero qué estaba haciendo ella allí? No podía haber ido a verle, porque nunca le había dicho dónde vivía. Sano rápidamente recorrió con la vista la zona de los alrededores. Había muy poca sangre en el suelo junto al cuerpo y ningún signo de sus manos o piernas cortados o de sus ropas. Las vallas protegían el canal de la vista desde las casas, pero seguramente alguien habría oído gritos y corrido para ver dónde tenía lugar el asesinato. Habrían llamado a la policía y, aunque no hubiesen tenido tiempo de detener al asesino, al menos habrían retirado el cuerpo de allí. Por lo tanto la habían matado en otra parte. Pero entonces ¿por qué habían echado el cuerpo allí, a no más de cien pasos de su casa?

El ruido de pasos resonó por el puente de madera por encima y por detrás de Sano. Se dio la vuelta. De pronto, al darse cuenta de lo que sucedía sintió que le invadía una oleada de escalofriante náusea al ver a los tres hombres que corrían hacia él: un *doshin* acompañado por dos ayudantes, uno de ellos llevaba una cuerda enrollada y ambos blandían bastones con púas. Ahora comprendió por qué el caballero Niu había dejado a O-hisa allí para que él la encontrase.

Los *doshin* llegaron al final del puente. Un hombre robusto y musculoso descendía torpemente por el borde del canal.

—¡Asesino! —gritaba—. ¡Vas a morir por esto, como un vulgar criminal, Sano Ichirō! ¡Clavaremos tu cabeza en una estaca al lado del río al amanecer!

Era una trampa. El caballero Niu, no satisfecho al verle relevado de su cargo de *yoriki*, pretendía detener su investigación culpándole del asesinato de O-hisa. No importaba que no hubiese sangre en su espada, ni testigos de su supuesto crimen y razón alguna para matarla. La riqueza e influencia de los Niu ya habían comprado su destino y el magistrado Ogyu lo sellaría. Aunque un samurái nunca era tratado como un criminal por matar a un campesino, la horrible mutilación del cuerpo de O-hisa convertía lo que sería un asesinato sin importancia en una atrocidad, una ofensa punible. Ni siquiera su rango le salvaría de la ejecución y, entonces, el caballero Niu ya no tendría que preocuparse de su interferencia nunca más.

Esta constatación golpeó a Sano como un destello de abrasadora e inarticulada comprensión. Mientras se quedaba allí plantado, inmovilizado por la impresión y el terror, los ayudantes del *doshin* bajaron deslizándose por la pendiente por delante de su amo. Sano sabía que, hiciera lo que hiciese, no podía permitir que le capturasen. En la cárcel de Edo, él, al igual que Raiden e innumerables presos más, finalmente confesaría bajo tortura. Su única esperanza de sobrevivir residía en permanecer libre el tiempo suficiente para probar que no había matado a O-hisa y que el caballero Niu era un asesino, además de un traidor.

—Ven con nosotros, no te resistas, vamos —decía el *doshin* avanzando pesadamente y jadeando tras sus hombres—. No vale la pena que te resistas. Nosotros somos tres y tú estás solo. Acepta tu destino como un verdadero samurái.

Los ayudantes corrieron hacia Sano. Uno empezó a desenrollar la cuerda. Los otros alzaron su bastón. Sano retrocedió mientras buscaba desesperadamente una forma de escapar. Simplemente corriendo, la solución más obvia y cobarde, no le beneficiaría en nada. Él conocía los alrededores de su casa. Justo a unos pocos pasos tras él, las riberas del canal se hacían más empinadas, alzándose casi en vertical. Recubiertas de piedra lisa, no ofrecían ningún soporte para los pies. Ya había intentado escalarlas suficientes veces en su juventud y siempre había fracasado y caído al agua. En esta época del año el agua era poco profunda, alcanzaba hasta poco más de la altura de la cintura, pero con un fondo embarrado que entorpecería y frenaría sus pies. Y era inútil correr hacia arriba. Le atraparían antes de que pudiese escalar aquellas altas verjas que había en lo alto de la orilla. Atrapado, hizo la única cosa que podía hacer: desenvainó su espada.

Tal vez interpretando su duda inicial como una señal de que no tenía intención de luchar, el ayudante que estaba más cerca se abalanzó contra Sano, con el cuerpo descubierto para atacar. Vio la espada demasiado tarde; también demasiado tarde intentó detenerse y bajó su bastón para protegerse.

La hoja de Sano le cortó en diagonal del cuello a la cintura. El hombre chilló y cayó al suelo, con las manos sujetando con fuerza la ajada parte delantera de su quimono, que inmediatamente se oscureció de sangre.

Los otros hombres chocaron contra éste. Cayeron hacia atrás soltando gritos de indignada sorpresa. Antes de que pudiesen recuperarse y capturarle con sus armas, Sano escapó. Mientras viraba bruscamente por su lado, reconoció al *doshin* de cuya investigación de incendio se había apropiado el día que había oído hablar del *shinju*. ¡Qué lejos le parecía! En sus pequeños y crueles ojos sólo vio venganza. Sano bajó corriendo por la ribera y subió luego por la empinada orilla hacia el puente. Le hubiese gustado mirar hacia atrás para asegurarse de que el hombre al que había atacado con la espada sólo estaba herido superficialmente, como pretendía, y no muerto. ¿Y si había calculado mal la presión de su estocada? Pero los otros ya estaban persiguiéndole con todas sus fuerzas.

—¡Alto! ¡Te ordeno que te detengas! —gritó el *doshin*.

El ayudante que no estaba herido, más joven y más rápido, saltaba tras Sano. Los golpes aterrizaban en los hombros de Sano. Soltó una exclamación cuando el palo con púas golpeó su carne, pero siguió corriendo. No quería luchar y matar a aquel hombre, pero se negaba a morir por un crimen que no había cometido. El trauma añadido de su arresto, condena y ejecución aceleraría la muerte de su padre. Y tampoco podía dejar que los asesinatos de Noriyoshi, Yukiko, Tsunehiko y O-hisa quedasen sin venganza. Y ahora tenía otra razón y aún más crítica para vivir: era la única persona que creía que el joven caballero Niu tenía intención de asesinar al sogún y, en consecuencia, era la única persona capaz de desbaratar sus planes.

Sus pies resonaron por el puente. Los curiosos le recibieron con gritos de terror.

—¡Es el hijo de Sano Shutaro!

—¿Qué ha hecho?

—Ha matado a alguien, eso parece.

El hecho que las personas que le conocían de toda la vida pensasen que él era un asesino le llenó de vergüenza. Quería detenerse y explicarles que le habían tendido una trampa, pero no podía. Tenía que correr para salvar la vida o perder para siempre la oportunidad de demostrar su inocencia.

—¡Que alguien le detenga! —gritó el ayudante jadeando mientras asestaba otro golpe en el hombro de Sano.

El *doshin,* que se encontraba bastante lejos de él, cayó y gritó:

—¡Eres hombre muerto, Sano Ichirō! ¡No podrás huir siempre!

Sano blandió su espada ensangrentada y la muchedumbre se dispersó. La gente dio un salto hacia atrás y se aplastó contra las rejas del puente para apartarse de su camino. Un hombre saltó por encima de la reja y fue a dar al agua del canal con un sonoro chapuzón. Sano cruzó el puente a toda velocidad. La desesperación hacía que sus piernas se moviesen más deprisa. El bastón dejó de golpearle a medida que se alejaba de sus perseguidores. Pero cuando llegó a la puerta, vio que otro problema le esperaba allí: los dos guardias.

—¡Este hombre es un asesino! —les gritó el ayudante—. ¡Cogedle!

Apenas Sano cruzó la puerta los dos guardias se unieron a la persecución. Su corazón latía furiosamente en aquel momento; su pecho subía y bajaba aceleradamente con cada frenética respiración. Oyó más gritos, el ruido de más espadas al ser desenvainadas y los pasos de cuatro pares de pies en lugar de dos corriendo tras él. Mientras se sumergía en el laberinto de estrechas calles, sintió un dolor en el costado provocado por el flato: ya no podía correr más deprisa. Echó un rápido vistazo hacia atrás y vio que los hombres le estaban alcanzando. Su respiración se tornó en sollozos. Aunque se obligó a seguir adelante, ya podía sentir la derrota. Se le erizó la piel sólo con pensar en una espada agitándose en el aire, descendiendo sobre él y la mortal agonía mientras abría su espalda.

Pero entonces divisó su salvación: uno de sus vecinos, un anciano samurái montado en un caballo castaño, paseando tranquilamente hacia él.

—¡Lo siento, Wada-*san*! —gritó—. Por favor, perdonadme pero tenéis que prestarme vuestro caballo.

El anciano gruñó sorprendido cuando Sano le bajó arrastrándole de su montura.

—Os prometo que lo devolveré —gritó Sano mientras montaba a caballo y agitaba las riendas. Si es que conseguía vivir lo suficiente.

Espoleó al caballo para que corriera al galope y se arriesgó a mirar hacia atrás. Vio que los hombres aún le seguían pero que enseguida quedaban atrás. El *doshin* blandía su *jitte*, gritaba algo y luego se detenía, con una mano apretando su cintura.

El triunfo latía en las venas de Sano. ¡Era libre! Aunque no sabía por cuánto tiempo. Los *doshin* alertarían a sus camaradas por toda la ciudad y pronto sus hombres se unirían a la caza del asesino Sano Ichirō. Y, exactamente, tampoco sabía cómo utilizaría su libertad temporal.

* * *

El callejón estaba en penumbras, desierto, y era intimidante. A cada lado, hileras de edificios destartalados se inclinaban hacia el interior bloqueando la vista de gran parte del cielo, formando un estrecho túnel de luz crepuscular. Tres retretes públicos despedían un hedor intenso y goteaban aguas negras al suelo. Pero Sano agradeció encontrarse en el callejón como si fuese un refugio de las calles de esta zona pobre de Nihonbashi, donde las festividades del *Setsubun* rápidamente habían intensificado su fervor. Después de una rápida mirada hacia atrás para asegurarse de que nadie le seguía, hizo que el caballo de Wada-*san* se adentrase en él. Al ver dos portales adyacentes protegidos con celosías de bambú, desmontó y se deslizó junto al caballo en el minúsculo espacio que había entre ellos para que nadie que entrase en el callejón por ambos extremos pudiese verlos. Seguidamente, se apoyó en la pared y cerró los ojos, intentando descansar. Pensar.

Su salvaje escapada al galope por Edo había consumido el resto de la tarde. No había tenido tiempo de pensar en otra cosa que no fuese su objetivo inmediato de poner el máximo de distancia posible entre él y el canal donde había encontrado el cuerpo de O-hisa. No se le ocurría ningún plan excepto perderse entre la multitud para evitar a la policía. Al menos esto lo había conseguido, por poco. Los bulliciosos juerguistas del *Setsubun* le ofrecían una buena tapadera, pero observó que la policía que había por los alrededores estaba muy atenta. Inusualmente tolerante con las payasadas que hacían a su alrededor, aquellos hombres miraban todas las caras como si buscasen a alguien: a él.

Sano se pasó una temblorosa mano por la cara. Tenía que planear el próximo movimiento. No se podía permitir el lujo de malgastar ni un momento de su preciada libertad. No obstante, el ruido proveniente de la calle resonaba en su dolorida cabeza. La desolación paralizaba su mente. Le dolían las heridas de sus hombros y la sangre las aplastaba contra sus ropas. Los músculos que había debajo de ellas ya se habían hinchado y entumecido; no podía girar la cabeza o mover sus brazos sin sentir dolor. El miedo se había solidificado en él como un esqueleto de acero. Todo su cuerpo flaqueaba de agotamiento y nunca en su vida se había sentido tan solo. Temblando dentro de su capa, reflexionó no sin asombro sobre los cambios que, en unas pocas horas, habían causado estragos en su vida.

Antes de descubrir el cuerpo de O-hisa aún tenía la opción de continuar persiguiendo al caballero Niu. Ahora no tenía ninguna. No podía darle la espalda a los acontecimientos de los pasados catorce días y marcharse a casa. Los *doshin* le estarían esperando allí, sin duda con un pequeño ejército de refuerzo para ayudar a llevarle a la cárcel o matarle allí mismo. Comparado con esta realidad, la anterior desgracia que había llevado a su familia ahora le parecía insignificante.

No podía hundirse en una confortable oscuridad. Como fugitivo, pasaría el resto de sus días escapando mientras todo el país le perseguía. Incluso si poseyera el dinero para aprovisionarse y el caballo de Wada-*san* para viajar, sabía que una huida a las provincias era inútil. Seguramente el magistrado Ogyu ya había despachado mensajeros a los guardias de los puntos de control de las carreteras y a los caciques de los pueblos, avisándoles para que estuviesen alerta de su presencia. Su búsqueda de venganza había desembocado en un deseo más simple y más poderoso de supervivencia.

Sano intentó reunir las fuerzas que le quedaban en lo más profundo de su ser, una minúscula pero valiente fuerza ahora reducida al puro acero de samurái que la educación de su padre le había proporcionado. No le quedaba otra opción que probar su inocencia o morir en el intento. De otra forma, su vida habría acabado para siempre. Si continuaba siendo un fugitivo, perdería para siempre a todos y todo lo que le importaba: su familia, sus amigos y su honor. Escapar para salvar la vida y permitir que el caballero Niu asesinase al sogún sería fracasar en su máximo deber hacia el supremo señor del país. La mayor desgracia de todas. La boca de Sano se torció en una amarga sonrisa. Si conseguir ayuda de las autoridades le había parecido difícil antes, ahora ya era imposible. A cualquiera que se acercase le arrestaría antes de que pudiese terminar una frase.

El sonido de pasos sacudió a Sano de su sombrío estado de contemplación. Apoyó una mano tranquilizadora en el cuello del caballo y escudriñó a su alrededor a través de la celosía. Para su tranquilidad vio que quien venía hacia él no era un *doshin* sino un hombre vestido con una capa chillona de color púrpura y oro y un extraño sombrero plano. Obviamente borracho, zigzagueó por el callejón hacia los retretes. Sano vio que su sombrero no era tal, sino una máscara, apartada sobre su cabeza. El hombre escogió el cobertizo central entre los tres idénticos y entró dando traspiés.

La vista del disfraz de *Setsubun* del hombre le hizo entrar en acción. Un disfraz era absolutamente imprescindible para el plan que empezó a tomar forma en su mente. Montó en su caballo, se dirigió hacia los retretes y esperó.

El borracho salió del retrete tropezando. Con dos golpes rápidos, Sano arrancó la máscara de su cabeza y la capa de los hombros del hombre.

—¡Eh, que...! —El hombre dio la vuelta sobre sí mismo y cayó sobre sus posaderas.

Sano espoleó los flancos del caballo mientras metía la capa bajo su brazo y ataba la máscara sobre su rostro. Vio que era un escudo facial acorazado que alguna vez perteneció a un general o a un oficial de alto rango. Hecha de metal negro, tenía unas hendiduras para los ojos y la boca y un mostacho negro hirsuto hecho de pelo de caballo.

—¡Sucio samurái! —vociferó el borracho, agitando un puño—. ¿Piensas que puedes llevarte lo que quieras?

Ahora doblemente ladrón, Sano empezó a alejarse al galope con lo que había robado. ¡Qué irónico resultaba que en su cruzada para atrapar a un criminal se hubiese convertido en uno él mismo! Por lo tanto, dio la vuelta, sacó algunas monedas de su bolsa y las lanzó al borracho. Éstas resonaron al esparcirse por el suelo.

—Toma eso como pago— dijo. Podía morir en cualquier momento y no quería que su último acto fuese un robo, aunque éste fuese necesario. Además, era inútil guardar dinero ahora. Si sobrevivía a esta noche..., si su plan funcionaba, podría ganar mucho más de alguna manera. Si no, entonces el poco efectivo que llevaba no bastaría ni para pagar su funeral. Ahora pensó que le hubiese gustado pagar algo a Wada-*san* por el caballo que tal vez no le devolvería nunca.

Hizo avanzar al caballo y se dirigió hacia la calle. Al final del callejón redujo la velocidad para ponerse la capa púrpura estampada con peonías doradas. Su espada larga formaba un extraño bulto en ella y esperó que nadie se diese cuenta y se preguntase por qué un samurái escondía sus armas.

Por las calles, la muchedumbre se arremolinaba a su alrededor. Los rostros enmascarados le lanzaban miradas lascivas: dragones, monos, demonios, tigres. Bandas de músicos ambulantes tocaban tambores, flautas y badajos. Una lluvia de bolitas cayó sobre Sano cuando pasó por una casa donde un grupo de mujeres estaba en el tejado.

—¡Demonios fuera! ¡Prosperidad adentro! —cantaban, lanzando granos de soja tostados a la calle para dar buena suerte.

Sano se dirigió al sudoeste alejándose de Nihonbashi hacia el distrito daimio. Con parte de su atención vigilaba a los *doshin*; con el resto se concentró en seguir su camino sin pisar a nadie y encontrar entre los bloques de edificios el que buscaba.

Ante la puerta torii de un santuario sintoísta ubicado entre dos tiendas, desmontó y ató al caballo. Caminó por el recinto del santuario, donde los residentes del vecindario acudían en masa a los tenderetes que vendían tentempiés y *amazake*, el dulce brebaje rojizo de arroz fermentado de Año Nuevo. Las puertas interiores estaban adornadas con una cuerda larga y formando lazos de paja de arroz retorcida, indicando el lugar sagrado, tiras de papel blanco trenzado y helechos. En el exterior del pequeño santuario con el techo de paja adornado con guirnaldas de pino y bambú y envuelto con carteles blancos pintados con la insignia de los Tokugawa, se detuvo ante la pila de agua de piedra para lavarse los labios. Dejó caer una moneda en la caja de los donativos, tiró de la cuerda para hacer sonar el gong y unió dos veces las manos para orar. Luego, después de dejar sus zapatos junto a los demás que estaban delante de la puerta, entró en el santuario.

Mientras buscaba al sacerdote, vio a una familia: el padre, la madre y dos hijos, de pie delante del altar. La madre estaba desenvolviendo un paquete de pasteles para dejarlo como ofrenda a la imagen de piedra de la diosa Inari de la cosecha.

—Hacemos esto para que ella nos bendiga con buena suerte para el Año Nuevo —explicaba el padre a los niños.

Con sus casi inexistentes oportunidades de tener buena suerte, Sano se sintió muy distante de ellos, como si una pantalla invisible le separase del mundo cotidiano.

—¿Qué te sucede, por qué estás tan triste? Las fiestas están para celebrarlas.

Sano se dio la vuelta y vio al sacerdote de pie a su lado, un anciano con un rostro como una manzana seca. Llevaba un tocado cilíndrico negro sobre su calva cabeza y un vestido de color púrpura oscuro sobre su quimono blanco. Las arrugas surcaban su piel alrededor de sus ojos y su boca cuando sonreía.

—¿Tienes problemas? —preguntó. Su expresión se tornó seria, llena de compasión—. ¿Puedo ayudarte de alguna manera?

Nadie podía ayudarle. Estaba solo con su problema. Pero había ido hasta allí para pedirle al sacerdote un pequeño favor que tal vez ayudaría a los que se preocupaban por él.

—Sí —dijo—. ¿Podríais dejarme un pincel, tinta y un trozo de papel? ¿Y un lugar donde pueda sentarme y escribir?

Si el sacerdote encontró extraña su petición o pensó que era raro que Sano no se quitase la máscara, no dio muestra alguna de ello. Simplemente, hizo un gesto a Sano para que le siguiese afuera, hasta una cabaña en la parte trasera del recinto del santuario. Allí, en una pequeña habitación que servía de almacén, cocina y oficina, dispuso los objetos para la escritura en un escritorio. Inclinó la cabeza ante Sano y se retiró.

Sano se quitó la máscara para poder ver en la penumbra de la cabaña. Desmenuzó la tinta, la mezcló con agua y mojó el pincel.

Setsubun, Genroku 1.

Otōsan y Okāsan,

Escribió, sintiendo que la falta de tiempo no le permitiese poner las expresiones formales de respeto con las que normalmente iniciaría una carta dirigida a sus padres.

> Cuando recibáis esta carta, seguramente estaré muerto. Si éste es el caso, deseo presentaros mi más solemne juramento de que yo no maté a la mujer que fue encontrada hoy en el canal, no importa lo que os hagan creer.
>
> En lugar de aceptar pasivamente mi destino y la desgracia que mi condena y ejecución traería a nuestra familia, he decidido demostrar mi inocencia y llevar al verdadero asesino a la justicia. Intento hacerlo, en primer lugar robando cierto rollo que ahora está en poder del caballero Niu Masahito y después, entregándolo a las autoridades. Demuestra que él es culpable de traición y sostiene mi opinión de que mató a cuatro personas y ha hecho que yo sea un fugitivo de la ley para llevar a cabo su plan para asesinar al sogún.
>
> Mediante esta acción también pretendo cumplir con mi deber para nuestro supremo señor salvándole de la muerte en manos del caballero Niu y sus amigos conspiradores.
>
> Ahora tengo que dejaros, sabiendo que tal vez nunca volveré. Por favor, perdonadme por todo el sufrimiento que os he causado. Con toda mi eterna gratitud, devoción y respeto.
>
> Ichirō

Sano releyó su mensaje mal redactado, esperando que, de alguna manera, aliviase a sus padres o al menos explicase sus acciones ante ellos. Secó la tinta con papel secante, dobló la hoja y selló la carta. Escribió el nombre entero de sus padres y la dirección de su casa en ella, a continuación se puso la máscara y salió afuera, donde encontró al sacerdote esperando.

—Por favor, ¿os ocuparéis de que este mensaje sea entregado hoy? —pidió—. Es muy importante. —Se lo entregó al sacerdote junto con todo el dinero que le quedaba.

El sacerdote frunció el ceño mientras asentía y cogía la carta, aunque no sin ocultar su disgusto ante la imposición de un extraño. Pareció aceptar la gravedad del aprieto en que estaba metido Sano sin preguntar, como sus siguientes palabras demostraron:

—¿No hay vuelta atrás de esta peligrosa vía de acción que habéis decidido emprender?

Sano apartó la mirada del sacerdote y la dirigió hacia el recinto exterior del santuario, donde un grupo de actores aficionados había dispuesto un escenario provisional. El héroe, vestido de samurái, estaba cantando un lamento sobre un hijo muerto en una batalla. Un público apreciativo aplaudía sus gritos de angustia y sus gestos.

—No —aseveró Sano. Su destino ya estaba escrito, igual que el de los personajes de la obra—. No puedo volver atrás.

VEINTISÉIS

Cuando Sano llegó al distrito daimio de Edo, justo después de oscurecer, descubrió que las anchas avenidas habían experimentado una espectacular transformación. Allí, igual que en Nihonbashi, el *Setsubun* había desplegado su magia aunque con un efecto mucho más glamuroso. Faroles redondos colgaban de los muros de cada residencia, con su brillo anaranjado bañando con cálidos tonos la fría noche. Las puertas permanecían abiertas para recibir procesiones de palanquines, lujosamente decorados, acompañados por multitud de asistentes. Los samuráis iban vestidos con sus ropas de seda más elegantes o con colores chillones, disfrazados de niños o mujeres guerrero o héroes legendarios, iban a caballo o paseando, dirigiéndose saludos escandalosos unos a otros. En algún lugar, ardía una hoguera que enviaba aromas de humo de leña que se mezclaba con las esencias empalagosas de perfume y aceites para el pelo. Juglares, actores y músicos actuaban con entusiasmo, esperando arrancar algunas monedas a los ricos; los mendigos gritaban súplicas; los monjes vendían hechizos que garantizaban buena suerte para el Año Nuevo.

Aún disfrazado con la capa y la máscara, Sano cabalgó hacia la *yashiki* de los Niu al galope. Su corazón golpeaba con fuerza en su pecho con una cadencia rápida, urgente, al ritmo del ruido de los cascos del caballo: «¡corre, corre, corre!». Tenía que encontrar la forma de entrar en la mansión y coger el rollo aquella misma noche, puesto que su disfraz le dejaba moverse con más libertad entre la multitud de hombres disfrazados con colores chillones, mientras la actividad del *Setsubun* y la confusión distrajera a la policía. El miedo y la excitación enviaban oleadas de alarma a través de su cuerpo. Aquélla era la única oportunidad que tenía de detener al caballero Niu y exonerarse. Tenía que conseguirlo.

Tuvo mucho tiempo para prever las dificultades que su plan presentaba. La primera, la de irrumpir en una mansión fuertemente vigilada, le había parecido insuperable. Ahora, sin embargo, percibió que la seguridad en el distrito era inusualmente laxa. La mayoría de los guardias había abandonado sus puestos para mezclarse con la multitud, algunas veces alejándose bastante de las puertas que se suponía que debían proteger. Las risas y las canciones brotaban de los barracones que había justo al otro lado de los muros: los vasallos de los señores estaban de celebraciones y no alertas en su puesto. Era una fiesta en tiempo de paz; nadie esperaba un ataque. Tal vez tendría una oportunidad después de todo. Pero cuando llegó a la puerta, lo que vio le hizo sacudir las riendas con tanta fuerza que su caballo se encabritó. Una renovada ansiedad le atravesó.

Inmerso en una conversación con los guardias estaba el *doshin* que casi le había arrestado en el canal. A su lado, había otro *doshin* y cinco asistentes. Con las armas en la mano y los ojos alerta escrutaban sospechosamente a la multitud.

Sano se obligó a cabalgar por delante de la policía de forma casual. Se le puso la piel de gallina cuando le miraron de arriba abajo; pero si daba la vuelta y echaba a correr no haría más que atraer su atención sobre él. El terror tensaba sus nervios de tal forma que parecía que iban a estallarle y un profundo temblor sacudió sus fríos y doloridos músculos. El dolor de sus heridas, ahora ya febril, cada vez era más punzante. Respiró profundamente a través de la hendidura de la boca de la máscara. Su cuerpo se relajó un poco, pero enseguida se volvió a tensar cuando escuchó que alguien gritaba justo detrás de él. El hombre que lo había exclamado pasó junto a él corriendo, pero Sano seguía intranquilo.

Se dirigió a la parte trasera de la *yashiki*, un recorrido que le llevó más de una hora a causa de la muchedumbre y del tamaño de la mansión. Un callejón dividía la propiedad de los Niu de la de sus vecinos. Sano aprovechó aquel espacio para desmontar.

El callejón era largo y estrecho. Su oscuridad sólo estaba aliviada por algunos faroles colgados espaciadamente en la calle lateral y la débil luz de las estrellas. Mientras Sano conducía a su caballo, callejón adentro, observaba y escuchaba. No se encontró con nadie. Del otro lado de los muros no se oía ningún ruido o al menos ninguno que sobresaliese del ruido apagado que provenía de las calles. La puerta trasera de los Niu daba frente a frente con la de su vecino; ninguna de las dos estaba guardada. Por allí podría entrar a la *yashiki* sin que nadie le viese, si es que podía entrar.

Sano contempló el muro. Su superficie lisa y enlucida adornada con losas no ofrecía ningún punto de apoyo. Por encima, las ventanas con barrotes de los barracones se alzaban fuera de su alcance. Las mismas barracas se extendían sin interrupción por el muro, excepto cuando se elevaban ligeramente para formar el cuartel de guardia por encima del pesado portalón de madera. Luego Sano alzó la vista más arriba. Si...

Unos remates de pináculo muy trabajados coronaban los picos en cada extremo del tejado del cuartel de guardia. Sano sacó la cuerda que llevaba en la capa. La desenrollo, hizo un lazo en el extremo y luego la aseguró con un nudo corredizo. Miró a ambos lados y no vio a nadie, luego lanzó el lazo hacia el remate de la derecha. En su primer y segundo intento, el lazo no consiguió enroscarse. Sano empezó a sudar. El sudor hacía que la máscara de metal se le pegase a la cara. Lanzó la cuerda de nuevo. Esta vez acertó el tiro y la cuerda se enroscó en su objetivo, tiró de ella, el nudo se estrechó y quedó bien sujeta.

Sano dudó con las riendas en la mano. No podía dejar a su caballo allí, por si lo veían las patrullas de *doshin*. Lo mejor que podía hacer era alejarle de allí, pero odiaba tener que dejar su medio de escape. A pesar del grave riesgo que ello significaba, tendría que introducirlo por la puerta una vez que hubiese conseguido entrar.

Ató las riendas a un poste. Sujetándose a la cuerda, empezó a escalar el muro, apoyando los pies contra él. El esfuerzo hizo que el dolor de sus hombros se recrudeciese. Entrecerró los ojos para luchar contra él, con una mueca. El cálido hilillo que bajaba por su espalda significaba que sus heridas habían empezado a sangrar otra vez. La áspera cuerda quemaba en sus manos. Lo cierto era que el muro, desde abajo, no le había parecido tan alto. Al fin consiguió llegar al tejado del cuartel de guardia. Jadeando, se echó allí, incapaz de moverse. Si alguien le veía ahora, tendría que rendirse sin luchar. Cuando recuperó la fuerza suficiente para levantar la cabeza, miró hacia abajo al interior de la mansión.

Los oscuros edificios se extendían a lo largo de una ancha y oscura franja de terreno abierto. Nada se movía allí ni hacía ruido alguno. Todos habían salido para celebrar la velada o es que estaban en la parte delantera de la residencia. ¿Pero durante cuánto tiempo?

Rápidamente, Sano desató la cuerda y la metió de cualquier manera dentro de su capa. No quería dejar pruebas de su entrada clandestina y quizá la necesitaría otra vez. Luego se deslizó sobre su estómago para bajar del inclinado tejado. Sujetándose a los aleros, iba a dejarse caer de espaldas dentro de la mansión. Sin embargo, cuando iba a soltarse escuchó pasos rápidos y voces de hombre fuera del muro. ¡Los guardias de los Niu! Si oían que se dejaba caer, investigarían el ruido. Con las manos sujetas a los aleros, quedó colgando a bastante altura del suelo.

Los pasos se acercaron. Las manos y los brazos de Sano empezaron a dolerle y luego a temblar de cansancio. Espasmos de dolor las sacudían y avanzaban hacia sus hombros heridos. Apretó los dientes y se sujetó con fuerza. Ahora podía escuchar lo que decían los hombres.

—Este lugar está más tranquilo que una tumba.

—Está bien, sólo echemos un vistazo y luego vayamos a la parte delantera.

Sano reconoció la segunda voz. No era la de un extraño, sino aún peor: la del *doshin.* Pensó en su caballo, que estaba al otro lado, al descubierto, delante de la puerta de los Niu y aún se inquietó más. Intentó alejar el dolor y el temor y rezó para que sus perseguidores se fuesen.

Entonces el *doshin* dijo:

—Aquí no hay nadie, vamos.

Los pasos se alejaron. Sano dio las gracias en silencio a los dioses por la incompetencia de la policía. Era una verdadera suerte que este *doshin* en particular fuese tan descuidado cazando fugitivos como lo era cuando investigaba incendios. Se soltó de los aleros.

El suelo se acercó a toda velocidad y le golpeó. Flexionó las rodillas y dio una voltereta hacia atrás para evitar romperse las piernas. Su herida más profunda y dolorosa, la del hombro izquierdo, soportó todo el peso de su cuerpo. Casi se le escapó un grito de agonía. Lo sofocó mordiéndose el interior de sus mejillas con tanta fuerza que notó en su boca el gusto de la sangre. Se le humedecieron los ojos cuando se obligó a ponerse en pie.

Descorrió las fuertes barras de hierro de la puerta, la abrió e hizo entrar a su caballo y lo ató a la puerta. Después, con la esperanza de encontrarlo allí cuando regresase —si es que lo hacía—, avanzó hacia la casa.

Con los problemas de entrar en la *yashiki* y esconder el caballo solucionados, Sano ahora se enfrentaba a todo un mundo de dificultades. ¿Cómo encontraría el rollo? ¿Y era seguro que estaba en la mansión? ¿Había supuesto correctamente al pensar que el joven caballero Niu, al querer mantener el preciado documento secreto a salvo y cerca, lo habría llevado de nuevo a la ciudad con él?

Por otra parte, si consiguiese escapar con el rollo, ¿cómo conseguiría llegar hasta las más altas autoridades sin que le capturasen y matasen? Intentó apartar aquel último pensamiento desalentador. Intentaría solventar los problemas de uno en uno a medida que fuesen surgiendo. Primero tenía que encontrar los aposentos del caballero Niu en la vasta mansión que, por otra parte, no le era familiar.

Cruzó a toda prisa la desnuda extensión de terreno que parecía ser una zona de montar. En aquel instante se sintió expuesto y vulnerable a pesar de la oscuridad, bordeó una charca donde los hombres del daimio practicaban la natación y la lucha con armadura. La repentina vista de dos siluetas erguidas delante de él en la oscuridad le hizo frenar en seco con el corazón en un puño. Luego las reconoció como objetivos en forma de hombre para los arqueros. Alcanzó los edificios con gran alivio pero ya preparado para los peligros que le esperaban a continuación.

El primero llegó cuando pasó por delante de los establos. Junto con el ruido de las patadas en el suelo y los relinchos de los caballos, escuchó risas; había lámparas encendidas en las dependencias de los mozos de cuadra. También vio luces en lo que debían ser las alas de los criados y los vasallos. Agachándose para pasar bajo las ventanas, Sano se coló entre los edificios. Cruzó un jardín como el que había visto en su primera visita a la residencia y llegó al fin a la gran extensión de la mole de la mansión.

Sus blancas paredes brillaban fantasmagóricamente bajo la luz de las estrellas. Por encima de ellas, se alzaban múltiples tejados que caían como olas oscuras. Sano vio que la mansión no era un edificio sino muchos, conectados por muros bajos o pasadizos cubiertos. Se fijó en que la distribución de la mansión era muchísimo más compleja que la casa de verano de los Niu. ¿Cómo lograría encontrar los aposentos del caballero Niu, y menos aún el rollo?

La puerta más cercana le llevó hasta un estrecho sendero que se extendía entre las paredes lisas y sólidas de los almacenes a prueba de incendios. Siguió por allí hasta llegar a un punto muerto, que le obligó a girar a la izquierda. Otro sendero más ancho le llevó entre altas vallas de madera con tejadillos de tejas sobre ellas, doblándose en ángulo una y otra vez. Sano pronto empezó a perder el sentido de la orientación. Sólo esperaba que, por lo menos, se estuviese moviendo hacia el centro de la mansión reservado para la familia del daimio. Las paredes sofocaban y distorsionaban el sonido. ¿Se estaba acercando al bulevar o se estaba alejando de él? ¿Las voces provenían del exterior de la residencia o de alguien delante o detrás de él en el sendero? Cada vez que doblaba una esquina hacía una prolongada pausa, escuchando, pero no confiaba en sus oídos.

Seguidamente, apareció una puerta en la valla. Apartándose a un lado, Sano la empujó. Se abrió a un lado con un chirrido que hizo que se encogiese. Asomó la cabeza y miró dentro. Vio un espacioso jardín rodeado por los tres lados por edificios con anchos porches cubiertos. Un único farol sobre cada puerta proyectaba sobre todas ellas una débil claridad que se reflejaba además en el estanque, los arbustos y el pabellón. No había luz alguna encendida en ninguna de las ventanas y Sano no vio nada que le indicase exactamente quién vivía en aquellas habitaciones. Podían pertenecer o bien a los miembros de la familia o a los asistentes de alto rango. Pero aunque los aposentos del caballero Niu estuviesen allí, en alguna parte, el mero hecho de entrar le permitiría tener acceso al resto de la mansión.

Los árboles y los arbustos le protegieron mientras avanzaba hacia el edificio más cercano. Cuando llegó al porche intentó forzar una puerta: cerrada. La sacudió, luego la empujó, sabiendo que los cerrojos incluso en las casas caras solían ser endebles. ¿Por qué gastar dinero en cerrojos cuando las patrullas itinerantes hacían un trabajo mucho mejor para mantener la seguridad? Pero la puerta estaba firmemente cerrada. Sus esfuerzos por abrirla fueron inútiles; la punta de su espada corta no encajaba en la fina grieta que quedaba entre la puerta y el marco. Lo intentó con las demás puertas con igual suerte, así que dirigió su atención a las ventanas.

Éstas estaban cubiertas de barras de madera poco espaciadas. Seleccionó la que estaba más alejada de las puertas iluminadas y usó su espada para forzar las barras. Se rompieron con una serie de agudos chasquidos que esperó que si eran escuchados por alguien del interior lo tomara por ruido de petardos. Cortó y rasgó el panel de la ventana y miró a través del agujero irregular. Un pasadizo vacío conducía a una serie de puertas cerradas separadas por largas extensiones de paredes de papel y madera. Aún sujetando su espada, Sano escaló por la ventana. Furtivamente cruzó el pasadizo y abrió a un lado la puerta. Ésta llevaba a un pasadizo interior, más oscuro y también vacío, con más puertas que se abrían a él. Al entrar, su euforia por haber conseguido penetrar en la casa se desvaneció.

Un perfume floral aromatizaba el aire. En la habitación más cercana, vio las formas oscuras de unos muebles que parecían arcones y tocadores. La tenue luz de los faroles de las puertas se reflejaba en un alto espejo y brillaba en los pliegues satinados de los quimonos descartados, esparcidos por el suelo. Estaba en las dependencias de las damas. De puntillas, se arrastró por un lado del pasadizo, con la espalda apretada contra la pared, en busca de una entrada al resto de la casa.

La oscuridad magnificaba el sonido; cada débil crujido de las tablas del suelo bajo los pies de Sano explotaba en sus oídos hipersensitivos. Otros ruidos, los del asentamiento de la propia casa, algún grito proveniente de alguna parte de la mansión, le sobresaltaban.

Entonces se quedó helado. Una mancha ondulante de luz se movía hacia él en el otro extremo del pasadizo. Era una lámpara de aceite que llevaba una niña que caminaba sin hacer ruido con los pies cubiertos con calcetines. Al acercarse, Sano vio su rostro iluminado sobre la llama. En cualquier momento tropezaría con él.

Sano se dio la vuelta para retroceder. Pero escuchó que una puerta se deslizaba a un lado en alguna parte tras él y ruido de pasos acercándose. Su boca se secó y su estómago se tensó. ¿La dama Niu? ¿Una de las otras damas? ¿O un guardia investigando la ventana rota? El ruido de pasos se acercó, incluso podía escuchar a la niña tarareando una canción entrecortada mientras se acercaba a él. Tenía las vías de escape cortadas en ambas direcciones, deslizó a un lado la puerta de la habitación que le quedaba más cerca. Se escondería allí hasta que la niña y la otra persona a quien no había visto pasasen y luego continuaría su búsqueda de los aposentos del caballero Niu. Por desgracia, se encontró no en una habitación sino en un gran armario atestado de arcones y cajas, sin espacio para él. Tenía que escapar por un lado u otro. En lugar de enfrentarse a una amenaza desconocida y posiblemente mayor, se decidió por echar a correr pasadizo abajo hacia la niña.

Ésta gritó asustada cuando pasó disparado por su lado; enseguida empezó a gritar con todas sus fuerzas:

—¡Un ladrón! ¡Ayuda!

Sano entró apresuradamente por la puerta que le quedaba más cerca de la pared externa. En lugar de encontrarse en un pasadizo exterior con acceso a los jardines, vio un largo y estrecho pasadizo frente a él. La niña seguía chillando. Corrió por el pasadizo. La puerta del extremo conducía a una sección adjunta de la casa. Escapó a toda prisa por el laberinto de pasillos. Las paredes pasaban volando por su lado en largos tramos de madera interrumpida sólo por ventanas de papel con parteluces. Las ventanas interiores estaban a oscuras. A través de las exteriores, pudo ver una débil luz que provenía del jardín pero las sombras de unos gruesos barrotes dibujaban sombras en los paneles. ¿Dónde estaba la puerta? Por mucho que aborreciese abandonar la casa antes de encontrar el pergamino, tenía que salir de allí, y además inmediatamente, antes de que los guardias apareciesen.

Dobló una esquina. Quedó horrorizado al comprobar que el suelo empezaba a emitir unos crujidos ruidosos y chirriantes cada vez que daba un paso. Había dado con un paso de ruiseñor, un suelo especialmente construido que obligaba a los intrusos a hacer audibles sus pasos con lo cual avisaban de su avance. Monjes, nobles y señores de la guerra habían utilizado este sistema de alarma a lo largo de la historia; debería haber previsto que los Niu lo tendrían. Intentó correr sin hacer ruido, permaneciendo cerca de la pared, aún así los ruiseñores seguían cantando.

El corredor formaba un ángulo con otro. Una corriente fría sorprendió a Sano. Provenía de una puerta abierta que daba a una zona del jardín iluminada por linternas. Pero cuando corría hacia la puerta brilló una luz oblonga ante él, en la pared de papel como si alguien encendiese una lámpara en una de las habitaciones. Otra puerta se abrió deslizándose a un lado. La luz se derramó por el pasadizo y una alta silueta le salió al paso.

Sano no esperó a que la persona hablase. La empujó al pasar y se abalanzó hacia la puerta. Sus pies volaron sobre el suelo del jardín.

—¡Eii-*chan*! —gritó una voz de mujer desde el pasadizo.

Sano vio demasiado tarde que la forma oscura emergía de las sombras a su derecha. Dio un paso a un lado, pero no lo suficientemente rápido. Toda la fuerza del peso del hombre le derribó al suelo. El impacto sacudió todos sus huesos. Su máscara salió despedida de su cara y dejó caer su espada.

Sintió un agudo dolor en la cadera izquierda, que soportó todo el impacto de su caída. Luchó y opuso toda la resistencia que pudo intentando recuperar su espada, pero las fuertes manos de su asaltante le estaban dando la vuelta sobre su estómago presionándole el rostro contra el suelo. Unas pesadas rodillas se dejaron caer sobre la parte baja de su espalda y unos brazos de acero atraparon su pecho y hombros en un feroz abrazo. Lenta y despiadadamente le dobló la espalda hacia atrás. Sano soltó un grito involuntario cuando el dolor le atravesó la espina dorsal. ¡Aquel hombre iba a rompérsela! Apretó las mandíbulas, el sudor empezó a bajar por su rostro, resistió la presión, pero continuó, hacia atrás, cada vez más atrás: la columna se arqueó, casi podía sentir el chasquido...

—¡No! —ordenó bruscamente la voz de la mujer.

Sano sintió un inmenso alivio cuando su asaltante le soltó. El peso se levantó de encima de él. Débilmente, se dejó caer a un lado hasta quedar apoyado de espaldas, dolorido pero entero, frente a sus captores.

La dama Niu se alzaba ante él, dominándolo con su altura. Llevaba el pelo suelto alrededor de sus hombros y su rostro sombrío con su capa de maquillaje blanco parecía fantasmal bajo la parpadeante luz de las linternas. Los relucientes pliegues de su quimono oscuro sin fajín resaltaban su sobrecogedora apariencia. Con ambas manos sostenía una siniestra lanza con la que apuntaba al pecho de Sano.

Entonces sonrió, con los labios separados dejando ver sus brillantes dientes negros. Retiró la espada.

—Llévale a la casa, Eii-*chan* —dijo al corpulento sirviente que estaba a su lado—. No le mataremos..., aún.

VEINTISIETE

El cruel triunfo que Sano vio en los ojos de la dama Niu hizo desaparecer el ligero alivio que sintió al ser capturado por ella en lugar de por su hijo. Sintió que moría cualquier esperanza dentro de él. Seguidamente, la dama Niu se dio la vuelta y se alejó. Sus oscuras vestimentas rozaban el suelo mientras subían los escalones del porche tras ella al dirigirse al interior de la casa.

Eii-*chan* se inclinó sobre él para alzarle. Sano buscó a tientas su espada larga. Clavó los talones al suelo, impulsándose en un intento frenético de evadir al criado. Pero su espada se había enredado en los pliegues de su capa y el creciente dolor de sus heridas hacía que sus movimientos fuesen torpes. Finalmente, optó por dar puntapiés a Eii-*chan*. Sus pies golpearon sus piernas tan sólidas como si fuesen de madera e igual de inflexibles. Eii-*chan* le agarró y le hizo poner en pie con tanta fuerza que casi se le salió el brazo de sus articulaciones. Un brutal empujón le envió tambaleándose hacia la casa. Sus pies tropezaron con el escalón inferior y soltó un aullido de dolor cuando chocó contra la galería. Luego Eii-*chan* le alzó por el cuello del vestido tan bruscamente que sus pies casi se alzaron del suelo. Una fuerte mano sujetaba las suyas por detrás y con la otra le tenía atrapado por el pecho. Sano intentó soltarse, pero luego se puso rígido cuando el frío filo de una hoja de acero tocó su cuello.

Mientras Eii-*chan* le empujaba escaleras arriba y le obligaba a atravesar la puerta, Sano sintió el sabor de su propia muerte. Un terror salvaje, animal, le hizo estremecer. Intentó luchar contra él obligándose a concentrarse en los pequeños detalles de todo lo que le rodeaba. Móviles de campanillas tintineando desde los aleros. El pasillo, que ya no estaba a oscuras sino iluminado por la luz de las lámparas que atravesaban las paredes con ventanas translúcidas de la habitación donde la dama Niu esperaba. El hedor mohoso del criado, raro, pero que le resultaba extrañamente familiar, y que le provocaba una urgente necesidad de estornudar. Un vago recuerdo de algo que Sano no acertó a situar. Se le fue de la cabeza cuando Eii-*chan* le empujó dentro de la habitación de la dama Niu y le obligó a ponerse de rodillas.

Se formó una rápida impresión de la habitación: espaciosa, con una pared de murales pintados y otra de armarios empotrados; varios arcones lacados; un jarrón de flores en la hornacina. Pero enseguida centró su atención en su ocupante.

—Átale —ordenó la dama Niu. Ésta se arrodilló sobre un almohadón de seda, con más almohadones sosteniendo su espalda y sus brazos. A pesar del calor que desprendían los braseros ocultos, se envolvió los hombros con una gruesa colcha.

Sano ocultó su incomodidad mientras Eii-*chan* ataba sus muñecas y tobillos, aunque las cuerdas se clavaron en sus manos y pies, que inmediatamente empezaron a entumecerse. Reprimió un grito de protesta cuando el criado le quitó su espada larga, símbolo de su clase y honor, y la tiró al suelo como un trozo de basura. Mientras, no apartó ni un instante la mirada de la dama Niu. Vio que su cara no estaba blanca por el maquillaje, como había pensado al principio, sino por la palidez de enfermedad. Junto a ella había una humeante taza de líquido que olía como la infusión de hierbas amargas que el padre de Sano tomaba para las jaquecas. ¡Realmente había sido muy mala suerte que la dama Niu estuviese precisamente enferma aquella noche en lugar de estar celebrando el *Setsubun*! Con todos sus sentidos agudizados por el temor, buscaba pistas que le indicasen cómo convencerla de que le liberase sin hacerle daño.

Su rostro no revelaba nada, excepto el mismo impasible control que mostró durante su primer encuentro. Las únicas palabras que podía pensar sonaban demasiado a súplica, con lo cual lo único que conseguía era humillarse más. Intentó buscar valor en el hecho de que le habían obligado a entrar en lugar de matarle allí mismo inmediatamente. ¿Tal vez estaría abierta a la negociación? ¿O quizá quería disfrutar viendo cómo le torturaban?

—Eii-*chan* —dijo la dama Niu, alzando la barbilla.

Después de un último tirón para comprobar las ataduras de Sano, el criado se retiró hacia atrás. Cruzó la habitación para permanecer en un punto a medio camino entre un costado de Sano y la dama Niu. Lanzó a Sano una breve pero elocuente mirada que le previno del castigo que le administraría en caso de que intentase escapar o hacer daño a su ama. Luego, su rostro se endureció y recuperó su impasibilidad pétrea, como si no le importase el hecho de que casi había matado a un hombre o que pronto lo haría. Se llevó una mano al pecho y alzó una pequeña bolsa que le colgaba a esa altura y se la llevó un momento a la nariz. Luego se cruzó de brazos y miró directamente al frente, inmóvil pero con una tensión atenta, a punto de entrar en acción en cualquier momento.

—Me interesas Sano-*san* —dijo la dama Niu de una forma tan anodina como si se tratase de un encuentro social común. Sorbió su infusión y luego continuó.

—Antes de que Eii-*chan* disponga de ti, me gustaría saber por qué has continuado siguiendo el curso de unos acontecimientos que ya te han costado tu cargo y ahora te costarán la vida. ¿Por qué has agravado tus problemas irrumpiendo en mi casa como un vulgar ladrón? No te tengo por estúpido o sea que, por favor, explícate.

Aunque la cantidad de tiempo de vida que le quedaba podía depender de aquella respuesta, Sano se resistió a revelar su yo más íntimo a la dama. No quería intentar articular el insaciable deseo que le impulsaba en pos de la verdad y que apenas él mismo podía comprender. La furia ardía en su interior, puesto que era consciente que estaba jugando con él. Pero no le quedaba más remedio que jugar con ella y esperar que le diese una oportunidad que le permitiese negociar algún trato.

—He venido hasta aquí, esta noche, para obtener pruebas de que vuestro hijo es culpable de al menos uno de los crímenes que sé que ha cometido —dijo, pasando por alto su primera pregunta y manteniendo su voz inalterable.

—¿Ah sí? —Las cejas de la dama Niu se alzaron mostrando educadamente sorpresa—. ¿Y qué crímenes son ésos?

¿Cuánto sabía la dama? ¿Podía hacer que bajase la guardia dándole información desagradable e inesperada sobre el joven caballero Niu?

—Los asesinatos de su hermana Yukiko y el artista Noriyoshi. El asesinato de mi secretario Tsunehiko, al que confundió conmigo. El asesinato de un joven samurái y de vuestra doncella O-hisa. Y...

Sano calló al ver que la dama Niu le miraba con una sonrisa displicente en sus labios sin pintar. Su postura relajada reflejaba una total falta de preocupación. No parecía en absoluto sorprendida, ni siquiera preocupada.

—Vos ya sabíais todo esto —dijo él, incapaz de ocultar el asombro de su voz—. Sabíais lo que vuestro hijo ha hecho y no os importa.

La sonrisa de la dama Niu se hizo más pronunciada mientras negaba con la cabeza.

—Ciertamente, Sano-*san*, me decepcionas. Tal vez he sobrevalorado tu inteligencia.

Entonces Sano experimentó uno de aquellos inmensos saltos intuitivos que le sobrevenían tan raramente y siempre le dejaban anonadado. Su mente daba vueltas a causa del impacto que le produjo ir uniendo una serie de hechos, aparentemente sin importancia, que había descartado para formar un esbozo completamente distinto del que había formado usando sólo los hechos importantes. El joven, a pesar de lo fuerte que le había hecho el entrenamiento y la autodisciplina contaba con un obstáculo físico. Él podía —y lo hacía— matar, ¿pero podía haber transportado los cuerpos de Yukiko y Noriyoshi él solo? Sus hombres le habían ayudado a librarse del cuerpo del chico que había decapitado en un arrebato de ira, pero ¿había confiado en ellos para ayudarle en un doble asesinato, y además premeditado, especialmente cuando una de las víctimas era la propia hermana de su señor? Sano pensó que no.

La madrastra de Midori y no su hermanastro era quien la había enviado a Hakone. Había sido la dama quien había ido a quejarse al magistrado Ogyu de Sano. Y también estaba el extraño olor del criado. Provenía de la bolsa que Eii-*chan* llevaba colgada y que, probablemente, contenía hierbas medicinales. Sano reconoció el olor: era el mismo que había en la habitación de Totsuka la noche del asesinato de Tsunehiko. Reparó en los arañazos aún sin cicatrizar en las manos de Eii-*chan* —infligidos por O-hisa y el vigilante nocturno a los que había estrangulado—. Sano hasta entonces creyó que el caballero Niu había cometido los asesinatos para protegerse y, ahora, se daba cuenta de que la dama Niu había ordenado a Eii-*chan* matar a Yukiko, Noriyoshi y O-hisa. Había enviado al criado a matarle a él en la Tokaido; después había hecho que le despidiesen y le había incriminado por asesinato. Y todo para proteger al caballero Niu. Él había asignado el motivo acertado a la persona equivocada. Sano negó con la cabeza sorprendido, al fin había experimentado el milagro de llegar a la verdad que tanto había buscado y descubría que era completamente diferente a lo que había esperado.

—Veo que intuyes la verdad —se echó a reír la dama Niu, una risa argentina que resonó en la silenciosa habitación—, aunque demasiado tarde, desgraciadamente, para que puedas obtener algún beneficio.

Sano sabía que tenía que conseguir que ella siguiera hablando, aunque sólo fuese para posponer lo inevitable.

—Vos enviasteis a Yukiko a la casa de Ueno —dijo—. Atrajisteis a Noriyoshi hasta allí con la promesa de darle el dinero suficiente para que pudiese abrir su propia tienda. Y mientras vos pasabais una agradable velada musical en la mansión del caballero Kuroda, Eii-*chan* los mataba a ambos y los echaba al río.

La dama Niu se echó a reír de nuevo.

—Las cosas son más fáciles de entender cuando los hechos se conocen, ¿verdad?

Y a continuación se dirigió a Eii-*chan.*

—Mata a este intruso fugitivo y entrega su cuerpo al *doshin.*

Mientras Eii-*chan* tiraba de él para ponerle en pie, Sano argumento:

—Es inútil que cometáis otro asesinato por vuestro hijo, dama Niu. No podéis protegerle de sí mismo y no tenéis nada que ganar por su traición. Lo único que conseguirá es morir por ella. Vos deberíais saberlo.

Ni la expresión de la dama Niu ni su postura cambiaron, pero se envaró perceptiblemente.

—¿Traición? —repitió ella—. Debo advertirte Sano-*san* que no hagas tales ofensivas acusaciones sin fundamento. ¿Acaso quieres que le diga a Eii-*chan* que haga que tu muerte sea agónica y prolongada?

Su voz permanecía tranquila pero un temor subyacente delataba que lo que le había dicho la había preocupado. Ella no mentía. ¿Por qué debería hacerlo si ya había planeado matarle de todos modos? ¡No sabía nada de la conspiración que preparaba su hijo! Ella había dispuesto cuatro muertes únicamente para cubrir el menor de los crímenes del joven Niu. Pero la sorpresa de Sano ante su descubrimiento no era nada comparado con lo que experimentaba mientras observaba cómo los ojos de la dama adquirían una mirada angustiada, introspectiva. Ella no quería creer que su hijo fuese culpable de traición: pero realmente sí lo creía. Sabía que era capaz de hacerlo.

Sano dio un traspié cuando Eii-*chan* le arrastró hacia la puerta, pero continuó rápidamente:

—Vuestro hijo y un grupo formado por otros hijos de daimio planean asesinar al sogún y derrocar el gobierno de los Tokugawa.

Ya habían atravesado la puerta cuando la dama Niu habló.

—Espera, Eii-*chan*..., tráelo de nuevo. —Su voz sonaba impaciente y reacia a la vez, queriendo y a la vez no queriendo escuchar lo que tenía que decirle—. ¿Cómo lo sabes? —preguntó a Sano.

De rodillas ante ella otra vez, Sano se lo explicó. Cuando terminó, la dama no respondió inmediatamente, sino que frunció el ceño, pensando en todo ello, mientras él esperaba en suspense. ¿Qué haría ella? Intuía que ahora tenía una oportunidad de salvar la vida, pero no podía adivinar cuál sería su próximo movimiento hasta que ella hiciese el suyo.

El rostro de la dama Niu se despejó.

—Tienes una imaginación impresionante, Sano-*san*, para llegar a elaborar esta patraña —dijo, con una sonrisa de nuevo en su rostro—. Me sorprende que incluso te hayas llegado a convencer a ti mismo de que este rollo existe, con tanta intensidad que hayas arriesgado tu vida entrando aquí para robarlo.

A Sano se le encogió el pecho al ver que la dama Niu había superado las dudas que él había sembrado contra su hijo. Pero no dejó que viera su preocupación.

—¿Y cómo sabéis que este rollo no existe? —dijo él—. ¿Podéis afirmar con toda seguridad que no está en posesión de vuestro hijo? ¿Qué creéis que hace cuando va a la casa de verano en invierno?

Luchando contra su natural inclinación de dirigirse a una dama daimio con deferencia, le soltó las preguntas bruscamente, y fue recompensado con una sombra de duda en sus ojos.

—¿Por qué no vamos a los aposentos del caballero Niu y buscamos el rollo ahora? ¿No os gustaría demostrarme que estoy equivocado, si es que podéis?

Apostaba que la dama Niu no podría resistirse a un desafío directo y ella no le decepcionó.

—Está bien —dijo, altanera y desdeñosa entonces—. Vayamos pues, y cuando este ejercicio inútil se haya acabado, Eii-*chan* se encargará de que sufras el doble por hacerme perder el tiempo y dirigirte a mí de una forma tan brusca.

Se puso en pie y cogió una lámpara.

Los aposentos del caballero Niu estaban en una casa independiente dentro de la misma mansión cruzando el jardín desde la habitación de la dama Niu. Con Eii-*chan* pegado a sus espaldas sujetando sus cuerdas, Sano siguió a la dama Niu al interior. Abrió una puerta a un lado.

—Tráele aquí dentro, Eii-*chan* —dijo por encima del hombro mientras entraba en la habitación.

Las humildes proporciones de la estancia sorprendieron a Sano, así como la austeridad de sus paredes blancas. Sin decoración alguna y un techo con vigas al descubierto. Completamente distinto a lo que había visto del resto de la casa, parecía la celda de un monje. Incluso bajo la tenue iluminación de la lámpara de la dama, no pudo obviar las grietas en el yeso de las paredes, los trozos gastados del tatami y los paneles de las ventanas con parches. La habitación estaba muy fría, pero no vio ni un brasero en ella. Esperaba que el hijo de un daimio viviese rodeado de lujosas muestras de riqueza. Sin embargo, pensó que, decididamente, la habitación encajaba a la perfección con la personalidad del caballero Niu. Una exposición visual contra la autocompasión; su austeridad reflejaba los firmes valores del guerrero que el caballero Niu defendía.

—Y ahora te demostraré que estás equivocado respecto a mi hijo —dijo la dama Niu. Su voz tenía un tono demasiado alegre, como si pensase que convenciéndole a él se convencería a sí misma. Dejó la lámpara en el suelo y empezó a abrir los armarios empotrados que cubrían una pared.

Los armarios guardaban bien poca cosa: ropas de cama de algodón, artículos de aseo, unos pocos quimonos oscuros sencillos que el caballero Niu prefería, un arcón de libros y otro material de escritura. La dama Niu sonreía mientras hacía gestos exagerados al examinarlo todo, pero sus manos temblaban. Cuando empezó a registrar los arcones, se encogió como una mujer esperando que le mordiese una serpiente.

Sano la observaba en silencio. Se dio cuenta de que estaba conteniendo el aliento y lo expelió. ¿Qué sucedería si no encontraba el rollo, y qué si lo encontraba? Obtener ayuda de ella para buscar el documento no parecía que fuese un movimiento tan inteligente como cuando se le ocurrió. De todos modos, ella estaba obligada a castigarle. Un frío sudor recorrió todo su cuerpo. Apretó los dientes para evitar temblar a causa del aire helado. El dolor de sus hombros empeoró.

La dama Niu dejó de investigar en la última parte del armario, una estantería que guardaba ropa interior. Sacó cada una de las prendas y luego las volvió a colocar, dando golpecitos en la tela de forma automática. Finalmente se irguió y extendió sus manos vacías.

—¿Lo ves? —dijo con evidente alivio y una genuina sonrisa—. El rollo que describes no existe. No hay pruebas de ninguna conspiración.

Se cruzó de brazos mientras su sonrisa se desvanecía.

—Pagarás con creces este insulto a mi hijo y a mí. —Sus ojos destellaron una señal a su criado—. Eii-*chan,* procede.

Cuando Eii-*chan* tiró de las cuerdas para arrastrarle hacia la puerta, Sano lanzó una última y desesperada ojeada al armario. Vio algo que no había visto antes y que le dio esperanzas.

—¡Mirad, dama Niu! —exclamó—. Allí, en el armario. Os habéis olvidado un sitio. ¿Lo veis?

La dama Niu frunció el ceño, pero volvió la vista al armario. Abrió la boca para decir algo y luego la cerró. Eii-*chan* se detuvo y se dirigió hacia su ama para obedecer sus órdenes.

Sabiendo que aquélla era su última oportunidad, Sano se apresuró:

—Sobre la estantería de la ropa interior. Aquel panel rectangular liso. ¡Hay un compartimiento oculto tras él! —Muchos armarios tenían compartimientos como aquél, para esconder el dinero de los posibles ladrones. ¡Tal vez el caballero Niu también lo tenía y lo había descubierto!

Indecisa, la dama Niu, golpeó el panel con los nudillos. El resultado fue un sonido hueco y rápidamente retiró la mano.

—No es nada —dijo—. Sólo un fallo en el diseño. El armario está hecho pobremente, mi hijo no quiere muebles caros en sus aposentos... —Su voz se fue apagando mientras alzaba sus preocupados ojos a Sano.

Sano vio su necesidad de negar el crimen de su hijo y también, al mismo tiempo, de saber si el compartimiento contenía el rollo. Con gran sorpresa por su parte se dio cuenta de que él y la dama Niu tenían mucho más en común de lo que jamás hubiese imaginado. Obligada por la necesidad de controlar las fuerzas que generaban la turbulenta naturaleza de su hijo, podía tramar, matar y destruir. Su lealtad era peligrosa y estaba depositada en la persona equivocada. Pero igual que él mismo, ella nunca descansaría hasta saber la verdad. Esta constatación asqueó y alentó a Sano a la vez. Pensó que sabría qué decisión tomaría la dama. Dejó que ella luchase consigo misma hasta que la alcanzase.

—Eii-*chan,* quita este panel —ordenó la dama Niu.

Arrastrando a Sano con él, Eii-*chan* fue hasta el armario. Sano observó con la angustia que le confería la expectación cómo el criado sacaba su espada corta con la mano libre y forzaba con ella el panel. La dama Niu acercó la lámpara de manera que Eii-*chan* pudiese ver. Los únicos sonidos de la habitación eran la respiración rápida de la dama, el roce del metal contra la madera y los distantes estallidos de los petardos que provenían de la calle.

Eii-*chan* insertó la hoja entre el panel. Con un único movimiento rápido hizo palanca con el mango de la espada. El panel se soltó con un fuerte crujido que les sobresaltó a todos. Al caer al suelo, Sano sintió una oleada de triunfo. Escuchó que la dama Niu soltaba una exclamación.

Allí ante ellos había un estrecho y oscuro compartimiento lo suficientemente ancho para que cupiesen las dos manos de un hombre. La dama Niu alargó la mano hacia su interior. El asombro que se dibujó en el rostro de la dama le indicó que había encontrado el rollo incluso antes de que lo sacara.

Moviéndose lentamente, como una mujer en trance, la dama Niu alargó la lámpara que sostenía a Eii-*chan,* que soltó a Sano para sujetarla. Ésta era la oportunidad que había estado esperando para escapar. Pero la dejó pasar, consciente que también había perdido otra cuando Eii-*chan* relajó su sujeción para forzar el panel. Las mismas ansias de llegar al conocimiento y la verdad que le impelían a continuar su investigación le mantenía clavado en aquel lugar. Tenía que ver aquel momento con sus propios ojos. A menos que pudiese usar lo que resultase de ello, su vida, de todos modos, tampoco valía nada.

La dama Niu desató el cordón de seda que ataba el rollo. Su rostro carecía de emoción alguna en aquel momento, pero su palidez aún estaba más acentuada. Dejó que el rollo se abriese. Sus ojos se movían arriba y abajo por las columnas de caracteres escritos en el papel. Sus labios sin color formaban las palabras en silencio mientras las leía. Luego cayó de rodillas con el rollo abierto sobre su regazo y la cabeza inclinada sobre él.

Sano se acercó un paso a la dama Niu. Eii-*chan,* tal vez inseguro de qué hacer sin órdenes concretas de su ama, no le detuvo. Bajó la vista para mirar el pergamino que antes sólo había visto de lejos y leyó:

> Nosotros, cuyos nombres aparecen a continuación, firmados con nuestra propia sangre, comprometemos nuestras vidas a derrocar a los Tokugawa. Muerte a Tokugawa Tsunayoshi. Victoria y honor para nuestros clanes, los verdaderos gobernantes de la tierra.
>
> La Conspiración de los Veintiuno:
>
> Niu Masahito
> Maeda Yoshiaki
> Hosokawa Tadanao
> Kuroda Nagakira
> Asano Naokatsu
> Nabeshima Yorifusa
> Todo Yoshihiro
> Hachisuka Sadao
> Satake Masatohi
> Uyesugi Tadateru
> Ii Masanori
>
> Date Takatora
> Hosokawa Tadao
> Kuroda Nagamura
> Mori Kagekatsu
> Todo Yoshinobu
> Ikeda Hirotaka
> Yamanouchi Hidenari
> Arima Iyehisa
> Uyesugi Tadasato
> Torii Ogami

Sano alzó la vista del pergamino y vio que la dama Niu había levantado la cabeza. Sus tristes ojos miraban a un punto indeterminado y vio que ella, finalmente, había aceptado el hecho de la traición de su hijo. Estaba imaginando y sopesando los peligros a los que el joven se enfrentaba. Traición por parte de uno de sus criados, vasallos o compañeros de conspiración: posible. La muerte en manos de la escolta de Tokugawa Tsunayoshi o del verdugo público: probable. O, si de alguna manera conseguía matar al sogún y escapar, se produciría una implacable caza del hombre que no le dejaría ni un lugar en el país donde pudiese estar a salvo. El joven caballero Niu moriría sin gloria, tarde o temprano, tuviese éxito o no, en manos de sus enemigos o por sus propias manos como último recurso para intentar evitar su captura y deshonor. Su madre comprendió todo esto. Sano lo pudo apreciar en la forma en que su rostro parecía derrumbarse, como si su estructura ósea se estuviese desintegrando. Luego habló, con una voz baja y profunda, completamente distinta a su tono habitual:

—No puede conseguirlo. Sólo conseguirá destruirse a sí mismo.

Sano se dio cuenta de lo mucho que dependía de cómo supiese manejar aquel momento. Posiblemente, nunca conseguiría que la dama Niu pagase por los asesinatos, pero podría salvar al sogún y evitar un derramamiento de sangre innecesario. Escogió sus palabras cuidadosamente.

—Podéis salvar a vuestro hijo evitando que asesine al sogún.

Las lágrimas brillaron en los ojos de la dama Niu mientras negaba con la cabeza.

—Tú no lo entiendes. Incluso ya desde que era un niño, mi Masahito ha tenido voluntad propia. Nadie ni nada nunca ha podido acabar con su espíritu de contradicción. Y yo, que le he amado y se lo he dado todo, soy la persona que tengo menos influencia sobre él. No puedo detenerle. —Su voz se quebró en un inquietante sollozo de alguien que raramente lloraba.

—Debéis intentarlo —dijo Sano suavemente—. De otro modo... —Hizo una pausa, sabiendo que no tenía que terminar la frase. Ella sabía tan bien como él que el castigo establecido para la traición era la muerte, no sólo para el traidor, sino para toda su familia. Los Niu, con todo su poder e influencia, tal vez podrían hacer que se redujese su sentencia a la confiscación de su feudo y a toda una vida de exilio. Sin embargo, ellos preferirían la muerte como una desgracia mucho menor.

La dama Niu estaba allí sentada inmóvil como una estatua. Únicamente sus labios temblorosos delataban sus esfuerzos por autocontrolarse. A continuación dijo en un tono de voz apenas audible:

—No servirá de nada.

—Al menos hablad con él —intentó convencerla Sano. Deseó poner sus manos sobre las suyas; el contacto podía convencer más que las palabras. Sin embargo, se inclinó hacia ella hasta que Eii-*chan* le empujó hacia atrás.

—Id a él, ahora, mientras aún haya tiempo.

—No. No me escuchará. Además, no sé dónde está. Dijo que iba a encontrarse con alguien que se iba a disfrazar de princesa de *El cuento de Genji*..., planean celebrar juntos el *Setsubun.* Masahito parecía muy emocionado... —obviamente aturdida, la dama Niu divagaba inconsciente de la irrelevancia de lo que estaba diciendo.

—¿Y respecto a su padre? —preguntó Sano—. Si vos se lo decís al daimio, seguramente él podría...

—¡No! —La compostura de la dama Niu se hizo pedazos, abrió mucho los ojos, que se oscurecieron como si captasen un horror visible sólo para ella. Luego inclinó la cabeza. Las lágrimas cayeron sobre el rollo mientras ella lloraba en silencio.

Sano sintió una inesperada simpatía hacia ella. ¿Cómo se sentiría su madre al saber que su hijo estaba condenado? Pronto lo sabría. Luchó contra su simpatía recordando a Tsunehiko y aquella terrible noche en Totsuka.

—Entonces debéis informar de la conspiración a las autoridades —continuó implacable—. Por vuestro propio bien, el bien de vuestro esposo y vuestra familia. Vos sabéis que no podéis encubrir un ataque al sogún como hicisteis con los asesinatos de Noriyoshi y la dama Yukiko. La verdad saldrá a la luz y todo el mundo se enterará. Y cuando esto suceda, no podréis proteger a vuestro hijo de las consecuencias de sus acciones.

Una repentina rigidez en el cuerpo de la dama Niu le indicó que ella había intentado pensar en alguna forma de hacer exactamente aquello. Su mirada temblorosa delataba su fracaso.

—Tenemos que ir al Consejo de Ancianos ahora y mostrarles el documento. Ellos harán que... —Sano iba a decir «arresten a vuestro hijo», pero luego reformuló la frase—: procurarán que el caballero Niu no hiera a nadie. Vamos. Vos sabéis que no tenéis otra elección.

Ella continuó llorando. Sano esperó y esperó. ¿Estaría de acuerdo? Su propio destino dependía de la decisión que tomase la dama. Él necesitaba su compañía y que sus escoltas armados le protegiesen de la policía hasta llegar al castillo de Edo. Una vez allí, estaba casi seguro que podría hacer que la desconsolada y angustiada dama confesara los asesinatos y le exonerase a él. La mano de Eii-*chan* tensó aún más las cuerdas, aumentando tanto su dolor físico como su impaciencia.

La dama Niu alzó su mano y se limpió las lágrimas. Se puso recta y consiguió, de algún modo, parecer la sombra de la orgullosa gran dama de daimio que había sido.

—Tenéis razón —dijo con la voz al mismo tiempo sombría y decidida—, no me queda otra elección. Eii-*chan*, desata a nuestro invitado y devuélvele sus armas. Luego ven inmediatamente a mis aposentos. Sano-*san* os ruego que me disculpéis mientras me arreglo.

—Por supuesto. —Sano dejó escapar un profundo suspiro de alivio cuando Eii-*chan* cortó las cuerdas de sus muñecas, pero no solamente porque terminase su incomodidad, sino porque pronto entregaría a una asesina a manos de las autoridades, cosechando su venganza y sirviendo a la justicia. Además, sería un hombre libre y pronto el caballero Niu y sus colegas conspiradores serían arrestados; el sogún estaría a salvo. Se imaginó reivindicado, restituido a su estatus de *yoriki,* su padre se pondría bien de nuevo. Sin embargo, Sano intentó aplacar una oleada de prematura alegría.

»¿Me permitís coger el rollo? —solicitó. El documento había perdido gran parte de su importancia ahora que tenía la cooperación de la dama Niu. Todo el tiempo había sabido las pocas oportunidades que tenía de convencer a las autoridades para que revocasen los cargos contra él, en lugar de arrestarle o matarle al momento o de actuar contra el caballero Niu, con rollo o sin rollo. Pero había arriesgado su vida por él y aún no quería perderlo de vista.

La dama Niu enrolló el documento y volvió a atar el cordón. Se puso en pie y se lo ofreció con una inclinación y el rostro bañado en lágrimas, tenso por el esfuerzo de simular su anterior serenidad.

Sano pensó que su comportamiento era extrañamente formal en un momento que ningún ápice de formalidad podía minimizar la seriedad de su situación. Tal vez encontraba alivio en el ritual de cortesía. Por lo tanto, gravemente, le devolvió la reverencia y se guardó el rollo dentro de la capa, con la cuerda y la sandalia que aún llevaba encima.

Solo, en la habitación del caballero Niu, después de que Eii-*chan* la abandonase, Sano se ató las espadas a la cintura. Mientras paseaba por la habitación jugueteó con la ahora inútil máscara que el criado también le había devuelto. El tiempo transcurría y la dama Niu no aparecía. ¿Por qué tardaba tanto? ¿Había cambiado de opinión respecto a ir con él? ¿Y qué sucedería si se negaba? No sabía hasta qué punto el conocimiento de que ella había matado para proteger a un hijo abocado a su autodestrucción le había afectado en realidad. Ella deploraba las fechorías del joven, pero era su carne y sangre y le quería. ¿Realmente le traicionaría, aunque la alternativa significase su destrucción y la de su familia? Pero ella parecía tan resignada..., Sano argumentó mentalmente. Como si hubiese aceptado totalmente la rectitud de su decisión...

Sano se detuvo de golpe a medio paso, atacado por una repentina premonición.

—¡No! —murmuró cuando se dio cuenta de cuál había sido la verdadera elección de la dama Niu.

Salió apresuradamente por la puerta y corrió por el pasillo. Atravesó veloz el oscuro jardín e irrumpió en el edificio que albergaba los aposentos de la dama Niu. Cuando se acercó a su salita, escuchó un fuerte y angustioso lamento. Era demasiado tarde. Exclamó un grito con todas sus fuerzas al detenerse en la puerta y ver exactamente lo que había temido ver.

—¡No!

La dama Niu estaba arrodillada en la estera sujetando el mango de la daga que sobresalía de su garganta. La sangre manaba del corte vertical en su pálida piel y se derramaba por su quimono. Tenía la boca abierta, un grito sofocado salió de ella y luego unas gotas de sangre. Sus ojos rodaron en sus órbitas y quedaron en blanco. Eii-*chan* estaba a su lado. Sosteniendo su espada larga con ambas manos extendidas, la balanceó hacia arriba y por encima de la nuca de la dama.

—¡No! —gritó Sano otra vez. Abalanzándose dentro de la habitación cayó de rodillas delante de ellos.

La espada de Eii-*chan* bajó rápidamente formando un veloz arco y cortó limpiamente la cabeza de la dama Niu, que golpeó el suelo con un nauseabundo ruido, luego rodó por el suelo yendo a parar con el rostro vuelto hacia arriba directamente delante de Sano. Una inmensa fuente de sangre brotó del cuello de su cuerpo desplomado empapando paredes, suelo y techo de rojo.

Gotas de sangre cálida salpicaron el rostro de Sano mientras miraba sin poder hacer nada al criado que había ayudado a la dama Niu a cometer *jigai*, la versión femenina del ritual del suicidio.

Eii-*chan* había actuado como su segundo, terminando con su dolor cortándole la cabeza después que se apuñalase. Hasta el fin, había acatado las órdenes de su ama con una total y aterradora obediencia. Sano no podía odiar a aquel hombre que permanecía allí de pie contemplando su espada manchada de sangre con una expresión de tristeza, dolor e incredulidad que, por primera vez, le hacía parecer completamente humano. Eii-*chan* era, en muchos aspectos, mucho mejor samurái que él. ¡Qué tremenda fuerza interior se requería para matar a la persona que uno había jurado servir!

Sano miró aquel cuerpo mutilado que había sido la dama Niu: había caído de lado, con las manos aún agarradas a la daga. Con un sentimiento parecido a la piedad vio que se había atado los tobillos para que su cuerpo fuese encontrado modestamente dispuesto, al margen de sus agonías de muerte. No sintió satisfacción alguna al ser testigo de la destrucción de la asesina de cuatro personas. En lugar de eso experimentó un sobrecogedor arrebato de tristeza hacia aquella mujer cuyo amor y lealtad la habían destruido. Sus deseos de venganza se disiparon, dejándole vacío e impresionado. Nunca habría imaginado que sentiría la muerte del asesino que tanto había buscado y deseaba con toda su alma poder devolver la vida a la dama Niu. Durante una semana, un día o incluso una hora más. Porque, sin ella, ¿cómo podía detener al caballero Niu y exonerarse?

VEINTIOCHO

Mientras Eii-*chan* observaba cómo las brillantes gotas de sangre caían lentamente de su espada, un insoportable vacío se abrió en su interior. La habitación pareció difuminarse hasta que apenas fue consciente de todo lo que le rodeaba. Ahora estaba solo. Horrible y terriblemente solo, igual que lo había estado antes de que la dama Niu entrase en su vida.

Recordó aquel día lejano en el patio de la mansión del padre de la dama. Tenía diez años, era feo y ya enorme, terriblemente tímido, sensible y torpe. Un niño confuso en un cuerpo de hombre que aún no había aprendido a controlar. Un marginado intentando no llorar mientras los otros niños samuráis le atacaban con sus espadas de madera.

—¡Muerte al feo demonio! —gritaban.

Justo cuando ya no podía contener más las lágrimas, ella llegó. Hermosa e imponente ya a la edad de siete años, hizo huir a sus torturadores con una sola mirada. Él abrió la boca para decirle algo, demasiado estúpido y sorprendido para pensar en algo que decir.

Sin embargo, su silencio pareció complacerla; ella sonrió. Señalándole con un minúsculo dedo ella le dijo con su aguda voz de niña pequeña:

—Tú serás mi sirviente.

Nunca entendió por qué ella le eligió a él entre todos los vasallos de su padre, aunque nunca cuestionó su buena fortuna. Sólo sabía que su vida había cambiado de forma milagrosa. Con su protección, él ganó posición social y respeto. Ningún niño nunca más se atrevió a burlarse de él; ningún adulto jamás se burló de él por su estupidez. Y él se lo pagó a su ama. Perfeccionó sus artes de lucha de manera que pudiese protegerla. Él obedecía sus órdenes instantáneamente. Cuando se casó, la ayudó a llevar la casa del daimio, espiando a todos sus miembros por ella, castigándoles por ella. Él la amaba, pero no pidió nada a cambio excepto el honor de servirla. Su mayor temor era que podía caer en desgracia si no conseguía complacerla. Por la dama Niu, él había matado con mucho gusto a Noriyoshi, O-hisa e incluso a la joven dama Yukiko, que le gustaba por su belleza y dulzura. Descubrir que había matado al muchacho Tsunehiko en lugar de a Sano le pareció la peor catástrofe de su vida.

Hasta entonces. Nunca, antes de llevar su espada sobre la dama Niu, había imaginado que le embargaría tal sentimiento de dolor al llevar a cabo sus órdenes.

Y ahora ella se había ido. Él no tenía nada, nadie por quién vivir. La pena creció en su garganta; la presión de las lágrimas no derramadas le dolía hasta que pensó que su cabeza iba a estallar. Miró el cuerpo de la dama Niu y en su lugar vio el rostro sonriente de una bella niña de siete años...

A duras penas fue consciente de que alguien le gritaba. Parpadeó y la habitación apareció ante él. Aquel hombre, Sano, al que había olvidado, estaba allí delante de él. Encerrado en su vacío privado, no podía entender el sentido de las palabras que le decía el hombre ni entender su agitación. Pero la presencia de Sano le recordó que tenía una última misión que cumplir para la dama Niu.

—Eii-*chan*, ¿puedes oírme? —Sano gritó con creciente desesperación—. ¿Entiendes lo que te digo?

La muerte de la dama Niu había disminuido en gran medida sus oportunidades de probar su inocencia y salvar la vida. Pero tal vez aún podría salvar al sogún. En la reunión secreta del caballero Niu, le había dado la impresión de que el intento de asesinato tendría lugar pronto. ¿Posiblemente mientras aún gozase de su libertad? Sin muchas esperanzas, se dirigió al silencioso e inmóvil Eii-*chan* para obtener la información que necesitaba porque no quedaba nadie más para preguntárselo.

—¿Sabes dónde está el caballero Niu o cuándo planea atacar al sogún?

Resistió el impulso de sujetar al criado y sacudirle. En lugar de eso se mantuvo a una respetuosa distancia. Eii-*chan* podía ser peligroso aun sin que le dirigiese la dama Niu.

—¡Si lo sabes, por favor, dímelo si puedes, por favor!

El criado no mostró ninguna señal de que le hubiese escuchado o entendido. En lugar de eso, dejó su espada junto al cuerpo de su ama. Con mucho cuidado de no pisar su sangre, se dirigió a un escritorio que estaba al lado de la ventana. Señaló la hoja de papel que estaba allí. Los caracteres impresos en él, aún húmedos brillaban a la luz de la lámpara.

¡La carta de despedida de la dama Niu! Sano la alzó de un manotazo impaciente con el vago deseo de que su mensaje le ayudase de alguna manera. El desanimo le aplastó mientras leía la página.

A mi querido y único hijo Masahito:

Quiero decirte en este mi último mensaje que te quiero por encima de cualquier persona o cualquier cosa en este mundo. Para protegerte hice asesinar a Yukiko, Noriyoshi y O-hisa. También ordené la muerte de Sano Ichirō, cuyo secretario murió en su lugar. Acepta estos terribles acontecimientos como muestra de mi devoción que tú nunca dejarías que expresase en forma de palabras o gestos.

Ahora, a pesar de mi deber hacia tu padre, nuestra familia y nuestro supremo señor sogún, no puedo soportar la idea de traicionarte. Por lo tanto he elegido cometer *jigai*, la única alternativa que me queda, para que pueda recuperar mi honor después de haberte fallado tanto a ti como a los otros a quienes debo la obligación de lealtad.

Mis últimos deseos antes de morir son dos: el primero, que honres mi espíritu no cometiendo este acto de traición que sólo te destruirá. Sé que tú no me concederías esta petición en vida; por lo tanto por favor, concédemela ahora. No permitas que mi muerte haya sido en vano.

Mi segundo deseo es que Sano Ichirō te detenga, si es que tú mismo no te detienes, y así rescates a nuestra familia de la muerte y la desgracia puesto que yo no puedo.

Y ahora me despido de ti, mi bienamado hijo. Si es la voluntad de Buda misericordioso, tal vez nos reunamos algún día en el más allá.

Tu Madre

Sano se apoyó cansado contra la pared, y dejó que el papel colgase de su mano. Allí tenía al fin la prueba de los asesinatos y de su propia inocencia, en forma de confesión de la dama Niu. En poco podía ayudarle ahora, con la policía más dispuesta a matarle que a escuchar sus razones. Además no salvaría al sogún. Después de lo que le había contado la dama Niu, dudaba que su súplica influenciase a su obstinado hijo.

—Lee. Carta. Mí.

El sonido de la voz de Eii-*chan*, oxidada por el desuso, hizo alzar la cabeza a Sano de golpe. Puesto que nunca le había oído hablar, había dado por supuesto que el criado era mudo.

—Lee —repitió Eii-*chan*, inclinando la cabeza y uniendo las manos como un mendigo.

Sano no tenía más tiempo que perder en la *yashiki.* Al menos debía intentar entregar el rollo y la carta de la dama Niu a las autoridades para que pudiesen arrestar al joven Niu y evitar el asesinato. Tenía que intentar exonerarse antes de que alguien le matase. Pero siempre había sospechado que Eii-*chan* era inteligente; la furtiva persecución a Sano y Tsunehiko por la carretera significaba que era un buen espía, tal vez en su propia casa también. Y ahora sabía que Eii-*chan* podía hablar. Tal vez haciendo lo que el criado le pedía haría que le contase, aunque fuese cualquier cosa, algo acerca de los planes del caballero Niu. Por lo tanto, Sano leyó la carta en voz alta.

Cuando terminó, Eii-*chan* esperó en silencio durante un momento. Luego gruñó:

—¿Es todo? —Su rostro reflejó la sorpresa de su voz.

—Sí —afirmó Sano mientras pensaba rápidamente.

—Eii-*chan,* escúchame —dijo acercándose poco a poco y extendiendo una mano en una tentativa súplica—: La dama Niu desea que detenga al caballero Niu, pero lo más seguro es que yo muera antes de que pueda prevenir a la gente adecuada de sus actos. —Se obligó a ocultar el tono de impaciencia de su voz—. E incluso si se enteran de la conspiración puede que no actúen con suficiente rapidez. De manera que si sabes dónde está el joven, por favor, dímelo. Hazlo por ella.

Un movimiento negativo con la cabeza, un encogimiento de hombros, las manos extendidas para profesar ignorancia, fueron su única respuesta.

—¿Sabes dónde y cuándo planean atacar al sogún?

Pero Eii-*chan* solamente le apartó a un lado con un movimiento de su poderoso brazo. Cruzó la habitación y se arrodilló junto al cuerpo de la dama Niu. La sangre empapó sus vestimentas pero él no pareció darse cuenta o no le preocupó. Ajeno a todas las súplicas, se quedó mirando entristecido la cabeza cortada como si el mundo y todo lo demás en él hubiese dejado de existir.

Desesperado, Sano repasó todos los hechos que había averiguado sobre Masahito. Sin embargo ninguno de ellos le aportaba la menor pista de dónde o cuándo culminaría el atentado. Sano abrió el rollo que había guardado en su capa. Mientras lo miraba, se le nubló la visión; un recuerdo olvidado salió a flote. Contuvo el aliento.

Vio al caballero Niu en la reunión secreta, de pie en la tarima, ondeando el documento mientras recitaba un poema.

> El sol se pone sobre la llanura...
> Buena fortuna cuando el Año Nuevo esté cerca.

Ahora Sano reconocía tardíamente las referencias del poema: «puesta de sol, y la llegada del Año Nuevo... *Setsubun*». Dijo en voz alta con la voz calmada cuando cayó en la cuenta de lo que significaba: «fortuna» y «llanura». «La llanura de la fortuna», el eufemismo familiar que se le daba al barrio del placer de Yoshiwara.

Los conspiradores habían vitoreado porque su líder había hecho alusión al lugar y el momento del ataque al sogún.

Sano expiró el aire apresuradamente cuando un hecho previamente irrelevante completó el cuadro. La euforia le hizo sentir vértigo. La dama Niu había dicho que su hijo —probablemente flirteando con el peligro— lanzó insinuaciones sobre el complot: estaba muy excitado porque tenía que reunirse con alguien disfrazado de princesa de *El cuento de Gengi.*

El sogún celebraría el *Setsubun* vestido de mujer en Yoshiwara. Aquella misma noche.

Sano se dio la vuelta y salió corriendo de la habitación. La impresión, la ansiedad y una urgente necesidad de apresurarse bombeó energías renovadas a su cuerpo cansado y dolorido. Ya era muy tarde y estaba lejos de Yoshiwara. No sabía la hora exacta ni la ubicación del ataque, ni cómo tendría lugar. Aun así, tal vez tendría tiempo de avisar al sogún de que corría peligro. La poca información que tenía era mejor que nada. ¿Bastaría?

* * *

Solo ahora, Eii-*chan* inclinó la cabeza mientras se arrodillaba al lado de la dama Niu, débil y agotado por el esfuerzo de hablar. Aunque podía comprender las palabras y componerlas en sus pensamientos, alguna deficiencia de su naturaleza siempre había hecho que las guardase encerradas en su interior. No había pronunciado una palabra desde los seis años. El hábito del silencio, forjado cuando los otros niños se burlaban de su forma de hablar lenta y torpe estaba profundamente arraigado en él. Sólo porque no sabía leer y quería saber qué decía la carta de la dama Niu había roto su silencio aquella noche. Y ahora deseaba no haberlo hecho.

Aún no podía creer que la dama Niu no le hubiese dejado un último mensaje para él. Ni gracias por sus años de servicio, ni ninguna expresión de preocupación por lo que podía sucederle a él después de su muerte. ¡Ni tan sólo una despedida! Creyó que iba a morir de la decepción. Se dio cuenta ahora de que para la mujer que lo había sido todo para él, no era nada. Durante todos aquellos años, sólo le había considerado un sirviente, o aún peor, simplemente una herramienta. Había pasado sus últimos momentos escribiendo a su precioso Masahito: el malvado e insensible hijo que la había destruido. Después, ella no pudo siquiera molestarse en transmitir su gratitud al hombre que realmente la amaba. Eii-*chan* escuchó un sonido terrible, entre un sollozo y un bramido que salía de su propia boca. ¡Nada para él! ¡Después de todo lo que había hecho por ella!

Pero aun así, no podía dejar de quererla. No podía odiarla. Aún era su señora.

Eii-*chan* suspiró. Quiso experimentar su angustia en toda su profundidad. Luego, con la gran disciplina cultivada con su entrenamiento de samurái, dejó a un lado su tristeza y su disgusto. Sus manos se movieron rápida y eficientemente, se quitó la bolsa de medicinas que llevaba colgada del cuello, se desabrochó el fajín y se despojó del quimono. Alzando su espada corta, miró por última vez la cabeza de su ama. No era más que un trozo de carne que no significaba nada. La verdadera dama Niu vivía en el averno donde pronto se reuniría con ella.

Imaginándose la alegría de su reunión, ni siquiera gritó cuando se clavó la espada profundamente en sus entrañas.

VEINTINUEVE

Yoshiwara se alzaba frente a Sano mientras avanzaba al galope por la carretera a través de los oscuros pantanos. Los fuegos artificiales estallaban en el aire por encima del recinto amurallado, iluminando intermitentemente sus tejados con destellos rojos, azules, blancos y verdes. Pronto escuchó los gritos, las risas y el golpeteo de los petardos sobre el fuerte ruido de los cascos de su caballo.

El caballo aflojó el paso. Sano podía sentir sus costados moviéndose agitadamente por el esfuerzo, pero espoleó a la exhausta bestia para que continuase. Su propia respiración salía entrecortada por la hendidura de su máscara, como si hubiese recorrido él mismo la distancia corriendo. La salvaje cabalgada desde el distrito daimio le había llevado dos horas; la media noche ya se acercaba. ¿Habría empezado la Conspiración de los Veintiuno su ataque al sogún? ¿Tendría tiempo de encontrarles y detenerles?

¡Ojalá la dama y el joven Niu le hubiesen dado más detalles! Pensó en qué sucedería si se atrevía a arriesgarse a pedir ayuda. Sin embargo, él aún era un fugitivo y la dama Niu, que era la única que podía haber suspendido la caza del hombre, yacía en un entorno bañado de sangre que le perseguiría para siempre en su memoria. Incluso con la carta de la dama y el rollo en su poder, no podía acercarse al magistrado, la policía o a los guardias del castillo. Le matarían antes de que pudiese convencerles de que enviasen tropas para proteger a Tokugawa Tsunayoshi. Con añoranza pensó en los alumnos de su padre y en su amigo Koemon, todos hábiles y valientes luchadores y leales a la familia de su maestro. Eran justo los aliados que necesitaba, pero era imposible poder contactar con ellos. No podía acercarse a su vecindario, donde los *doshin* estarían patrullando por si regresaba.

Cuando Sano se acercó a la puerta de Yoshiwara, vio que estaba abierta de par en par y virtualmente desatendida. Un grupo de hombres holgazaneaba junto a la puerta: los dos guardias apoyados en sus lanzas y cinco o seis samuráis más. Todos con petacas o copas en la mano. Sano agitó las riendas y atravesó la puerta al galope por su lado.

—¡Alto! —escuchó que gritaban los guardias. No miró hacia atrás para ver si le seguían.

El barrio del placer estalló a su alrededor como un hervidero de gente, luz, ruido y confusión. Miles de faroles brillaban desde los aleros de los edificios por todo Nakanocho. Algunos hombres lanzaban cohetes desde los tejados. El humo de una inmensa y llameante hoguera en el final de la manzana hacía que a Sano le escociesen los ojos mientras intentaba dirigir su montura entre la multitud. Yoshiwara bullía de juerguistas de todo tipo celebrando el *Setsubun*: samuráis vestidos con todas sus galas guerreras, campesinos vistiendo sólo taparrabos y zapatos, bandas de músicos y tambores. Rostros enmascarados aparecían y desaparecían por debajo de él. La música y los gritos se fusionaban en un sonido parecido a un rugido ensordecedor. Los borrachos iban de un lado a otro, derramando sake y añadiendo más olores al aire que ya hedía de licor, orina y vómitos. Algunas de las *yūjo* habían dejado sus jaulas para mezclarse con la multitud. Sano tuvo que detenerse cuando un desfile se cruzó en su camino. Vestidas con sus sedas más chillonas, las mujeres soltaban risitas agudas mientras le hacían reverencias burlonas. Los granos de soja tostados crujían bajo incontables pares de pies. Todos los establecimientos estaban abiertos y llenos a rebosar. Desde las casas de té se escuchaban risotadas; se celebraban alegres fiestas tras las ventanas de las casas de placer.

Sano apretó los dientes mientras intentaba rodear el desfile de *yūjo,* pero no consiguió más que volver a quedar allí detenido ante un gran público congregado alrededor de un malabarista. Miró atenta y frenéticamente a la multitud. ¿Cómo demonios podría encontrar en aquel infierno a Tokugawa Tsunayoshi y al caballero Niu? Al menos, se consoló, la policía nunca le atraparía allí.

Pero pronto se dio cuenta que estaba equivocado al ver a un *doshin* delante de una casa de té que anunciaba lucha de mujeres. Llamativo, porque vestía sus ropas diarias de trabajo y un porte serio, se acercó a un samurái que salía de la casa de té y empezó a gritarle preguntas ante la cara de sorpresa del hombre. Cerca de allí, los ayudantes del *doshin* habían detenido a un samurái a caballo. Mientras Sano observaba, hicieron bajar bruscamente a su víctima del caballo y le arrancaron su máscara de tigre de su rostro. Uno llevó una lanza a su cuello; los otros abrieron sin contemplaciones su capa.

Sano hizo dar la vuelta al caballo y le obligó a avanzar hacia el lado opuesto de la calle. Ambos samuráis eran más o menos de su altura, constitución y edad: el que iba montado tenía un caballo castaño como el suyo. La policía estaba deteniendo y buscando a hombres que encajaban con su descripción. Toda Ikkyu, realizando el trabajo de un buen espía, debía de haber informado de su visita a la policía y les habría dicho lo de la sandalia y la cuerda que llevaba: una prueba mejor de su identidad que, posiblemente, unas credenciales robadas o falsificadas. Sano sabía que tenía que librarse de aquellas pruebas incriminantes y del caballo. No obstante, no podía descartar ninguno de los objetos que vinculaban a los Niu con los asesinatos y tampoco quería abandonar el caballo de Wada-*san.* Aún tenía una oportunidad de devolver el caballo y utilizar las pruebas para limpiar su nombre y el de Raiden, restaurar su honor, posición y, en consecuencia, la salud de su padre.

Con dificultad, guió el caballo a través de la multitud y continuó su búsqueda. Al haber leído en una ocasión una versión ilustrada de *El Cuento de Genji*, tenía alguna idea de cómo el sogún vestiría aquella noche. Las mujeres de aquel período, hacía unos cuatrocientos años, vestían quimonos sin fajín superpuestos: cinco o seis, cada uno de un color distinto, con faldas sueltas que arrastraban por el suelo y mangas que cubrían sus manos. Llevaban el pelo largo y suelto con raya en medio. ¿Pero dónde estaba el sogún? ¿Qué estaba haciendo?

Sano intentó ponerse en lugar del mismo Tokugawa Tsunayoshi. Como hombre ávido de esconder las cargas del poder y la fama durante una noche, ¿adónde iría? El complicado disfraz sugería que quería mezclarse con los juerguistas por las calles y las casas de té, protegido de sus enemigos o pedigüeños mediante un disfraz en el que no se pudiese penetrar tan fácilmente como con una simple máscara. Podía estar en cualquier parte, aunque no estaría solo. Habría llevado guardaespaldas con él, posiblemente disfrazados con vestidos del mismo período. Con aquella pequeña pista, Sano avanzó con dificultad por la calle. Sólo esperaba que el caballero Niu no tuviese más información sobre los planes del sogún que la que él mismo tenía.

¿Dónde estaban el caballero Niu y los demás conspiradores? En su lugar, Sano emboscaría a Tsunayoshi fuera del barrio para matarle rápida y limpiamente lejos de toda confusión y con una huida fácil. Sin embargo, no se atrevió a predecir las acciones guiadas por la locura del caballero Niu. Tampoco tenía idea de qué disfraces podían llevar los conspiradores.

Entendió que no podía cubrir todo el barrio a aquella velocidad, entonces decidió detener a la gente que se encontraba y les gritaba: «Habéis visto...» y luego les describía el séquito del sogún tal como él lo había imaginado. Las respuestas que obtenía eran variadas.

—No. Sí. Tal vez. No lo sé. —De un comerciante borracho.

—No estés tan serio. Ven y echa un trago. —De otro escandaloso samurái.

Y todas ellas completamente inútiles.

El portero de una casa de placer dijo:

—¿Una dama vestida de antiguo, dices? ¿Por qué la buscas cuando hay tantas chicas guapas y modernas aquí?

La mención de las chicas y la vista del desfile de *yūjo* le recordó a Glicina: ella le había ayudado una vez y tal vez lo haría de nuevo. Tenía que tener muchos amigos en Yoshiwara que podían unirse a la búsqueda y suficientes admiradores samuráis para enfrentarse a los hombres del caballero Niu. Se dirigió hacia el Jardín del Palacio Celestial. Seguidamente vio otro desfile de *yūjo* reunido delante de una casa de té. La alegría y preocupación le embargaron por igual cuando su mirada descubrió a la dama en el extremo.

Excepto por sus especiales ojos redondos, no habría reconocido a Glicina. Mucho más delgada y pálida, vestía un sencillo quimono de algodón. A su lado se balanceaba un hombre completamente borracho. Mientras Sano miraba, el hombre rodeó con un brazo a Glicina, con la mano intentando toquetearle el pecho. El rostro de Glicina lucía una mueca estática que apenas recordaba una sonrisa.

Sano no tenía tiempo de preguntarse qué había causado que aquella belleza de alta categoría se hundiese en tales profundidades.

—¡Dama Glicina! —la llamó.

No sin esfuerzos consiguió llegar a su lado sin pisar a nadie. La llamó por su nombre otra vez.

—¡Glicina! —gritó, alzando su máscara un momento para que pudiese ver su rostro—. Glicina, ¿me recordáis?

Su falsa sonrisa se desvaneció.

—¡Vos! —gritó ella con los ojos encendidos de odio—. ¡Os ayudé, me entregué a vos y mirad lo que ha sido de mí!

Su gesto furioso abarcaba su gris y demacrado aspecto, su cliente zafio y torpe, su lugar al final de la hilera. A Sano se le encogió el corazón. Ahora recordaba que había informado de su conversación al magistrado Ogyu. Éste debía de haber ordenado que fuese degradada de categoría a ser prostituta de clase inferior y de baja categoría social, de manera que nadie prestase atención a las historias que ella pudiese contar sobre el asesino de Noriyoshi. Otra vida arruinada por sus acciones. Pero no podía permitir que la culpabilidad o la piedad le impidiesen hacer lo que tenía que hacer.

—Dama Glicina, perdonadme. Necesito vuestra ayuda de nuevo. Tengo que encontrar...

—¡Alejaos de mí! —exclamó con voz estridente—. ¡Ya me habéis causado demasiado daño!

Se quitó de encima a su cliente, se dio la vuelta y echó a correr. Su menuda figura le permitió escurrirse por los estrechos espacios que se abrían entre la multitud por los que Sano no podía pasar. No le quedó más remedio que dejarla escapar.

Se alejó apresuradamente al ver que otro *doshin* se abría paso a empujones entre la multitud hacia él. Desmontó y continuó calle abajo, guiando al caballo. Al nivel del suelo ya no podía mirar por encima de la gente pero le ofrecía la ventaja que quedaba escondido de sus perseguidores y le permitía atisbar por las puertas y ventanas abiertas. En las casas de té y los restaurantes vio a muchas mujeres altas y corpulentas que debían ser hombres disfrazados, pero ninguno de ellos encajaba con la descripción del sogún.

Dio la vuelta a una esquina y fue a dar a una calle lo suficientemente ancha para que pasasen cuatro hombres de lado a lado. El muro exterior del barrio bloqueaba su extremo más alejado. Faroles brillantes, enristrados por toda la calle entre los tejados de las casas, danzaban por encima de las cabezas. La densa multitud hizo que Sano tuviese que detenerse bruscamente. Se puso de puntillas y estiró el cuello. Alrededor de él, los hombres celebraban con creciente abandono que las festividades se acercaban a su punto culminante. Las *yūjo* encerradas gritaban palabras provocativas e invitaciones. El suelo bajo los pies de Sano estaba resbaladizo por el barro, que desprendía un hedor agrio. Entonces vio una cabeza morena de pelo lacio que sobresalía del resto, a unos treinta pasos de distancia. Un momentáneo espacio entre la gente le permitió atisbar una cara blanca familiar, grande, y un pelo largo y suelto. El hombre-mujer sonreía y saludaba con la mano a alguien. Su abultada manga dorada se deslizó hacia atrás y dejó al descubierto la serie de quimonos superpuestos que llevaba debajo: rojo, verde, azul, blanco.

En el mismo instante que Sano reconoció a Tokugawa Tsunayoshi, la multitud volvió a arrastrarle. Tres samuráis enmascarados pero con ropas ordinarias se movían en su dirección, abriendo paso delante del sogún. Seis escoltas más, tres montados a caballo y otros tres a pie, cubrían las espaldas y los flancos de su señor. Sano empujó los cuerpos que se interponían entre él y el centro de la calle. Tenía que interceptar al sogún antes de que desapareciera entre la gente.

—¡Para de empujar! —exclamó alguien, propinándole también un empujón contra una verja.

—¡Abrid paso; abrid paso! —gritaban los escoltas del sogún.

Sano ató las riendas del caballo a la verja.

Entonces quedó atrapado entre dos hombres. El primer escolta se acercó a él. Alguien le dio un codazo a su máscara, que quedó torcida y mientras la enderezaba, vio que el escolta hacía una pausa y volvía la cabeza en respuesta a una llamada.

Un *doshin* apareció junto al guardia. Iniciaron una conversación a la que los otros dos escoltas que precedían la marcha se unieron, gritándose al oído a causa del ruido que hacía la multitud. Sano no pudo escuchar lo que estaban diciendo, pero lo sospechaba. Los *doshin* les preguntaban o les estaban contando algo de cierto fugitivo peligroso.

Sano continuó intentando avanzar. Cualquiera que fuese el riesgo que corría, tenía que aprovechar aquella oportunidad para prevenir al sogún. La Conspiración de los Veintiuno podía entrar en acción en cualquier momento.

Justo entonces, se escuchó un distante estruendo. Un murmullo recorrió la multitud; los hombres por un momento dejaron de hablar, beber, bailar, caminar. Alzaron la cabeza a la expectativa en actitud de escuchar, entre ellas la del sogún y su séquito. A continuación se escuchó otro estruendo y luego otro. De repente la noche se llenó de vida con el clamor de una ingente cantidad de gongs y campanas, algunas de tonos agudos y dulces y otras profundas y sonoras. Una ovación inundó el barrio. Era medianoche, y los sacerdotes de los templos de todo Edo habían empezado a exorcizar al demonio del Año Viejo y repicar por el Nuevo. Los repiques de campanas y los estruendos resonaban en las lejanas colinas y sacudían el suelo; incluso el aire se estremecía.

Sano escuchó con el resto de la multitud momentáneamente embelesado, igual que lo estaban los demás, por la impresionante música. En aquel momento, sin embargo, en el borde superior de su campo de visión derecho vio un movimiento extraño y se dio la vuelta.

Un samurái vestido con ropas oscuras, polainas y una máscara se arrastraba por un tejado. Mientras Sano observaba, el hombre se arrodilló y sacó una flecha del carcaj que llevaba colgado al hombro. Colocó la flecha en el arco y tensó la cuerda, apuntando directamente al sogún.

—¡Cuidado, su Excelencia! —chilló Sano, señalando—. ¡Allí, en el tejado!

Su voz se perdió entre el ruido de las campanas y los gongs.

Aunque no podía escucharse ni a sí mismo, continuó gritando.

—¡Su Excelencia!

Nadie que estuviese a más de tres pasos de distancia tampoco podía verle. Sano se dirigió hacia su caballo, desató las riendas y montó en él. Hizo avanzar al animal entre los cuerpos apiñados. De pie en los estribos, agitaba los brazos y gritaba. Nadie se movía, porque tampoco podía. Aún repicaban los gongs y las campanas. El sogún seguía con la mirada cautivada fija en el firmamento. Entonces Sano vio con creciente pánico que dos arqueros más habían tomado posiciones en otros tejados.

—¡Vosotros! ¡Los de ahí arriba! ¡Alto! —aulló.

Su grito coincidió con un momento de calma entre repiques. Dos de los arqueros mantuvieron sus ojos y sus arcos apuntando a su objetivo pero el que estaba más cerca se giró hacia él. Casi al mismo tiempo que Sano adivinaba su intento, el arquero cambió la dirección de su arco y disparó la flecha, que voló hacia Sano borrosa por la velocidad que alcanzó. Apenas tuvo tiempo de inspirar aire y ninguna posibilidad para esquivarla; en aquel instante su caballo relinchó, irguiéndose sobre sus patas traseras. Vio que la flecha se había clavado en el cuello del animal. La sangre brotaba alrededor del asta con chorros rítmicos. Sano gritó, intentando tranquilizar a la bestia herida que relinchaba y se revolvía. Pero el caballo empezó a dar bandazos y a caer hacia un lado. Mientras caía con él, vio que los arqueros del tejado soltaban sus flechas. El sogún desapareció como si se lo hubiese tragado la tierra.

Una repentina masa histérica transformó la calle en un caos imparable. La gente se empujaba y pisoteaba intentando ponerse a salvo. Sus gritos se alzaron por encima del ruido de las campanas. Sano aterrizó sobre cuerpos que ya habían caído al suelo a causa de las intensas convulsiones de su caballo. Unos pies le pisotearon el pecho. Consiguió abrirse paso por debajo de alguien que cayó sobre él y recibió una fuerte patada en la barbilla. Cuando logró incorporarse vio a dos de los escoltas del sogún subiendo a un tejado para perseguir a los arqueros. Los otros cerraron filas para proteger a su amo, que había caído, mientras el resto empezaba a rechazar a las masas que les rodeaban. Sano se sintió atenazado por el terror y un terrible sentimiento de fracaso. ¿Había muerto el sogún?

—¡Despejad la calle! —gritaban los escoltas—. ¡Vamos, moveos! ¡Venga todos! ¡ Ya!

Los *doshin* que se habían acercado antes reaparecieron, empuñando su *jitte* y sus ayudantes blandiendo sus bastones. La multitud corrió en tropel hacia Nakanocho. Los gritos y chillidos retumbaban en los oídos de Sano:

—¿Qué es eso? ¿Qué sucede? ¡Ayuda!

Sano se dio cuenta de que podía oírles porque las campanas habían dejado de repicar. Resistió el embate de aquella marea de humanidad e intentó avanzar. Tenía que verlo...

En un espacio que había dejado la gente que huía, un hombre yacía en el suelo muerto con una flecha clavada en el pecho. Sano dejó escapar un largo y tembloroso suspiro de alivio cuando vio que era uno de los escoltas. Tokugawa Tsunayoshi estaba allí entre los hombres que quedaban, ileso pero obviamente agitado. Señalaba al cadáver, luego hacia los tejados. Tenía cara de pocos amigos y golpeaba a sus hombres con los puños. Su disfraz femenino contrastaba intensamente con su furia tan impropia de una dama mientras amonestaba a sus hombres, probablemente queriendo saber quiénes eran los asesinos y cómo se habían enterado de su presencia en Yoshiwara. Con las manos extendidas mostrando su confusión e impotencia, los guardias aventuraban respuestas que su señor acallaba con más golpes.

De pronto, Sano comprendió con toda claridad cuál era el plan del caballero Niu. Ignorando a los *doshin*, que ya le observaban fijamente con una mirada de sospecha, corrió hacia el sogún. Empujó a todos los que se interpusieron en su camino. Los disparos de las flechas sólo había sido una maniobra para alejar a la multitud y distraer a los guardias, un preludio del ataque real. Tenía que prevenir a Tokugawa Tsunayoshi de que había dieciocho asesinos más que estaban a punto de atacar.

—¡Tú, el de ahí! —dijo el *doshin.* Apartó a codazos a un par de borrachos tambaleantes y se dirigió hacia Sano—. Ven aquí.

Haciendo caso omiso del peligro, Sano miró por detrás del sogún hacia el otro extremo de la calle. Entre los transeúntes que escapaban a toda velocidad, vio a tres samuráis que no parecían tener ninguna prisa. Vestidos con sencillos quimonos oscuros y sombreros de paja que ocultaban sus rostros, quedaban rezagados y dejaban pasar a la gente. Estaban separados entre sí por unos diez pasos, con el hombre del centro de la calle ligeramente adelantado y los otros flanqueándole. A medida que se acercaban al séquito del sogún, dejaron que se acortase la distancia entre ellos y aceleraron el paso como un solo hombre. El líder alzó la cabeza para mirar brevemente a los tejados. Los faroles iluminaron su joven y tenso rostro. Sano reconoció al caballero Maeda por haberle visto en la reunión secreta.

—¡Su Excelencia! —gritó, avanzando a toda velocidad—. ¡Detrás de vos! ¡Cuidado!

En lugar de darse la vuelta, el sogún y los guardias se le quedaron mirando. El caballero Maeda estaba a cinco pasos del guardia que se interponía entre él y Tokugawa Tsunayoshi. Su mano se dirigió a la empuñadura de su espada.

Sin embargo, o bien gracias a la advertencia de Sano o porque presintió el peligro, el guardia giró en redondo. El caballero Maeda desenvainó su espada rápidamente de su funda. La balanceó a un lado y por encima de su cabeza. Antes de que pudiese dejarla caer sobre su víctima, el guardia ya había desenvainado su propia espada con la mano izquierda y asestó un corte brutal que atravesó el pecho de Maeda. El joven caballero gritó al tiempo que hundía su hoja en el cuello del hombre. Ambos cayeron al suelo, mortalmente heridos.

Un nuevo rugido estalló entre la multitud que aún no había abandonado la calle en busca de seguridad. Las mujeres de las casas de placer soltaron agudos chillidos. Sano esquivó a los hombres que corrían. El *doshin* le sujetó por el brazo.

—¿Quién eres? —preguntó—. ¿Qué sabes tú de esto?

Sano le ignoró.

—¡Poneos a cubierto, Excelencia! ¡Hay más de ellos! —gritó al sogún.

Pero el tiempo de escapar había pasado. Más hombres vestidos con ropas oscuras aparecieron de la nada. Rodearon al séquito del sogún, frustrando los intentos de los guardias de poner a cubierto a toda prisa a su amo. De repente, la calle se llenó de ágiles luchadores y hojas que destellaban. El acero chocaba contra el acero. Gritos roncos llenaron la noche. En el centro del tumulto permanecía Tokugawa Tsunayoshi, el dictador militar que prefería las artes refinadas a las marciales, los estudios confucianos a los asuntos de Estado. Desarmado, se encogió detrás de la protección que le brindaban sus hombres, una figura patética con sus ricos vestidos y una peluca larga. Su maquillaje blanco le confería una horrenda apariencia cómica a su rostro confuso, azotado por el pánico.

El *doshin* soltó a Sano y gritó a sus hombres para que se uniesen a la batalla. Los guardias luchaban con la valentía y la mortal experiencia que correspondía a los mejores guerreros de Tokugawa, pero la defensa quedaba superada en número por dos a uno. Sano sacó su espada y se sumó a la batalla.

Uno de los hombres del caballero Niu se abalanzó hacia él con la espada en alto. Sano dio un paso a un lado y giró en redondo. Asestó a su atacante un golpe que le atravesó la espalda. El hombre gritó y cayó boca abajo, muerto. Sano sintió más que oyó que otro hombre iba hacia él por detrás. Se dejó caer sobre una rodilla y pivotó, rápidamente practicó un corte bajo que rajó el vientre del hombre y le dejó echado en el suelo cerca del primero. Todo sucedía tan rápido que Sano no tenía tiempo de pensar. Los años de entrenamiento guiaban sus acciones. Ahora el conocimiento que había matado por primera vez rugía en su alma como un viento ardiente y feroz.

Había hecho lo que había asumido que nunca haría: luchar al servicio de su señor. Era un samurái en todo el verdadero sentido de la palabra. Enardecido por la excitación y el ardor, se puso en pie de un salto y entró en la batalla de nuevo. Después de todo, salvaría al sogún.

Una sola mirada alrededor le hizo volver a la realidad. El *doshin* y sus dos ayudantes habían caído. Los cuerpos de los guardias y de los hombres del caballero Niu estaban echados de cualquier manera por la calle. Un miembro de la conspiración rajó y apuñaló a dos desconocidos que se habían unido a la lucha. Seguidamente se unió a los tres compañeros que quedaban en el avance sobre los cuatro guardias supervivientes que formaron un escudo protector alrededor del sogún. Los hombres se agruparon aún más cuando los conspiradores constantemente hacían retroceder la defensa contra el muro de piedra. La sangre manchaba la ropa de todos los combatientes. Los mejores contra los mejores, igualados en la lucha. Entonces, mientras Sano corría en ayuda de las fuerzas de Tokugawa, vio una figura vestida con ropa oscura deslizarse por una puerta hacia la calle, al hombre no se le veía la cara pero caminaba envarado de una forma característica: era el caballero Niu.

Uno de los guardias cayó, con un grito de agonía. Su ausencia dejó un hueco en el escudo humano del sogún. Antes de que los otros hombres pudiesen darse cuenta y cubrirlo, el caballero Niu se abalanzó desenvainando su espada.

—¡No! —Sin importarle su propia seguridad, Sano se lanzó delante de Tokugawa Tsunayoshi. La hoja de su espada chocó contra la del caballero Niu con un chasquido rotundo.

El júbilo que expresaba el rostro del joven se convirtió en furia. Sus ojos brillaban aún más de lo usual. Con un gesto tan rápido que Sano ni lo vio, arrancó la máscara de la cara de Sano con la punta de su hoja. Enseñó sus dientes en una sonrisa salvaje.

—¡Tú! —exclamó—. Aún interfiriendo en mis asuntos. ¿Nunca aprendes la lección?

Paralizado por un repentino terror, Sano sólo podía mirarle en silencio. El caballero Niu podía haberle matado con aquella misma estocada casual. Aquella constatación destruyó la confianza que sus primeras dos victorias le habían dado. En contra suya recordó la impresionante exhibición del caballero Niu en el salón de prácticas. La espada alzada oscilaba en su mano. Humedeció sus repentinamente secos labios y se obligó a hablar.

—Yo, Sano Ichirō, no dejaré que mates al sogún —dijo con una voz que sonó temerosa a sus propios oídos.

El caballero Niu se echó a reír descaradamente, con una risa fuerte, demoníaca y socarrona que hizo que se le erizase el vello de la nuca a Sano. Sus fosas nasales se ensancharon como si pudiese oler su miedo.

—Tú no puedes detenerme —dijo—. Lo único que conseguirás será morir en el intento. Pero si así lo quieres, entonces, que así sea. —Sosteniendo la mirada de Sano, se agazapó, presto a saltar con la espada.

Para enfrentarse al caballero Niu, Sano se concentró en aquella parte más profunda de su mente, en su centro espiritual. Buscó la calma, la claridad mental y la armonía interior que dirige y da poder al guerrero durante el combate. Sin embargo, sólo encontró caos y confusión de los cuales no fluía energía alguna. No podía alejar el dolor, el miedo o los recuerdos; no podía neutralizar el poder que estas distracciones ejercían sobre él. Aquel estado de concentración tan esencial se le escapaba. Sin él, sólo era un mecanismo entrenado privado de la fuerza que lo guiaba. Estaba perdido.

El caballero Niu atacó. Su espada cortó el aire entre el espacio que había entre ellos con un audible silbido.

Sano la paró un instante demasiado tarde y la hoja hizo un corte en su hombro izquierdo. Sólo su instintivo giro a un lado evitó que se clavase en su pecho directo al corazón. Un dolor abrasador arrancó un grito ahogado de su garganta. Se lanzó al contraataque, cortando el aire vacío mientras el caballero Niu le esquivaba fácilmente. Un torrente de cálida sangre bañó su piel, se le estaba escapando la vida. Los guardias, aún ocupados con los hombres del caballero Niu no podían ayudarle. No comprendían que el caballero Niu era una amenaza mucho mayor para su amo que los tres otros juntos. Sin embargo, si Sano no podía salvar al sogún, al menos intentaría darle los medios para que se salvase.

Se agachó cuando la hoja de la espada del caballero Niu asestó un golpe en círculo sobre su cabeza. Los rasguños que le provocó en el cuero cabelludo le escocían y ardían. Con su mano izquierda, desenfundó la espada corta. El movimiento empeoró el dolor del hombro y unos puntos negros salpicaron su visión. Durante un terrible instante, pensó que iba a desmayarse. A ciegas lanzó la espada hacia atrás gritando:

—¡Tomad, su Excelencia!

No tuvo tiempo de ver si el sogún la había cogido. El arco sibilante de la hoja de la espada del caballero Niu caía cortante una y otra vez. Golpeaba con su espada, dando dos golpes por cada uno de los suyos. Escapó de una herida mortal sólo permitiendo que el caballero Niu le alejase del hombre que tenía que proteger.

Completamente desesperado, recurrió al ataque verbal.

—¡Vuestra madre ha muerto! —gritó al caballero Niu—.

¡Se ha suicidado esta noche, cuando ha sabido que erais un traidor!

El caballero Niu no dio muestras de haberle oído. Sus ojos encendidos miraban a través de Sano directamente hacia la gloria.

Sano intentó otra táctica.

—No os saldréis con la vuestra. Aunque me matéis a mí y al sogún, nunca escaparéis vivo de Edo.

Con el caballero Niu por todas partes, a su alrededor, Sano no vio el golpe que le arrancó su espada de la mano. Automáticamente buscó el arma corta que había dado al sogún. Su terror aumentó cuando se dio cuenta de su error. Retrocedió a toda prisa, mirando desesperado a su alrededor. ¿Dónde había caído su espada?

El caballero Niu corrió tras él. Únicamente un ligero cojeo delataba su dificultad cuando saltaba por encima de los cuerpos. Sus rasgos estaban tensos por la determinación; blandía su espada con un poder increíble.

Sano vio demasiado tarde el cuerpo del *doshin* extendido en medio del paso y su pie tropezó con él. Cayó, aterrizando violentamente encima del muerto. Sus manos gatearon en un esfuerzo inútil para incorporarse y agarrar la espada que estaba en el suelo un poco más allá de su alcance.

El caballero Niu se acercó a él, dominándole de pie.

—Eres un estorbo increíble, Sano-*san* —dijo entre jadeos—. Pero por el que no voy a tener que preocuparme más. Adiós, mi enemigo.

Lenta y pausadamente, alzó su espada en alto.

Sano vio su muerte reflejada en los brillantes ojos del caballero Niu y en la reluciente hoja de acero. Pero mientras se preparaba para encontrarse con ella con el valor estoico del samurái, su mano derecha tocó una dura vara de metal. Dos ganchos sobresalían por encima de su empuñadura. No era su espada, sino un *jitte,* el arma de defensa de la policía.

Tan pronto la reconoció, algo sucedió en su interior. El

miedo se desvaneció; todas las distracciones desaparecieron hasta quedar reducidas a la nada. El *jitte,* el símbolo de la ley y el orden contra la anarquía y el caos; el bien contra el mal; la verdad contra la mentira; el bien que había en él contra el mal dentro del caballero Niu. Aquellos pensamientos volaron por su mente a velocidad vertiginosa. Un destello de comprensión indescriptible le iluminó. El poder brotó del arma y penetró en su cuerpo. Centrándose en todo lo que significaba moral y corrección, encontró la fuerza y el valor. Su centro fragmentado se fusionó y empezó a radiar energía. Ahora, en el espacio de un instante, se enfrentó a su destino.

Con un aullido ensordecedor, el caballero Niu bajó su espada cortando un arco en diagonal. En el mismo instante, Sano balanceó el *jitte* por delante de su cuerpo. Paró el golpe del caballero Niu con un choque que repercutió en un gran dolor en su brazo. El gancho atrapó la hoja justo a milímetros de su garganta. Sano la empujó a un lado, utilizando la sorpresa y el impulso del caballero Niu para hacer perder el equilibrio a su oponente. El caballero Niu se tambaleó. Antes de que pudiese recuperarse y manejar su espada, Sano dio un tirón al *jitte* y lo hizo volar en un círculo completo para estamparlo en el rostro del caballero Niu, que cayó violentamente. Sano estaba seguro de que aquel magnífico espadachín no tenía entrenamiento alguno en *jittejutsu.* Su confianza aumentó al ver que su limitada experiencia le daba una pequeña ventaja. Este conocimiento, combinado con su recién recuperado poder, podía hacerle ganar aquella batalla. Se puso en pie de un salto.

Luego vio que había calculado mal el ángulo del golpe, la fuerza requerida para matar o acabar con la determinación de su oponente. El caballero Niu se incorporó con sorprendente agilidad. Su mandíbula rota distorsionaba su rostro, convirtiéndolo en un gesto torcido, lascivo, feroz. Miró a Sano con furia renovada. Se abalanzó contra él con la hoja brillante cortando el aire.

El brazo izquierdo de Sano era virtualmente inútil, y su derecha empezaba a cansarse por la fuerza invertida en los golpes repetidos. El caballero Niu no le daba tiempo a recuperar su espada pero su percepción se agudizó hasta el punto de alcanzar un estado de extraordinaria claridad mental que nunca hasta entonces había alcanzado.

Actuó sin pensar conscientemente, anticipándose y contrarrestando los movimientos del caballero Niu con los suyos propios. Aunque toda su atención estaba concentrada en su oponente, simultáneamente era consciente de todo lo que sucedía a su alrededor. La lucha aún seguía. Vio sin mirar que un guardia cortaba los cuellos de dos hombres en una rápida sucesión. El dolor existía; no podía olvidar a O-hisa, Raiden, Tsunehiko, Glicina, a su padre o su odio por aquel hombre que había arrastrado a su propia madre al asesinato y al suicidio. Pero los recuerdos, la emoción y la sensación física simplemente se fusionaban con la unidad de su yo interior. Alimentaban su fuerza, inspiraban su juicio.

Moviéndose con creciente agresividad, utilizó la otra ventaja que tenía sobre el caballero Niu: la movilidad. Primero acercándose en picado y luego alejándose de un salto, obligaba al caballero Niu a seguirle. Pinchaba el torso del caballero Niu una y otra vez con la punta del *jitte.* Pagó por arriesgarse tanto cuando la hoja del caballero Niu le practicó sendos cortes en el antebrazo y el pecho; pero el dolor añadido se convirtió en otra fuente de poder y conocimiento. De repente intuyó el núcleo de la verdad acerca de su oponente: el caballero Niu quería matar, pero también quería morir y los dos deseos se equilibraban entre sí. Aquélla era la verdadera razón por la que quería matar al sogún y la razón por la que había elegido atacar en un lugar donde tenía tan pocas probabilidades de escapar.

Sano asestó un fuerte revés a la pierna sana de su oponente con lo cual le hizo caer de rodillas. Sintió que el equilibrio que había en el joven entre el deseo de matar y el deseo de morir se alteraba un momento. Su cara torcida se contorsionó, aún más por la agonía, el caballero Niu hizo una pausa antes de levantarse, el tiempo suficiente para que Sano cambiase de mano el *jitte*, a la izquierda, se agachase y se incorporase de nuevo con su espada larga en la derecha. Una oleada embriagadora de euforia estalló en su interior. Saboreó la victoria.

El caballero Niu atacó de nuevo. Sano paró el golpe con el *jitte*, atrapó la hoja con el arma y tiró violentamente de ella pero con un brusco giro. La espada se rompió por la empuñadura y la larga hoja salió despedida dando vueltas. El caballero Niu se quedó paralizado. Primero miró su espada rota y luego a Sano. Sus ojos se encontraron un momento que pareció durar una eternidad. Sano vio en los del joven odio, ira y temor. Después resignación.

Sano lanzó al suelo el *jitte* y sujetó su espada con ambas manos. La balanceó primero a su alrededor y luego la alzó. Su hombro izquierdo le dolía terriblemente pero el dolor se transformó en un grito de triunfo en la boca de Sano. Con todas sus fuerzas, clavó su espada en la cabeza del caballero Niu. El acero chocó con la carne y el hueso cuando la hoja atravesó su cráneo desde la coronilla hasta la frente.

Sano se quedó un momento inmóvil, con las manos aún cerradas en la empuñadura de su espada. Su energía cesó abruptamente de fluir. Como las brasas de una hoguera, parpadeó en las profundidades de su núcleo y luego se apagó. La intensa claridad de percepción le abandonó. Todo lo que le rodeaba perdió color y vida. Un instante después de haber dejado su estado de exaltación espiritual, apenas recordaba cómo se había sentido. Estaba vacío, se sentía insensible.

A continuación, el mundo y sus preocupaciones corrieron de nuevo a llenar este vacío. Miró a su enemigo caído. El joven yacía de espaldas, con las piernas dobladas, aún sujetando la empuñadura de su espada. La sangre y los fluidos se derramaban por la hoja clavada en su cráneo y se encharcaban bajo su cabeza. La muerte había extinguido la luz diabólica de sus ojos. Su rostro parecía extrañamente inocente y pacífico en su reposo final.

Sano recuperó su espada. Se tambaleó hacia atrás al arrancarla. Completamente consciente ahora del punzante dolor de su hombro y de la debilidad cada vez más intensa del resto de su cuerpo, cayó de rodillas. Se obligó a apartar la vista del caballero Niu y mirar a su alrededor.

Los cadáveres estaban esparcidos por todo el suelo ensangrentado. Al parecer, todos los Veintiuno y todos los de la policía. Un número sorprendente de samuráis se había unido a la batalla, inclusive los guardias armados de la puerta. También estaban los cuerpos de algunos juerguistas pisoteados durante la estampida; el de su caballo y otro perteneciente a los hombres de Tokugawa. Sin embargo, el sogún y dos escoltas supervivientes permanecían a corta distancia observándole. Excepto los excitados murmullos de los espectadores que miraban desde las ventanas, la calle estaba en silencio.

Sano cerró los ojos para no ver aquella carnicería. «Se ha terminado», pensó con un extraño sentido del deber cumplido que se extendió por su mente como una droga soporífera y cayó al suelo. A través de una espesa nube de dolor y confusión, fue consciente vagamente de que los hombres del sogún le cargaban en una litera y le cubrían con una manta; del ruido de sus pasos mientras le trasladaban fuera de Yoshiwara y recorrían una oscura carretera; del inmenso firmamento tachonado de estrellas que se alzaba sobre él. Intentó permanecer alerta para poder explicar al sogún todo lo concerniente al intento de asesinato y la razón de su presencia. Pero unas oleadas de oscuridad bañaban su mente. Desfallecido, empezó a delirar.

Estaba muerto. Los portadores del féretro transportaban su cuerpo a una brillante pira funeraria.

—Por favor —susurró. No podía morir sin explicar su historia y finalmente conseguir que alguien le creyese.

—Ahora descansa. Ya hablarás después —ordenó una áspera voz.

Sano se despertó sobresaltado de su pesadilla y miró hacia el empinado camino que él había confundido con una pira funeraria. Era un bote, balanceándose en el oscuro río junto al muelle de Yoshiwara; con su cabina engalanada con faroles y banderas ondeando en sus mástiles con el emblema de los Tokugawa. La camilla se inclinó bajo Sano cuando los hombres le subieron a bordo. Se quejó mientras le deslizaban sobre almohadones blandos en un compartimiento pequeño e iluminado. Vio el rostro ansioso de Tokugawa Tsunayoshi inclinándose sobre él; escuchó una voz que ordenaba al barquero que zarpase. Alguien rasgó sus vestiduras y dio unos suaves toques a sus heridas con algo que quemaba y escocía. Volvió a cerrar los ojos y una misericordiosa inconsciencia descendió sobre él mientras el bote le transportaba río abajo hacia Edo.

TREINTA

El *Setsubun* había terminado. La primera mañana del Año Nuevo envolvía Edo en una silenciosa serenidad. En las calles desiertas sólo quedaba algún resto de basura olvidada por los barrenderos: polvo de los granos de soja aplastados, una máscara abandonada, algunos trozos de papel de colores, que servían de silenciosos recordatorios de la salvaje celebración que había terminado hacía tan poco. Una escasa y última nevada había caído en algún momento de la noche helando los tejados con una apenas visible sombra de blanco. El sol resplandecía brillante en un frío cielo azul, prestando a la ciudad un intenso tono cristalino.

Sano cabalgaba lentamente hacia el hogar de sus padres. La noche pasada, el sogún había revocado la orden de arresto que pesaba sobre él, y ahora era un hombre libre. Con los ojos húmedos por el frío y exhausto por el cansancio, miró maravillado el mundo que parecía extrañamente cambiado. Las tiendas estaban cerradas por ser festivo. Más tarde, las calles se llenarían de gente que iría a hacer sus visitas de Año Nuevo pero, por el momento, las casas permanecían tranquilas y silenciosas, con las puertas decoradas con ramas de pino y bambú fuertemente cerradas contra el frío. Aquélla era la ciudad donde había vivido toda su vida. Se dio cuenta de que no lucía distinta del pasado Día de Año Nuevo. Simplemente, él había cambiado.

Perdió de vista inconscientemente las calles de la ciudad al pensar en la noche que había pasado en el castillo de Edo. Allí los doctores habían curado sus cortes superficiales y golpes, cosido el corte profundo en el hombro y aplicado cataplasmas de hierbas para aliviar el dolor y evitar que se enconasen. Los sirvientes le habían bañado, arreglado el pelo, vestido con ropas limpias y cálidas y dado té para beber. A continuación, sin previo aviso y sin tiempo de maravillarse ante aquel milagro, se encontró en una audiencia privada con el sogún, el chambelán y el Consejo de Ancianos.

Tokugawa Tsunayoshi ocupaba el estrado del inmenso salón de recepciones. Se había quitado el disfraz y ahora vestía ropas formales negras. Su rostro estaba demacrado y preocupado y aparentaba más edad de los cuarenta y tres años que tenía. El chambelán Yanasigawa y los cinco ancianos estaban arrodillados a los pies del estrado. El sogún parecía necesitar su protección tanto como había necesitado la de sus guardias durante la batalla.

—Me has salvado la vida, Sano Ichirō —dijo con una voz más aguda y blanda de lo que Sano había esperado del comandante militar supremo de la nación—. Por lo cual quisiera expresarte mi agradecimiento. Pero primero, por favor ¿podrías explicar cómo llegaste a enterarte del complot del joven caballero Niu?

Sano explicó su historia. Presentó la sandalia y la cuerda: talismanes que había llevado pegados a él aunque habían perdido su valor práctico y leyó en voz alta el rollo y la carta de la dama Niu.

Cuando terminó, todo el mundo habló a la vez.

—¡Un ultraje!

—¿La dama Niu asesina?

—Niu Masahito tenía que estar poseído por demonios. ¿Por qué sino había de intentar tal cosa?

—¿Y es cierto que el magistrado Ogyu obstruyó la investigación que conducía al descubrimiento del complot?

El chambelán Yanasigawa alzó la voz sobre las demás.

—Sugiero que dejemos que el honorable magistrado hable por sí mismo.

Dio unas palmadas. A aquella señal, dos guardias escoltaron a un tambaleante magistrado Ogyu por la sala. Sano le miró atónito. Su antiguo superior tenía un aspecto como si le hubiesen arrancado de la cama. Su rostro estaba confuso por el sueño y vestía una capa echada a toda prisa sobre su camisón de dormir. Cuando vio a Sano, gimoteó y retrocedió hacia la puerta. Pero los guardias le arrastraron hacia delante y le obligaron a arrodillarse ante el sogún.

—Su Excelencia, es un gran honor para mí —balbuceó Ogyu, haciendo una reverencia.

El sogún se le quedó mirando con una seria expresión.

—¿Intentaste evitar que Sano Ichirō investigase los asesinatos de Niu Yukiko y Noriyoshi?

—Pues..., pues, no, su Excelencia —tartamudeó Ogyu, obviamente demasiado aturdido para mentir con convicción.

El sogún intercambió miradas con el chambelán Yanasigawa, que frunció el ceño.

—¿Sois consciente de que la dama Niu ordenó los asesinatos con la intención de proteger a su hijo? —preguntó Tokugawa Tsunayoshi—. Si Sano Ichirō no hubiese insistido en investigarlos, contraviniendo tus órdenes, el caballero Niu habría conseguido llevar a cabo su intento de asesinarme esta noche.

—¡No! ¡Oh, no! —se lamentó Ogyu. Con el cuerpo temblando se postró ante el sogún. Sano casi podía ver las oleadas de terror que le sacudían—. Su Excelencia, por favor, comprendedme. Os aseguro que si yo lo hubiese sabido nunca habría...

—¡Ya basta! —La orden del sogún acalló sus súplicas—. Por la inmensa negligencia de faltar a tu obligación y por poner en peligro mi vida de forma tan traidora, te relevo de tus obligaciones como magistrado norte de Edo y te sentencio al exilio permanente en la isla Hachijo. Permanecerás encerrado en la cárcel de Edo hasta que el barco zarpe dentro de tres meses. —Hizo un gesto con la cabeza a los guardias—. Lleváoslo.

—¡No! —gritaba Ogyu—. ¡Por favor, su Excelencia, tened piedad!

Los guardias le sujetaron. El anciano pataleó y se resistió, pero lo sacaron rápidamente de la habitación. Sano podía escuchar sus sollozos histéricos resonando por los pasadizos. Bajó la cabeza, conmovido por la repentina caída de un adversario tan formidable. Una sensación de horror y piedad diluyó la satisfacción de ver castigado al magistrado Ogyu.

Cuando la habitación quedó otra vez en silencio uno de los ancianos dijo:

—¿Y ahora qué tenemos que hacer ante esta lamentable situación?

El chambelán Yanasigawa habló antes de que pudiese hacerlo el sogún.

—Una cosa es cierta —aseveró—, cuanta menos gente sepa que su Excelencia casi ha sido asesinado esta noche, o que se ha cometido un error de esta magnitud en nuestra seguridad, mejor. Os diré por qué y cómo podemos cumplir con lo que debe hacerse.

Los ancianos y Tokugawa Tsunayoshi escucharon con respeto. Sano estaba seguro de que el bello Yanagisawa ejercía gran parte de la autoridad del sogún, tal como los otros *yoriki* habían sugerido durante el ya tan lejano desayuno en los barracones.

—No podemos permitir que los daimio piensen que el sogún es vulnerable a un ataque —explicó Yanasigawa—. No sólo porque el clan Tokugawa perdería credibilidad, sino porque de ello podría resultar una insurrección a gran escala.

Se escucharon murmullos de aprobación.

—Por lo tanto, propongo que difundamos el rumor de la siguiente historia: una banda de forajidos atacaron a otra banda rival esta noche en Yoshiwara. Durante el consiguiente disturbio, algunos transeúntes que corrieron en ayuda de la policía fueron asesinados. El joven caballero Niu y veinte de sus amigos se encontraban entre ellos. Todos los bandidos no muertos en el lugar de los hechos fueron llevados en custodia por la policía y posteriormente ejecutados.

Se produjo un silencio mientras todos lo consideraban. El sogún asintió y los ancianos intercambiaron miradas. Sano, aunque consternado por aquella distorsión de la verdad, no obstante vio las ventajas del plan del chambelán.

El mayor de los ancianos dijo dubitativo:

—Sí, funcionará. Además de nosotros, muy poca gente sabía que su Excelencia estaba ayer por la noche en Yoshiwara: sólo sus escoltas, su familia y los sirvientes de más confianza. El joven caballero Niu y los miembros de la Conspiración de los Veintiuno están muertos. Mis asistentes han visitado la residencia de los Niu y han confirmado que la dama Niu y su criado Eii-*chan* también están muertos. Podemos usar..., métodos —su tono implicaba «amenazas y sobornos»— para asegurarnos que los testigos no difundan rumores. Y nadie asociado con los Niu u otros clanes daimio admitirá formar parte de la traición porque la ley dispone que los parientes de los traidores deben ser castigados. Pero, por otra parte ¿por qué no deberíamos hacer cumplir esta ley?

A Sano le cayó el alma a los pies sólo con pensar en Midori y sus hermanas, el caballero Niu Masamune y sus hijos y nietos, las familias de los otros conspiradores: cientos de personas inocentes llevadas al patíbulo a pagar por un crimen que no habían cometido. Sin embargo, se sintió aliviado cuando el chambelán habló.

—Como vos habéis señalado, los culpables ya están todos muertos —dijo Yanasigawa—. Más castigos... —Extendió las manos en un gesto elocuente, su significado obvio—. Más castigos satisfarían la ley, pero no la necesidad que tiene el gobierno de mantenerlo en secreto o la necesidad de preservar el orden y la paz del país.

Las cataplasmas de Sano habían aliviado su dolor y el té con drogas le provocaba sopor. Se le cerraban los párpados mientras el sogún y los ancianos se ponían de acuerdo con el plan de Yanasigawa y debatían los detalles para llevarlo a cabo. Se despertó de golpe cuando el sogún pronunció su nombre.

—Sano-*san,* perdona por retenerte tanto tiempo. Sabemos que estás cansado. Pero sólo es preciso un momento más para decidir la cuestión de tu recompensa.

Con dificultad, Sano intentó despabilarse.

—En pago al valioso servicio que me has prestado, te concedo el favor de elegir —expresó Tokugawa Tsunayoshi.

Sano estaba sobrepasado por la enormidad de su inesperado regalo.

—Gracias, su Excelencia —tartamudeó. ¿Pero cómo hacer la elección correcta? Finalmente, se decidió por eliminar su más reciente fuente de culpabilidad.

—Solicitaría que la cortesana Glicina sea liberada del barrio del placer y se le diese suficiente dinero para vivir como ciudadana independiente.

El sogún se inclinó hacia delante, con un gesto pensativo en su rostro.

—Muy bien. Pero ciertamente éste es un favor demasiado trivial. Pide otro.

Envalentonado, Sano dijo:

—Solicitaría que se erigiese un monumento que conmemorase la muerte de mi secretario Hamada Tsunehiko en cumplimiento del deber, en el cementerio de su familia. —El reconocimiento del sogún daría consuelo a la familia del muchacho y, de alguna forma, satisfaría la necesidad que tenía de compensarle—. Y que Niu Midori sea liberada del convento del templo de Kannon y llevada de regreso a su hogar en Edo.

—¡No pide nada para sí mismo, sólo para los demás! —dijo el sogún al resto, admirado y sorprendido. Y dirigiéndose a Sano dijo—: Lo que has solicitado será concedido. Pero en reconocimiento de tu desinteresada generosidad, te recompensaré con creces tal como yo creo que te mereces.

* * *

Sano traspasó la puerta de su vecindario. Mientras cruzaba el canal, se fijó en el espléndido corcel negro que Tokugawa Tsunayoshi le había regalado para remplazar el caballo muerto de Wada-*san*. Sus alforjas abultaban por los regalos de Año Nuevo que le habían entregado: delicados objetos lacados, porcelanas y plata, paquetes bellamente envueltos de *mochi* y mandarinas, para su familia y amigos. Se miró a sí mismo. La capa ricamente acolchada y las ropas de seda que vestía provenían del propio guardarropa del sogún; todas ellas lucían la insignia de los Tokugawa. Tocó las magníficas espadas que su agradecido benefactor le había regalado: la mejor obra de arte del maestro armero Yoshimitsu. Sintió el peso de la bolsa que contenía diez piezas de oro: un anticipo de la recompensa real que debería recoger después de visitar su casa. Todo aquel refinamiento parecía pertenecer a otra persona, al extraño en el que se había convertido. Y no se atrevía a pensar aún en la recompensa real.

Sano desmontó delante del hogar de sus padres. Tan pronto introdujo el caballo por la entrada, la puerta de la casa se abrió. Allí estaba su padre, frágil y encorvado con aspecto de estar más enfermo que nunca. Con una mano se apoyaba en el marco de la puerta; en la otra sostenía la carta que Sano le había hecho llegar por medio del sacerdote. Sus ojos hundidos reflejaban una mezcla de esperanza, incertidumbre, sospecha, miedo y un inevitable amor.

La culpabilidad rasgó el corazón de Sano. Por muy importante que fuese lo que había conseguido aquella noche, nunca se perdonaría haber infligido aquel dolor a su padre. Empezó a hablar, pero su garganta se cerró; lágrimas de vergüenza inundaron sus ojos.

—Ichirō. —Su padre extendió la mano que sostenía la carta, luego la dejó caer como si no estuviese seguro de si invitar a Sano a entrar o de cerrar la puerta. La tos sacudió su cuerpo. Recuperándose le dijo—: ¿Vienes a casa para quedarte? —La pregunta dubitativa abarcaba una miríada de otras muchas más no pronunciadas.

Sano se aclaró la garganta.

—*Otōsan* —dijo haciendo una reverencia— he regresado a casa sólo por este día de fiesta. El sogún me ha nombrado su investigador especial. Cuando me vaya de aquí tendré mi residencia en el castillo y empezaré a trabajar..., recompensado con diez veces más mi antiguo salario.

Acababa de expresarlo en voz alta. El hecho de decírselo a alguien le confería a la recompensa la realidad que había faltado cuando el sogún se la otorgó y él había aceptado. Este reconocimiento le procuró una amenaza sin forma que no dejaba espacio para el placer.

—Si me dejáis entrar, os lo explicaré.

Su padre hizo un gesto de incredulidad. No obstante, sus ojos, que no se habían apartado del rostro de Sano, se posaron en el caballo, los ropajes, las espadas; palideció y el brazo con el que se apoyaba empezó a temblar; el anciano iba a caer.

—¡*Otōsan!*

Sano soltó las riendas y se abalanzó hacia su padre, a tiempo para sujetarle. En aquel instante, su madre apareció en la puerta. Su alegre bienvenida se convirtió en una exclamación de preocupación cuando vio el rostro ceniciento de su marido.

Con su ayuda, Sano hizo entrar al anciano en la casa y lo colocaron envuelto entre cálidas colchas junto al brasero de carbón. Luego, él salió de nuevo para encerrar el caballo en el establo.

—Ichirō-*chan*, estábamos tan preocupados, ¿qué te ha sucedido? —exclamó su madre cuando regresó—. ¿Dónde has estado? —Observó con atención, sorprendida, las ropas, las espadas de Sano y las alforjas cargadas de tesoros que sostenía—. ¿Qué significa todo esto?

Sano se arrodilló ante sus padres. Tokugawa Tsunayoshi le había dado permiso para contarles la verdad. Después de hacerles jurar que guardarían el secreto, les contó todo el relato.

—Si alguien hace preguntas, tenéis que decir solamente que el sogún me ha promocionado por un servicio que le hice cuando era *yoriki* —añadió cuando hubo terminado. Aquélla era la historia que Yanagisawa y los ancianos habían tramado y que, por otra parte, limpiamente garantizaba su complicidad en el engaño.

Su madre reaccionó a las noticias con gran alegría.

—¡Oh, Ichirō-*chan*, eres un héroe! ¡Y qué maravillosa recompensa a tu valor! —Le sonrió con los ojos llenos de lágrimas—. Todo ha cambiado y para mejor.

Sano deseaba compartir aquellas palabras. Sin embargo temía, sin saber exactamente por qué, que su nuevo cargo resultase ser mucho más un castigo que una recompensa. Intentando alejar estos pensamientos preocupantes, consiguió sonreír a su madre y luego se dirigió a su padre.

El anciano asintió con la cabeza y dijo:

—Has traído honor para nuestro apellido, hijo mío. —Al decir estas palabras, se sentó más erguido, ganando color visiblemente, fuerza y vitalidad.

Riendo, la madre de Sano se levantó.

—¡Con toda esta excitación, he olvidado la comida! —Y salió a toda prisa hacia la cocina.

Durante el festín del Día de Año Nuevo, Sano se obligó

a comer para complacer a su madre. El dolor y el cansancio le arrebataban el deseo de comer las judías y la sopa caliente, beber el vino dulce especiado y otras exquisiteces festivas, aunque le produjo gran satisfacción ver a su padre comer con un desacostumbrado buen apetito que presagiaba que, finalmente, recuperaría la salud. Lo único que quería era estar solo para poder dar sentido a todo lo que le había sucedido desde que oyó hablar por primera vez del *shinju.* Quería reflexionar acerca de su alarmante cambio de fortuna, comprender las emociones que ahora empezaban a aflorar a la superficie después de su impacto inicial y aturdimiento.

Finalmente, la larga comida terminó. Sano se levantó e hizo una reverencia a sus padres.

—Debo ir a la casa de Wada-*san* y darle su nuevo caballo —explicó. Llevando consigo paquetes de *mochi* y mandarinas para distribuirlas entre sus vecinos, escapó por las tranquilas calles.

Entregó el caballo a Wada-*san*, que lo aceptó asombrado y le hizo entrar y celebrar su ascenso con una copa. Fue a visitar a sus vecinos pero no hizo más que desearles un buen Año Nuevo. Las noticias viajaban rápido; muy pronto se enterarían de su dudosa suerte. Después, vagó por las calles a pie, con un único regalo en sus manos y la cabeza hecha un lío. Meditando acerca de los acontecimientos que le habían conducido hasta aquel momento, dudó de si habría podido hacer algunas cosas de distinta manera. ¿Podía haber evitado aquella gran tragedia sin causar otras menores? ¿Compensaba aquella victoria final sus muchas derrotas? ¿Y por qué le aterraba empezar su nueva servidumbre?

No se sorprendió al verse a las puertas de la cárcel de Edo una vez más. Lo que él deseaba no era estar solo, después de todo, sino estar en la compañía correcta.

Esta vez el doctor Ito sí se sorprendió cuando recibió a Sano en la puerta de su celda. Después de aceptar el regalo de Sano e intercambiar felicitaciones de Año Nuevo, le dijo:

—Tengo que admitir que me preguntaba si alguna vez te volvería a ver, amigo mío. Han estado circulando extraños rumores. ¿Qué te trae por aquí, obviamente a salvo y...? —Sus cejas se alzaron al ver la insignia de los Tokugawa en las vestimentas de Sano—. ¿Y si no bien, al menos con el aspecto de estar bien?

Sano no dijo nada. Se sentía a punto de estallar por la necesidad de vaciar su alma. Pero ahora que el doctor Ito estaba allí de pie esperando que le explicase el propósito real de su visita, no sabía cómo empezar. ¿Cómo podía expresar con palabras los complejos temores, pesares y dudas que le atormentaban?

El doctor Ito rompió el silencio.

—Estoy contento de que hayas venido, Sano-*san.* Llegas justo a tiempo para participar en mi ritual especial de Año Nuevo. Ven conmigo —expresó el anciano.

Le condujo por una serie de puertas guardadas y pasajes hasta un patio donde los barracones de los guardias se alzaban en la base de la muralla exterior de la cárcel. En un rincón, un tramo de escalones llevaba hasta lo alto de la muralla y la torre de guardia oeste.

Mientras subían por los escalones, el doctor Ito dijo:

—Éste es el día en que miro al exterior de estas murallas y disfruto de la vista de Edo y su paisaje.

La preocupación por su amigo hizo que Sano olvidase sus propios problemas por un instante.

—¿Significa que tienes permiso para ver el exterior de la prisión una vez al año? —preguntó consternado. En comparación con su encarcelación de por vida, su propia experiencia parecía trivial y la recompensa del sogún una absoluta bendición.

—Oh, no —dijo el doctor Ito con una risa irónica—, los guardias me dejan subir cuando se lo pido. Yo les curo sus enfermedades y en pago ellos me conceden privilegios que nuestro ilustrísimo gobierno me negaría. No, yo mismo escojo racionar mis placeres. Me da algo en lo que esperar, y menos opciones para reflexionar acerca de cuánto he perdido.

Llegaron a lo alto de las escaleras y caminaron por el ancho borde superior de la muralla. El viento agitaba sus vestidos mientras miraban la ciudad.

—¿Es bella, verdad? El comienzo del Año Nuevo es un tiempo de esperanza y mi esperanza es algún día recuperar la libertad —dijo el doctor Ito en voz baja. Se dio la vuelta y fijó su penetrante mirada en Sano—. Pero tú no has venido a escuchar mis problemas.

Animado por la presencia atenta y animosa de su amigo, Sano le explicó al doctor Ito cómo había pasado el *Setsubun.* El doctor Ito escuchó en silencio. Cuando Sano acabó y se dio la vuelta para ver su reacción, asintió con la cabeza.

—Y por lo tanto eres un héroe, pero parece que según tu valoración no es así —dijo él.

La astuta observación liberó un torrente de emociones que Sano había estado reprimiendo.

—Oh, sí, soy un héroe —empezó amargamente—. He salvado la vida del sogún; he matado a un traidor. Tal vez he evitado la caída del régimen de los Tokugawa y cinco siglos más de guerra civil. He encontrado a la asesina y he presenciado su muerte. Sin embargo, han muerto tres inocentes por mi culpa. Tsunehiko, Raiden, O-hisa. Todos sacrificados por lo que yo consideraba una búsqueda necesaria de la verdad, por mi vanidad.

»Si hubiese sabido que sucedería esto, podría haber actuado de distinta forma. Podría haber dejado que el *shinju* siguiese siendo un *shinju.* He sido un loco, un loco torpe y orgulloso, ¡y además recompensado por ello! —Empujado por la infelicidad y el asco que se daba a sí mismo, empezó a pasear por la muralla.

El doctor Ito apoyó una mano gentil en su brazo para refrenarle.

—Entiendo por qué te sientes así —dijo—. Pero este autorreproche es inútil. Has cumplido con tu obligación para con tu señor que ordena tu máxima lealtad. Tal vez los otros estaban predestinados a morir, igual que tú estabas destinado a salvar al sogún. No puedes saberlo.

Sano negó con la cabeza. La simpatía del doctor y su comprensión le dio poco consuelo y ningún sentido de absolución. No obstante, empezó a entender la razón de por qué la perspectiva de servir como investigador especial de Tokugawa Tsunayoshi le preocupaba tanto.

—Cuando salvé la vida del sogún, al matar al caballero Niu, pensé que mis problemas habían terminado —dijo escogiendo las palabras—: Tener que elegir constantemente entre el deseo personal y el deber, cuando ninguna de las dos opciones parecía completamente buena o mala. Llevar a cabo investigaciones sin saber adónde conducirían o a quién harían daño. Hacer un trabajo para el cual no me habían preparado y tenerme que guiar sólo por el instinto, arriesgándome no sólo a la muerte, sino también a la desgracia.

Se echó a reír, un sonido triste que provenía de las profundidades de su alma.

—¿Y cuál es este preciado cargo que he conseguido, sino una oportunidad para tener que enfrentarme a más de lo mismo? Ahora mi vida nunca cambiará.

—¿De veras?

Sano tropezó con la mirada cínica de su amigo y comprendió de golpe lo que el doctor Ito quería decir. Con la autoridad del sogún tras él, tendría un enorme poder sobre las vidas de las demás personas. Tendría incluso mayores oportunidades de causar tragedias, enfrentarse al peligro y exponerse a peligrosos secretos. Y el conflicto en su interior incluso se había hecho más fuerte. Su necesidad de buscar la verdad seguía intacta, ¡pero pobre de él si desobedecía las órdenes de su nuevo amo! Las cosas serían igual, aunque diferentes en un sentido estremecedor.

Sano asintió y suspiró.

—Ya veo.

Dejó de pasear para disfrutar de la vista sobre la ciudad. Encima de los tejados de Nihonbashi, salpicados con nieve congelada, se alzaba la torre blanca del castillo de Edo, donde había pasado una noche y pasaría muchas más. Evitó mirar el distrito daimio y, en su lugar, miró hacia las colinas del oeste, la red de canales que corrían en todas direcciones, y la gruesa vena de color de barro del río Sumida. Oteó en dirección norte hacia Ueno y Yoshiwara, y al sur hacia el distrito del teatro. Contempló las figuras humanas minúsculas y acortadas por la perspectiva que se movían por las calles. Finalmente, dejó que sus ojos recorrieran las finas líneas de las carreteras que salían de Edo hacia las provincias distantes.

—Puede que incluso ahora, algo que esté sucediendo ahí afuera requiera tu investigación —dijo el doctor Ito, haciéndose eco de los pensamientos de Sano.

—Sí. —Sano caminó por el borde de la muralla. Se sintió como si se inclinase hacia el filo de un futuro incierto. Tal vez un adversario incluso más formidable que la dama o el caballero Niu le estuviese esperando.

—No te envidio, Sano-*san.* Te enfrentas a un difícil reto.

No obstante, inesperadamente, Sano se sintió más animado. El Año Nuevo era una estación de esperanza, tal como el doctor Ito había dicho. Le presentaría oportunidades para poder expiar las muertes que había causado. Sus heridas cicatrizarían. El tiempo y la experiencia le aportarían sabiduría que le ayudaría en su búsqueda de la verdad. Se imaginó salvando vidas, entregando más criminales a la justicia, confiriendo más honor al apellido de su familia. Un prudente optimismo empezó a agitarse dentro de Sano y, con él, un renovado entusiasmo para hacerse cargo de sus nuevas responsabilidades como investigador especial del sogún.

—Acepto el desafío —afirmó.